중고나라 선녀님

여기는 한남동, 수상한 거래가 시작됩니다

중고나라 선녀님

허태연 장편소설

차례

VVIP

으리으리한 저택들이 모여 있는 한남동 언덕, 이태원로 55마길 첫 번째 집의 아침은 언제나 호탕한 웃음소리로 시작된다. 따스한 햇살이 내리쪼이는 4월. 부지런한 정원사는 뜰에서 황금소나무를 다듬다가, 요리사 양 과장은 제철 맞은 주꾸미를 손질하다가, 정리 전문가 왕 부장은 드레스 룸에서 보석을 닦다가 폭소를 듣고는 깜짝 놀란다.

"8시네."

"여사님 일어나셨군!"

안도의 숨을 내쉬며 일꾼들은 자신의 일을 계속한다.

"아무리 들어도 익숙해지질 않아. 벌써 7년째인데."

정원사 황 선생이 어깨를 펴고 허허거린다. 명랑한 웃음소리는 한동안 이어진다. 우렁찬 스타카토 폭소의 주인공은 2층 침실에서 눈을 뜬 선여휘 여사.

올해 63세가 된 그녀는 매일 밤 12시면 잠자리에 들어 8시면 일어난다. 높고 넓은 침대 위 포근한 이불 속에서 혼자 눈뜨는 것이다. 새 하루가 시작됐고 오늘도 아픈 곳 없이 건강하다는 데 감사하며, 여사는 크게 웃는다.

"핫하하하! 왓하하하!"

그것은 매일 반복하는 그녀의 습관이다. 웃는 자에게 복이 온다는 옛 말씀도 있거니와, 10년 전 웃음 치료사에게 들은 조언을 가슴 깊숙이 새겼기 때문.

"웃을 일을 기다리는 자는 저녁녘에야 웃게 됩니다. 그러나 아침에 웃는 자는 하루 종일 웃게 되지요."

수동적으로 웃기보다는 능동적으로 웃는 사람이 되란 스마일 박사의 조언에 따라, 선여휘 여사는 깔깔 웃는다. 하루의 시작에 앞서 스스로를 행복하게 만들어주는 것이다. 그녀는 침대에서 내려와 배를 쥐고 웃고, 양치를 하다 웃고, 샤워를 하다 웃는다. 특수한 보습 타월로 머리를 감싼 뒤 뷰티 룸으로 가자, 청담동 메이크업 아티스트가 때마침 도착해 일할 준비를 하고 있었다. 여사는 그녀를 보고도 활짝 웃었다.

"오늘은 친구들과 쇼핑을 하는 날이에요."

여사가 말하자

"어머, 그럼 가장 돋보이게끔 해드려야죠!"

아티스트가 대답했다. 그녀는 환히 웃으며 알코올 티슈로 손을 닦았다.

화사하게 메이크업을 마친 여사는 살랑살랑 걸어서 드레스 룸으로 갔다. 동글동글 복스러운 얼굴에 자르르 윤이 흘렀다. 도도록한 뺨이 깐 달걀처럼 탱탱해 예순세 살로는 보이지 않았다. 풍성한 머리칼은 우아한 C컬로 손질이 되어 있었다. 집안 살림을 총괄하는 패션 전문가 왕 부장이 여사를 보고 목례했다. 성정이 무뚝뚝한 그녀는 여사를 보고도 좀처럼 웃지 않는다. 그래도 여사는 싱긋 웃었다. 왕 부장은 여사에게 중요한 사람이니까. 그녀는 드레스 룸의 수많은 옷과 장신구가 어떤 순서로 정리돼 있는지 아는 유일한 사람인 것이다. 어쩌다 왕 부장이 결근이라도 하면 여사는 깨끗이 외출을 포기했다. 그녀가 없으면 적정한 외출복을 찾는 데만도 한나절이 걸리니까.

"오늘 날씨 어때요? 이 옷 어울릴까?"

노란색 캐시미어 카디건을 들고 여사는 커다란 거울 앞에 섰다.

"미세먼지가 최악입니다, 여사님." 왕 부장은 잘라 말했다. "그런 재질은 짜임 사이사이로 미세먼지가 끼어 움직일 때마다 피부와 호흡기에……."

'이 사람은 다 좋은데 비판적이야.'

여사는 잠시 입을 닫았다. 그러나 그것은 일리가 있는 충고였다. 왕 부장은 뭐든지 비판적으로 보고 듣지만, 그것은 무탈하고 쾌적한 생활을 목표로 하는 습성인 것이다.

'그러니까 결국…… 왕 부장은 상쾌하고 또 편안한 사람인 거지!'

여사는 빙긋 웃었다.

"미세먼지가 최악인 날은 말이야, 기온이 아주 포근해요."

선여휘 여사는 왕 부장에게 알렉산더 맥퀸의 형광색 크롭 실크 재킷을 찾아달라고 요청했다. 우산처럼 풍성한 검은색 풀 스커트도 꺼내달라고 이야기했다. 분홍색 지미 추 로퍼에 통통한 두 발을 넣고 여사는 즐겁게 집을 나섰다.

정원을 지나 계단을 내려가니 수행 비서인 차 실장이 정중한 자세로 고개를 수그렸다. 장식이 없는 잿빛 수트 차림의 그는 흰 장갑을 낀 손으로 롤스로이스 팬텀의 뒷문을 열어주었다.

롤스로이스 팬텀 EWB(Extended Wheel Base). 그 차는 지난겨울, 생일을 맞은 선여휘 여사가 청담동 부티크에 직접 방문해 주문한 것이었다. 컬러는 화이트, 정확히는 '아틱 화이트'로 크리스털 페인트를 섞어서 도장했다. 롤스로이스의 상징인 보닛 위 여신 상도 특별히 크리스털로 제작했다. 그리하여 4월의 눈부신 햇살 아래를 그 차가 내달릴 때면 우아하고 영롱한 빛이 주위에 일렁였다. 마치 차가 도로 위에 떠 있는 듯한 느낌이었다. 여사는 기본가 8억 2600만 원에 몇 가지 옵션을 포함, 총 13억 6000만 원을 그 자리에서 현찰로 냈다. 그 차는 선여휘 여사가 생애 일곱 번째로 구입한 세단이자, 세 번째로 소유한 롤스로이스였다.

대한민국 재계 서열 9위. 일성그룹의 5대 주주이자 안주인인 선여휘 여사의 한남동 차고에서 차 실장은 조심스럽게 차를 빼냈다. 드높은 담장이 성곽처럼 이어진 골목을 돌아, 커피 향이 풍겨올 듯한 케냐 대사관 앞을 지나고 웅장한 규모의 그랜드 하얏트 호텔 앞 사거리에서 출발 신호를 기다렸다. 테슬라 한 대가 신나서 달려오다가 팬텀을 보더니 급정차했다. 그러고도 안심이 안 되었는지 주춤주춤 후진을 했다. 슬쩍 미소 짓는 차 실장의 입술이 룸미러를 통해 보였다.

직진 신호를 받은 차 실장이 천천히 차를 몰았다. 길이 6m, 무게 2.6t에 달하는 롤스로이스 팬텀이 남산 중턱 소월로에 부드럽게 들어섰다. 선여휘 여사는 스르르 눈을 감았다. 마치 자기 집 거실에 있는 듯 편안한 기분이었다. 이토록 훌륭한 솜씨를 지닌 차 실장과 헤어진다니, 말할 수 없이 서운했다.

"이달까지만 일한다고요? 우리 집에서."

여사가 눈을 떴다.

"네, 그렇습니다."

차 실장의 선한 두 눈이 룸미러 안에 비쳤다. 그는 나전칠기박물관 앞 모퉁이에서 스티어링휠을 돌렸다. 새파란 하늘 아래, 남산타워가 소박한 모습을 드러냈다.

"회사로…… 꼭 가셔야 하나?"

벌써 몇 번이나 해본 질문을 여사는 또다시 했다.

"그게…… 회사 방침이라서요."

차 실장이 대답했다. 상냥한 말투였다.

"선정이한테 들었어요. 이제 더 이상 법인 소속 기사님이 집안 일을 봐선 안 된다고요. 겨우내 한참 뉴스를 탄 전진그룹 사모 갑질 건으로 그렇게 한다대요. 뭐, 오너 리스크를 관리한다나? 걔가 그러는 거예요. '엄마 운전기사 월급은 이제 엄마 돈으로 줘요!' 말투도 얼마나 얄미웠는지 몰라."

"하하. 그러셨습니까."

차 실장은 웃으며 소월로를 내달렸다. 해방촌과 후암동 일대에 늘어선 주택들이 언덕에 돋아난 따개비 같았다. 그 빽빽한 풍경 을 선여휘 여사는 보고 있었다.

"실장님, 가지 말아요. 내가 연봉 두 배로 올려드릴게."

차 실장은 난처한 눈으로 룸미러를 흘깃거렸다.

"아이쿠! 상무이사님께서 싫어하실걸요."

"아이, 선정이한텐 비밀로 하지요?"

짓궂은 말투로 여사가 속닥거렸다. 두 뺨이 자두 알처럼 불룩 솟았다.

"원, 세상에! 비밀이라뇨. 차라리 방귀를 서랍에 넣어둔다고 하 죠!"

차 실장의 치뜬 두 눈이 룸미러 안에서 흔들렸다.

"어머머!"

여사는 손뼉을 치며 깔깔 웃었다. 차 실장의 호들갑스런 어투가 그녀의 마음을 간질인 것이다. 여사는 어떤 서랍을 열어 방귀 냄새를 맡는 상상을 했다. 멈출 수가 없었다.

"실장님은 어쩜 그렇게 농담을 잘하셔요? 유머 코드가 딱 내 스타일이야!"

룸미러를 보며 차 실장은 고개를 끄덕거렸다. 웃음기를 거두어들이고, 그는 사뭇 진지한 투로 말했다.

"여사님의 롤스로이스를 모는 건 진정 행복한 일입니다. 하지만…… 일성그룹 소속 운전기사란 것도 제게는 명예예요. 저희 집 아이들이 자랑스러워합니다. 아빠가 큰 회사에 다닌다고요."

선여휘 여사의 복스러운 얼굴에 웃음이 잦아들었다. 맑고 큰 두 눈이 촉촉이 젖어들었다.

"어쩜, 감동적이야! 혹여…… 어려운 일 겪게 되거든, 꼭 연락해요."

"감사합니다."

고개를 꾸벅 숙이고 차 실장은 스티어링휠을 돌렸다. 그는 부드럽게 차를 세웠다. 정다운 대화를 나누는 사이, 목적지인 호텔 쓰리시즌에 도착한 것이었다.

선여휘 여사는 차 문손잡이를 두 번 짧게 잡아당겼다. 육중한 자동문이 부드럽게 열리자 그녀는 고운 손으로 치맛자락을 들고 살포시 땅을 밟았다.

"어서 오십시오, 여사님."

50대 초반의 퍼스널 쇼퍼가 마중을 나와 있었다. 그녀는 짧은 머리를 단정히 빗어 올렸고 검은색 샤넬 정장을 입고 있었다. 젊은 여직원 둘이 그 뒤에 서서 고개를 꾸벅 숙였다.

"송 대표, 날이 좋지요? 남산이 알록달록한 게 이제 진짜 봄인가 봐!"

선여휘 여사는 사뿐사뿐 발을 내딛어 호텔 로비를 가로질렀다. 송 대표와 직원들이 그림자처럼 따라붙었다. 호텔리어가 미리 잡아둔 승강기에 올라탄 순간 최고층 버튼이 꾸욱 눌렸다. 스페인 왕이 묵고 간 5성급 호텔의 프레지덴셜 스위트룸에서, 오늘 단 네 명의 고객을 위한 명품 쇼가 예정돼 있었다. 승강기 문이 열리자 또 다른 호텔리어가 여사를 보고는 깍듯이 인사했다. 그는 스위트룸의 큰 문을 힘차게 열어젖혔다. 상큼한 시트러스 향이 하르르 흘러나와서 여사는 눈을 감았다. 미지의 성에 발을 디딘 듯 황홀한 감각에 몸이 떨렸다.

"어쩜! '쟈르뎅 다말피'야!"

여사는 발을 굴렀다. 그 향은 유럽 왕실이 사랑한 조향 가문 크리드의 제6대 조향사 올리비에가 만든 로열 익스클루시브 라인 중 하나로, 여사가 특별히 좋아하는 것이었다. 구석에서는 피아노 연주자가 부드러운 발라드 연주로 환상성을 더 고조시켰다. 선여휘 여사는 날듯이 걸어서 창가로 갔다. 화려한 빌딩들 사이 광화문 광장이 펼쳐져 있었다. 소파에 앉아 수다를 떨던 세 청년이 기척을 느끼고 돌아보았다.

"아, 어머니……!"

한 청년이 벌떡 일어나 인사를 했다. 나머지 청년들도 덩달아 일어나 고개 숙였다. 그들은 모두 여사를 향해 근사한 미소를 지어 보였다. 그리고 가만히 소파에 걸터앉았다. 어색한 침묵이 흘렀고, 청년들은 고개를 숙인 채 각자의 휴대폰 화면을 만지작거렸다.

"어머, 반가워!"

여사는 어깨에 걸친 재킷을 벗어 내렸다. 누군가 그것을 받아 들더니 어딘가로 가지고 갔다.

"잘들 지내니? 기윤이 활약은 신문 통해서 봤지. 요즘 같은 불황에 선박 수주를 따내다니, 정말 대단해. 은후 너도 바쁘지? 지난번 칸에 갔을 때 쿠엔틴 타란티노를 만났다면서? 할리우드로 가니?"

"네. 작은 역을 맡았거든요."

은후가 가볍게 어깨를 으쓱였다. 여사는 환히 웃으며 청년을 토닥였다. 그리고 또 다른 청년을 돌아보았다.

"본주는 팀장 발령받아서 출근한다고 들었다. 머리 손질 단정히 했네. 회장님이 참 든든하시겠어."

"글쎄요. 그런 내색은 안 하셔서……."

본주가 중얼거렸다. 그는 기다란 손가락으로 짧은 머리를 만지작거렸다. 여사는 미소를 띤 채 소파에 앉아 송 대표를 돌아보았다. 등받이가 없는 높다란 의자 위에서 송 대표는 긴 다리를 꼬고 있었다.

"인사해요. 우리 아들 친구들이야. 용산국제고 동문. 여기는 나 도와주는 송 대표. 청담동에 있는 숍이 근사해."

"만나 뵙게 돼 영광입니다."

청년들을 향해, 송 대표가 말했다. 그녀는 의자에서 내려와 머리를 살짝 숙였다.

"네에."

청년들은 소파에 앉은 채 그녀를 흘깃거렸다. 은후라 불린 청년이 고개를 갸울이면서 두 눈을 가늘게 떴다.

"청담동의 송 대표님이라…… 혹시 갤러리아 출신이세요? 제 어머니를 통해 들은 것 같은데…… 구하기 힘든 물건을 구해주셨다고요."

"신세계 출신입니다. Q사의 사모님께는 에르메스의 버킨을 구해드렸지요. 흰 악어가죽에 다이아몬드가 박힌 히말라야 버킨이었어요. 전 세계 셀럽들이 돈 주고도 못 사는 한정판이지요."

송 대표가 답했다. 말투는 부드러워도 강단이 있었다.

"그러셨구나."

은후는 재킷 주머니에서 명함을 꺼내 송 대표에게 건넸다. 송 대표가 얼른 그것을 받고 자신의 명함을 건네는 사이 거대한 창가에 블라인드가 쳐졌다. 고풍스러운 샹들리에의 성스러운 빛 아래 피아노 연주자는 편안한 재즈로 분위기를 돋우었다. 선여휘 여사와 세 청년은 명품관 직원의 안내를 받아 자리를 다시 잡았다. 별안간 커다란 문이 열리더니 한 남자가 들어섰다. 가쁜 숨을 고르며 그는 스태프로부터 마이크를 받아 거실 구석에 섰다. 교양 프로그램 진행을 매끄럽게 하기로 명성이 자자한 공영 방송사 출신 아나운서였다.

"귀빈 여러분 반갑습니다. 귀한 시간을 아끼기 위해 지금 바로 쇼를 시작합니다. 먼저 만나보실 아트워크는 브루넬로 쿠치넬리 사(社)의 남성 정장입니다. 걸어 나오는 모델이 착용한 재킷은 싱글 브레스티드 투 버튼 형식으로, 격식 있으면서도 세련된 인상을 전해주지요."

훤칠한 모델들이 걸어 나와 네 명의 고객 앞을 천천히 지나쳤다. 먹색 정장 차림의 보안 요원들이 곳곳에 서서 모델을 보고 있었다. 그들은 호텔 소속이 아니었다. 혹시나 제품 탈착을 깜빡하거나 분실한 모델이 있을까 봐 각 브랜드 측이 배치한 요원들이었다.

"다음은 로로피아나사의 버진 울 스웨터입니다." 아나운서의 그윽한 음성이 스위트룸에 내리깔렸다. "설마, 요즘 라운딩에 골프웨어 입고 가시는 분 안 계시겠죠? 스포티한 자리에서 업무를 수행할 때, 격식 있으면서도 릴렉스한 인상을 주는 게 최근 비즈니스의 트렌듭니다. 이 아트워크의 컬러를 보십시오. 우아한 오프화이트 컬러가 귀족적이면서도 편안한 느낌을 전해줍니다. 레프트 숄더에서 수직으로 떨어지는 레드 스트라이프는 여러분이

고귀한 신분에 속해 있음을 주지시키지요. 여기 96% 캐시미어 블렌디드 스웨트 팬츠를 매치하시면……."

선여휘 여사는 간간이 고개를 끄덕이면서 송 대표를 돌아보았다.

"저 팬츠 좋네. 다른 색깔도 있을까?"

"해당 아트워크는 원 컬러입니다."

송 대표 뒤의 직원이 대답하더니 현란한 손길로 태블릿 PC를 만지작거렸다.

"원하신다면 어나더 컬러 오퍼 넣을까요?"

송 대표가 싹싹한 투로 물었다.

"아녜요, 디자이너가 그렇게 했다면 이유가 있겠지."

여사는 고개 저었다.

"이번 턴에는 슈즈도 한번 살펴봐 주십시오." 아나운서가 말했다. "벨루티사에서 내놓은 신제품, 레더 더비 슈즈입니다. 측면의 스토리 인그레이빙이 고고한 개성을 드러내 주지요. 숙련된 장인이 가죽과 밑창을 꿰매, 어떤 자리에서도 중심을 잃지 않게끔 도와줍니다. 그러니까 여러분이……" 아나운서가 싱긋 웃었다. "대통령의 하례회에 초청돼 온 언론의 플래시 세례를 받을 때라도 말이지요."

모델들이 거실을 한 바퀴 돌고 이번에는 고객들 앞에 잠깐 멈췄다. 제품 세부를 보여주기 위해서였다. 청년들은 부드러운 손으로 제품을 만지고 예리한 눈으로 살펴보았다. 선여휘 여사는 방금 전 아나운서가 소개한 벨루티 구두에 흥미를 느꼈다. 그녀는 슈즈에 새겨진 문구를 보기 위해 모델의 발치로 고개 숙였다.

50cm 높이 단상에 한쪽 발을 올려놓은 채 모델이 주춤거렸다. 그는 곧 중심을 되찾았지만, 발끝부터 무릎 위까지 떨리는 것을 어찌하지는 못했다. 그 바람에 문구를 자세히 살필 수 없어 여사는 조금 더 가까이 얼굴을 댔다. 그때, 모델이 단상 위에서 발을 떼냈다. 그 몸짓이 어찌나 과격했던지 한 진행 요원은 그가 선여휘 여사의 얼굴을 걷어차는 줄 알았을 정도였다. 모델은 두어 걸음을 내딛다 말고 고꾸라졌다. 깡마른 수수깡 인형이 무너진 듯 카펫 위에선 아무 소리도 나지 않았다. 잠시 정적이 흘렀고, 소파에 앉은 세 청년이 웃음을 터뜨렸다. 그것은 악의가 없는, 반사적 반응에 가까운 것이었지만 모델의 마음은 비참해졌다. 두 눈을 꾹 감고 모델은 신음했다. 긴 다리가 뻣뻣이 굳은 채 떨리고 있었다. 누군가 말릴 틈도 없이 선여휘 여사가 달려 나갔다. 그녀는 모델의 다리를 빠르게 쓸어 만졌다.

"쥐가 났구나. 발목을 접어. 몸 안쪽으로 힘껏 접어요!"

그러나 모델은 괴로워할 뿐 발목을 접지 못했다. 여사는 그의 발에서 구두를 벗겨내고 맨손으로 발을 꼭 쥐어 당겼다. 순간, 보안 요원들이 우르르 달려와 모델을 업고 사라졌다. 그중 한 명은 선여휘 여사를 부축해 소파에 다시금 앉혀주었다.

"우리 모델이 실수를 했네요. 죄송합니다."

아나운서가 장내를 정리했다. 그는 위트 있는 어조로 이러한 말을 덧붙였다.

"S/S 시즌 샤넬 무대에서도 떨지 않은 신인인데, 귀한 분들 앞에서 긴장한 모양입니다. 자, 다음 보실 아트워크는 오데마 피게 사의 시계입니다."

쇼가 끝나고, 블라인드가 훤히 걷혔다. 선여휘 여사는 송 대표의 태블릿 PC를 꼼꼼히 살펴보았다. 화면에는 그녀가 구입하기로 한 제품 목록이 사진과 함께 나열돼 있었다. 결제할 금액은 모두 1억 7900만 원. 여사는 휘리릭 사인을 하고 세 청년을 돌아보았다.

"너희는 뭘 샀니?"

느긋이 소파에 기대 있다가 청년들은 허리를 폈다.

"구두하고 시계 조금요."

은후가 말했다.

"재킷하고 셔츠 몇 벌요. 아버지께서 셔츠는 넉넉히 준비해 두라 하셔서."

본주가 이어 답했다.

"오! 샤워할 시간도 없이 굴리실 셈인가?"

느물거리며 기윤이 끼어들어서 선여휘 여사는 웃고 말았다. 그녀는 그대로 고개를 돌려 송 대표에게 말했다.

"우리 용재도 셔츠 좀 넉넉히. 부탁해요."

29층에서 하강한 여사가 호텔 입구에 다다랐을 때, 롤스로이스는 주인을 맞을 준비에 한창이었다. 흰 장갑을 낀 송 대표의 젊은 직원 둘이 쇼핑백과 상자들을 트렁크 안에 쌓아 올렸다. 작업을 마친 뒤에는 민첩하게 발을 놀려 송 대표 뒤에 반듯이 섰다.

"오늘 고생 많으셨습니다."

송 대표가 인사하자, 젊은 직원 둘도 따라서 몸을 숙였다.

"내가 뭘. 송 대표가 애썼지요."

차 실장이 롤스로이스의 뒷문을 열어주자, 여사는 몸을 돌려 의자에 걸터앉았다. 풍성한 스커트가 여사의 고운 발등을 슬며시 가려주었다. 차 문이 천천히 닫히고 롤스로이스가 시야 밖으로 사라질 때까지, 송 대표 일행은 그대로 서 있었다.

한강은 고요히 흘러갔다. 롤스로이스는 힘차게 강을 거슬러 상류로 올라갔다. 퇴근 시간은 아직 멀어 강변도로 위 차들은 쌩쌩 달렸다. 교통 상황을 살피는 체하며 차 실장은 룸미러로 여사를 흘깃 보았다. 옷걸이에서 툭 떨어진 카디건처럼 그녀는 시트에 앉아 있었다.

일성대학병원 지하 주차장 로비에는 병원 직원 한 명이 마중을 나와 있었다. 그는 차 실장을 도와 트렁크의 짐을 꺼내고 카트에 실어 날랐다. 여사는 VIP 전용 승강기에 올라 최상층으로 갔다.

19층 병동은 조용하고 깨끗했다. 데스크 뒤에 있던 간호사가 여사를 보더니 웃으며 인사했다. 어지간한 배우는 따돌릴 만큼

아리따운 아가씨였다. 선여휘 여사도 활짝 웃으며 고개를 끄덕였다. VIP 병동 중에서도 가장 넓고 쾌적한 A급 특실, 단 하나뿐인 50평 병실로 여사는 들어섰다. 응접실 소파에 기대 쉬던 간병인 하나가 일어나 예를 갖췄다.

"아냐, 편하게 있어요."

여사는 이야기했다. 왼편에 있는 환자실 문을 여니 그녀의 아들은 오후 운동 시간을 맞아 격렬한 스트레칭을 하고 있었다. 물리치료사가 땀을 뻘뻘 흘리며 여사를 돌아보았다. 그는 들어 올려진 환자의 허벅지 밑에서 힘겹게 빠져나왔다. 물리치료사를 돕던 또 다른 간병인도 여사를 향해 돌아섰다.

"그럴 거 없어요. 계속하세요." 여사가 손사래쳤다. "보기 좋네. 두 뺨이 발그레하니."

아들은 말이 없었다. 느릿느릿 큰 눈을 감았다 뜰 뿐이었다.

재킷을 벗고 욕실로 간 여사가 손을 씻는 동안, 병원 직원과 차실장은 환자실 탁자 위에 쇼핑 상자를 두고 나갔다.

"어머, 콧등에 땀이 맺혔네?"

여사는 에르메스 손수건으로 아들의 투명한 땀을 닦았다. 콧등을 찡긋거리며, 그녀는 물리치료사를 돌아보았다.

"힘든가 보다. 그죠? 금방이라도 막 투덜댈 것 같아."

더운 콧김을 뿜어내면서 물리치료사는 고개를 끄덕거렸다. 반시간에 걸친 스트레칭이 끝나고, 두 명의 간병인이 여사의 아들을 욕실로 데려갔다. 한강이 보이는 너른 공간에는 깨끗한 월풀 욕조가 있고, 대리석 선반 위에는 고급 비누와 로션이 진열돼 있었다. 간병인들은 환자의 몸을 씻겨주면서 큼직한 손으로 마사지했다. 선여휘 여사는 아들이 나오길 기다렸다가, 두 손 듬뿍 로션을 묻혀 얼굴에 꼼꼼히 발라주었다.

"아유, 예쁘다. 우리 용재. 어쩜 이렇게 잘생겼을까!"

두 손으로 아들의 머리를 쓸어 넘기며 여사는 볼록한 이마에 입을 맞췄다. 그녀는 아들의 뺨을 가만히 어루만졌다.

"있잖니, 방금 쓰리시즌에 다녀왔어. 네 친구들을 만났지. 모두가 너를 그리워해."

선여휘 여사는 탁자 위 상자 하나를 열어 로로피아나사의 울 스웨터를 꺼냈다. 간병인들이 익숙한 듯 다가와 그 옷을 받아들었다. 그들은 세심한 손길로 용재의 몸에 옷을 입히기 시작했다.

"어릴 때는 엄마들이랑 함께 다녔지. 우리 모두 다 친했으니까." 여사는 우아한 손길로 아들의 옷매무새를 가다듬었다. "이제 네 친구들은 엄마들 없이 다닌단다. 언제든, 너도 그렇게 할 수 있어. 그 애들은 쇼핑 모임을 이어가고 있거든."

문득 여사는 아침나절의 일을 떠올렸다. '오늘은 친구들과 쇼핑을 하는 날이에요.' 하고 출장을 나온 메이크업 아티스트에게 말했던 것이다. 그 '친구들'이 '아들의 친구들'이라는 것을 그녀는 차마 밝히지 못했다.

건장한 두 간병인이 아들의 다리에 캐시미어 팬츠를 꿰어 입히는 동안 여사는 자그만 상자 속에서 시계를 하나 꺼냈다. 오데마 피게사의 로열오크 오프셔 크로노그래프가 용재의 구릿빛 피부에 맞춤하게 어울렸다. 간병인들은 환자를 휠체어에 앉혀 창 가까이 밀어주고는 환자실 문을 나섰다.

"어때. 마음에 드니?"

안락의자에 앉아 여사는 아들의 모습을 바라보았다. 어느새 해가 기울어, 한강변 도로에 차들이 빽빽이 밀리고 있었다. 주의 깊게 창밖을 보며 여사는 아들의 숨소리에 귀 기울였다. 단조로운 그 소리를 가만히 듣고 있자니 온 힘을 다해 전하는 아들의 마음이 들리는 것만 같았다.

"네 친구들은…… 잘 지내." 여사가 이야기했다. "은후는 배우로 멋진 이력을 쌓고 있고, 본주도 이제 슬슬 회사에 나가 일을 할 모양이야."

다정한 손길로 여사는 아들의 어깨를 토닥거렸다. 그녀는 아들로부터 무슨 말을 전해 들은 양 고개를 끄덕였다.

"그래, 알아. 너도 곧 그렇게 될 걸. 엄마는 믿어."

쓰리시즌의 명품 쇼에서 있었던 일을 여사는 천천히 톺아보았다. 그녀는 갑자기 손으로 무릎을 쳤다.

"그러고 보니 놀라운 일이 있었네!"

스커트 자락을 움켜쥐고 여사는 용재 쪽으로 돌아앉았다. 그녀는 수선을 떨며 호텔에서 본 일을 묘사해 주기 시작했다.

"글쎄, 모델 하나가 넘어졌지 뭐니? 엄마가 보니까 다리에 쥐가 났더라. 발 앞쪽을 손으로 당겨 풀어주려는데 보안 요원이 끼어들어서…… 뭐? 창피해? 어째서? 넘어진 사람을 돕는 건 당연히 해야 할 일이야. 불이익? 그 모델이 왜 불이익을 받니? 그런 실수는 누구나 할…… 뭐라고? 엄마가 세상을 몰라? 휴. 너도 네 누나랑 똑같은 말을 하는구나. 그래, 엄마가 괜히 나섰는지도 모르지. 하지만 말이야…… 어쩔 수가 없더라. 그 모델…… 비쩍 마르고 키가 큰 게 꼭 너를 닮았거든."

여사는 웃으며 아들의 어깨에 가만히 뺨을 기댔다. 그러나 그녀의 뺨에 느껴진 것은 아들의 따뜻한 피부가 아니었다. 단단하기 짝이 없는 병원 침대의 매트리스였다. 순간, 여사는 잠에서 깬 듯 상체를 일으켰다. 그녀는 멍한 눈으로 병실을 둘러보았다. 호텔처럼 널따란 방, 기품 있게 늘어진 커튼, 단정한 탁자와 안락한 소파……. 그것들은 여사로 하여금 아들의 집에 온 듯 편안한 기분을 느끼게 했다. 하지만 침대는 달랐다. 합성피혁으로 뒤덮인 데다 난간이 달린 침대는 이곳이 병실이며 그녀의 아들이 10년째 식물인간 상태로 입원 중이란 것을 또렷이 상기시켰다. 언제든 위급한 상황이 닥쳐오면 의료진들이 달려와 아들을 중환자실로 데려갈 터였다.

선여휘 여사는 벌떡 일어나 벽장 앞으로 갔다. 하이그로시 재질의 문을 힘차게 열자 용재의 옷가지 아래로 기타가 눈에 띄었다. 붉은 전판에 스페인 기타리스트 안드레스 세고비아의 친필 사인이 새겨져 있었다. 기타 목을 조심스럽게 쥐고 여사는 안락의자로 돌아갔다. 그녀는 비스듬히 몸을 숙여 아들의 가슴에 귀

를 댔다. 용재의 심장은 빠르지도 느리지도 않은 속도로 할 일을
하고 있었다.

"그래, 알았어."

아들로부터 핀잔을 듣기라도 한 양 여사는 눈썹을 들썩거렸다.
그녀는 기타를 안고 통통한 손가락으로 느린 곡조를 연주했다.
고운 소리로 한가로운 노래를 얹어보기도 했다.

"잘 자, 우리 아들."

긴 연주를 마치고 여사는 아들의 머리에 입을 맞췄다. 그녀가
환자실을 빠져나오자 응접실에 있던 간병인들이 나란히 인사했
다. 여사는 단정히 서서 그들보다 더 낮게 허리를 구부렸다.

"우리 아들, 잘 부탁드려요. 오늘 밤도요."

둥근 어깨를 늘어뜨린 채 여사는 자신의 저택에 들어섰다. 그
녀는 휘청휘청 걸어 1층 복도 맨 끝에 위치한 서재로 갔다. 커다
란 창밖으로 어슴푸레 드넓은 뜰이 보였다. 정원사 황 선생이 솜
씨 좋게 가꾼 황금소나무가 부윰한 정원등 아래 멋지게 서 있었
다. 그 밑에 늘어선 하얗고 노란 로단테 꽃들이 여사의 얼굴을 올
려다보았다.

'무슨 일이에요? 왜 그렇게 슬픈 표정을 짓고 있어요?'

꽃들이 묻는 듯했다. 선여휘 여사는 리모컨을 들고 정원의 조
명을 껐다. 서재의 한쪽 벽에는 창이, 또 다른 벽에는 서가가 있
고, 그 맞은편 벽에는 가족사진이 걸려 있었다. 여사는 사진 속

용재의 건강한 모습을 올려다봤다. 사고 2년 전 결혼기념일에는 용재가 속한 아이스하키 팀이 우승을 해서 모두가 즐거웠다. 여사는 손마디마다 굳은살이 박인 사진 속 아들의 손등에 입을 맞췄다. 차가운 유리의 촉감에 온몸이 움츠러들자 그녀는 짧은 울음을 터뜨렸다. 책상 위 티슈를 뽑아 눈물을 닦고 휴지통에 버리려다가, 작은 서랍에 눈이 닿았다.

'원, 세상에! 비밀이라뇨. 차라리 방귀를 서랍에 넣어둔다고 하죠!'

차 실장의 음성이 또 다시 마음을 간지럽혔다. 여사는 울먹이다가 히쭉 웃었다. 티슈를 연거푸 뽑아 코를 풀고는 의자에 걸터앉았다. 서랍을 열자 봉황 두 마리가 새겨진 흰 봉투 하나가 나타났다. 그것은 석 달 전 아버지의 장례식 때 받은 대통령의 조전이었다.

새 마음 새 뜻으로 용재의 쾌유를 빌던 1월의 첫날, 그녀는 끔찍한 비보를 접했던 것이다.

"회장님께서 쓰러지셨습니다. 기침 시간이 지나도 기척이 없으시기에 침실로 들어가니……."

아버지의 가내 비서로부터 연락을 받고 여사와 가족은 곧바로 병원에 갔다. 여사에게는 중요한 뉴스를 알려주는 개인 비서가 있는데, 아버지의 비서와 통화한 직후 이 사태가 TV와 포털에 속보로 보도됐음을 보고해 왔다. 일성대학병원의 VIP실에서 마주한 아버지의 가슴은 미지근하게 식어 있었다. 아직 사후경직이 시작되지 않은 얼굴은 긴 잠에 빠진 듯 편해 보였다.

빈소에는 대통령이 보낸 조화가 가족보다도 먼저 도착해 자리를 잡고 있었다. 대통령의 조화를 필두로 의전 순서에 따라 정부 요인과 정당 대표, 재계 대표의 조화가 줄줄이 늘어섰다. 병원 장례식장에 달린 모니터마다 일성그룹 회장의 빈소 현장이 뉴스 속보로 흘러나왔다.

딸 선정의 일사불란한 지시에 따라—정확히 말하자면 일성그룹 관리팀의 안내에 따라—선여휘 여사는 상복을 입고 손님들을 맞았다. 일성그룹 총괄 사장인 남편과 선정도 그녀 곁에서 유력자들을 맞이했다. 한 번도 본 적 없는 시민들이 빈소로 몰려와 아버지 영정에 예를 표하고 여사를 위로했다. 대통령은 비서실장과 정책실장을 따로 보내 조의를 표해왔다. 그 장면을 찍으려는 방송사 카메라맨들의 어깨 싸움이 치열했다.

"전날 북에서 미사일을 쏘지만 않았던들 직접 오셨을 겁니다." 라고 대통령 비서실장은 말했다. 축 처진 두 눈에 비통함이 서려 있었다. 정치에 입문하기 전 그는 오랫동안 아버지의 부하였다.

"감사합니다."

선여휘 여사는 비서실장의 손을 맞잡고 고개 숙였다. 대통령의 조전이 비서실장의 손에서 여사의 손으로 옮겨졌다. 카메라 플래시가 사방에서 번쩍거려 장례식장은 마치 공연장을 방불케 했다. 너무나 경황이 없어 여사는 그것을 카메라 앞에서 열었는데, 눈치 빠른 선정이 다가와 부드럽게 닫아주었다. 하지만 솜씨 좋은 카메라맨은 그 조전의 내용을 화면에 잡았으니, '한국 경제 발전의 혁혁한 공로자' 운운하는 문장이 친필로 적혀 있었다.

"어떻게 견뎌야 좋을지 모르겠어요, 아버지……."

흐느끼면서 여사는 조전의 봉황을 어루만졌다. 그녀는 젖은 눈으로 가족사진을 올려다봤다. 가지런한 이를 드러내고 남편은 환하게 웃고 있었다.

'이럴 때 저 사람이 곁에 있고 다정한 대화를 나눌 수 있다면 얼마나 좋을까?'

여사는 조전을 봉투에 넣고 서랍을 밀어 넣었다. 서재를 나서 2층 욕실로 가는 내내 남편의 과묵한 입매가 눈앞에 떠올랐다. 그 메마른 입술은 벌써 몇 년째 열리지 않고 있었다.

'그는 내 인생에서 가장 중요한 사람들 중 하나야. 하지만 마냥 친하진 않지. 사실은 조금 어려워. 물론 우린 아이를 둘이나 낳고 키웠어. 착하고 예쁜 아이들이어서 아낌없이 사랑을 줬지. 한때는 우리 사이에도 그런 사랑이 있다 믿었네. 하지만…… 이제 난 그걸 확신하기가 어려운 거야.'

여사의 가슴이 찌르르 아려왔다.

전남 장성 숲에서 자란 편백나무는 향과 무늬가 아름답다. 따뜻한 물이 담긴 편백 욕조에 여사는 천천히 몸을 담갔다. 수위가 높아진 물이 욕조 벽을 타고 넘으며 기분 좋은 소리를 냈다. 여사는 두 눈을 감고 차분히 명상을 하려 애썼다. 하지만 쉼 없이 슬품이 북받쳐 올라 집중이 되지 않았다. 한숨과 더불어 그녀는 눈을 떴다. 욕조 옆 탁자에 놓인 샴페인을 들이켠 뒤 "우리 딸." 하고 말하자 AI 스피커가 전화를 걸기 시작했다. 신호음이 몇 번 반복되는가 싶더니 냉랭한 음성이 욕실에 울려 퍼졌다.

"엄마 나 바빠."

선정과 거의 동시에 여사도 입을 열었다.

"애, 엄마 심심해!"

스피커에서 흘러나온 선정의 탄식이 욕실 바닥에 내리 깔렸다.

"명품관 가서 쇼핑을 하세요. 아님 김 비서하고 보드게임을 하시던지."

무슨 바쁜 일을 처리하는지 딸의 억양은 단조로웠다.

"김 비서는 재미없어. 계속 져주기만 한다고."

여사가 투덜거렸다.

"그래요? 내가 전화할게. 최선을 다해 이기라고 하죠."

"아서! 난처하게 하지 마!" 여사가 손사래 치자 욕조의 물이 출렁거렸다. "쇼핑도 하루 이틀이지. 게다가 요전엔 쇼핑 좀 그만두라고 하질 않았니? 오너 리스크 운운하면서 포털에 기사 뜬다고 걱정했잖아."

"그건 그렇죠." 선정은 하던 말을 멈추고 부하 직원에게 무언가 지시를 했다. "그럼 새로운 취미를 가져보세요. 엄마 그림 좋아하잖아. 그거 배우면 어떨까? 최고로 유명한 선생님 붙여드릴게."

서운하고 답답해, 여사는 한숨을 푹 쉬었다.

"그림은 사는 게 좋다고 몇 번 말했니? 미술관 하나 갖고 있으면 됐지, 그리는 거 나 별로야. 재능도 없고." 침울한 여사의 낯이 갑자기 활짝 피었다. "얘, 선정아! 엄마 암벽등반 배울까? 아님 차차차."

선정의 호탕한 웃음소리가 욕실 안을 뒤흔들었다.

"엄마! 나이를 생각하세요. 무슨 암벽등반이야?"

"어머, 내 나이가 어때서?" 여사가 발끈했다. "엄마가 무슨 국가대표를 한다니? 그냥 배워본다는 거야. 내가 뭐 골다공증이 있기를 한가……."

"엄마, 그렇게 튀는 행동 안 하기로 하셨잖아요." 선정이 차분히 다짐을 뒀다. "나 바빠요. 김 비서한테 전화 넣을게. 재미있게 노세요."

전화가 끊어졌다. 여사의 얼굴은 수치심으로 달아올랐다.

"또 이렇게 전화를 끊네. 아휴!"

투실한 궁둥이를 흔들며 여사는 서둘러 욕조를 빠져나왔다. 선정이 김 비서와 통화를 마치기 전에 침실로 도망치려는 심산이었다. 샤워 가운을 대충 걸치고 그녀는 욕실 문을 확 잡아당겼다.

"어마, 깜짝이야!"

여사는 황급히 문을 닫고는 숨을 골랐다. 김 비서가 보드게임 상자를 든 채 문 밖에 서 있었다. 그녀는 3년 전 명문대학을 졸업한 재원으로, 아직 귀 밑에 솜털이 보송했다. 단정한 입가에 보일 듯 말 듯 미소가 고여 있었다.

사과처럼 발그레한 뺨을 실룩이면서 여사는 문을 열었다.

"선정이 걘 진짜 내 맘을 모른다니까? 사람이 나이가 들면은 가끔씩 불안하다고. 김 비서도 젊으니 이런 맘 모를 거야. 나 같은 사람한테는 남은 시간이 얼마 없다고."

김 비서는 과장된 투로 고개를 주억거렸다. 마치 그 말이 세상 유일의 진리라도 된다는 듯이. 비서는 조용히 입을 열었다.

"여사님은 건강하세요. 만수무강하실 겁니다."

"만수무강? 젊은 사람이 그런 말도 알아?"

입바른 소린 줄 뻔히 알면서도 여사의 마음이 사르르 풀어졌다. 그녀는 긴 복도를 걸어가 침실 문 앞에 섰다.

"시절이 좋으니까 90까지야 살겠지. 하지만 살아 있다고 해서 다 사는 거야? 조금이라도 건강할 때 못 해본 일들 해보려는데, 하나같이 안 된다고만……."

여사는 또 길게 한숨 쉬었다. 그녀는 김 비서의 여린 어깨를 잡아 뒤쪽으로 돌려세웠다.

"이만 퇴근해요. 난 말이지, 요즘 내 맘을 잘 모르겠어. 하루하루 즐겁게 살고 싶은데, 글쎄…… 단지 그것만이 또 내가 원하는 것은 아니야. 나는…… 그래! 날 모르는 사람들이랑 어울리고 싶은 거라고. 그러니까 내…… 슬픔을 모르는 사람들하고. 정말이지 평범하게. 남들처럼 말이야."

피부 정돈을 마친 여사가 침대에 누우려는데 휴대폰 벨 소리가

방 안에 울려 퍼졌다. 여사는 냉큼 고개를 돌려 화면을 살펴보았다.

"그럼 그렇지, 착한 우리 딸!" 여사는 전화를 집어 들었다. "그래, 큰 강아지야."

"엄마! 깜빡한 게 있어서요. 내일 면접인 거 아시죠?"

선정이 말끝을 올려붙였다. 대화를 한다기보다 다짐을 두는 투였다.

"무슨 면접?"

여사는 커다란 눈을 깜빡거렸다.

"Tu fais encore ça(또 이러신다)!" 선정이 투덜댔다. "말씀 드렸잖아요. 차 실장님 회사로 가셔야 한다고! 다른 기사님 구해야죠. 원래 엄마 비서가 해야 할 일인데 제가 대신 알아봐 드린 거예요. 다 준비해 놨으니까 마음에 드는 사람 고르기만 하세요."

"글쎄…… 그런 사람이 또 있을까?"

여사는 슬며시 눈살을 찌푸렸다.

"있지 왜 없어요?"

"얘, 차 실장님은 특별한 분이야. 그분은 뭐랄까…… 내 친구나 다름없다고. 신중하고, 점잖고, 비밀도 지켜주는……."

"난 또 무슨 얘기라고." 선정이 대차게 코웃음 쳤다. "비밀 엄수 계약은 요즘 다 하는 거예요. 친근하게 느끼는 건 한 10년 일했으니까 그렇지. 곧 익숙해질 거예요. 이만 끊어요."

여사는 다급한 손길로 휴대폰을 꼭 쥐었다.

"끊지 마. 얘! 너 저녁은……."

빨갛게 깜빡이는 통화 종료 화면을 보며 선여휘 여사는 시무룩 등을 굽혔다. 배 속에서 눈치도 없이 꼬르륵 소리가 났다.

"그래…… 인생 뭐 있나? 우울할 땐 밥이 약이지."

여사는 무거워진 샤워 가운을 벗어 던졌다. 이세이 미야케의 370만 원짜리 주름 원피스를 홈드레스로 걸친 뒤 그녀는 방에서 나와 계단을 내려갔다. 주방과 분리된 식당 벽에는 탐스럽고 거 대한 사과 정물이 걸려 있고 그 아래로 18세기 영국풍 앤티크 식 탁이 놓여 있었다. 오각 구도로 세팅된 황금색 방짜 식기에 소복 한 밥과 도다리 쑥탕, 제철 맞은 주꾸미 볶음이 먹음직스레 담겼 다. 막 구웠는지 새빨간 더덕구이가 방짜 위에서 지글거렸다.

"어머, 맛있겠다! 잘 먹을게요, 양 과장."

선여휘 여사는 눈을 빛내며 방짜 숟갈을 집어 들었다. 뜨끈한 도다리 쑥탕이 여사의 우울을 단박에 녹여주었다. 유기농 흑미 와 귀리, 찹쌀로 지은 밥은 여사가 선호하는 딱 그만큼만 질었고, 쫄깃한 더덕구이는 씹을 때마다 달큼한 향을 풍겼다. 주꾸미는 주꾸미대로 야들야들 혀에 감겼다. 선여휘 여사는 하룻밤 굶은 사람처럼 그릇들을 비워냈다. 문득, 어떤 이상한 느낌에 사로잡 혀 그녀는 몸을 돌렸다. 평소라면 빈 접시를 빠르게 채워주었을 양 과장이 고개를 숙인 채 서 있었다. 앞뒤가 똑같은 앞치마를 입 고 돌아서 있는 바람에 마치 머리통이 사라진 듯한 착시를 느꼈 다. 여사는 화들짝 놀라 엉덩이를 들썩거렸다.

'아이고, 아버지! 도대체 뭘 하는 거지? 손톱의 거스러미라도

떼어내는 건가?'

궁금증을 참지 못하고, 여사는 슬며시 일어섰다. 그녀는 까치
발로 살금살금 양 과장 등 뒤로 갔다. 그런 줄도 모르고 양 과장
은 휴대폰을 보면서 엄지를 빠르게 놀리고 있었다. 사태의 진상
을 파악한 뒤에 선여휘 여사는 자신의 자리로 갔다. 그녀는 꼿꼿
이 허리를 펴고 수저를 다시 들었다. 하지만 식욕은 이미 사라진
뒤였다. 품위 없이 다른 이를 훔쳐봤다는 사실에 여사는 가슴 깊
이 부끄러움을 느꼈다. 하지만 호기심이 자라는 속도가 훨씬 빨
랐다. 때마침 비어 있는 주꾸미 접시를 그녀는 바라보았다.

"양 과장, 나 쭈……."

소심하게 굴어서일까? 양 과장은 그 말을 듣지 못했다. 여전히
휴대폰을 보면서 타자를 치고 있었다. 선여휘 여사는 볼일이 끝
날 때까지 기다리는 게 예의라는 걸 알았지만, 이 타이밍을 놓치
면 솔직한 대답을 듣지 못할 것 같았다. 하는 수 없이, 여사는 더
크게 소리쳤다.

"아, 그, 주꾸미가 참 맛있네! 참 달고 맛나다아!"

화들짝 놀란 양 과장이 휴대폰을 주머니 속에 넣었다. 당황한
눈으로 여사를 보더니 식탁 위 접시를 두루 살폈다.

"죄송합니다, 여사님! 식사 중 휴대폰 사용은 계약 위반인데!
다시는 이런 일 없을 거예요!"

양 과장은 재빨리 몸을 놀려 새 접시에 주꾸미를 담아 주었다.
낯빛이 하얗게 질려 있었다.

35

"정말 죄송합니다. 저희 아이가 올해 중학생이 됐는데 휴대폰을 사주마고 약속을 했거든요. 원래는 새 학기가 되자마자 사주려고 했는데 찜해둔 물건 가격 내리길 기다리다가, 지금 막 알림이 와서!"

"어머, 현이가 벌써 중학생이야? 많이 컸네!"

여사는 반색을 하며 주꾸미를 입에 넣었다. 쫄깃하면서 부드러운 식감에 마음이 즐거웠다.

"네, 여사님."

고개를 조아린 양 과장이 두 손을 모아 쥐고는 손톱을 갉작거렸다.

"아니, 근데 뭘 그렇게 자판을 두드렸어? 그냥 사면 되지. 현이하고 문자라도 했던 거예요?"

"아뇨, 여사님. 그러니까 문자를 한 건 맞는데, 상대가 현이는 아니고요…… 이건 중고 마켓이거든요. 어플인데 채팅을 통해……."

"채팅?" 여사의 눈이 커졌다. "무슨 거래를 채팅으로 해? 하긴, 요새 옥션에서 그렇게 하는 사람들 봤지. 가만, 전자제품도 마켓이 서나?"

"아니요, 여사님." 양 과장은 이마를 긁적거렸다. "그게 예술품옥션, 뭐 그런 게 아니고요…… 아니, 그 마켓에서도 예술품을 팔긴 하는데 경매는 아니에요. 굳이 따지자면 경매의 속성이 없다곤 할 수 없지만…… 이건 그냥 동네 시장 같은 거예요. 필요 없어진 물건을 저렴한 값에 사고파는 어플이지요. 쓰던 립스틱부터 자동차까지 별별 물건을 다 팔아요. 팔려는 사람과 사려는 사람이 채팅으로 흥정하고 약속 장소를 정해 만나죠. 물론 택배 거래도 가능하지만, 행여 흠 있는 물건을 받으면 번거롭거든요."

젓가락으로 주꾸미를 집은 채, 여사는 양 과장이 쏟아낸 말들을 주워 삼켰다.

"그러니까 자기 말은…… 길거리에서 아무나 사람들을 만난다는 거야? 자기를 전혀 모르는, 그런 사람들을?"

"뭐…… 그런 셈이죠." 양 과장은 고개를 끄덕거렸다. "제가 원하는 걸 그 사람들이 가지고 있거든요. 그러니까……"

젓가락을 수저받침에 딱 내려놓고, 선여휘 여사는 손뼉을 쳤다.

"어머, 그거 재밌겠다!"

"네?"

어리벙벙한 눈으로 양 과장은 여사를 마주 보았다.

"아아, 양 과장! 나 진짜 설레!"

여사는 갑자기 일어섰다. 앤티크 의자가 뒤로 확 자빠지면서 우지끈 소리를 냈다.

"가만, 그럼 뭘 팔지?"

여사는 우아한 샹들리에 밑 고급 식기가 진열된 식당을 둘러보았다. 그러나 마음에 드는 물건을 찾지 못한 듯 잰 걸음으로 거실을 향해 나갔다.

"저거. 저게 좋겠다! 안 그래도 바꾸려고 했는데." 여사는 거실 탁자에 놓인 무전기를 집어 들었다. "왕 부장, 왕 부장 어딨어요?"

"네, 여사님!"

집안 살림을 담당하는 왕 부장이 무전기로 대답하더니 2층 계단을 내려왔다. 드레스 룸에서 용재의 옷들을 정리하다가 나오는 모양이었다.

"왕 부장, 저거 얼마짜리지?"

팔을 쭉 뻗어 여사는 손톱 끝으로 커튼을 가리켰다. 목을 쭉 빼고 실눈을 뜨며 왕 부장은 기억을 더듬었다.

"스페인…… 카사모사 직물 장인이 한 땀 한 땀 수놓아 완성한 엠보싱 커튼이군요. 1200만 원에 직수입으로 들여왔습니다."

"히익!" 양 과장은 놀라서 두 손을 내저었다. "죄송하지만 여사님, 그 값엔 안 팔릴 거예요. 아무도 안 살 겁니다!"

"정말?"

여사의 솟은 어깨가 시무룩 내려앉았다.

"아뇨," 양 과장은 허둥거렸다. "물론 중고마켓에서도 명품 거래를 한다고 해요. 하지만 커튼을…… 그 가격에 사는 사람이 많지는 않을 거예요. 구매자가 나타나기까지 아주 오랜 시간이 걸릴 겁니다."

"그래? 그럼 얼마에 팔아야 하지? 알려줘요." 여사의 둥근 어깨가 다시금 솟아올랐다. "중고마켓에서 이 정도 사이즈 커튼, 얼마에 팔려?"

양 과장은 휴대폰을 들여다봤다. 지체 없이 답해야 한다는 생각에 바르르 손이 떨렸다.

"사이즈마다 다르지만…… 세로 2.3m에 가로 2.1m형 암막 커튼이 6만 9000원쯤…… 시세가 형성돼 있습니다."

"그래? 그럼…… 난 6만 8000원에 팔게!"

여사는 선언했다. 그녀는 배시시 웃고 있었다. 양 과장과 왕 부장은 깜짝 놀라서 마주 보았다.

"저, 정말 그 값에…… 1200만 원짜리를요?"

슬금슬금 눈치를 보며 양 과장은 되물었다. 여사에게 무슨 짓을 한 거냐는 듯 왕 부장이 노려보았다. 기가 죽어, 양 과장은 고개를 푹 숙였다.

"응! 내놔, 내놔. 나 저거 그 값에 팔래."

여사는 침실로 올라가 자신의 휴대폰을 가지고 왔다. 그녀는 두 손으로 그것을 쥐어 양 과장 앞에 들이밀었다.

"자, 이제 어떻게 해? 응? 가르쳐줘요."

고개를 들어, 양 과장은 여사를 마주 보았다. 복스러운 얼굴에 도도록한 뺨이 복숭앗빛으로 물들어 있었다.

선녀님의 쿨거래

다음 날 아침. 선여휘 여사는 포근한 이불 속에서 두 눈을 떴다. 새 하루가 시작됐고 아픈 곳 없이 건강하다는 데 안도하며 그녀는 윗몸을 일으켰다.

"핫하하하! 뫗하하하!"

대차게 웃으며 여사는 침대 아래로 내려왔다. 그녀는 왕 부장의 도움을 받아 알렉산드라 리치사의 2000만 원짜리 꽃무늬 드레스를 몸에 걸쳤다. 그 뒤엔 식당으로 가 맑은 냉잇국과 소라 숙회, 씀바귀나물을 곁들여 든든한 아침 식사를 했다.

서재로 들어섰을 때, 그녀의 책상 위에는 예멘 모카 마타리 커피 한 잔이 에르메스 찻잔에 담긴 채 놓여 있었다. 우아한 향을 즐기며 여사는 소파에 앉아 스크랩북을 펼쳤다. 그것은 여사의 개인 비서—오전 시간을 담당하는 임 비서—가 새벽 5시에 일어나 조간을 모두 읽고 추려둔 뉴스 뭉치였다. 그것을 읽는 동안, 여사는 음악을 듣지 않았다. 그녀는 머릿속이 깨끗한 상태로 하루를 시작하고 그걸 가능한 한 길게 유지하는 걸 좋아했다.

30분 후, 스크랩북을 가지러 온 임 비서를 보고 여사는 미소 지었다.

"어제 알았는데, 양 과장 딸 현이가 중학생이 됐다네? 필요한 것 사라고 보너스 좀 넣어줘요."

"네. 알겠습니다, 여사님."

비서가 대답했다.

먼 기억 속의 학창 시절로 돌아간 듯, 선여휘 여사는 어깨를 흔들었다.

"아, 좋을 때야! 얼마나 설렐까? 한 번도 본 적 없는 애들이랑 한 반이 돼서 어울리다니……. 나이가 들면 있잖아, 새로운 사람 만나는 것이 정말 힘들어. 그럴 일이 거의 없거든. 얼마나 무료한지 몰라!"

롤스로이스 팬텀의 새 운전기사를 구하기 위한 면접은 오전 11시부터 시작되었다. 선여휘 여사는 널따란 응접실에 차 실장과 나란히 앉아 다섯 명의 기사 후보를 한 명씩 만나보았다. 그들은 모두 차림새가 단정하고 예의범절이 몸에 배어 있었다. 또한 모두가 롤스로이스를 몰아본 적 있는 경력자들이었다.

"왜 이 일을 하려고 하세요?"

2 대 8 가르마를 탄 50대 남자를 향해 여사가 물어보았다.

"저는…… 일자리가 있다고 들었는데요."

남자가 대답했다. 그의 입술은 아주 얇았고 인중과 턱 주변이 푸릇했다. 앞에 놓인 커피 잔에는 손대지 않고, 그는 불안한 듯 여사를 힐끔거렸다.

"물론입니다. 물론이에요." 여사는 웃으며 두 손을 맞잡았다. "제 말은, 운전 일을 특별히 여기는 이유가 있으시냐는 거예요."

"그건…… 제가 운전을 잘하거든요. 전 이 일을 오래 했고…… 여태껏 어떤 사고도 겪지를 않았습니다."

2 대 8 사내가 고개를 끄덕였다. 마치 다른 사람이 되어 자기 말을 듣고 있는 것 같았다.

두 번째 기사는 성격이 정반대였다. 그는 같은 질문을 듣고 호탕한 어투로 대답했다.

"난 여기저기 돌아다니는 걸 좋아하거덩요. 특히 차 타고 다니는 걸 좋아하지요. 답답한 사무실 일은 딱 질색이에요!"

그가 눈을 깜빡일 때마다 세 겹으로 주름진 눈꺼풀들이 펴졌다가 접혔다.

"이 세상에서 가장 훌륭한 차가 뭔지 아세요? 그건 바로 롤스로이습니다!"

큰 주먹으로 탁자를 치고 사내는 한바탕 웃어댔다. 선여휘 여사는 넘치는 그 기백이 부담스러우면서도 마음에 들었다. 그와 함께라면 매일매일이 활기차질 것 같은 예감이 들었던 것이다.

"어머, 나랑 똑같은 생각! 근데…… 기사님은 무엇 때문에 그렇게 말씀하세요? 롤스로이스의 가장 큰 매력이 뭐라고 생각하시죠?"

넓은 가슴을 펴고 사내는 늠름히 대꾸했다.

"이 세상에서 제일로 비싼 차니까요! 그야 운전기사가 몰 수 있는 차들 중에서 그렇다는 말이지만. 그밖에 무슨 말이 더 필요하겠습니까! 아하하. 으핫하하!"

"아…… 그러시구나."

시들시들 웃으며 여사는 차 실장을 홀깃 보았다. 비슷한 표정으로 차 실장도 여사를 힐끔 보았다.

"롤스로이스는 우아한 브랜드입니다. 그중에서도 팬텀은 아주 품격 있는 모델이에요."

세 번째 기사는 같은 질문을 듣고 이렇게 대답했다. 여사는 그 말이 자기 입에서 나온 것처럼 마음에 쏙 들었다. 상대는 단발머리를 단정히 묶은 여성이었다. 씨름 선수처럼 듬직한 체구에 타이트한 정장이 잘 어울렸다.

"계속해 보세요. 이야기를 더 듣고 싶네요."

여사가 미소 지었다. 그러자 세 번째 지원자는 우람한 두 팔을 벌리면서 큰 턱을 쳐들었다.

"로마 신전을 본떠 만든, 그 웅장한 프론트 그릴을 보세요. 보닛 위에서 치맛자락을 휘두르는 환희의 여신상은 또 어떻고요.

도로를 질주할 때, 저는 엔진이 아니라 바로 그 여신상이 바람을 뚫고 차체를 끌어간다는 상상을 하곤 합니다. 그렇게 우리는 편안하고 또 즐거운 곳으로 가는 거지요. 어떠한 도로 상황에서건 팬텀이 보이는 뛰어난 안전성은 여신의 품속에 안긴 것처럼 특별합니다. 여사님의 여신상은 크리스털로 제작이 됐다고 들었어요. 허락해 주신다면 그것을 직접 눈으로 보고 싶군요. 아무튼, 저는 이렇게 생각합니다. 만약 품위라는 걸 자동차로 만들 수 있다면, 그것은 바로 팬텀이 될 거라고요."

선여휘 여사는 세 번째 기사와 팬텀에 올라 한남동 언덕을 돌아보았다. 운전 솜씨는 나무랄 데가 없었다. 하지만 차 실장은 세 번째 후보가 탈락하리라는 걸 곧바로 알 수 있었다. "담배 냄새가 나지 않아요?" 하고, 선여휘 여사가 귓속말로 물어온 것이다.

네 번째 기사는 선여휘 여사와 나이가 엇비슷했다. 훌륭한 운전 실력과 중후한 성품에도 불구하고 여사는 그 점이 마음에 걸렸다. 그녀는 윗사람의 차를 얻어 타는 기분으로 자기 차를 타기는 싫었다. 다섯 번째 기사는 40대 초반으로 비교적 젊었다. 그는 자동차학과를 졸업하고 강소기업의 오너 아래서 경력을 쌓아왔다. 하얀 셔츠에 검은 조끼 차림이 말끔했으며 담배 냄새도 나지 않았다.

"나는 쇼핑을 종종 해요. 짐이 좀 많은 편인데 괜찮을까요?"

여사가 물어보았다. 젊은 기사는 대번에 미간을 찌푸렸다.

"그런 건 다른 일꾼을 시키셔야죠. 저는 운전만 합니다. 계약서에 그 점을 분명히 해주셨으면 좋겠군요. 지금 일하는 데서도 정원 일이라든가 집안 심부름 같은 걸 자꾸 시켜서 그만두려는 거니까."

"아, 네……."

여사는 잠깐 차 실장을 돌아보았다. 난처한 듯이 차 실장은 그녀의 눈을 피했다. 그는 창밖의 황금소나무를 흘깃 보았다.

"물론, 정원 일 같은 건 맡기지 않아요." 여사는 애써 웃었다. "그건 전문적으로 하시는 분이 있거든요. 제 말은…… 그냥 짐을 좀 들어주실 수 있는가 하는 거예요."

"얼마나 무거운 짐들이죠? 킬로그램 단위로 명시해 주셨으면 합니다. 허리가 안 좋아서요."

이러한 말을 끝으로 면접은 마무리됐다.

입맛이 없었지만 선여휘 여사는 식당으로 가 점심을 먹었다. 규칙적인 시간에 밥을 먹는 건 건강을 지키는 방법 중 하나니까. 두릅 피클을 곁들인 냉이 키조개 파스타는 무척이나 맛있었다. 여사는 만족스럽게 배를 문지르면서 포크를 내려놓았다. 그때 딸 선정에게서 전화가 걸려왔다. 유감스럽지만, 여사는 솔직한 심정을 말하지 않을 수 없었다.

"글쎄…… 모두 다 내키지 않아."

"아잇, 내 스시!"

선정은 소리쳤다. 휴대폰 스피커에서 무언가 둔탁한 소리가 들려왔다.

"엄마, 그중에서 고르셔야 돼요. 모두 다 롤스로이스 전문가야. 얼마나 공들여 발탁한 사람들인 줄 알아요? 면접 보게끔 설득하느라 애 많이 먹었다고요."

"어머, 그랬구나! 하지만 어쩌니. 아무도 내키지 않는걸……."

선여휘 여사는 한숨을 푹 쉬었다.

"Qu'est-ce qui ne va pas chez vous(진짜 왜 이러실까)?" 선정은 분통을 터뜨렸다. "엄마! 나 할 일이 얼마나 많은지 알아요? 나 일성전자 상무이사예요. 내가 이거 신경 쓸 시간에 얼마나 많은 일들을 할 수 있는지!"

"아이고, 얘야. 그러면 신경을 안 쓰면 되지."

여사는 다정히 제안했다.

"어떻게 신경을 안 써? 엄마! 이건 제일 믿음직한 비서한테도 못 맡기는 일이에요. 오너 리스크를 관리하는 일이라고요!"

"얘, 선정아. 기분 좀 가라앉혀라." 선여휘 여사는 차분히 딸을 달랬다. "그리고 리스크라는 단어 그만 써. 엄마를 믿으렴. 엄마가 어디 가서 너나 회사 이름에 먹칠할 사람이니? 이 회사가 누구 회산데. 네 외할아버지가 만든 회사야."

기기에 문제가 생긴 것일까? 휴대폰 스피커에서는 아무 소리도 나질 않았다.

"여보세요? 얘, 선정아."

여사는 휴대폰 화면을 바라보았다. 통화 사인엔 문제가 없었다.

"엄마. 바로 그런 게 문제예요!" 선정이 쏙닥거렸다. "요즘 세상에 어디 가서 그런 말했다간 정말 큰일 나. 우리 회사는 할아버지 회사가 아니고 주식회사예요. 일성그룹 주인은 CEO가 아니라 주주들이라고요. 아무튼! 그 다섯 분 중에 고르세요. 세상에 완벽한 사람이 어디 있어? 엄마, 부탁해요. 차 실장님 이번 달까지야. 회사로 돌아오시는 거 더는 못 미룬다고요!"

입바른 인사말 하나 없이 선정은 전화를 뚝 끊었다.

"대체 이게 다 무슨 일이야?"

주방 싱크대 앞에서 왕 부장은 팔짱을 끼고 서 있었다. 양 과장은 관리자의 매서운 눈앞에서도 기죽지 않고 어깨를 으쓱였다. 어젯밤에는 당황해 고개를 숙였지만, 따지고 보면 왕 부장에게 무엇을 잘못한 것은 없었다.

"전들 아나요?"

"1200만 원짜리를 6만 원에 파신대. 자기가 중고나란지 뭔지 소개해서 그런 거지. 어디서 발을 쏙 빼?"

왕 부장이 으르딱딱였다. 양 과장은 하나에 700만 원이나 하는 독일산 명품 접시를 조심스레 닦아내면서 콧방귀를 흥 뀌었다. 설거지를 마치자마자 그녀는 앞치마를 거칠게 벗어던졌다.

"뭐 하는 거야, 지금?"

왕 부장은 물러섰다. 그녀는 갑자기 겁이 났다. 양 과장이 자신의 갑질 때문에 그만둔다고 떠들기라도 하면 입장이 난처할 터였다.

"설마, 그만두게?"

왕 부장이 쏙닥거렸다. 무슨 미친 소리냐는 듯, 양 과장은 두 눈을 희번덕였다.

"그만두긴 누가 그만둬요? 같이 가자니까 그렇지."

"가다니, 어딜?"

왕 부장은 실눈을 떴다.

"어디긴 어디예요? 거래처지." 양 과장은 주먹을 쥐고 뭉친 어깨를 툭툭 쳤다. "첫 거래니까 같이 좀 가달라는 거예요. 자긴 아무것도 모른다면서. 세상에, 차를 타고 한 시간은 가야 돼요! 이 동네 사람하곤 거래할 수 없다면서 먼 데 사는 사람한테 커튼을 팔기로 했다고요. 진짜 웃기지 않아요? 자기가 홍라희야, 이명희야? 일성그룹 사모를 누가 안다고."

왕 부장은 화들짝 놀라 주위를 둘러봤다. 오후 시간 보좌를 맡은 김 비서가 출근을 하며 눈인사를 건네 왔다. 왕 부장은 얼른 웃으며 고개를 끄덕였다.

"양 과장. 그간의 정을 생각해 충고하는데, 정말 조심해. 행여나 선정이가 그런 말을 들으면 어쩌려고 그래?"

"그 여우 앞에선 말조심을 하니까 걱정 마시라고요!"

속달거리며 양 과장도 주위를 둘러보았다. 왕 부장은 놀라다 못해 겁이 났다. 그녀는 숨을 크게 들이켰다.

"여사님은 좋은 분이야. 늘 웃으며 우리를 대해주고 어지간한 실수에도 연연하지를 않잖아?"

"누가 뭐래요?" 양 과장이 받아쳤다. "난 그저……! 여사님 같은 사람이 무섭다고요. 거리감을 못 느끼게 만들어버려. 그 분위기에 취해서 편하게 지내보죠? 어느 날 문득 농담을 하게 돼요. 아무 뜻 없는, 실없는 농담이죠. 그러면 당장 어떻게 되는 줄 알아요? 모닥불에 사로잡힌 나방처럼 타버리는 거예요. 주제넘게 굴었다고 씩씩대면서 해고를 하는 거죠! 아닌 척하지만 부자들 다 똑같지. 부선정 그 성질머리가 어디서 왔겠어요? 예, 바로 그게 내가 지금 걱정하는 일이에요. 정말이지 난 여사님이랑 가까워지기 싫다고요. 그것도 내 식당 밖에선!"

'내 식당이라고?'

왕 부장은 기가 막혀서 말문이 콱 닫혔다.

4월의 하늘은 백자 그릇에 도라지꽃 차를 우려낸 듯이 파랗고 아름다웠다. 롤스로이스 팬텀의 조수석에 앉아 한남동 언덕을 내려가며 양 과장의 짜증스러운 마음은 녹아내렸다. 그녀는 그토록 비싼 차에 타본 게 처음인 데다, 차 실장의 운전 솜씨가 신기에 가까워 공중에 떠 있는 건지 차에 탄 건지 헷갈릴 지경이었다. 어리벙벙한 심정으로 앉아 있다가 양 과장은 한숨을 꿀꺽 삼켰다. 왕 부장에게 함부로 속내를 내보인 것이 마음에 몹시 걸렸다. 물론 왕 부장은 신중한 성격이고 그 덕에 상류층 사이에서 신임을 쌓았지만, 양 과장은 이 세상에 믿을 수 있는 타인은 없다고 생각했다. 그것은 그녀가 사십 해를 넘게 살며 뼈에 새겨온 하나의 진리였다. 하지만 선여휘 여사에게는 사람 마음을 홀리는 구석이 있다는 것도 분명한 진실이었다. 당장 어젯밤에도 그랬다.

"가르쳐줘요."라고 여사는 말했던 것이다. 마치 학생이 선생님에게 부탁을 하듯 공손하게. 그 말투가 양 과장의 경직된 마음을 흔들었다. 그녀는 여사의 휴대폰에 중고나라와 당근마켓 어플을 깔아주고 기초 설정을 할 수 있게끔 도와주었다.

"닉네임은 어떻게 할까요?"

양 과장이 묻자, 여사는 곰곰 생각하더니 우아한 솜씨로 핑거 스냅을 쳤다.

"선녀라고 해줘요."

"네? 선…… 녀요?"

"응. 학교 다닐 때 그게 내 별명이었거든."

콧등을 찡긋하면서 여사가 이야기했다. 두 뺨이 도도록하니 복스러운 여사의 미소를 보니 양 과장도 사춘기 시절로 돌아간 것만 같았다. 좋은 기억은 별로 없지만, 그래도 지금처럼 사는 게 힘들어 지쳐빠지진 않았다. 별명 기입란에 '선녀'라고 입력하다가 양 과장은 멈칫했다. 그녀는 조심스럽게 '님' 자를 뒤에 붙였다. 선여휘 여사는 자신의 고용주인 데다 나이도 예순을 넘겼으므로 그렇게 하지 않으면 왠지 예의에 어긋나는 것 같았다.

"정말…… 괜찮으시겠어요? 그 비싼 커튼을……."

목적지에 가까워질수록 양 과장의 마음은 불안해졌다.

"응?"

창밖으로 삭막하게 늘어선 공장지대를 바라보다 선여휘 여사는 고개 돌렸다.

"괜찮고말고. 어차피 바꾸려 한걸."

"그래도 괜히 저 때문에……."

상체를 뒤로 젖힌 채 양 과장은 웅얼거렸다. 헐값에 커튼을 팔게 했다며 부선정에게 혼쭐이 나는 자신의 모습이 자꾸만 상상됐다.

"양 과장 때문이 아니에요." 선여휘 여사가 미소 지었다. "그건 값진 제품이고 두 계절 나를 즐겁게 했지. 하지만 애석하게도 예술품으로 인정받는 건 아니거든. 그건 훌륭한 장인의 손길을 거친…… '제품'이죠. 옥션에다가 팔 수는 없어. 그러니까 괜찮아요. 처박아두면 1원어치의 가치도 없는걸?"

그쯤 되자 양 과장도 '할 만큼 했다'는 생각이 들었다. 그녀는 그제야 앞을 보고 앉아 드라이브를 즐겼다. 현이가 공부를 열심히 해 언젠가 이런 차를 갖게 되면 좋겠다고 생각하며 잠시나마 가슴 설렜다. 하지만 그것도 잠시, 불안이 또 다시 고개를 쳐들었다.

'혹시나 거래가 잘못되는 건 아닐까?'

중고 거래를 약속해 놓고 노쇼를 일삼는 사람들 탓에 자신도 두어 번 속을 썩었다. 재수가 없으면 이토록 먼 곳까지 와 허탕을 칠 수도 있는 것이다. 그러면 집까지 가는 길은 가시방석일 테고, 식당에서 여사를 볼 때마다 체증을 느낄 터였다.

'아아, 차라리 아무 연락도 안 왔더라면!' 양 과장은 탄식했다. '커튼 사진을 올리자마자 그렇게 많은 채팅이 쏟아질 줄을 누가 알았어? 물건 사이즈랑 구입 년도만 써놓았는데. 스페인 명품이라고 강조한 것도 아니잖아? 하기는…… 딱 봐도 부티가 줄줄 흐르는 커튼이니까.'

양 과장은 슬며시 미간을 찌푸렸다. 마음이 불편한 이유는 그뿐이 아니었다. 어젯밤부터 뭔가가 그녀의 명치에 얹혀 있었다.

'나에겐 그 휴대폰이 꼭 필요했어.' 늦도록 뒤척이면서 양 과장은 곱씹었다. '우리한테 이것은 장난이 아니라고!'

또다시 몸을 비틀어 양 과장은 뒤를 보았다. 이제는 정말로 목적지가 가까워졌다.

"어쩌면…… 실망하실 거예요."

양 과장이 말했다.

"왜애?"

여사가 되물었다.

"대부분 물건만 받고 헤어지거든요. 특히 차를 갖고 나온 경우에는요."

양 과장이 대답했다.

"그래? 얘기 좀 나누자 하면 싫어할까?"

입술을 삐죽이면서 여사는 통통한 턱을 쓸어 만졌다.

'헹! 누가 그런 짓을 해? 중고 물품을 거래하면서!' 양 과장은 속으로 코웃음 쳤다. "글쎄요…… 잘 모르겠네요."

"어째서? 양 과장은 그런 적 없어? 물건을 사고팔면서 상대방이랑 한두 마디……."

슬며시 올라가려는 입꼬리를 양 과장은 잡아 내렸다.

"물건 확인하고 돈 주면 끝이죠. 간단한 인사 정도나 할까. 다른 말은 한 적 없어요."

"아아, 그래?"

여사가 빙긋 웃었다. 콧노래까지 흥얼거리며 그녀가 즐거워하는 이유를 양 과장은 도무지 알 수 없었다.

"그런 말은…… 해본 적 없단 말이지? 그런 말은, 해본 적이 없는 거야."

해맑은 눈으로 창밖을 보며 여사는 벙싯거렸다. 양 과장의 마음은 더없이 언짢아졌다.

경기도 외곽의 동네. 이른바 '숲세권'이라 불리는 산기슭의 한 아파트촌에 롤스로이스는 들어섰다. 차 실장은 방문자용 차단기 앞에서 브레이크를 슬쩍 밟았다. 전광판에 차량 번호가 뜨자 기다란 바가 올라갔다. 경비실은 텅 비어 있었다. 차 실장은 늘씬한 소나무와 회양목 늘어선 도로를 질러, 좁은 창문이 다닥다닥 붙은 건물 앞에서 시동을 껐다.

"여긴 임대 동인가 보네."

조수석 창밖을 두리번거리며 양 과장은 선스틱을 꺼내 눈 밑을 문질렀다. 오후 3시. 아파트 앞마당에는 오가는 이가 별로 없었다. 선여휘 여사는 시계를 흘깃 보았다. 약속 시간까지는 5분이 남아 있었다. 볕이 따뜻한 날이어서 그녀는 차 문을 열고 내렸다. 커튼이 든 가방을 들고 구매자를 기다릴 작정이었다.

"괜찮으시겠습니까."

차 실장이 여사를 따라 내렸다. 주름진 눈가에 근심이 내비쳤다.

"괜찮고말고요."

여사는 힘껏 가슴을 부풀렸다. 숲에서 불어온 바람이 무척이나 상쾌했다.

"여기 산세가 좋네. 양 과장이랑 드라이브나 하다 오세요. 분위기 좋은 카페에서 커피도 드시고요."

'그 정도 시간은 안 걸릴 텐······.'

양 과장은 말하려다가 입을 닫았다. 여사가 중고 거래의 실상을 스스로 깨쳐야만 이 귀찮은 일이 끝나겠다는 계산이 섰다. 중고 거래는 수수한 일상일 뿐 즐거운 도락이 아니란 것을 여사는 배울 필요가 있었다. 선여휘 여사는 아파트 단지를 떠나는 자신의 팬텀을 향해 한 손을 흔들었다. 그녀는 약속 장소인 놀이터 앞에 가만히 서 있었다. 깨끗한 미끄럼틀과 흔들 목마가 햇살 아래서 반들거렸다. 나와서 노는 아이의 모습은 보이지 않았다.

'저 사람이 포도봉봉 님일까?'

누군가 눈앞을 스쳐갈 때마다 선여휘 여사는 미소 지었다. 20대

후반, 예술품 경매 무대에 데뷔를 하던 날처럼 심장이 콩닥거렸다. 첫 대면에는 어떤 말을 하면 좋을까 궁리하며 여사는 도톰한 입술을 달싹거렸다. 핫 핑크 울 캐시미어 재킷에 구찌 블랙 스커트를 입은 낯선 여자를, 아파트 주민 몇 명이 오가며 훑어보았다.

10분쯤 지났을까. 한 여자가 아파트 1층 현관문을 열고는 달음박질쳐 나왔다. 그녀는 보통 키에 말랐는데, 늘어난 셔츠와 무릎이 나온 조거 팬츠를 입고 있었다. 산발한 머리엔 집게 핀 하나가 대충 꽂혔다. 그녀는 퀭한 눈으로 주위를 살피다 선여휘 여사의 가방을 보고 우뚝 섰다. 고개를 꾸벅 숙이고 게걸음으로 다가와 작은 소리로 물어보았다.

"혹시…… 선녀님?"

"맞아요! 포도봉봉 님?"

감격한 나머지 선여휘 여사는 두 손을 모아 쥐었다. 낯선 누군가 나타나 자기의 별명을 불러준 것이 신선하고 놀라웠다. 비밀스러운 탐정 놀이 속 주인공이라도 된 것 같았다.

"그…… 커튼인가요?"

포도봉봉 님은 바닥에 놓인 가방을 손으로 가리켰다.

"아, 맞아요!"

여사가 활짝 웃었다. 마음이 들뜬 나머지 돈을 받기도 전에 가방을 쓱 내밀었다. 포도봉봉 님은 움찔하더니 주머니에서 반으로 접힌 봉투를 꺼내 들었다. 그러고는 실례했다는 듯 여사를 향해 공손히 내밀었다. 여사는 봉투를 받아 노란색 핸드백 안에 대충 넣었다.

"확인…… 안 하세요?"

미심쩍다는 듯 포도봉봉 님이 여사를 쳐다보았다.

"아!"

선여휘 여사는 재까닥 봉투를 꺼내 들여다봤다. 약속한 금액 6만 8000원이 정확히 들어 있었다. 이제는 포도봉봉 님이 커튼의 상태를 확인할 차례였다. 여사는 가방을 다시금 내밀었다. 어색하게 웃으며, 상대는 물건을 건네받았다. 바로 그때, 갑자기 어딘가에서 아기 울음소리가 들려왔다. 선여휘 여사는 주위를 둘러보았다. 놀이터는 여전히 비어 있고 단지 어디에서도 아기의 모습은 보이지 않았다. 포도봉봉 님은 고개를 숙이고 또 다른 주머니 안에 손을 넣었다. 무전기처럼 생긴 물건이 들려 나오자, 아기의 울음소리가 더욱 커졌다.

"저, 이만 가봐도 될까요? 힘들게 재워놨는데 바로 깼네요. 아기들이 예민한 편이거든요. 쌍둥이라서 곧 나머지 하나도 울 거예요."

허둥지둥 돌아서는 포도봉봉 님의 뒷모습을 보며 선여휘 여사는 당황했다. 이대로 헤어질 수 없다는 생각, 이렇게 헤어져서는 안 된다는 확신이 강하게 들었다. 첫 거래를 망치면 두 번째 세 번째 거래도 망치고 말 것 같았다. 선여휘 여사는 서둘러 상대를 따라갔다.

"하지만 커튼 상태를 확인해야죠. 안 그래요?"

"괜찮겠죠. 문제 있으면 연락드릴게요."

포도봉봉 님은 싱긋 웃었다. 그리고 아파트 보안 키를 손가락 끝으로 눌러댔다. 선여휘 여사는 재빨리 고개 저었다.

"하지만 난 여기서 먼 데 살아요. 일이 아주 번거로워질걸요? 괜찮다면 같이 들어가 커튼 확인을 하셔도 돼요. 물론, 포도봉봉 님이 원하신다면 말이에요!"

포도봉봉 님은 주저하는 눈치였다. "아, 아." 하며 퀭한 눈을 깜빡이는데 무전기에서 울음소리가 화음으로 흘러나왔다. 선여휘 여사를 위아래로 훑어본 뒤에 그녀는 고개를 주억였다. 두 사람은 승강기를 타고 9층으로 갔다. 침묵 속에서 문이 열렸고, 선여휘 여사의 눈앞에 좁고 긴 복도가 펼쳐졌다. 그녀는 아기 엄마를 따라 걸으며 줄줄이 늘어선 현관문 개수를 세어보았다. 하나, 둘, 셋, 넷, 다섯 가구. 복도 맨 끝에 위치한 문 앞에서 그들은 발을 멈췄다.

"엉망이죠? 대충 피해서 들어오세요."

선여휘 여사는 두 눈을 휘둥그렇게 뜬 채 현관 입구에 얼어붙었다. 자신의 서재보다 더 좁은 공간에 주방과 식당, 거실, 그리고 침실이 꽉꽉 들어차 있었다. 맞은편 창으로 쏟아진 햇살이 여사의 두 눈을 쿡 찔렀다. 미농지처럼 얇은 커튼이 창가의 바람에 쓸려서 알랑거렸다.

선여휘 여사는 주방과 식당과 응접실이 압축된 공간을 멍하니 바라보았다. 아기들의 기저귀며 장난감, 헝겊책, 이유식 용품까지 온갖 물건이 널브러져 있었다. 그렇게 정신없는 광경을 보기는 처음이어서 선여휘 여사는 부르르 몸이 떨렸다. 아주 잠깐, 이대로 가버릴까 하는 충동이 들기도 했다. 하지만 계속해서 아기 울음소리가 들려왔고 포도봉봉 님이 한 아기를 안아 달래는 것이 보였다. 그녀는 금세 아기를 내려놓고 침대에서 또 다른 아기를 안아 토닥거렸다. 선여휘 여사는 갑자기 마음이 약해졌다. 아주 먼 옛일이기는 해도 여사 역시 두 살 차이 남매를 키워낸 엄마였다. 그녀에게는 살림을 도와주는 두 명의 도우미와 육아를 돕는 보모가 둘 있었지만, 매일이 어렵긴 마찬가지였다. 친정어머니가 일찍 돌아가신 데다가…… 아무리 능숙한 보모라도 결국은 타인이니까, 늘 여사의 마음같이 움직여줄 순 없었다. 아기들에 관한 모든 것을 일일이 결정하고 또 지시하면서, 때때로 아이 둘에 보모 둘을 돌보는 듯이 지치는 날도 있었다. 머릿속에 그리는 이상적 가정을 현실에서 구현하는 건 누구에게나 어려운 법. 선여휘 여사는 통통한 주먹을 말아 쥐었다. 그녀는 로저 비비에사의 까만색 비단 구두를 벗고 거실 빈 곳에 발을 디뎠다.

"신혼 때는 분위기 있어서 좋았어요. 아침 햇살이 스미면 잠에서 깨기도 좋았고요."

아기들을 달래면서 포도봉봉 님이 웃었다.

"네? 뭐라고요?"

선여휘 여사가 되물었다.

"이 커튼 말이에요. 아기들이 태어나고는 암막 커튼으로 바꿔야 한단 걸 깨달았는데…… 도무지 시간이 나지를 않았어요."

좁은 공간에 놓인 두 개의 침대 사이에, 포도봉봉 님은 서 있었다. 그녀는 양손으로 침대를 천천히 흔들었다.

"저, 손 좀 씻을 수 있을까요?"

선여휘 여사는 자신의 빈손을 내보였다.

"그럼요."

포도봉봉 님은 현관 앞에 있는 새하얀 문을 눈으로 가리켰다.

욕실에 들어선 선여휘 여사는 또 한 번 흠칫 놀랐다. 손바닥만 한 공간에 들어찬 변기와 샤워 부스와 세면대가 자신의 몸을 덮쳐 오는 것 같았다. 흡사 물에 빠진 사람처럼 눈 감고 도리질 치며 여사는 손을 씻었다. 용건을 마친 뒤에는 도망을 치듯 빠져나왔다.

"이제 커튼을 확인해 봐요. 내가 아기들 침대를 밀어줄 테니."

여사가 참은 숨을 몰아쉬었다.

"아, 그래도 될까요?" 두 아기를 향해 번갈아 웃어주고 포도봉봉 님은 일어섰다. "그럼…… 잠시만 부탁드릴게요, 선녀님."

그때, 뭔가가 선여휘 여사의 가슴에 내려앉았다. 그것은 아주 따뜻하고 분명히 좋은 거였다. 쌍둥이 아기의 침대 사이로 여사는 들어섰다. 맑고 예쁜 눈으로 자신을 관찰하는 아기들을 보며 그녀는 슬금슬금 침대를 밀기 시작했다. 쌍둥이는 계속 울었지만 처음처럼 크게 울지는 않았다. 불안이나 불만을 호소하는 것 같지도 않았고, 뭔가가 궁금해 질문을 던지는 느낌이었다. 그토록 어린 아기들을 가까이 보기는 정말로 오랜만이어서 여사는 마치 꿈을 꾸는 듯했다. 엄마와 달리 토실토실 살이 오른 아기들의 얼굴에 자르르 윤이 흘렀다. 머리카락은 짧고 가느다란 게 무척이나 보드라울 터였다. 눈물 젖은 눈가에 짙고 풍성한 속눈썹들이 탐스러웠다. 그리고 아아 이 냄새……. 여사는 슬며시 눈을 감았다. 유럽 왕실이 사랑한 크리드 가문 조향사들의 그 어떤 향수보다 더 아늑한 젖내가 여사의 비강에 스며들었다. 그녀의 마음은 따뜻해졌고 몽글몽글한 감격으로 가득 차 출렁거렸다.

"몇 개월인가요?"

여사는 눈을 떴다.

"7개월하고 3일 됐어요." 포도봉봉 님이 말했다. "하지만 둥이들이 좀 일찍 태어났기 때문에, 병원에서는 출산 예정일 기준으로 계산을 하라 하대요. 그렇게 따지면 6개월하고 11일이 된 셈이지요."

포도봉봉 님이 싱긋 웃었다. 여윈 뺨이 발그레해지더니 퀭한 두 눈에 자랑스러운 빛이 돌았다.

"커튼이 참 좋네요." 문득 포도봉봉 님이 말했다. "그런데…… 좀 너무 좋은 것 같아요. 이렇게 두툼한 커튼은 처음 보는데, 또 너무 가볍고…… 가만! 이 올록볼록한 자수는…… 이건 기계식이 아니네요?"

실눈을 뜨고 그녀는 여사를 돌아보았다.

"선녀님…… 실례지만 이거, 정말로 커튼인가요?"

야무진 손길로 천을 당겨 포도봉봉 님은 라벨을 살펴보았다.

선여휘 여사는 당황한 나머지 마른침을 꼴깍 삼켰다. 행여나 '카사모사'를 알아보진 않을까 걱정이 됐던 것이다. 그러면 상황이 몹시 번잡해지리라. 선여휘 여사는 허둥거렸다.

"아유, 눈이 정확하네요. 사실은 그게 국산 제품이 아니야. 해외여행 갔을 때 산 거거든요. 그…… 스페인 시장에서!"

여사는 자신이 쌍둥이의 침대를 너무 빠른 속도로 밀고 있음을 깨달았다. 그녀는 즉시 속도를 조절했다.

"그렇구나. 어쩐지."

포도봉봉 님이 고개를 끄덕거렸다.

"커튼 맞지, 그럼! 거기 위에 봐요. 커튼 봉에 걸도록 돼 있잖아?"

선여휘 여사는 기세를 몰아 쐐기를 박았다. 아기 엄마는 또 한 번 고개를 끄덕거렸다.

"그런데…… 대단히 큰 집에 걸려 있었나 봐요. 두 장까지는 필요도 없겠네요. 한 장만으로도 이렇게 넓으니. 게다가 몹시 길어요. 저희 집에서 쓰려면 수선을 해야겠는데……."

"좀 늘어지게 걸어야 빛 차단이 잘 돼요. 우리 집에서도 그랬어."

선여휘 여사는 손사래 쳤다. 그녀는 상대의 관심을 커튼으로부터 떼놔야겠다고 생각했다.

"그나저나 쌍둥이를 혼자 보다니, 도와줄 사람 없어요?"

"아, 시어머니는 아직도 일을 하세요. 친정엄마는 안 계시고요."

포도봉봉 님은 식탁 의자를 베란다 창 앞에 들고 와 밟고 섰다. 묵은 커튼을 떼려는 모양이었다.

"선녀님이 계셔서서 다행이에요. 이렇게 커튼을 바로 걸 수도 있고. 아, 한 번 빨아서 걸어야 할까요?"

"웬걸. 세탁해 가져온 거예요. 그냥 걸어도 된다우!"

선여휘 여사는 자기 입에서 나온 별난 말투에 깜짝 놀랐다. 그것은 태어나 한 번 써본 적도, 들어본 적도 없는 말투였다. 이제는 울지 않는 쌍둥이를 두고 여사는 일어섰다. 아기 엄마를 도와 묵은 커튼을 내리고 새 커튼을 달게끔 도와줄 생각이었다.

"그…… 친정어머닌 일찍이 별세하셨나?"

묵은 커튼을 받아 안으며 여사가 물어보았다. 젊은 날 돌아가신 어머니의 정다운 얼굴이 눈앞에 아른거렸다. 정말로 지혜롭고 참 따뜻한 분이었는데.

"아뇨. 그냥…… 원래부터 안 계셨어요."

포도봉봉 님이 말했다. 마치 오븐이나 건조기 따위가 원래부터 없었다는 듯 무심한 투였다.

"아이고, 이렇게 미안할 데가……."

선여휘 여사는 발가락들을 꼼지락거렸다.

"괜찮아요."

설핏 웃으며 포도봉봉 님은 바닥으로 내려왔다. 그녀는 여사의 품에서 묵은 커튼을 받아 베란다 한쪽에 놓인 세탁기 안에 넣었다. 그런 다음 새 커튼을 들고 다시 의자에 올라섰다. 선여휘 여사는 얼른 다가가 커튼을 잡아주었다. 푼수처럼 아픈 곳을 찌른 게 미안하기 짝이 없었다.

"저 혹시, 밥은 먹었나?"

조심스럽게 여사가 물어보았다. 멍한 눈으로 커튼을 들어 올리다 아기 엄마는 움찔했다. 마치 '밥'이라는 단어가 무슨 뜻인지 망각한 사람처럼. 수 초가 지난 뒤 그녀는 입을 열었다.

"네. 아침에 잠깐 시리얼을……."

젊은 엄마의 눈길이 가닿은 곳을 선여휘 여사는 바라보았다. 작은 싱크대 안에 갖가지 이유식 용기와 젖병들이 어지럽게 쌓여 있었다. 그 한편에 밥그릇 하나가 비스듬히 올라앉았다. 우유에 불어 터진 시리얼 속에 숟가락 하나가 꽂혀 있었다.

"아이고. 아기 엄마가 잘 먹어야지!"

선여휘 여사는 별안간 캐시미어 재킷을 벗고 두 팔을 걷어붙였다. 그녀는 이 허기진 여자를 반드시 먹이겠다는 사명감에 불타올라, 집주인의 만류에도 냉장고 문을 열어젖혔다. 그러나 그 안에는 아기들의 이유식을 만들 유기농 야채 부스러기밖에 먹을 거라곤 없었다. 게다가 최신식 밥솥은 정교한 컴퓨터처럼 생겨먹어서 도무지 밥해 볼 엄두가 나지 않았다. 그녀는 손수 요리를 해본 지 너무나 오래됐음을 깨달았다. 그때, 선여휘 여사의 머릿속에서 참신한 생각이 떠올랐다.

"가만. 이 근처에 내 동생 사는데!"

여사는 핸드백에서 휴대폰을 꺼내 전화를 걸었다. 뚜르르, 신호가 울리자 상대가 전화를 재깍 받았다.

"춘이야. 너 잠깐 시간 있니?"

"네? 여사님, 무슨 말씀이세요."

양 과장은 난데없이 자기 이름을 부르는 여사에 당황해 굽실거렸다. 그녀는 한적한 교외의 카페에서 커피를 즐기던 참이었다. 양 과장의 태도가 급변하자 차 실장도 의아한 듯이 고개를 갸웃였다.

"아이, 나 잠깐 약속 있어 네 동네 왔거든. 중고 거래하러 말이야. 암튼 여기 아기 엄마가 있어. 밥도 잘 못 먹고 해서 요리를 해주려는데, 알다시피 내 솜씨가 엉망이잖니. 미안한데, 와서 밥 좀 해줄 수 있니? 너라면 뚝딱 해낼 수가 있잖아."

"아뇨, 그렇게까진⋯⋯!"

창백한 얼굴로 포도봉봉 님은 두 손을 내저었다. 선여휘 여사는 콧등을 찡긋하면서 웃어보였다.

"괜찮아요. 내 동생은 워낙에 요리하는 걸 좋아해. 손도 빠르고."

"저⋯⋯ 그럼 어디로 가야 하는지 알려주세요."

내키지 않는 마음을 누르느라고 양 과장은 미간을 찌푸렸다.

"웅! 여기 포레스트힐 1105동 910호야. 냉장고에는 먹을 게 없으니 간단히 장 봐서 오고!"

싱긋 웃으며 여사는 전화를 내려놓았다.

양 과장이 올 때까지, 여사는 포도봉봉 님을 도와서 아기들을 돌봤다. 한 아기가 젖을 빠는 동안 다른 아기에게 분유를 먹이며 그녀는 샹송을 불러주었다. 탱탱 불은 기저귀도 깨끗이 갈아주었다. 아아, 그 연약한 발목 두 개가 한 손아귀에 쥐어질 때는 얼마나 행복했던가! 여사가 배부른 아기들을 트림시키는 동안 포도봉봉 님은 개수대 앞에서 설거지를 해치웠다. 바닥에 늘어둔 물건을 치우고 청소기도 실컷 돌렸다.

뒤이어 도착한 양 과장은 좁은 부엌에서 요리를 시작했다. 자기 주방도 아닌 곳에서 그토록 능숙하게 양념이며 도마를 꺼내 쓰는 모습이, 선여휘 여사 눈에는 요술을 부리는 것만 같았다. 음식이 완성되는 동안 여사는 아기 엄마를 도와서 걸레질했다. 선반마다 쌓인 먼지를 닦고 뻐근해진 허리를 뒤로 젖히며, 여사는 집 안을 둘러보았다. 놀랍게도 그 공간이 처음처럼 비좁아 보이지 않았다. 어린 쌍둥이를 키우기에 딱 맞는, 안온한 공간 같았다.

"다 됐습니다. 와서 드세요."

양 과장이 뚝배기를 자그만 식탁에 올려놓았다. 기름기 도는 차돌박이와 어슷썬 애호박 틈새로 된장국물이 뿌글거렸다. 선여휘 여사가 집에서 먹어본 것과 꼭 같은 두릅 피클과 주꾸미 숙회도 접시에 예쁘게 담겨 있었다.

"아유. 춘이야 고생했다. 이제 가봐. 바쁘지?"

선여휘 여사는 양 과장을 다독여 집 밖으로 내보냈다.

"정말 감사합니다. 잘 먹을게요!"

포도봉봉 님이 현관 앞까지 달려와 머리를 깊이 숙였다.

"네, 전 그럼."

두 사람을 향해 연거푸 고개 숙이는 양 과장을 부둥켜안고, 여사는 얼른 일으켜 세웠다.

"아이, 친자매 사이에 무슨 인사니? 아무리 나이 차이가 나도 그렇지, 얘는 참! 얼른 가. 이따 들를게!"

포도봉봉 님이 정신없이 늦은 점심을 먹는 사이에 선여휘 여사는 계속해서 아기들을 돌봐주었다. 번갈아가며 칭얼거리던 쌍둥이는 여사의 솜씨가 마음에 들었던지 차차로 조용해졌다.

"동생분이 참 대단하세요. 어쩜 이렇게 솜씨가 좋으실까요? 5성급 호텔에 간다고 해도 이렇게 맛난 걸 먹지는 못할 거예요."

포도봉봉 님의 칭찬을 듣고 선여휘 여사는 두 눈을 번쩍 떴다.

"5성급 호텔 가봤어요? 어디에, 신라? 조선?"

"아뇨…… 그냥 말이 그렇다고요."

멋쩍은 낯으로 포도봉봉 님은 배시시 웃어보였다. 4월의 햇살처럼 해맑은 미소였다. 누군가 자기를 향해 그처럼 웃어주기는 오랜만이라고 선여휘 여사는 생각했다. 그녀는 자랑스럽게 뒷말을 덧붙였다.

"그건 퍽 당연한 말이라우. 왜냐하면, 내 동생이 바로 그 5성급 호텔 요리사 출신이거든!"

"어머."

포도봉봉 님은 두 눈을 동그랗게 떴다. 새삼스러운 눈길로 식탁을 둘러보고 남은 음식을 천천히 마저 먹었다. 밥을 다 먹은 뒤에는 또 한바탕 설거지에 매달렸다. 씻어둔 젖병을 삶고, 세탁이 끝난 헌 커튼을 꺼내 베란다 건조기에다 넣었다. 일을 마치고 돌아보니 선여휘 여사는 쌍둥이의 침대 하나에 턱을 얹은 채 잠들어 있었다. 아기들도 거짓말처럼 쌔근거리며 오후 낮잠에 빠져 있었다. 꽤 고민하다가, 그녀는 욕실로 갔다. 벌써 이삼일 머리를 감지 못했다. 보드라운 물줄기 아래 몸을 씻으며 포도봉봉 님은 나직이 노래를 흥얼거렸다. 오늘 오후 일어난 일들이 꿈처럼 달콤했다.

선여휘 여사가 눈을 떴을 때, 집 안은 고요로 가득 차 있었다. 그리고 어두웠다. 여사는 화들짝 놀라 휴대폰을 더듬었다. 오후 6시 11분. 아직 해가 지기엔 이른 계절이었다. 선여휘 여사는 방이 그토록 어두운 것이 자신의 커튼 때문이란 걸 깨달았다. 그녀는 어둠 속에서 방 안을 둘러보았다. 쌍둥이는 여전히 침대 속에 잠들어 있고, 아기 엄마도 커튼 아래서 제 팔을 벤 채 졸고 있었다. 기분 좋은 샴푸 향기가 집 안에 고여 있었다.

여사는 긴장을 풀고 아기 침대에 몸을 기댔다. 그리고 자신이 가져온 커튼을 바라보았다. 그것은 층고 낮은 창에 걸린 채 끝단이 접혀 있었다. 두 장을 넓게 걸었을 때 보였던 무늬가 반으로 쪼개져 낯선 느낌이 났다. 여사는 자신이 그 커튼을 기능적으로 사용하기보다는 미적으로 이용했음을 깨달았다. 그러나 지금 이 작은 집에서 그것은 본래의 기능을 되찾고 있었다. 커튼이란, 빛을 가리고 어둠을 만드는 물건. 그래서 지친 이들이 편히 잠들 수 있게끔 돕는 생활의 필수품이었다.

'참 멋진 풍경이네.'

여사는 잠이 든 아기와 젊은 엄마를 지그시 바라보았다. 커튼을 닫아서 만든 포근한 어둠. 그 속에 잠든 연약한 이들의 무방비한 표정은 그 어떤 예술품보다 더 아름다웠다. 여사는 자신의 마음이 이제까지와 다른 것으로 채워지는 걸 느꼈다. 그것, 그 편안함은 쌍둥이와 젊은 엄마의 몸에서 흘러넘쳐 선여휘 여사의 가슴에까지 스미고 있었다. 조용히 미소 지으며 여사는 윗몸을 일으켰다. 순간, 뭔가가 바닥에 툭 떨어졌다. 손을 뻗어서 만져보니 얇게 누벼진 면 이불이었다. 여사의 코끝이 시큰해졌다.

'그동안…… 나는 부족함 없이 살았어. 하지만 어머니가 돌아가신 후, 누구도 내 몸에 이불을 덮어주지는 않았지. 내겐 유명 디자이너가 만든 값비싼 이불, 온갖 희귀 소재로 만든 최고급 이불들이 있지만 아무도 그걸 덮어주지는 않았다고.'

감격한 여사가 콧물 훌쩍이는 소리를 듣고 포도봉봉 님이 잠에서 깼다.

"아! 정말이지 살 것 같아요!"

속삭이면서 그녀는 기지개 켰다. 어둠 속에서 콧물을 닦고 선여휘 여사는 고개를 끄덕였다. 그녀는 캐시미어 재킷과 핸드백을 들고 떠나갈 채비를 했다. 포도봉봉 님은 얼른 일어나 작은방으로 들어가더니, 곧 나와서 현관문을 조용히 열어주었다. 아기들의 눈치를 살피며 그녀는 소곤거렸다.

"고맙습니다. 이제 곧 남편이 올 거예요. 아까 동생분이 음식을 많이 해두셔서, 모처럼 밥다운 밥을 내줄 수 있게 됐네요."

인자하게 웃으며 선여휘 여사는 돌아섰다. 포도봉봉 님은 슬리퍼를 신고 바깥까지 따라와 봉투 하나를 쓱 내밀었다.

"아유, 괜찮아요! 대가 받자고 한 일 아니야."

정색을 하며 선여휘 여사는 봉투를 밀어냈다. 하지만 아기 엄마는 어떻게든 봉투를 주려 했고, 실랑이를 벌이는 사이 집 안에서 아기가 깨어나 찡얼거렸다. 왼쪽 침대에서 생활하는 둘째의 목소리임을 선여휘 여사는 알아챘다.

"받아주세요. 그냥 가시면 커튼을 볼 때마다 마음이 불편할걸요."

"아유, 참!"

하는 수 없이, 여사는 봉투를 받아 나왔다. 승강기를 기다리는 동안 괜시리 가슴이 두근거렸다.

롤스로이스 팬텀 EWB는 아파트 입구에서 주인을 기다렸다. 이른 시간에 퇴근한 사람들, 학원을 마치고 돌아온 동네 꼬마들이 호기심 어린 눈으로 근처를 서성거렸다. 여사는 차 실장의 에스코트를 받아 뒷좌석에 올라탔다. 아, 푹신한 가죽 시트가 어찌나 안락하던지! 그녀는 평소에도 롤스로이스가 좋은 차인 걸 알았지만, 오늘은 유독 대단한 감상에 젖어들었다.

양 과장과 차 실장은 번갈아가며 룸미러를 힐끔거렸다. 이렇게 오랫동안 무슨 일이 있었던 건지 궁금한 눈치였다.

"아까는 놀랐지, 양 과장? 미안해요. 가욋일 한 것은 내가 보상을 할게. 차 실장님도 미안합니다. 이렇게 오래 기다리게 해서."

"네……."

"아닙니다."

두 사람이 동시에 대답했다. 양 과장은 시무룩 앉아 있다가 차가 출발하자 서둘러 안전벨트를 맸다.

"그나저나 시장하시겠어요. 집으로 가면 밥을 곧 안치겠습니다."

"아이고, 오늘은 아무거나 시켜먹읍시다. 양 과장도 얼마나 출출할 거야?"

여사의 말을 듣고 양 과장은 깜짝 놀랐다. 무려 7년이나 여사의 집에서 일해왔지만 그러한 말을 들어본 것은 처음이었다.

'세상에! 내 뱃구레 걱정을 다 하네? 저 깍쟁이 여사가!'

양 과장은 기다란 두 눈을 빠르게 끔뻑거렸다.

한남동 저택에 도착했을 때 여사는 뒷좌석 창에 머리를 기댄 채 잠들어 있었다. 양 과장이 먼저 내렸고, 차 실장은 은근한 헛기침으로 여사를 깨워주었다. 퍼뜩 눈을 떠 여사는 소매로 입가를 쓱 문질렀다. 축축한 액체가 흥건히 묻어났다. 붉어진 뺨을 감추고 그녀는 차에서 내려 저택으로 도망쳤다. 서둘러 목욕을 하고, 배달되어 온 초밥을 허겁지겁 먹었다. 양치를 한 뒤 침대에 쓰러져 쉬는데 불현듯 봉투 생각이 났다. 그녀는 드레스 룸으로 돌아가 대충 던져둔 핸드백 안을 뒤졌다. 봉투는 두 개였다. 하나는 커튼 값이 든 것이었고, 또 다른 하나는 무엇이 들어 있는지 아직은 알 수 없었다.

붉은 양귀비가 프린트된 돌체앤가바나사의 파자마를 걸친 채 그녀는 침실로 돌아갔다. 널따란 침대 헤드에 기대 실눈을 뜨고 봉투를 여는 동안에 심장이 콩닥거렸다. 선여휘 여사는 통통한 손가락 두 개를 넣어 안에 든 것을 꺼냈다. 진녹색 지폐가 딱 한 장 들어 있었다.

"우핫! 푸푸푸키킥!"

여사는 침대 위에서 몸을 굴렸다. 엄지와 검지 끝으로 지폐를 잡고 샹들리에의 불빛에 비춰 보았다. 아아, 만 원짜리 달랑 한 장을 만져보는 게 얼마만이던가! 난생처음 용돈을 받은 꼬마 애처럼 그녀는 신이 났다.

"아이참, 너무 재밌다. 다음엔 뭘 내다 팔지?"

푹신한 침대에 드러누워서 그녀는 히죽거렸다. 즐거운 상상을 하나둘 꾸며내다가 단잠에 깊이 빠졌다.

수상한 루이뷔통

으리으리한 저택들이 모여 있는 한남동 언덕, 이태원로 55마길 첫 번째 집에 새날이 밝아왔다. 통통한 참새 일곱 마리가 파드닥 날갯짓하며 황금소나무 잔가지 위에 내려앉았다. 뾰뾰 삐삐 지저귀는 소리를 듣고 선여휘 여사는 두 눈을 번쩍 떴다.

"앗하하하. 꽛하하하!"

그녀는 웃으며 하루를 시작했다. 창가의 커튼을 열어젖히니 너른 침실이 빛으로 가득 찼다. 그러나 경기도 외곽 어느 아파트의 침실은 아직 어둡고, 한 어머니와 쌍둥이는 깊은 단잠에 빠져 있겠지. 어깨를 활짝 펴고, 선여휘 여사는 또 한 번 폭소를 터뜨렸다.

여느 때처럼 스크랩한 뉴스 뭉치를 읽고, 식사를 하고, 중고 마켓을 들여다본 뒤 여사는 김 비서와 함께 'K-부동산 버전' 모노

폴리를 했다. 선정의 전화를 받아서일까? 김 비서는 이전과 다른 태도로 게임에 임해주었다. 지난주만 해도 그 젊은 직원은 싱글 싱글 웃으며 게임에 져주었는데, 이제는 아주 진지한 태도로 승부를 내려고 했다. 선여휘 여사는 전력공사를 독점하고 서울과 부산을 접수한 뒤에 아파트들을 지어 올렸다. 그러는 동안 그녀는 세 번이나 감옥에 갇혀 구속이 되고 말았다.

"돈을 내고 빠져나오세요!"

김 비서가 조언했으나 여사는 거절했다.

"자기 지금 그런 걱정할 때가 아니야. 나한테 임대료 줘야지. 역세권이라 두 밴 거 알지?"

"휴! 저 이거 내면 거지 돼요, 진짜."

"그래도 룰은 룰이잖아? 어머! 나 재난지원금 받으래. 자기, 은행에서 돈 좀 줘."

모처럼 게임의 재미에 빠진 나머지, 여사는 저물녘이 다 됐을 무렵에서야 외출할 준비를 했다. 일성대학병원의 A급 특실에 들어섰을 때 헤어디자이너는 작업할 준비를 마치고 있었다. 용재의 스타일링을 위해 압구정 숍에서 특별히 초빙한 실력자였다. 그는 접이식 카트 위에 예리한 가위와 면도칼, 스펀지 등을 올려놓았다. 라텍스 장갑을 끼고 마스크를 쓴 모습이 마치 수술을 앞둔 의사 같았다.

"어떤 스타일로 해드릴까요?"

여사를 향해 디자이너가 물어보았다. 선여휘 여사는 플라노 피사의 흰 카디건을 벗어 안락의자에 놓고 우아하게 걸어서 아들 곁으로 갔다. 두 명의 간병인이 용재의 몸을 휠체어에 앉혀 머리 카락을 자를 수 있게끔 준비해 놓은 상태였다.

"깔끔한 스타일이 좋아요." 여사가 이야기했다. "하지만 오늘 은 내 머리를 하는 게 아니니까, 우리 용재한테 물어봐야죠."

그녀는 웃으며 아들의 어깨를 어루만졌다. 뜨악한 표정을 애써 감추며 디자이너는 용재를 향해 몸을 돌렸다. 그는 말했다.

"저, 어떤 스타일로 해드릴까요?"

"……"

큰 눈을 깜빡일 뿐 용재는 아무런 요구도 하지 않았다. 선여휘 여사는 어깨를 으쓱였다.

"얘가 묻네요. 요즘 유행하는 스타일이 뭐냐고요."

마치 자신도 그 말을 들었다는 듯, 헤어디자이너가 고개를 끄 덕였다. 그는 말했다.

"차은후의 세미 리프컷이 유행입니다. 가르마 탄 머리를 풍 성하게 부풀려 넘긴 모습이 나뭇잎 같아 그런 이름이 붙었지요. 앞머리가 길어야 제대로 된 모양이 나옵니다. 톱 모델 최연준이 유행시킨 플랫컷도 있어요. 뒤와 옆은 짧게 쳐 다운펌으로 누르 고 윗부분에 볼륨감을 줘, 세련되면서도 남성스러운 느낌이 납 니다."

여사는 손으로 턱을 괴고 아들의 눈을 바라보았다.

"어떻게 하면 좋겠니?"

"……."

"얘는요, 리프컷이 좋대요. 앞머리를 자르지 말래."

마음에 안 든다는 듯 여사는 고개를 흔들었다. 그녀는 엄한 눈으로 아들을 향해 검지를 내뻗었다.

"펌은 안 돼. 작년에 두피염 생겨 고생했잖니? 커트만이야. 스타일링은 드라이어로 하고."

엄마와 아들을 곁눈질하며 디자이너는 마른 입술에 침을 발랐다. 빗과 가위를 양손에 쥐고 그는 고객을 향해 다가갔다. 조금 긴장했지만, 머리카락이 손에 닿자 마음이 편안해졌다. 그는 유려한 솜씨로 자신의 일을 시작했다.

한강 너머 먼 데서 보랏빛 해가 기울었다. 아들과 나란히 창가에 앉아, 선여휘 여사는 노랗게 떠오른 달구경을 했다. 테두리가 유난히 선명한 달이었다. 문득 여사는 맨발로 달려가 창문을 여는 상상을 했다. 차갑고 조금 더러운 공기가 방 안에 쏟아지고, 용재가 아무렇지도 않게 앉아서 노래를 흥얼거리는 장면이었다.

선여휘 여사는 손가락 끝에 통증을 느끼고 입술을 깨물었다. 자기도 모르게 품 안의 기타 줄들을 끊어낼 듯이 당기고 있었다. 그녀의 시선이 벽면의 컨트롤러로 미끄러졌다. 최첨단 청정 시스템이 공기의 질을 완벽에 가깝게 관리해 주고 있었다. 가볍게 한숨을 쉬고 여사는 아들을 바라보았다. 용재는 얌전히 의자에 앉아 있었다.

"있잖니? 재밌는 일이 있었어."

애써 호들갑 떨며 여사는 첫 거래 이야길 풀어놓았다. 중고 거래를 알게 된 과정부터 포도봉봉 님과 만난 일까지 상세히 말하노라니, 신기하게도 그날로 돌아간 듯이 가슴이 콩닥거렸다. 흥분에 휩싸여 그녀는 아들의 눈을 바라보았다.

"그 아기들은 참 예뻤단다! 너랑 네 누나 생각이 났지. 선정인 어릴 때부터 음식 욕심이 컸어. 양쪽 젖을 다 먹고도 부족하다며 엉엉 울었지. 그에 반해 넌 도통 먹질 않았어. 얼마나 속이 탔는지! 그래. 중학생이 되고는 확 달라졌어. 어느 날 저녁 식탁에서 제법 굵은 목소리로 '더 주세요.' 말했을 때 엄마는 진짜 놀랐다? 매일 소고기 안심을 한 근씩 먹었잖아. 아이스하키를 시작하고부터는 3년 동안 30cm가 컸지!"

활짝 웃으며 여사는 아들의 뺨을 어루만졌다.

'그래, 난 너무 오래 현재만을 생각해 왔어. 그리고 끝없이 미래를 상상했지…….'

선여휘 여사는 모처럼 용재의 과거를 떠올렸다. 28시간 난산 끝에 마주한 아들은 무척이나 작고 빨갰다. 여린 손발을 버둥대면서 우는데, 그 목청이 어찌나 큰지 의료진들이 깜짝 놀랐다. 가업을 이을 손자가 태어났다며 아버지는 전 사원 앞으로 보너스를 지급했다. 걸음마를 하고, 말문을 떼고 초등학교와 중학교에 진학하면서 용재는 수없이 벅찬 기록들을 남겼다. 뛰어난 성적으로 대학을 졸업하고 기업을 혁신하며 사회에 기여하는…… 눈부신 미래가 그 앞에 펼쳐질 것을 모두가 기대했다.

'그때로 돌아간다면 얼마나 좋을까? 그럼 그 끔찍한 사고를 겪지 않도록 지켜줄 텐데……!'

목이 메어, 여사는 침대 난간을 부르쥐었다. 그녀는 용재의 잘난 얼굴을 다시 보았다. 하지만 아들은 그런 엄마의 얼굴을 마주 봐주지 않았다.

"있잖아, 용재야." 여사가 아들의 손등을 쓰다듬었다. "사실……
엄마 좀 쓸쓸했다? 너 여기 있지, 선정인 일 중독자가 돼 오밤중에나 들어오지, 네 아빤 이태원동 빌라에 머물고 있잖아. 그래……
알아. 네 아빠 탓하는 거 아니야."

여사는 탁자에 둔 휴대폰을 그러쥐었다. 중고 마켓 어플을 켜고 새로 등록된 상품 목록을 살펴보았다. 화면을 주시하면서 그녀는 중얼거렸다.

"있잖니. 엄마 두 번째 물건 등록했다? 뭘 내놨는지 너 알겠니?"

짓궂은 소녀처럼, 여사는 팔꿈치로 아들의 몸을 쿡 찔렀다.

"바로 네 누나 루이뷔통이야. 고3 겨울, 코넬대 합격 확인한 뒤에 프랑스 가서 샀던 것 말야. 한정판 구해달라고 안달했던 거 기억나니? 네 누나 그럴 땐 진짜로 집요하잖아. 미국 유학 간 뒤로 안 보여 잊었었는데, 아, 그걸 왕 부장이 찾아냈어. 알아, 엄마 물건 아닌 걸 손대선 안 되지. 나도 처음엔 내 물건들만을 팔려 했다고. 하지만 얘, 엄마 물건은 인기가 없더라. 하루 종일 기다려도 말 거는 사람이 없어. '대체 왜 그런 거예요?' 하고 양 과장한테 물었지. 내가 올린 가방 사진을 한참 보더니 양 과장이 묻더라. '플라노 피가 뭐예요?' 영국 브랜드라고 설명을 했지. 귀족들을 통해 내려온 하이엔드급 브랜드라고. 그랬더니 글쎄…… 양 과장 표정을 너도 봤어야 해. 인중을 길게 늘이고 입술을 오므리면서 '누구나 아는 브랜드 제품을 올리세요. 그러면 잘 팔릴걸요?' 이러는 거야. 아니나 달라? 루이뷔통을 올리자마자 채팅이 쏟아지는데…… 엄만 진짜 즐거웠다? 낯선 사람들이랑 대화하는 거, 엄청 짜릿해. 마치 결말 없는 소설을 완성하는 것 같아. 주인공이랑 대화하면서 흥미로운 사건 속으로 치달아가는 거야. 물론 그 주인공은 매번 달라져."

선여휘 여사는 여러 사람과 나눈 대화창을 열어서 용재의 눈앞에 들이밀었다. 그러나 아들이 시선을 주지 않자 머쓱한 얼굴로 휴대폰을 거두어들였다.

"얘. 인기 제품을 판매하니까 참 좋더라. 배짱을 부릴 수가 있거든. 양 과장 말이, 일반적으로 사람들은 가격이랑 시간만 맞춘대. 그 외에는 묻지도 따지지도 않는다는 거야. 근데 엄마는 인기 제품의 주인이니까 물건을 왜 사려 하는지 물어볼 수가 있었어. 그걸 왜 묻느냐고? 궁금하니까 그렇지. 얘…… 좀 물어보면 어떠니? 뭐…… 프라이버시? 흐음. 그렇게 자기 자신을 감추는 사람은 원하는 것을 가질 수 없어. 적어도 내 물건은 그렇지."

말하고 나서 여사는 깜짝 놀랐다. 그녀는 커다란 눈으로 아들을 돌아보았다.

"용재야, 뭐 그렇게까지 말을 하니? 엄마가 그렇게 나쁜 사람
은 아니다. 시가보다 85%나 싼 값에 내놓았다고. 그 바람에 한바
탕 난리가 났어! 아니, 그 가방이 12년 된 중고인 줄만 알았지 지
금도 인기가 있어 웃돈 붙어서 팔리는 줄을 어떻게 알았겠니? 네
누나한텐 비밀로 하자. 아무튼, 350만 원짜리를 50만 원에 내놨
단 말이야. 알겠니? 엄마가 뭐 돈 벌려고 이런 거래를 하는 게 아
냐. 사람 만나려고 하는 거지. 너 알다시피 엄만 매일 신문 기사
를 읽어. 세상 돌아가는 걸 알지. 올해 최저 시급이 9620원이래.
그래, 엄마가 어제 번 돈이 딱 그 언저리야. 물론 세 시간 일하고
받은 거지만……. 어쨌든 포도봉봉 님 생각해 잡은 액수야. 만약
포도봉봉 님이 가방을 산다면 얼마쯤 쓰려고 할까, 임 비서한테
물어서."

여사는 별안간 웃음을 터뜨렸다. 그녀는 통통한 손으로 아들의
팔을 쳤다.

"애, 별사람이 다 있더라. 전 애인 결혼식장에 메고 가겠단 사
람부터 한정판 명품 수집이 취미라는 사람, 그리고 디자이너가
꿈이라는 대학생도 있었어. 걘 가방을 사서 완전히 뜯어볼 작정
이라는 거야. 근데 대부분은 '되팔렘'이라고 양 과장이 그러데.
되팔렘이 뭐냐고? 그건 중고로 산 물건을 그보다 비싼 값에 되파
는 사람을 말해. 맞아, 그래서 난리가 났다는 거야. 채팅이 무지하
게 밀려들더라. 이 사람 저 사람 흥정하는데…… 어떤 사람은 막

화를 내지 뭐니? 딴 사람한테 팔기로 했다니까 태도가 돌변해서는…… 뭐? 사람을 갖고 놀지 말라나? 내 생애 그토록 무례한 언사는 처음이었어!"

주먹을 꼭 쥐고 여사는 아들을 바라보았다. 용재는 평소보다 더 빠른 속도로 큰 눈을 깜빡거렸다.

"그래, 너도 궁금하지? 엄마가 누구한테 그 가방을 팔기로 했는지."

여사는 휴대폰을 들어 한 사람과의 대화창을 열어 보였다.

"별명이 '은방울꽃'이야. 참 예쁘지? 곧 엄마 생신인데, 이 가방을 사서 드리고 싶대. 기특한 아가씨야."

당황한 얼굴로 여사는 얼른 뒷말을 덧붙였다.

"오해하지 마. 너 들으라고 한 얘기 아냐. 엄마는 너랑 이렇게 있는 것만도 비할 데 없이 행복해. 아무튼 난 요새 신나! 있잖니, 오늘 밤에 그 사람 만나기로 했다? 아르바이트가 늦게 끝나서 그때밖에는 시간이 없대. 다녀와서 또 이야기하자."

안락의자에서 일어나, 여사는 클래식기타를 벽장에 집어넣었다. 새롭게 손질한 아들의 머리를 손으로 쓸어 넘기고 볼록한 이마에 입을 맞췄다. 그리고는 한참이나 서서 그 예쁜 얼굴을 들여다보았다.

백색 롤스로이스 팬텀은 깜깜밤중을 뚫고 도시를 내달렸다. 매끈한 강변도로를 벗어나 한강 다리를 건너, 언덕이 많은 동네로 들어섰다. 솜사탕 같은 벚나무들이 여사를 환영하듯이 가로등 아래로 꽃잎을 흩뿌렸다. 차 실장은 속도를 줄이고 골목을 돌아 자그만 성당에 들어섰다. 밤이 깊어서인지 주차 공간이 한산했다. 여사는 시계를 힐끔 보았다. 10시 20분. 구매자가 오기까지는 10분쯤 남아 있었다.

[집으로 가는 길에 그 성당이 있어요.]

은방울꽃 님이 보내온 문자를 여사는 다시 보았다.

"거래를 하고 올게요."

차 실장에게 말한 뒤 그녀는 뒷좌석 문을 열었다. 덩달아 차에서 내려 차 실장은 경계심 어린 눈으로 주변을 휘둘러봤다.

"괜찮아요. 안에 계세요."

여사는 미소 지었다. 그녀는 아무도 없는 안뜰을 혼자서 걷고 싶었다. 선교사들이 세운 여학교를 졸업한 뒤로 성당에 와보긴 처음이었다.

'선녀, 토 친구와 터틀고 있니?'

미국인 수녀 선생님의 어설픈 한국어 억양이 귓가에 생생했다.

"풋!" 갑자기 여사는 웃음을 터뜨렸다. "꼭 어제 일 같네. 40년도 더 지난 일인데……."

설레는 마음으로 여사는 아담한 뜰 안을 거닐었다. 단발머리를 곱게 빗고 하얀 교복을 갖추어 입은 소녀 시절로 돌아간 기분이었다. 깜깜한 성당 벽에는 두 팔을 벌린 하나님 부조가 새겨져 있었다. 그 모습이 마치 침대 위에 대자로 누워서 잠이 든 것만 같왔다. 건물 뒤편 은은한 달빛 아래 은행나무며 자귀나무가 여린 잎들을 흔들었다. 안뜰 구석에는 밝은 등 하나가 서 있는데, 그것이 새하얀 성모상 주변을 밝히고 있었다. 신자들이 오가며 바친 꽃들이 성모상 발치에 쌓여 있었다. 유리 제단에 나열된 색색의 초들로 선여휘 여사의 눈길이 옮겨갔다. 자그맣게 타오른 불꽃마다 용재의 얼굴이 담겨서 흔들리는 듯했다. 문득 달음박질치는 소리에 놀라 여사는 돌아섰다. 긴 생머리에 청바지, 연두색 카디건을 입은 한 사람이 성당 안뜰을 두리번거렸다. 이제 막 고등학교를 졸업했을까 싶은 풋풋한 아가씨였다. 턱 밑까지 차오른 숨소리가 여사의 귀에 들렸다.

"안녕하세요, 선녀님! ……이시죠?"

꾸벅 고개를 숙이고 상대가 다가왔다. 달콤하고 고소한 향기가 바람을 타고 풍겨왔다.

"맞아요. 은방울꽃 님?"

루이뷔통 가방을 들어, 여사는 흔들었다. 삐져나온 머리칼을 귀 뒤로 꽂아 넘기며 아가씨가 생긋 웃었다. 슬며시 다가와 한정판 가방을 유심히 살펴보는데, 때꾼한 눈두덩 아래 똘똘한 눈이 빛났다.

"와…… 이렇게 예쁜 회색은 처음 봐요. 사진으로 본 것보다 더 고급스럽네요. 정말로…… 진짜 같아요."

"진짜지, 그럼?"

선여휘 여사는 호호 웃었다.

"아, 아……."

난처해하는 아가씨를 보며 몇 초나 시간이 흐른 뒤에야 선여휘 여사는 사태를 깨달았다. 자신과 루이뷔통 백은 어떤 오해를 받고 있었다. 아닌 밤중에 따귀를 맞은 양, 여사는 팔짝 뛰었다.

"어머, 아니야! 프랑스 가서 직접 산 거예요!"

"예에……."

입술을 깨물며 은방울꽃 님은 고개를 끄덕였다. 그러나 여사의 얘기를 곧이듣는 것 같진 않았다. 그녀는 차분히 입을 열었다.

"그럼 혹시, 증명서 갖고 계세요?"

선여휘 여사는 고개를 휘저었다.

"아니, 이 브랜드는 그런 게 없어. 개런티 카드를 주지 않잖아."

"으음…… 저, 그럼 통관 서류를 갖고 계신지……."

"우린 그런 걸 보관 안 해요."

여사는 웃어버렸다. 즐거워 샘솟는 웃음이 아니라 곤혹스러워 쏟아진 웃음이었다. 그녀는 진실을 있는 그대로 이야기했다.

"게다가 이건 우리 딸이 산 거거든요."

"……."

사기꾼 취급을 받아보기는 난생 처음이어서 선여휘 여사는 기가 찼다. 그녀는 가슴이 탁 막히는 그 낯선 감정의 정체가 무엇인지도 몰랐다. 얼굴이 빨개진 채로 여사는 한정판 가방을 가슴에 당겨 안았다.

"아무래도 안 되겠네요, 이 거래는."

여사가 돌아섰다.

"아니에요, 괜찮아요!"

후다닥 달려와, 은방울꽃 님이 그 앞을 막아섰다. 팬텀 운전석에서 상황을 보던 차 실장이 문손잡이를 쥐었다. 행여나 불미스러운 일이 생길까 걱정이 됐던 것이다. 똘똘한 눈을 빛내며 은방울꽃 님은 두 손을 내저었다.

"가품일 거라 생각했어요! 어차피 저는 이 정도 돈밖에 없고, 엄마 선물은 사야 하니까……."

'가품'. 그 단어가 여사의 마음을 다독였다. 만약 은방울꽃 님의 입에서 '가짜'라든가 '짝퉁'이라는 단어가 나왔더라면 여사는 그대로 자리를 떴을 것이다. 하지만 '가품'이라는 단어가 풍기는 자그만 품격이 그녀의 맘에 들었다. 침착하고 교양 있게, 여사는 강조했다.

"은방울꽃 님, 이것은 진짜예요. 우리 딸이 12년 전에 프랑스 가서 산 한정판이랍니다."

"네, 알겠어요."

은방울꽃 님이 히쭉 웃었다. 그러나 여전히 그 말을 믿지는 않는 듯했다. 여사의 가슴은 답답해졌다.

"그래도…… 참 예뻐요." 은방울꽃 님이 손으로 가방을 가리켰다. "엄마가 좋아하실 거예요. 표 나는 가품일까 봐 걱정했는데, 아니네요. 아주 정교한 제품이에요."

'원, 이렇게 고집 센 아가씨를 봤나!'

허탈한 나머지 선여휘 여사는 웃고 말았다. 갑자기 피로가 몰려왔다.

"어디…… 잠깐 앉을 수 있을까? 나같이 나이 든 사람은 이토록 서 있는 것이 힘들답니다."

"아, 저쪽에 벤치가 있어요!"

은방울꽃 님이 제단 옆 의자를 가리켰다. 그녀는 얼른 달려가 연두색 카디건을 벗은 뒤 벤치 위에다 펼쳐놓았다.

"여기 앉으세요."

"아니야, 그럴 거 없어요!"

선여휘 여사는 두 손을 내저었다.

"괜찮아요, 이건 보풀이 잔뜩 인 고물이거든요. 흰 옷에 얼룩이 지면 정말로 빨기가 힘들 거예요."

은방울꽃 님의 말을 듣고 여사는 자신의 몸을 내려다봤다. 플라노 피의 흰 카디건과 실크 드레스가 가로등 아래서 빛나고 있었다. 안뜰의 성모상과 여사를 번갈아 보며, 은방울꽃 님은 흘러내린 머리를 귀 뒤에 다시 꽂았다.

"실은요, 아까 놀랐어요. 복장이 똑같으셔서……."

"으응?"

여사는 성모상 쪽을 돌아보았다.

'어머나! 그러고 보니 드레스 코드가 겹쳤잖아?'

그녀는 깜짝 놀랐다.

두 여자는 벤치에 나란히 앉아 숨을 돌렸다.

"그래도…… 아직은 밤이 쌀쌀해."

선여휘 여사는 자신의 카디건을 벗어 은방울꽃 님의 어깨에 댔다. 그러나 은방울꽃 님은 몸을 비튼 채 두 손을 내저었다.

"금방 갈 건데요. 입고 계세요. 일하고 뛰어왔더니 하나도 안 추워요."

그녀는 등에 진 백팩을 벗어 가슴 앞에 안고 하늘을 올려다봤다. 샛노란 보름달 아래 옅은 구름이 흐르고 있었다.

"실은요…… 믿고 싶어요."

은방울꽃 님이 중얼거렸다.

"응? 뭐를?"

여사가 돌아보았다.

"그 가방요. 진짜라고…… 정말로 믿고 싶어요. 아니, 실은 벌써 믿고 있지요. 그러니까 한 30%쯤…… 하하. 바보 같죠? 이런 가방, 얼마짜린지 검색해 보면 금세 나와요. 근데 이 정도로 싼값에……. 가품인 것이 당연한데."

'아차!' 여사의 가슴이 철렁했다. '아닌 게 아니라 그러네!' 한심한 실수가 창피해 여사는 말없이 치맛자락을 꼭 쥐었다.

"근네 이상하죠? 참 행복했어요."

은방울꽃 님이 히쭉 웃었다.

"저한테 물건을 팔기로 하셨다는 선녀님 문자를 본 순간부터 오늘까지…… 성당에 오는 내내 가슴이 두근댔어요. 머리로는 가품이라고 여기면서도…… 어떤 이유에서건 진품을 싸게 파는, 성모님같이 선한 분을 만날지 몰라…… 상상을 했죠."

갑자기 고개 숙이고 은방울꽃 님은 콧물을 훌쩍거렸다.

"어머, 미쳤나 봐. 왜 울고 난리?"

백팩에서 휴지를 꺼내 은방울꽃 님은 콧물을 닦아냈다.

"입금해 드릴게요. 마켓 계좌로 쏴드릴까요?"

"그래도 좋지만…… 아유, 다리가 아파서. 급할 거 없어요."

선여휘 여사는 손을 저었다. 모처럼의 거래가 금세 끝날까 봐 아프지도 않은 무릎을 툭툭 쳐댔다.

"많이 편찮으세요? 불편하시면 제가 모셔다드릴까요?"

걱정스러운 눈으로 은방울꽃 님이 여사의 무릎을 쳐다보았다.

"응? 아냐, 나 사는 덴 멀어."

여사는 둘러댔다. 그리고 잠깐 침묵하다가 싱긋 웃었다.

"우리 아들이…… 이따 데리러 올 거예요. 꽃님은 이 근처 사나?"

가볍게 웃으며 은방울꽃 님은 고개를 끄덕였다.

"그런데…… 무슨 아르바이트를 하기에 이렇게 늦어? 부모님 걱정하실라."

"샐러드를 만들어요. 청소도 하고."

은방울꽃 님이 이야기했다. 그녀는 고개를 숙여 여사가 품에 꼭 안은 가방을 바라보았다. 망설이다가, 선여휘 여사는 그것을 내주었다. 환히 웃으며 은방울꽃 님은 손을 뻗었다. 안고 있던 백팩이 무심한 손길에 밀려 발치로 떨어졌다. 황금빛 버튼을 눌러 가방을 열고, 아가씨는 신기한 듯이 내부를 봤다. 마치 그 안에 미지의 우주라도 들어 있는 양 감탄하면서.

"기특하네. 엄마 선물을 사드리려고 아르바이트해요?"

여사가 묻자 은방울꽃 님은 고개를 끄덕였다.

"용돈도 조금 벌고요." 그녀의 시선은 여전히 가방 속 우주에 꽂혀 있었다. "실은…… 좀 미루고 싶었어요. 원래는 정규직으로 취업해 받은 돈으로 신상을 사려 했는데, 엄마가 많이 편찮으셔서……. 당뇨에 관절염이 겹쳐 우울해하시거든요. TV 보는 게 유일한 낙이신데 드라마에 나오는 연예인들 가방이 그렇게 좋아 보이시나 봐요. 취업하려면 내년이 될지 내후년이 될지 몰라서 큰마음 먹었어요."

'가방 값을 30만 원으로 깎아줄까?'

선여휘 여사는 고민하다가 단념했다. 그러면 정말로 토트백을 가품이라고 생각할 것만 같아서.

"저기…… 혹시 목표로 하는 회사가 있나?"

여사는 물어보았다. 어쩐지 가슴이 두근거렸다.

좋은 꿈에서 깬 듯 은방울꽃 님은 움찔했다. 그녀는 가방을 닫아 잠그고 고단한 눈으로 하늘을 봤다.

"물론 있죠. 전…… 건물이 멋진 회사에 가고 싶어요. 선배들 말이, 모든 직장엔 문제가 있대요. 그건 대부분 인간 문제라고들 하데요. 그렇기 때문에 건물 멋진 게 최고래요. 일하다 지치면 출퇴근길에 회사 배경으로 셀카를 찍어 인스타그램에 올리는데,

부러워하는 사람들 댓글 읽으면 피로가 풀린다고요. 무조건 간판을 따지랬어요."

"건물과 간판? 요즘은 어디가 그런 게 좋죠?"

여사가 되물었다. 심장이 더 빨리 콩닥거렸다. 야윈 손으로 벤치를 잡고 은방울꽃 님은 두 발을 까닥거렸다.

"그런 회사야 많죠! 하이닉스, 삼성, 그리고 일성전자에 서류를 넣었어요. 세 곳 다 서류는 합격했는데 면접에서 광탈했답니다."

"광탈?"

"빛의 속도로 탈락이요."

장난스레 눈알을 굴리며 은방울꽃 님은 웃어댔다. 군침을 꼴깍 삼키고, 선여휘 여사는 다시 물었다.

"세 회사 중에…… 아가씨가 가장 가고 싶은 덴 어디야?"

"그야 하이닉스죠! 대졸 신입 초임 연봉이 가장 높아요."

명쾌한 답이었다. 선여휘 여사의 자존심은 빠그라졌다. 미소 띤 입술도 파르르 떨려왔다. 그녀는 억지로 "호호" 소리를 내며 웃었다. 은방울꽃 님은 상상만 해도 신이 나는지 명랑한 말투로 이렇게 덧붙였다.

"하지만…… 일성전자도 괜찮아요. 사내 복지가 좋다고 들었거든요. 특히 정년퇴직자들을 잘 챙겨준대요. 원하는 분야에 재취업할 수 있게끔 도와준다는 거예요. 정말 멋지지 않아요? 젊을 때 내가 회사에 헌신하면, 늙었을 때 회사가 내 뒤를 봐준다는 거. 더 열심히 공부해서 하반기엔 꼭 합격할 거예요!"

"저런. 이번엔 열심히 하질 않았나?"

일성전자 대주주로서 여사는 엄히 물었다.

"그랬나 봐요. 결과적으로." 발끝을 세우고 은방울꽃 님은 머리를 긁적였다. "인정하기 힘들지만, 그게 아니라면 왜 떨어졌겠어요? 적어도 상반기에 붙은 사람들은 저보다 더 열심히 했겠죠. 머리가 더 좋든지. 아니면 저보다 공부할 시간이 많은 걸 텐데…… 그걸 다 넘어설 만큼 열심히 못한 거예요. 아니면…… 너무 못생겨서 그랬는지도 모르죠."

"아유, 왜 그런 말을 해? 복 달아나요. 아가씨가 얼마나 예쁜데!"

여사가 쏘아붙였다. 어찌나 속상했는지 그녀는 눈까지 슬쩍 흘겼다.

"하하, 감사합니다. 근데 저희 엄마는요, 제가 쌍꺼풀 수술을 안 해서 떨어진 거래요."

"아이고, 무슨! 엄마가 너무했다!"

"그렇죠? 그런 거죠?"

은방울꽃 님은 여사의 코앞에 얼굴을 들이밀었다. 그러다 문득 풀이 죽어선 "그래도…… 다 생각해서 하는 말 아니겠어요?" 하는 거였다.

"그야 그렇지!" 선여휘 여사는 당황해 소리쳤다. "어, 엄마는, 딸이 똑똑하다고 생각하니까 그런 말을 한 걸 거야. 능력이 부족해 떨어졌다고는 절대로 생각을 안 하니까. 외꺼풀 눈, 그까짓 거로 트집을 잡은 거지!"

"흐음. 그런 걸까요?"

은방울꽃 님은 때 묻은 스니커즈로 보도블록을 툭툭 찼다.

"그렇고말고!"

"저어…… 선녀님도 따님한테 그런 말씀을 종종 하세요?"

은방울꽃 님이 물었다.

"어떤 말?"

여사가 되물었다.

"그냥, 지적하는 말 있잖아요. 못생겼다거나 야무지지 못하다거나…… 다른 집 애들하고 비교를 한다거나."

여사는 슬며시 미간을 찌푸렸다. 그녀는 기억의 서랍 속에서 뒤죽박죽된 딸과의 추억을 헤집었다.

"글쎄. 난 없는 것 같아."

여사가 대답했다.

"그렇구나……."

은방울꽃 님은 고개를 주억였다. 상심한 태도에 놀라 선여휘 여사는 뒷말을 덧붙였다.

"아니, 나는 우리 딸하고 그런 대화할 시간이 없기 때문에…… 아들하고는 얘기를 많이 하지만."

"어머, 왜요?"

은방울꽃 님이 되물었다. 사슴 같던 눈빛이 고양이 눈처럼 돌변했다.

"뭐, 뭐가?"

"왜 아들하고만 대화를 많이 하세요? 그러면 딸이 속상하잖아요."

"에이, 우리 딸은 안 그래." 선여휘 여사는 손사래 쳤다. "갠 그런 거 신경도 안 쓰는걸?"

"신경 안 쓰는 척하는 거죠." 은방울꽃 님이 투덜거렸다. "엄마들은 다 똑같아요. 배려심 많은 딸보단 철없는 아들을 좋아하죠!"

"아니! 내 아들은 철없지 않아." 검지를 곧게 세우고, 선여휘 여사는 강조했다. "그리고 말이지, 난 아들을 더 좋아하는 게 아녜요. 그냥…… 걔가 더 신경 쓰이는 거지."

"저희 엄마도 꼭 그렇게 말씀하세요."

콧방귀를 뀌고, 은방울꽃 님은 누군가를 흉내 내듯이 목소리를 바꾸었다.

"'넌 애가 왜 속 좁게 오빠를 질투하니?' 근데 재밌는 게 뭔지 아세요? 저희 엄마는요, 형제자매가 여섯이나 돼요. 그중 막내라 크는 내내 존재감이 없었다죠. 그게 평생 서운했다는 거예요."

"그럼 엄마가 딸의 마음을 잘 아시겠네……."

선여휘 여사는 겸연쩍어서 발가락들을 꼼지락댔다.

"그럴 것 같죠? 근데 아니에요! 엄마는요, 자기 어릴 때 힘든 얘기를 자꾸 해요. 그러면서도 제가 힘든 얘기는 들어주려고 하지를 않는다고요!"

씩씩대는 은방울꽃 님을 보며 선여휘 여사는 불쑥 물었다.

"저기…… 아버지는? 아버지는 어떤데?"

질문을 하고 여사는 그만 가슴이 철렁했다. 은방울꽃 님의 입에서 아버지가 안 계시다는 대답이 나오기라도 하면 자기 자신의 경솔함을 용서할 수가 없을 듯했다.

"아빤…… 흠. 저를 더 좋아하시는 것 같아요. 대놓고 차별은 안 하시지만."

은방울꽃 님이 쭈뼛거렸다.

'휴, 다행이다!'

선여휘 여사는 가슴을 쓸어내렸다. 그녀는 서둘러 화제를 바꾸었다.

"으음, 그, 아버지는 뭘 하시나?"

"택시 운전요." 은방울꽃 님은 루이뷔통 가방을 천천히 어루만졌다. "나이 드니까 힘드신가 봐요. 실은…… 결벽증이 있으시거든요. 코도 예민해 조수석엔 사람을 안 태우시는데, 그러다 보니 어떨 땐 손님들하고 충돌이 있어요. 특히 밤에 취한 분들하고요. 얼른 취직해 아버지 짐을 덜어드려야 하는데……."

큰 바윗돌이 얹힌 듯 선여휘 여사의 가슴은 답답해졌다. 이렇게 어린 아가씨가 부모 마음을 헤아릴 줄 안다는 것이 놀랍고도 가여웠다. 무엇이건 도울 수 있다면 좋겠다고 그녀는 생각했다. 스파이처럼 조심스럽게, 여사는 주위를 둘러보았다. 늦은 밤 성당 안뜰엔 고양이 세 마리뿐, 사람의 모습이 보이지 않았다. 까만 고양이와 얼룩 고양이, 그리고 치즈 고양이가 성모상 아래에서 졸고 있었다. 비밀스럽게, 여사는 은방울꽃 님의 귓가에 속닥였다.

"만약…… 일성전자에서 연락을 받으면 어떻겠어요? 면접 심사 과정에 문제가 있었다고 합격 전화를 받으면?"

"와! 그럼 너무나 기쁠 거예요!" 루이뷔통 가방을 끌어안고 은방울꽃 님은 두 발을 동동 굴렀다. "깨끗한 정장을 입고 출근해야죠. 사실…… 전 그런 상상을 백 번도 더 했어요! 압박 면접 때 떨긴 했지만 탈락할 정도는 아니라고 확신했거든요. 친구들이랑 약속했는데, 누구든 취직을 하면 돈 모아 50만 원짜리 숄더백 하나를 사주는 거예요. 루이뷔통보단 못해도 우리들 사이에선 제법 괜찮은 브랜드로요. 그 멋진 가방을 매고, 전 누구보다 더 일찍 출근할 거예요. 절 뽑아준 회사가 업계 1등이 되게끔 제 모든 아이디어를 바치겠어요!"

뾰족한 턱을 처들고 은방울꽃 님은 웅변했다. 그런데, 꼿꼿이 세웠던 등이 서서히 굽어졌다.

"왜 그래요, 꽃님?"

신이 나 어깨를 으쓱이다가 선여휘 여사도 움츠러들었다. 쓰게 웃으며, 은방울꽃 님이 머리를 흔들었다.

"말도 안 돼. 그럴 일은 없어요. 제가 아는 일성전자는 그런 회사가 아니거든요."

"그런 회사?"

선여휘 여사가 고개를 갸웃했다.

"네. 일성전자는 그렇게 어처구니없는 실수를 하는 회사가 아니에요. 거긴 진짜 대단한 곳이거든요. 엄청 똑똑한 사람들만 모여 있고, 오랜 기간 정돈된 업무 체계로 유명하죠. 그 회사 설립자는 독립운동 가문의 후손인데, 그래서인지 오너 일가의 사회의식도 대단해요. 아, 물론 이 정도 상식은 선녀님께서도 아시겠지만."

수줍게 웃는 은방울꽃 님을 보며 선여휘 여사는 가슴 깊숙이 부끄러움을 느꼈다.

"그러면 저…… 만약에 그런 연락을 받으면, 외려 실망을 할까?"

"네, 그럴 거예요." 단호한 말투로 은방울꽃 님이 대꾸했다. "그런데 왜 그런 말씀을 하세요? 일성전자에 아는 사람이라도 있으세요?"

"아아, 내 딸이 거기 다니거든. 8년 전에 입사를 해서."

말을 더듬지 않으려고 여사는 무척 애썼다.

"어머! 좋으시겠어요!"

꽃님은 여사의 두 손을 맞잡고 흔들었다. 그토록 젊은 사람이 먼저 손을 잡아오기는 처음이어서 여사는 깜짝 놀랐다. 생각보다는 거칠고 차가운 손이었다. 얼결에 여사도 그 손을 꼭 쥐었다.

"글쎄. 난 첫 월급 선물로 명품 가방을 받진 못했어. 실은 여태껏 아무 선물도 못 받았다우."

"어머, 어떻게……?"

진심으로 동정하는 은방울꽃 님을 보고, 여사의 마음이 뭉클해졌다. 왠지 몰라도 선정을 향했던 아쉬움까지 사르르 녹는 거였다.

"그렇죠? 잘못된 거지? 꽃님은 이렇게 엄마를 위하는데."

푸푸 웃으며, 은방울꽃 님은 고개를 흔들었다.

"전 바보니까요! 엄만 오빠만 좋아하는데…… 그래도 엄말 기쁘게 하고 싶어요. 근데요…… 생각해 보니까, 이건 저를 위한 선물인지도 모르겠네요."

"응? 어째서?"

여사가 되물었다. '엄마와 번갈아 가방을 들 수 있어서 그렇다는 건가?' 그녀는 추측했다. 검지로 코 밑을 비벼대고 은방울꽃 님이 속달거렸다.

"하루 반나절만이라도…… 엄마가 행복했으면 좋겠어요. 그래서…… 그 우울한 기분을 나한테 풀지 않았으면, 그 평범한 하루 반나절을 50만 원으로 살 수 있다면, 그래 사겠다. 그런 생각으로 고른 선물이에요."

"……"

"그럼…… 월급으로 무얼 하나요? 따님은."

설핏 웃으며 은방울꽃 님은 루이뷔통을 가녀린 손목에 꿰어찼다.

"모르겠어요. 아무튼 그 애는 자기 월급이 무척 적다고 그래."

여사의 말에 놀라, 은방울꽃 님이 숨을 참았다.

"그럴 리가요! 일성전자에서 8년 근속이면 직급도 달았을 테고……."

"그러게 말이우!"

선여휘 여사는 맞장구쳤다. 그러나 시무룩 풀 죽은 상대의 낯을 보고는 자신이 실수했단 걸 깨달았다.

"아이고, 내가 주책이네. 우리 애 얘기 괜히 했나 봐."

"아니에요." 은방울꽃 님은 두 손을 내저었다. "그냥…… 갑자기 부러워졌어요."

"부러워? 뭐가, 일성전자에 다니는 게?"

"그것도 그렇지만…… 그 마음이요. 남들 보기에 좋은 직장을 다니면서 그리 많은 돈을 버는데 부족하다고 여기는…… 그 형편이요."

"아이고." 선여휘 여사는 손가락으로 루이뷔통을 쿡쿡 찔렀다. "이거, 이런 거 사느라 그런 거야."

"그렇다면 그것도 부럽고요!" 은방울꽃 님이 히쭉 웃었다. "생활에 매이지 않고 월급을 받아서 사치한다니, 얼마나 좋아요?"

부윰한 가로등 아래서 은방울꽃 님은 마른 콧물을 훌쩍거렸다. 선여휘 여사의 도톰한 입술이 가만히 다물렸다. 그녀는 눈앞의 청년에게 근사한 지혜를 선물해 주고 싶었으나 딱히 할 말이 없었다. 여사는 살면서 한 번도 생활비를 벌려고 일해본 적이 없었으니까. 아주 어릴 때부터 그녀에게는 충분한 돈이 있었고, 지금도 소리 없이 불어나고만 있었다. 여사에게, 그것은 아주 당연한 일이었다. 그런데 오늘 이 청년의 삶은 어떤가? 이 아가씨는 가족의 미래를 위해 공부하고, 그러면서도 용돈을 벌기 위해 시간을 축내 일했다. 그런 이유로 중요한 경쟁에서 탈락했는데, 그럼

에도 불구하고…… 부당한 제의는 단칼에 거절했다.

'나라면 어떨까? 똑같은 제안을 받는다면.'

선여휘 여사는 생각했다. 하지만 그것은 애초부터 잘못된 질문이어서 어떠한 대답도 얻을 수 없었다. 그녀는 아르바이트를 하는 자신의 20대 자체를 상상할 수가 없었던 것이다.

고무줄을 당겨 긴 머리를 풀고, 은방울꽃 님은 고개를 흔들었다. 땀 냄새 사이로 옅은 샴푸 향기가 흘러나왔다. 그녀는 손가락으로 긴 머리를 빗어 꼼꼼히 다시 묶었다. 여사는 울적해졌다. 어떤 요술을 부려 이 아가씨를 위로해 주고 싶은데 그렇게 할 수가 없었기 때문이었다.

"이제 가야 해요. 일찍 일어나 공부하려면."

자리를 털고, 은방울꽃 님이 일어났다. 그녀는 약속한 50만 원을 마켓 계좌로 송금해 주었다. 여사가 깔고 앉았던 연두색 카디건의 먼지를 털고, 은방울꽃 님은 성모마리아 상을 향해서 섰다. 곱게 합장한 뒤에 머리를 깊이 숙였다. 그런 다음 선여휘 여사의 두 눈을 바라보았다.

'왜 인사를 안 하느냐고 그러는 건가? 나도 같은 교인이라고 생각하나 봐!'

눈치를 보며 선여휘 여사도 합장을 했다. 여학교 시절의 기억을 되짚어 멋지게 성호도 그어보았다. 한 걸음 곁에 다가와 은방울꽃 님이 속달거렸다.

"선녀님. 이 가방…… 정말로 진짜인가요?"

"그럼! 내 아이들을 걸고 맹세해. 진짜로 진짜예요."

성당 안뜰이 울릴 정도로 크게, 은방울꽃 님은 하하 웃었다. 꾸벅 졸던 고양이들이 움찔 놀라서 눈을 떴다. 주변에 아무런 변고가 없음을 확인한 뒤 고양이들은 온몸을 움츠렸다. 흘러내린 머리칼을 귀 뒤에 꽂고 은방울꽃 님이 입을 열었다.

"힘들 때마다, 여기 와 성모님 앞에 기도 드렸어요. 늘 저 혼자 떠들었는데…… 오늘은 그렇지 않아 좋았어요. 제게 큰 힘을 주셨습니다. 감사드려요."

합장을 한 채 은방울꽃 님은 여사에게도 고개 숙였다. 그런 다음 씩씩하게 돌아서 성당 정문을 빠져나갔다. 한정판 루이뷔통 가방을 가슴에 안고, 횡단보도를 건너 가로등 켜진 언덕을 천천히 올라갔다.

은방울꽃처럼 곱고 흰 드레스를 입은 채 선여휘 여사는 서 있었다. 불 꺼진 성당 앞 돌담에 기대, 그녀는 한동안 그 모습을 지켜보았다.

복부인이 된 선녀님

　다음 날 아침. 선여휘 여사는 침대 위에서 늦장을 부렸다. 그녀는 플라노 피사의 포근한 실크 이불에 파묻혀 간밤의 거래를 음미했다. 폭소 대신 우아한 미소가 두 뺨에 넘쳐흘렀다. 그녀는 안온한 기분에 휩싸여 루이뷔통과, 젊음과, 성당의 추억을 회상하다가 한 청년의 얼굴을 기억해 냈다.

　"그러고 보니…… 그 사람도 천주교 신자였지."

　여사는 침대에 엎드려 발끝을 꼼지락댔다.

　1982년 5월. 선여휘 여사는 서울대학교 동물학과 2년에 재학 중이었다. 어느 날 그녀는 유전학 수업을 마치고 친구와 함께 점심을 먹기로 했다. 그들은 캠퍼스 뜰의 장미를 구경하면서 무엇을 먹을까 토의했다.

"롯데리아에 가서 햄버거 먹지 않을래?"

여휘가 먼저 말했다.

"얘는, 롯데리아가 동네 분식집이니? 소공동 롯데백화점에 딱 한 군데뿐인걸." 같은 과 친구 경화가 핀잔을 줬다. "녹두거리서 짜장면 먹자. 350원이면 실컷 먹는데 햄버거는 450원이나 하잖아. 나 요새 과소비를 한다고 어머니한테 혼났어. 대치동으로 이사 오고는 아주 야단이란 말야."

"그럼 그렇게 하자."

방싯 웃으며 여휘는 친구의 팔짱을 꼈다. 그때, 가로수 사이에 나부낀 현수막 하나가 그녀의 눈길을 사로잡았다.

"'경축. 본교 전산학과~구미 한국전자기술연구소 간 인터넷망 개통'? 어머, 아버지 말씀이 딱 맞네? 세계가 한동네처럼 될 거라더니."

"그건 정말이야." 경화도 손뼉을 치며 인정했다. "우리 아버지도 일본 출장을 가서 콤퓨타를 사 오셨는데, 세상이 달라질 거라더라? 출장 가는 횟수가 획기적으로 줄 거라셨어. 내 동생은 그럼 출장 선물도 획기적으로 줄어드냐며 엉엉 울었다? 중학교 3학년씩이나 된 게 말이야."

"어머, 귀여워!"

여휘가 웃고 있을 때, 갑자기 나타난 데모대로 학교 정문이 꽉 막혔다. 수십 명의 사람이 어깨동무를 하고는 가두 행진을 시작했다.

"전두환은 물러가라! 폭력 경찰 물러가라!"

어디서 나타났는지, 무장한 경찰 부대가 우르르 몰려와 정문을 에워쌌다. 그들은 머리에 헬멧, 얼굴엔 방독면을 썼고 저마다 몽둥이 하나씩을 손에 들었다. 절도 있게 늘어선 대오에서 위압감이 느껴졌다. 그들은 마치 목줄에 묶인 셰퍼드 같았다. 누군가 휘슬을 불고 목줄을 풀면 어떤 일들이 벌어질지 보지 않아도 알수 있었다.

"어머, 또 시작이야. 후문으로 가자!"

여휘가 돌아섰다.

"거기라고 안 막혔겠니? 하필 캠퍼스를 산 밑에 지어서 데모꾼들만 나타나면은 갇히고 마니! 차라리 건물로 숨자."

경화가 신경질을 부리며 주위를 둘러봤다. 여휘는 고개 저었다.

"그러다 언제 집에 갈 줄 알고? 이렇게 배가 고픈데. 우리 운전사 아저씨가 데모대 오면은 후문 쪽으로 오라고 했어. 아버지가 경찰 고위층한테 받아둔 서류가 있대. 그걸 보여주면 돼."

"정말? 그럼 가자, 얘."

두 사람은 서둘러 교정을 내달렸다. 구두를 신어 좀처럼 속도가 나지 않았다.

"전경들 너무 무서워. 데모대들은 어쩜 저렇게 용감할까?"

가쁜 숨을 헐떡이면서 여휘는 뒤를 보았다.

"무섭다 뿐이니? 난 저들을 상상만 해도 오금이 저려." 경화도 진저리 쳤다. "데모꾼들은 진짜 지독해. 빨갱이한테 홀려서 겁 없이 인생을 낭비한다고 우리 아버진 말씀하셨어. 행여 내가 데모꾼이랑 연애라도 시작할까 봐 얼마나 걱정이신지!"

도서관을 따라 난 샛길로 접어들자 데모대의 모습은 보이지 않았다. 그러나 곧이어 대단한 발포음이 들려왔으므로 둘이는 자지러졌다. 끔찍한 비명과 투쟁 구호가 섞여서 들리기 시작했다. 잠시 눈을 맞추고 벌벌 떨다가 두 사람은 후문 쪽으로 달음질쳤다. 스타킹이 땀에 젖어서 구두가 헐떡거렸다. 사범대 앞을 지나자마자 검은색 차량이 눈에 띠었다. 운전기사는 여휘를 기다렸는지 곧바로 경적을 빵빵 울렸다. 누가 쫓아와 붙들까 봐서, 둘은 자꾸만 뒤를 보았다. 그 바람에 몇 번이나 넘어질 듯이 휘청거렸다. 여휘는 뒷좌석 문을 열어 경화를 먼저 태웠다. 그리고 자신도 올라탔다.

"아저씨, 빨리요. 빨리!"

"네!"

차가 급발진하려는 찰나, 누군가 차 문을 열고 뒷좌석 위에 털썩 앉았다. 경화와 여휘는 비명을 질러댔다.

"누, 누구야! 내려!"

운전기사가 브레이크를 밟고는 꽥 소리쳤다.

"제발! 부탁입니다, 구해주세요. 근방을 지날 때까지만……."

뛰어든 남자가 애원했다. 이마가 찢긴 데다가 코가 깨져서 얼굴이 핏물로 번들거렸다. 새하얀 셔츠가 가슴께까지 빨갛게 젖어 있었다.

"아저씨! 일단 가요! 전경 쫓아와!"

엉덩이를 들썩이면서 여휘는 악을 썼다. 운전기사는 액셀을 밟고 도로 위를 부웅 날았다. 검은색 현대 그라나다가 봉천동 일대를 떠날 때까지 네 사람은 조용히 사이드미러만 노려보았다. 상도동을 거쳐 한강 다리를 지날 때에야 여휘는 자신이 뒷좌석에 외간 남자와 함께 있단 걸 깨달았다. 2인석에 셋이서 앉았으므로 자리가 좁아, 남자의 허벅지가 자신의 허벅지와 맞닿아 있었다. 화들짝 놀라 여휘는 경화 쪽으로 엉덩이를 붙였다. 그라나다가 한강 다리를 다 건널 즈음 남자가 입을 열었다.

"선생님. 여기 좀 세워주세요."

오직 그 말만 기다린 듯이 운전기사는 브레이크를 힘껏 밟았다.

"구해줘 고맙습니다, 동지."

남자는 피로 물든 손수건 뭉치를 여휘 눈앞에 내밀었다. 짧은 순간이지만 찢긴 입술로 미소를 짓기도 했다.

'내가…… 이 사람에게 언제 이것을 줬지?'

여휘는 멍하니 수건을 바라보았다. 사람이 극한의 공포를 느끼면 기억력에도 문제가 생긴다더니, 참말인 모양이었다.

"그딴 걸 뭘 돌려줘요? 그리고! 얘가 왜 당신 동지죠?"

경화가 발끈 따졌다.

"맞아요. 전 무슨 동지가 아니에요. 그냥 동물학과에 다닐 뿐인걸요?"

약간의 어지럼증을 느끼며 여휘가 덧붙였다.

대답도 없이 남자는 씩 웃었다. 그는 차 문을 열어젖혔다.

"왜 웃나요?"

여휘가 물어보았다.

"왜냐하면, 우습거든요."

차에서 내린 남자가 여휘를 굽어보았다. 그는 한 손을 그라나다 지붕에 터억 얹었다.

"내가 '동지'라고만 하면…… 여학우들은 펄쩍 뛰면서 자기 소속을 알려준답니다. 구해줘 고마워요. 언젠가 은혜를 꼭 갚겠습니다."

남자가 문을 닫자 운전기사는 차를 재빨리 출발시켰다. 여휘는 고개를 돌려 창밖을 내다보았다. 한강 다리 위에서 성호를 긋는 청년의 모습이 자그마하게 보였다.

"정말 웃긴 사람이야!" 경화가 씩씩거렸다. "나 저 사람 알아. 법대 4학년인데, 실은 사상 서클 간부다? 후레쉬맨 때 클래식기타 배우려고 동아리에 갔더니 저 사람이 있었어. 사람들은 총학생회장이 데모꾼 리더인 줄 알지? 아니야. 저 사람 말이 더 세다고. 아까 쫓아온 전경들 틈에 사복경찰도 있었어. 이 차 번호 적더라. 너희 아버지 곤란하실걸."

"그래서…… 너는 기타를 배웠니?"

고개를 숙이고 여휘는 관자놀이를 문질렀다.

"말도 마! 허접한 복사물 주면서 진짜 세상을 알려준다고 수작질을 하잖니? 당장에 도망쳐 나왔어. 그 뒤론 기타만 봐도 소름이 끼쳐."

창문을 내리고, 여휘는 얼굴을 바람에 문질렀다. 도롯가에 선이팝나무들이 하르르 몸을 흔들며 작은 꽃잎을 날려 보냈다. 활짝 열린 창문 틈으로 흰 꽃잎들이 쏟아져 여휘의 반듯한 치마폭위에 떨어졌다.

"똑똑똑."

난데없는 노크 소리에 놀라 선여휘 여사는 상체를 일으켰다.

"네! 누구세요?"

"양 과장이에요. 식사 시간이 평소보다 늦으셔서, 어디 편찮으신가 하고요."

"아니에요! 뭣 좀 생각하느라. 곧 내려가요."

양치를 하고 몸을 씻으며 여사는 현실로 돌아왔다. 디자이너 박요린이 만든 700만 원짜리 후드 드레스를 입고 그녀는 식탁 앞의자에 바로 앉았다. 음식이 나오길 기다리면서 손에 든 휴대폰으로 중고 마켓을 훑어보았다. 첫 화면에 뜬 화구 사진이 그녀의흥미를 자극했다. 아직 새것인 캔버스 위에 붓과 물감이 펼쳐져있었다. 물건들은 강박증 환자가 자를 대고 정리한 것마냥 극단적으로 단정했다.

"가엾어라. 누가 자기 꿈을 포기하려나 봐!"

여사는 상품을 관심 목록에 저장했다. 화려한 쟁반에 접시를 받쳐 들고 양 과장이 다가왔다. 윤기가 좔좔 흐르는 버섯 요리가 정갈한 도기에 담겨 있었다.

"홍천에서 온 자연산 송이찜입니다. 녹차를 드릴까요, 장국을 드릴까요?"

"녹차로 줘요."

여사는 답하고 양 과장을 흘깃 보았다.

"저기, 난 이제껏 물건을 팔기만 했어. 한번 사보는 건 어떨까?"

꾸룩꾸룩. 양 과장은 느닷없이 복통을 느꼈다. 자신이 꼭 필요한 물건을 구하는 곳이 부자의 놀잇감으로 전락한 기분이었다.

"저…… 여사님." 양 과장은 차분히 운을 뗐다. "거기선 꼭 필요한 거를 사야 한다는…… 그런 룰이 있어요. 사서 버릴 생각으로는…… 아무도 구매를 안 합니다."

동그랗게 눈을 뜨고 여사는 양 과장을 올려다봤다. 그 눈을 피하면서 양 과장은 고개를 비틀었다. 가슴이 쿵쿵 뛰었다.

"외람되지만…… 즈이들은 그래요. 중고로 산 물건이 아무리 허술하더라도, 반드시 한 번은 쓴답니다. 그저…… 말씀 드려요."

최상급 버섯을 입에 넣으며 여사는 미묘한 기분에 휩싸였다.

'양 과장은…… 중고 마켓이 자기 거라고 생각하나? 하지만 이건 자유시장이야. 값을 치르기만 하면, 모두가 행복해지는 곳이란 말이야.'

여사는 젓가락을 가만히 내려놓았다. 움츠린 어깨를 펴고 단전에 힘을 준 뒤 "하하하!" 힘껏 웃었다.

"그래, 꼭 써볼게요." 여사가 대꾸했다. "양 과장 덕에 중고 거래를 알게 됐는데, 또 재밌는 취미가 생길 줄 누가 알겠어?"

양 과장은 돌아서 주방으로 갔다. 그녀는 투 플러스 한우 안심에 계란을 입혀 구운 육전을 접시에 담고 초무침한 미나리를 장식으로 올렸다. 속상한 마음을 감추고, 식당으로 가 여사의 식탁에 접시를 내려놓았다.

"그나저나…… 이번엔 뭘 팔지?"

선여휘 여사는 미나리 두 줄기를 육전에 올려 능숙한 솜씨로 돌돌 말았다. 한입에 넣고 씹으니 고소한 육즙과 상큼한 풍미가 입 안을 즐겁게 했다. 냅킨으로 입가를 닦고 그녀는 접시를 내려다봤다. 동그란 테두리를 따라서 화려한 금박이 둘러져 있었다.

"그래, 이게 좋겠다. 양 과장! 우리 집에 사놓고 안 쓰는 식기 세트가 있나?"

여사가 식사를 마치자 양 과장은 화려한 장미 문양의 영국제 식기 세트를 앤티크 식탁에 펼쳐놓았다. 선여휘 여사는 식기 사진을 휴대폰으로 열심히 찍어 중고 마켓에 올렸다. 가짜 취급을 받은 루이뷔통을 떠올리면서 시가에 준하게 값도 매겼다.

'접시 한 장만 파는 게 좋을 텐데. 플라노 핀가 뭔가 하는 그 가방 꼴이 날걸.'

양 과장은 속으로 조소했으나 참견을 하진 않았다. 갑의 기분을 건드리는 건 하루 한 번만으로 족했으니까. 선여휘 여사는 집 안 배경이 드러나지 않도록 사진을 자르고 홍보 문구를 구상하면서 오후 시간을 썼다.

저물녘, 일성대학병원까지 가는 동안 그녀는 용재 생각을 했다. 은방울꽃 님에 관한 이야기를 어디부터 어떻게 들려주어야 흥미로울까 곰곰이 궁리했다. 주차장에 도착한 뒤, 여사는 승강기에 타 할 말을 연습했다. 미소도 환하게 지어보았다. VIP 병동 중 가장 쾌적한 A급 특실로 들어서, 응접실을 지나, 경쾌한 손놀림으로 환자실 문을 열어젖혔다. 별안간 훅 끼쳐온 지독한 냄새에 놀라 여사는 소스라쳤다. 용재의 배변 기저귀를 갈아주던 간병인 둘도 당황해 허둥거렸다. 고개를 얼른 숙이고 여사는 문을 닫았다. 힘없이 돌아서 응접실 소파에 털썩 앉았다. 시큼한 쿠린내가 여사의 콧속을 막 들쑤셨다. 일어나 창문을 여는 게 좋을 거라고 생각하면서 그녀는 앉아 있었다. 이 냄새를 참고 견뎌야 어머니라는 생각이 들었기 때문이었다.

얼마 뒤, 목욕을 마친 용재가 휠체어에 앉아 환자실 밖으로 모습을 드러냈다. 간병인들은 땀 젖은 얼굴로 여사를 향해서 고개 숙였다.

"잠시 기다려주십시오. 아직 절차가 남아 있습니다."

한 간병인이 말했다.

'아직 그 냄새가 남아 있다는 것이구나. 그 말을 듣기 좋게 하는 거야.'

여사는 고개를 끄덕였다. 참담한 기분에 젖어 그녀는 아들의 눈치를 봤다. 용재의 눈매는 평소보다 더 팽팽하고 입술도 부루퉁했다.

"미안해. 다 큰 아들 방문을 노크도 않고. 엄마가 잘못했다."

"……."

용재의 목덜미가 뻣뻣해졌다. 피부도 벌겋게 달아올랐다.

"다신 안 그런대도? 정말이야."

다독이면서 여사는 아들의 이마에 통통한 손을 얹었다.

'열은 없구나.'

환기를 마친 간병인들이 노크를 하고 환자실 문을 열었다.

"이제 들어가셔도 됩니다."

여사는 웃으며 고개 저었다.

"잠깐 여기 더 있고 싶네요. 환자 베드가 안 보이는 곳에."

두 간병인 중 젊은 사람이 선임자 눈치를 힐끗 보았다.

"그래, 가지고 와."

선임자가 말하자 젊은이는 환자실로 가 태블릿 노트를 가지고 왔다.

"어제 여사님 귀가하신 후, 그러니까 22시 05분, 용재 씨가 잔기침을 시작했습니다. 이후 30분간 각각 2회, 3회씩 기침이 이어졌고……."

뜻밖의 보고에 여사는 얼어붙었다. 그녀는 동그란 눈으로 아들을 돌아봤다. 젊은 간병인이 보고를 계속했다.

"밤 근무조는 플랜 B에 따라 세심히 상태를 체크했습니다. 가래가 생기는 대로 빼드리면서 마사지와 체온 관리를 해드렸지요. 오전 11시부터 현재까지, 아드님은 잔기침을 하지 않았습니다. 그러나 오늘 밤까지는 주의하는 게 좋을 거라고 주치의께서 말씀하셨어요."

이야기를 듣는 동안 여사는 몸에서 피가 다 빠져나가는 것만 같았다. 지속적 식물인간 상태에 놓인 환자의 기침은 폐렴으로 발전할 확률이 높았기 때문이었다. 용재는 지난 10년간 몇 번이나 폐렴에 걸렸고, 그때마다 중환자실에서 차마 눈 뜨고 못 볼 고생을 했다. 그런 일이 또 벌어질까 봐 여사는 두려웠다.

"어서, 환자실로 가요."

휠체어 손잡이를 잡으면서 여사는 일어섰다. 간병인들은 환자를 병실 침대에 옮겨 뉘이고 이불을 덮어주었다. 여사는 그 곁에 바투 앉아 아들의 팔다리를 정성껏 주물렀다. 그렇게 간병인들과 긴 밤을 지새웠다.

"24시간 이상 잔기침이 없군요. 체온도 괜찮네요. 이 정도면 뭐, 안심하셔도 되겠습니다."

오전 회진을 나온 담당 교수가 차트를 보고 말했다. 장난스러운 표정을 지으며 그는 용재를 내려다봤다.

"아들이 효도를 해야지. 이렇게 어머니를 과로시키면 쓰나?"

유치한 농담을 듣자 여사는 그만 웃음이 났다.

그녀는 지친 몸을 이끌고 집으로 돌아가 침대에 드러누웠다. 그러나 눈을 감고 한참을 기다려봐도 의식이 짱짱했다. 이상한 일이었다. 롤스로이스를 타고 집으로 올 때만 해도 까무룩 졸았는데. 다리며 허리며 뻐근해 침대에 눕기만 하면 곧바로 잠들 줄 알았는데.

'어쩜. 다시 시작되려나?'

지독한 불면이 재발할까 봐 여사는 겁이 났다. 용재의 사고 이후, 긴 우울의 터널을 지나면서 얼마나 많은 고통의 파고를 넘었던가. 얼마나 다양한 정신과 의사를 만나 무수한 종류의 약물을 먹었던가! 문득 헛구역질이 솟아 여사는 손으로 입을 가렸다. 양악을 악물고 이불을 덮어썼다. 진땀을 쏟으면서 그녀는 오래 떨었다. 두 눈이 감기더니 혼곤한 미몽이 여사를 덮쳐왔다. 넓고 푹신한 침대 위에서 그녀는 꿈을 꿨다.

2013년 겨울. 용재는 서울대 미학과에 보란 듯 합격했다. 여사와 남편은 사랑을 담아서 아들을 안아주고, 입학 선물로 약속한 빨간색 페라리 한 대를 샀다. 그 차가 집에 오던 날 용재는 뛸 듯이 기뻐했다. 드라이브를 한다며 저물녘 집을 나섰다. 꿈속에서, 여사는 정원을 가로지르는 용재를 봤다. 그 애는 웃으며 엄마를 향해 한 손을 흔들었다. 여사는 추워서 몸을 떨었다. 창밖으로 흰 눈이 하롱하롱 떨어졌다. 별안간 시야가 좁아지더니, 한 남자의 얼굴이 눈앞에 나타났다. 극장 화면에 클로즈업된 듯 시야를 채워 피해볼 도리가 전혀 없었다.

새까만 벤츠 E클래스의 운전자는 피부가 하얗고 목덜미에 박

쥐 문신이 있었다. 그는 불콰하게 취해서 고개를 까닥거렸다. 계기판의 핀이 시속 160km를 가리켰다. 온몸에 핀 꽂힌 나비처럼 붙박인 채 선여휘 여사는 그를 보았다. 멈추란 말이 혀끝을 맴돌았으나 입 밖에 내지 못했다. '아…… 또 이 꿈을 꾸고 있구나.' 여사는 생각했다. 그래도 꿈에서 깨지 못했다. 도무지 들여다보는 걸 멈출 수 없는 것이다. 신호등 없는 교차로에서 새까만 벤츠 E 클래스가 빨간색 페라리의 우상부를 치받을 때까지, 핏물로 젖은 시트 위에서 경추가 부러진 용재의 몸을 보고 여사가 혼절할 때까지, 그 꿈은 이어졌다.

늦은 아침. 넓고 포근한 침대 위에서 여사는 눈을 떴다. '일어나 웃어야지.' 생각하면서 한참을 누워 있었다. 뜨거운 눈물이 차오르더니 또르르 굴러서 두피에 스며들었다. 여사는 푹신한 베개에 얼굴을 처박았다. 꽤 오래 그러고 있다 갑자기 일어나 큰 숨을 헉헉댔다. 그녀는 손을 뻗어서 리모콘을 쥐고 조명을 켰다. 커튼을 열자 봄날의 정원이 화사한 모습을 드러냈다.

"하하."

표정도 없이 그녀는 웃어보았다. 신기하게, 단지 그것만으로도 기분이 나아졌다. 협탁에 둔 휴대폰을 들고 여사는 중고 마켓 어플을 켰다. 영국제 식기 세트에 관한 문의는 한 건도 오지 않았다. 관심 목록에 저장한 사람도 전혀 없었다.

"너무 비싸서 그런 거예요."

양 과장은 지글거리는 무쇠 접시를 식탁에 내려놓았다. 연어 스테이크의 고소한 냄새가 식당에 넘실거렸다.

"그럼 어쩌지? 중고 거래가 될 만한 새 접시를 살까?"

"아유, 그건 미친 짓이죠!"

양 과장은 말을 내뱉고 손으로 입을 가렸다. 왕방울 같은 두 눈을 깜빡이면서 여사는 입을 벌렸다.

"아니…… 왜 안 돼?"

냉큼 돌아서 양 과장은 샐러드 접시를 가지고 왔다. 우울증에 좋다는 올리브와 바나나, 그리고 아몬드가 듬뿍 든 것이었다.

"죄송합니다, 여사님. 전 그저……."

"됐어요, 현이 엄마. 상식적으로 그렇단 거겠지."

포크로 연어를 쿡 찔러 입에 넣고 여사는 함부로 씹어댔다.

식사를 마치자마자 선여휘 여사는 백화점으로 갔다. 테이블웨어가 진열된 7층에서 가장 좋은 위치를 점한 브랜드관으로 당당히 들어가, 매년 구매 금액 상위 1%에게만 지급되는 VVIP 카드를 힘차게 휘둘렀다.

"여기, 4인 홈세트 주세요. 올해 최고로 히트 친 제품으로요."

물건을 받은 즉시 집으로 돌아와 여사는 새 접시에 간식을 담아 먹었다. 일싱 푸드 태국 농장에서 유기농으로 자란 레드망고의 달콤한 조각을 꿀꺽 삼키고 그녀는 손뼉을 쳤다.

"어머, 이렇게 해서 중고가 됐네에?"

휴대폰 카메라로 식기 세트를 촬영해 올리는 여사의 뒷모습을 양 과장은 힐끔거렸다. 저녁 찬거리를 손질하면서 그녀는 속으로 혀를 찼다.

'정말 안됐어. 아들이 아픈 걸 잊으려 저렇게까지……. 그에 비하면 난 행복하지. 우리 현이는 건강하니까.'

오후 내내, 선여휘 여사는 휴대폰 화면을 보면서 시간을 흘려보냈다. 서재의 소파에 눕듯이 기대 서너 곳의 중고 마켓을 들락거리며, 누군가 식기 세트를 관심 목록에 설정했는지 쉼 없이 확인했다.

"물건을 잘못 샀나? 세 명밖에 관심 설정을 안 했네……."

여사는 상심해 한숨 쉬었다. 얼마나 그 일에 골몰했는지 눈이 다 따끔거렸다.

딩동.

[안녕하세요. 그릇들 구매하고 싶은데 가능한가요?]

갑자기 도착한 문자에 놀라 여사의 심장이 쿵쿵 뛰었다. 황무지 같던 마음에 비가 내리고 꽃이 피고…… 그 순간만큼은 용재의 잔기침마저 사소한 걱정인 듯이 생각되었다.

'이것 참 요물이네!'

여사는 흐트러진 자세를 바로잡았다.

[네, 가능합니다.]

서둘러 답문을 하고 상대의 별명을 살펴보았다.

"실거주최…… 고?"

[죄송하지만 배달도 가능할까요?]

뜻밖의 답문이 날아왔다. 처음 받아본 요청 사항에 여사는 당황했다. 하지만 첫 거래를 위해 한 시간 남짓을 이동했던 걸 생각하면 못 가볼 것도 없었다. 그 정도 거리라면 만남을 위해서든 배달을 위해서든 움직여볼 수 있을 터였다. 여사가 승낙의 답문을 쓰고 있는데 또다시 문자가 왔다.

[물건 받으실 분이 연로하셔서 가지러 가지를 못하셔요. 그릇이라서 택배는 좀 그렇고…… 괜찮으시면 배달 비용까지 보내드리겠습니다.]

순간, 선여휘 여사의 머릿속에 웬 할머니 한 분이 떠올랐다. 자그만 체구의 꼬부랑 할머니였다. 눈처럼 하얀 머리에 한없이 유순한 눈빛을 지닌. 상상 속에서, 할머니는 여사를 보고 환히 웃었다.

'네, 괜찮고말고요. 배달해 드릴게요.'

여사는 이렇게 문자를 썼다, 지웠다. 그녀는 새 거래 제안이 즐거웠고 모처럼 만나볼 어르신 생각에 잔뜩 들떴다. 하지만 너무나 쉬운 판매자로 여겨진다면 그것은 문제가 있었다. 여사는 이렇게 답문을 썼다.

[배달 비용은 얼마나 주시나요?]

곧바로 답문이 날아왔다.

[지역이 어디신가요? 택시비에다 만 원 더 드리겠습니다. 괜찮으실까요?]

여사는 좋다고 하고, 오후 5시쯤에 방문하기로 약속을 했다. 뜨거운 물로 샤워를 하는 동안 흥겨운 노래가 절로 나왔다.

"만 냥, 만 냥, 택시비에 만 냥……!"

신나는 리듬에 맞춰 그녀는 살찐 엉덩이를 살랑살랑 흔들었다.

드레스 룸에서 의상을 고르는데, 여사는 여느 때보다 공을 들였다.

"오늘은 연로한 어르신을 만나러 갈 거예요. 어떤 옷을 보여드리면 그분이 좋아하실까?"

여사가 묻자 왕 부장은 고민하다가 생로랑의 원피스 한 벌을 꺼내가지고 왔다. 커다란 장미가 알록달록하게 수놓인 제품이었다.

"나이가 들수록 여자들은 야한 것을 좋아하니까요."

왕 부장의 말에 선여휘 여사는 고개를 끄덕였다. 그녀는 이어진 조언에 따라 플라노 피사의 심플 레더 클러치를 옆구리에다 꿨다. 계단을 내려가 현관홀을 나서니, 넓고 아름다운 정원 풍경이 눈앞에 펼쳐졌다. 노르스름한 햇살이 꽃잔디 위에서 바스락거렸다. 샤넬 로퍼 아래서 뭉그러지는 잔디의 느낌을 즐기며 여사는 정원을 가로질렀다.

"오늘도 경기도까지 가시는군요."

차 실장이 미소 지었다. 그는 정확하고 빠른 손놀림으로 내비게이션에 목적지를 찍어 눌렀다.

"야근을 하게 됐네요. 미안해요."

여사는 낯을 붉혔다.

"아닙니다. 근무일이 며칠 안 남은걸요. 모시는 동안 최선을 다하겠습니다."

말없이, 여사는 창밖을 바라보았다. 차 실장이 이달 말까지 일한다는 걸 까맣게 잊고 있었다. 그녀는 또다시 울적해졌다.

'처음에 면접 본 기사님으로 정해야 할까? 여자 기사님도 좋았지만, 담배란 끊기가 어려운 거지. 아아, 하지만 그 양반은 너무 꽉 막혀 보이던걸……'

침울한 마음을 알아챈 걸까? 고속도로에 들어서, 차 실장은 룸미러로 여사를 바라보았다.

"참 재미있는 모양입니다. 그 중고 거래라는 것이요."

순간, 여사의 낯에서 그늘이 사라졌다. 그녀는 사춘기 소녀처럼 흥분해 두 팔을 파닥거렸다.

"그럼요! 얼마나 기분 전환이 되는지 몰라. 마켓 사람들은 참으로 착하고 또 순수하답니다!"

미소를 지으며 차 실장은 눈살을 찌푸렸다.

"여사님께선 운 좋은 분입니다. 모두가 그렇진…… 않을 텐데 말이지요."

여사는 대번에 고개를 흔들었다.

"실장님이 모르셔서 그래. 중고 마켓 사람들은 특별하다고요. 내가 많이 생각해 봤는데, 그 사람들은 뭐랄까. 소중히 여기는 마음을 가지고 있어요. 자기 물건을 소중히 여길 뿐 아니라 남이 쓴 물건도 소중히 여기는 거죠. 물론 간혹 거친 사람이 있기는 해요. 하지만 채팅 과정에서 거를 수가 있어. 내가 사람 보는 눈이 좀 있거든. 실장님을 채용한 것만 봐도 알잖아. 안 그래요?"

"하하. 암만요! 눈이 참 높으시지요."

호호 깔깔거리며 두 사람은 경기도의 한 위성도시에 도착했다. 50층 높이 아파트들이 모인 단지는 으리으리한 데다가, 동 간 간격이 무척 넓었다. 세련된 정원도 조성되어 있었다. 하지만 대단지인 것에 비해서는 사람들의 모습이 드물었다. 그야, 주민들 다수가 직장에 있을 시간이니까. 차 실장은 지하 주차장에 차를 세우고 여사와 함께 내렸다. 무거운 그릇 세트를 들고 목적지인 집 앞에 바래다주었다. 차 실장이 승강기를 타고 내려간 뒤에야 여사는 초인종 버튼을 꾹 눌렀다. 집 안에서 쿵쿵쿵쿵 발 망치 소리가 나더니 현관문이 벌컥 열렸다. 곱슬머리가 새카맣고 눈썹 문신이 시퍼런 70대 여자가 얼굴을 슥 내밀었다. 다리가 오 자로 휘었으나 허리는 꼿꼿한 체형이었다.

"그릇 팔러 왔나."

거칠고 뚝뚝한 투로 여자가 대뜸 물었다.

"예? 네에……." 목을 길게 뽑고, 선여휘 여사는 상대의 어깨 너머를 기웃거렸다. "저…… 혹시 실거주최고 님?"

"실, 뭐? 그게 누고. 똑띠 말해라."

"실, 거, 주, 최, 고, 님이요. 저한테 문자 주신 분!"

여사가 소리쳤다.

"아이고, 똑띠 말하라 캤지 누가 소리 지르라 캤나." 집주인 여자가 쏘아댔다. "거한테 문자 보낸 이는 우리 부녀회장! 나는 휴대폰으로 뭘 몬 한다. 전화하고 받는 거 딱 두 가지. 오죽하면 이 동네서 내 별명이 망구라, 망구. 거 섰지 말고 들어온나."

여자는 허리를 굽혀 식기 세트가 든 상자를 안으로 들여놓았다.

"늘그막에 좋은 그릇에 밥 한 끼 먹을라 카는데 백화점 가보이 오죽이 비싸야지. 미친 것들, 무신 그릇 세트가 이백 삼백? 부녀회장이 이런 걸 싸게 파는 시장이 있다 캐서 부탁을 했지. 원, 사람이 무거운 걸 옮기면 좀 돕고 캐야지 뻔히 서가 있나."

'부탁을 했지'까지는 큰 소리로 말하고 뒷말은 소곤대듯이 하여, 선여휘 여사는 얼굴이 붉어졌다.

"들온나. 깨진 접시라도 있는가 확인해야지."

손짓으로 재촉한 뒤에 집주인은 휙 돌아섰다. 멍하니 섰다가 여사는 집 안에 발을 디뎠다.

"니 좀 사는갑다. 이런 그릇을 직접 사 쓰고."

거실과 연결된 주방에 서서 집주인이 돌아보았다. 그녀는 여사의 차림을 가만히 훑어보고는 조용히 투덜거렸다.

"양심도 없다. 지는 비싼 새것 사 쓰고 남한텐 헌것 팔며 돈 받아먹나?"

채찍이라도 후려 맞은 듯 선여휘 여사는 몸을 떨었다. 63년을 살면서 이토록 짧은 시간에 이토록 악의적인 평가를 받기는 처음이었다. 여사는 자신의 무고한 입장을 변론하고픈 충동을 느꼈으나 상대는 그러할 틈을 안 주고 화제를 돌려버렸다.

"어디 보자!"

현관에서 주방까지 식기 세트를 밀고 와, 여자는 상자를 열어 젖혔다. 칡뿌리 같은 손으로 험하게 다루는데도 달그락 소리가 나질 않았다. 집주인 여자가 그릇을 살피는 사이 선여휘 여사는 집 안을 흘끔거렸다. 흐르는 분위기가 참으로 기묘했다.

'분명 새집인데…… 이상하다. 가구는 모두 낡았고 그나마 몇 개 되지도 않아. 이 사람 혼자 사나? 그렇다기엔 학사모를 쓴 젊은이의 사진이 있고…… 그런데 액자에 금이 갔잖아? 원, 테이프로 붙여놨네. 그것도 불투명 테이프야.'

"하이고 고와라! 마카 좋다!"

주방 바닥에 철퍼덕 앉아, 여자는 꽃무늬 그릇을 바라보았다. 주름진 얼굴로 웃으며 새하얀 접시 둘레를 가만히 쓰다듬었다.

"내 평생, 넘들 상만 실컷 채렸다. 내 먹는 밥상에 찬 두 개 이상 논 적이 없대이. 아이고 미련한 년…… 아이고 불쌍한 년아…… 만다꼬 그리 궁상을 떨었나!"

집주인 여자가 갑자기 흑흑 울어서 선여휘 여사는 당황했다. 고운 손을 뻗어, 그녀는 상대를 토닥이려다 망설였다. 상대가 왈카닥 화를 낼까 봐 걱정이 됐던 것이다. 아니나 다를까.

"울긴 만다꼬 우나?"

여자는 벌떡 일어나 싱크대 앞으로 갔다. 손가락으로 휑하니 코를 풀고는 물을 틀어 싯누런 것을 흘려보냈다. 선여휘 여사는 구역질이 나 고개를 돌려버렸다.

"뭐, 깨진 거는 없네."

실망한 투로 여자가 중얼거렸다. 그녀는 휴대폰을 들고 어딘가에 전화를 했다.

"부녀회장? 내다. 돈 지금 부쳐줘. 그래, 내가 준 것." 휴대폰 아랫부분을 손으로 막고 여자는 선여휘 여사를 흘깃 보았다. "잠깐, 맞나. 99만 원?"

여사는 얼른 고개를 끄덕였다. 턱을 쳐들고 상대도 고개를 끄덕였다.

"됐다. 보내. 니 그 택시비 계산 단디 하래이."

전화를 끊고 집주인 여자는 선여휘 여사를 빤히 보았다.

"뭐 하나? 안 가고. 뭐, 커피라도 주까."

그러고는 여사가 답하기도 전에 전기포트에 물을 받아서 데우는 것이었다.

'참 불쾌한 사람이다……. 꼭 날뛰는 고무줄 같네.'

여사는 식탁 앞 의자에 가서 앉았다. 집주인이 손짓으로 앉으란 표시를 했기 때문에 그랬단 것을 뒤늦게 깨달았다. 종이컵에 믹스커피를 타 여자는 식탁에 내려놓았다. 컵 안쪽에 채 녹지 않은 인스턴트커피 가루가 다닥다닥 붙어 있었다. 선여휘 여사는 자신이 가져온 식기 세트를 가만히 바라보았다.

"어째서…… 저기에도 커피 잔이 있잖아요?"

"옴마야. 저거는 인자 내 꺼다. 안직 니 껀줄 아는가 배."

별 웃기는 소리를 다 듣겠다는 듯 여자가 쏘아붙였다. 그리고 시퍼런 눈썹 문신을 으쓱이면서 피시식 웃는 것이었다. 살면서 그토록 천시를 받기는 처음이어서 선여휘 여사는 몸이 굳었다. 심장이 벌렁거렸고 이마에서 식은땀이 나 얼른 커피를 들이켰다. 싸구려 믹스의 지나친 단맛에 헛구역질이 솟았다.

"뜨겁나. 안 그럴 건데?" 집주인 여자가 종이컵에 든 자신의 커피를 홀짝거렸다. "아이고 좋기만 하다!"

선여휘 여사는 당장에 자리를 뜨고 싶었다. 의자에서 엉덩이를 떼고 막 일어서는데 휴대폰에서 알림이 '딩동' 울렸다. 여사는 화면을 보고 은행 어플을 켰다. 입금자는 두 명으로, 각각 1,013,320원과 10,000원을 송금했다. 1,013,320원을 보낸 사람의 이름은 최정자. 10,000원을 보낸 사람의 이름은 '실거주최고'였다. 순간, 선여휘 여사의 엉덩이는 싸구려 의자에 도로 붙었다. 이웃을 위해 자기 돈 만 원을 쓴 중고 시장 사람 실거주최고 님에게 따뜻한 위무를 받은 듯했던 것이다. 여사는 그 작은 호의에 응답해야 할 의무를 느꼈다. 심호흡하여 마음을 가라앉히고 여사는 입을 열었다.

"이 그릇들…… 왜 사신 거예요? 가족들이랑 만찬이라도 하실 건가요?"

"하이고…… 됐다 고마, 그까짓 놈들! 이날 평생을 가르치고 먹여줘도 고마운 중을 아나? 이건 다 나를 위한 거다. 여다 맛난 밥에 고기 찬 차려 거하게 먹을 끼다!"

집주인 여자는 거실 벽에 붙은 젊은이의 사진을 향해 삿대질했다. 그리고 매섭게 고개를 돌려 베란다 아래로 시선을 던졌다. 선여휘 여사는 자기도 모르게 여자를 따라 창밖을 봤다. 맞은편 아파트동의 빽빽한 창문 아래로 단단한 보도블록이 펼쳐져 있었다. 가슴을 들썩이면서 씨근거리는 여자의 옆얼굴을 선여휘 여사는 바라보았다. 축 늘어진 입매에 지독히 서글픈 눈빛…… 그것은 10년 전, 여사가 거울 속에서 매일 본 표정과 비슷했다. 믹스커피가 든 종이컵을 어루만지며 선여휘 여사는 자책했다.

'어째서…… 그 차를 사줬을까? 눈 오는 밤에 드라이브를 나가는데…… 어째서 말리질 않은 거지? 다 내 탓이다. 내가 죽일 년이야. 불쌍한 내 새끼…… 내 작은 강아지…….'

집주인 여자가 주먹을 쥐더니 자신의 가슴을 퉁퉁 쳤다. 선여휘 여사는 고개를 쳐들었다.

"이놈의 집! 식당서 쎄가 빠지게 일해가 돈 모아 샀다. 분양가 8억짜리를 피 얹어 10억에. 처음 2년인가는 쭉쭉! 오르데. 11억! 12억! 마, 16억까지 됐을 땐 눈물이 다 나더라. 부지런히 산 끝을 하늘도 알아주누나 했지. 그때는 저거도 다 나를 칭찬하고 '엄마 덕분이다, 다 당신 덕분이다' 이카더만 인자 7억으로 곤두박질치니까는 뭐? 그때 와 안 팔았느냐고? 와 맹하니 쥐고만 있었냐고? 아 누가 이카고 될 줄 알았나, 어이? 천불이 나가 마카 쫓았다! 어디 저거끼리 잘살아 보라 이 말이다!"

집주인 여자는 벌떡 일어나 수돗물을 들이켰다. 선여휘 여사는 해맑은 눈으로 상대를 바라보았다. 그리고 홀린 듯 중얼거렸다.

"아…… 그건 참 심플한 불행 이야기…….”

"뭐라? 니 방금 뭐라 캤나?"

집주인 여자가 되물었다. 험궂은 얼굴로 발 망치를 쿵쿵 찍으며 여사의 코앞에 다가섰다. 동그란 눈으로 상대를 보며 선여휘 여사는 미소 지었다.

"그게 뭐 고민거리라고 그러세요. 돈만 있으면 간단히 해결되는걸."

"뚫린 입이라고…… 니, 말이면 다가? 어데 하늘에서 돈이 뚝 떨어지느냐 이 말이다!"

"그럴 수도 있지요." 선여휘 여사는 어깨를 으쓱였다. "세상을 살다 보면 별의별 일이 다 있으니까. 가령 오늘…… 내가 이 집을 살 수도 있는 거예요."

"뭐, 뭐라꼬?"

집주인 여자는 철퍼덕 의자에 주저앉았다.

"사, 사람 갖고…… 장난치지 마래이!"

푸른색 아이라인 문신 사이로 여자의 까만 눈알이 번뜩였다. 누런 결막에 벌겋게 핏발이 섰다.

"장난?" 선여휘 여사는 깜짝 놀랐다. "어쩌면…… 그런 건지도 모르겠네요. 하지만 이게 그렇게 질 나쁜 장난은 아니에요. 나는 최정자 님의 불행이 너무나 간단히 해결될 수 있다는 걸, 그러니 그렇게까지 낙담할 필요는 없다는 것을 말하고 싶은 거고……."

"어, 얼마에? 니 얼마에 이 집 살 건데?"

집주인 여자가 물어왔다. 검버섯 핀 주먹을 앙상한 무릎에 꼭 붙여 쥐고 있었다.

"그야 파는 사람 마음이죠." 선여휘 여사가 싱긋 웃었다. "값을

125

잘 매겨보세요. 이것도 중고니까…… 아까 이게 얼마까지 떨어
졌다고 했죠? 7억이던가?"

상대는 강하게 고개를 내저었다.

"10억 주고 샀다, 이 집. 대출 80프로 끼고." 기가 막힌지 여자
는 혀를 찼다. "망할 놈들! 변동금리가 어쩌고저쩌고…… 알아먹
도록 말을 해야지. 대출 이자만 월에 260이다. 말이 되나? 순 도
둑놈들이래이. 밤새 숯불 갈고 주정꾼들 비위 맞춰가 그놈들 배
만 불린다…… 흑흑!"

"10억에 대출 80%면 8억. 그거면 원금 갚겠다." 여사는 이야기
했다. "봐요. 그거면 해결되지요?"

의자 위에서 앙상한 다리를 접고, 집주인 여자는 상체를 흔들
었다.

"원금? 봐라. 그카믄 나는 어디서 사나? 최소한 전에 살던 빌라
전세 갈 돈은 있어야지. 게딱지 같은 그기 딱 2억 6000인데……."

"그러면 10억 6000. 그 값에 사드릴게요."

선여휘 여사가 제안했다.

"지, 진짜가?"

파랗게 질린 얼굴로 집주인 여자는 되물었다. 이 집에 들어온
후 그토록 순한 말투와 선한 눈빛을 대하긴 처음이어서 선여휘
여사는 감동했다. 그녀는 아주 비밀스러운 뭔가를, 여간해서는
열리지 않는 문틈을 들여다본 기분이었다.

"봐요, 최정자님. 고민이 얼마나 간단히 해결되는지."

갑자기 웃음이 터져 나와, 선여휘 여사는 손으로 입을 가렸다. 그 모습을 본 집주인 여자가 매섭게 소리쳤다.

"뭐꼬? 니 사람을 갖고 노나! 문디 콱 마 주디를 쌔리뻰다!"

손을 내리고, 선여휘 여사는 일어났다. 복스런 얼굴에 웃음기가 싹 사라졌다.

"가요. 지금 비서 부르긴 그렇고, 요 앞 공인중개사 사무실에서 계약서 써요. 그리고…… 아까부터 마음에 걸렸는데, 왜 자꾸 반말을 하죠?"

기 싸움을 하듯 여사를 노려보다가 집주인 여자가 눈을 피했다.

"제우 오십이나 먹었는기, 존댓말 써라 지랄이고. 젊으나 젊은 기."

겉옷을 갖춰 입으며 집주인 여자가 투덜댔다. 손거울을 들고 루즈를 바르다 멈칫 여사를 돌아보았다. 되바라진 입술을 오물거리며, 여자는 갑자기 질문을 했다.

"봐라. 니 여 쥐텍스 들어오는 거 아나?"

"쥐텍스?"

"그래. 그 멀리 가는 기차. 뜨문뜨문 서는 거."

"아…… GTX? 수도권 광역 급행철도 말이죠?"

집주인 여자는 빠르게 고개를 끄덕였다.

"그기 여 들어오면은, 집값이 천정부지로 치솟는다."

여자는 루즈 뚜껑을 야무지게 닫아서 파우치 안에 넣었다. 선여휘 여사는 멀거니 서서 두 눈을 깜박거렸다.

"그리만 돼 보래이. 이 집이 11억, 아니 12억은 나갈 끼다!"

127

"……."

"12억은, 좀 저기 했는가 몰라도." 여자는 도끼빗으로 머리를 쓱쓱 빗었다. "최소한 11억은 나갈 낀데."

집주인 여자의 속셈이 훤히 보여서 선여휘 여사는 웃고 말았다.

"그럼, 11억에 사드릴게요."

"지인짜가……. 니 뭔데? 니 어데 사장이라도 되나?"

"사장까지는 아니고요."

여사가 대꾸했다.

"아휴! 모리겠다!"

도끼빗을 놓고 여자는 안방에 들어갔다. 서랍 여닫는 소리가 나더니 자그만 뭔가가 때그락거렸다. 아마 인감도장을 챙기는 모양이었다. 그녀는 검은색 토트백을 손목에 꿰고 현관 앞으로 나왔다.

"갑시다, 마! 내 거래 마치면 시원하게 밥 살게요. 요 앞에 뚝배기 백반 잘하는 집 있거든."

"그러세요."

선여휘 여사는 집주인 여자와 함께 승강기를 기다렸다. 퇴근 시간이 지나서 그런지 층마다 멈추어 섰다. 집주인 여자는 초조한 눈으로 여사를 흘깃거렸다.

"저……."

여자가 입을 열었다.

128

"네?"

"그…… 니, 일성바이오라꼬 압니까."

"일성?"

뜻밖의 단어에 놀라 선여휘 여사는 정색을 했다.

"아이고, 모르는 갑따. 옷만 뻔드름하게 입고 다니고 세상 물정은 모르지요? 바깥양반이 벌어다 주는 돈으로 호강만 하고 사니."

비아냥대는 말에 아랑곳 않고, 선여휘 여사는 뛰는 가슴을 진정시켰다. 그녀는 차분히 대꾸했다.

"일성바이오, 뭐요?"

"어. 일성바이오. 거 엄청 큰 회사거든. 일성전자라고 압니까. 삼성전자 다음으로 큰 회사다 아이가. 일성바이오는 거 계열사라, 계열사."

"그런데요?"

"아이고, 사람 말하는데 와 허리를 끊나. 고마 잘 들어라. 그 일성바이오가 이 근처에 공장을 새로 짓는다 카이. 거만 들어오면 이제 이 아파트가 13억은 그냥 넘는다!"

"그래서…… 요?"

"아니, 그래서는 뭐. 그냥 그렇다는 기지."

때마침 도착한 승강기에 두 사람은 올라탔다. 1층까지 하강하는 동안 아무도 타지 않았고, 집주인 여자의 얘기는 끊이지 않았다. 두 사람밖에 없는데 소곤대는 게 이상하다고 선여휘 여사는 생각했다.

"회사를 짓기만 해보래이. 직원들이 살 데 찾아 이 아파트로 오게 돼 있다. 그카믄 그땐 13억이 돼도 아파트가 없어서 못 판다꼬, 이 동네 사람들은 다 안다!"

"그러니까 나보고…… 13억에 사라고요?"

선여휘 여사가 되물었다. 일성바이오가 이 도시에 공장을 짓기로 한 것은 어찌 됐건 사실이었다.

"아, 누가 그러라 캤나. 니는 말을 이상하게 한대이."

1층에 도착해 두 사람은 승강기에서 내렸다. 아파트 현관을 나서니 공인중개사 사무소가 두어 곳 눈에 띄었다. 선여휘 여사는 그중 하나를 손으로 가리켰다.

"13억에 사죠. 더는 안 돼요."

"하이고야, 니 참 통 크대이! 봐라, 니 절대로 후회 안 한다. 내 장담한대이! 이 집이 일등 건설사가 지은 기라. 거다 쥐텍스 들어오제 일성바이오 들어오제…… 니는 완전 노났대이. 나야 솔직히 손해다. 몇 년이고 이자만 버텨보래이, 그 돈이 다 누구 꺼고? 솔직히 내가 이 집 안 팔아도 그만이다. 버티고만 있으면 집값은 그, 뭐라 카더라…… 아, 우상향! 우상향 아이가?"

"그래요. 그렇겠죠."

선여휘 여사는 빙긋 웃었다. 그녀의 마음은 한편으로는 쓰리고 또 한편으로는 즐거웠다. 누군가 자신을 속이려 드는 건 쓰라렸지만, 자신이 누군가에게 도움이 될 수 있다는 것은 즐거웠다.

'까짓…… 13억으로 차도 샀는데, 사람 하나 구하는 거야. 거기

에 아파트도 하나 건지고. 그만하면 남는 장사네.'

입이 벌어지다 못해 찢어지려는 집주인 여자와 함께 선여휘 여사는 공인중개소 앞으로 갔다. 파리만 날리며 앉아 있던 공인중개사가 손님 낌새를 알아차리고 일어섰다. 깔끔한 커트 머리의 자그만 여자였다. 그녀는 환히 웃으며 투명한 문을 열어젖혔다.

"아이고, 거래하시게?"

"어데, 아이다."

집주인 여자가 손을 저었다. 미소가 사라진 낯빛이 누렇게 떠 있었다.

"무슨. 왜 그러세요?"

선여휘 여사는 미간을 찌푸렸다.

"내, 마음 변했다. 집 안 팔란다!"

집주인 여자가 돌아섰다.

"네? 도대체 왜…… 제가 13억에 사드린다고 했잖아요."

선여휘 여사의 말을 듣고 공인중개사는 용수철처럼 펄쩍 뛰었다. 그녀는 놀란 낯을 숨기며 창문에 붙인 '33평 7억' 글자를 등으로 얼른 가렸다.

"됐다! 안 판다는데 무슨 말이 많나!"

설명도 없이, 집주인 여자는 가버렸다. 공인중개사가 깜짝 놀라서 그 뒤를 따라갔다.

"내가 미쳤지. 쥐텍스랑 일성바이오만 들어와 보래이! 그때까지만 버티면…… 안 팔 끼다. 없던 일로 하재이!"

집주인 여자의 커다란 목소리가 아파트 상가를 뒤흔들었다. 휘적휘적 씨근거리며 그녀는 자신을 붙잡는 공인중개소 대표의 한 손을 뿌리쳤다.

"어데 사람을 알겨먹으려 드나! 요새는 복부인 수단도 여러 가지다. 사기그릇 팔아넘기는 체 어딜 쓱 들어오나! 흥, 내가 최정자다, 최정자. 어데 나를 속이나! 이기 16억까지 갔던 집이다. 그 이상 갈 것 같으이까네 살라는 거 아니가! 그런 집을 13억? 어림없다. 차액 3억이 뉘 집 애 이름이가?"

"아. 하하. 아하……."

잘못 먹은 걸 게워내듯 선여휘 여사는 웃음을 흘렸다. 오가던 아파트 주민들이 호기심 어린 눈으로 그녀를 흘깃거렸다. 누군가 자신들의 7억 원짜리 아파트를 13억 원에 사려 했다는 사실에 흥분한 눈치였다. 시무룩 등을 굽히고 선여휘 여사는 어두운 주차장 안으로 들어섰다. 롤스로이스 팬텀이 퇴근길 차들을 피해 주인에게로 왔다. 운전석에서 내려, 차 실장은 뒷좌석 문을 열어주었다.

"무슨…… 안 좋은 일을 겪으셨습니까?"

해질녘 도시고속화도로를 달리며 차 실장이 물어보았다. 그는 근심 어린 눈으로 룸미러를 통해 여사를 보고 있었다.

"글쎄요. 모르겠어. 내가 뭘 잘못한 것 같기도 하고, 잘한 것 같기도 하고……."

미간을 찌푸린 채 여사는 창밖을 내다보았다. 뒤엉킨 실처럼 생각이 묶여 있었다.

'하지만…… 대체 내가 뭘 잘못했지? 난 그녀가 원하는 대로 해줬을 뿐이잖아.'

선여휘 여사는 자신을 변호했다. 그러나 마음이 편치 않았다.

'알아. 그 집은 그녀의 전부였어. 아니, 전부 이상이지. 근데 난 내게 아무 것도 아닌 돈으로 그 집을 사려 한 거야. 그것도 단지 장난으로. 비열한 짓이었어.'

선여휘 여사는 아파트 거실에 걸려 있던 깨어진 액자를 생각했다.

'대체 그 아들은 어디로 갔을까?'

문득, 여사는 집주인 여자가 가엾어졌다. 어찌 됐건 그녀는 자식을 잃은 것이다. 그야 여사의 입장에서는 마음만 먹으면 언제든 만날 수 있는 자식이었지만, 글쎄…… 그 고집 센 여자가 먼저 아들을 찾아볼 일은 없을 듯했다. '하이고 고와라!' 황홀한 눈으로 그릇들을 보던 집주인 여자의 웅크린 모습을 선여휘 여사는 떠올렸다.

'어쩌면…… 그 여자가 준비한 것은 마지막 식사였을까?'

갑자기 추위를 느끼고 여사는 몸을 웅크렸다. 창밖으로 어수선한 도시 풍경이 빠르게 흘러갔다. 건물마다 하나둘 네온사인이 켜졌고 사람들은 움직였다. 남녀 서넛이 서로를 다독이면서 식당 안으로 들어섰다. 문득, 선여휘 여사의 입에서 신음이 새어 나왔다. 차 실장이 놀란 눈으로 룸미러를 힐끔 보았다.

"어쩌면…… 나 말예요, 잘했는지도 몰라요!"

뜬금없는 소리를 듣고도 차 실장은 고개를 끄덕였다. 그는 영문을 몰랐지만 그런 것은 중요치 않았다. 여사가 이어 말했다.

"오늘 그 여자는요, 오래오래 살 거예요. 왜냐하면 그 예쁜 그릇에 음식을 담아서 먹을 때마다 내 생각을 할 테니까요!"

입을 꾹 닫고 여사는 세차게 고갯짓했다. 이런 때 어떤 반응을 보여야 하나 차 실장이 고민하는데, 뒷좌석에서 휴대폰 알람이 크게 울렸다.

선여휘 여사는 화면을 들여다봤다. 관심 목록에 담아둔 상품이 '끌올', 그러니까 가격을 낮추어 홍보 화면 상단에 재배치됐다는 소식이었다.

"잘 안 팔리나 보네, 이 사람도." 여사는 중얼대고는 주위를 둘러봤다. "그나저나, 왜 이렇게 길이 막혀요?"

"그게 저…… 퇴근 시간이거든요."

차 실장이 미소 지었다.

"아니, 왜 다들 같은 시간에 퇴근을 하는 거지? 좀 탄력적으로 움직이지 않고." 선여휘 여사는 푸념했다. "직장 다니는 사람들은 참 힘들겠네. 매일 이런 길을 오가야 하니."

입을 꾹 닫고 차 실장은 운전에 집중했다. 이제 회사로 돌아가면 그 역시 이런 생활에 익숙해져야 할 것이었다.

"아휴 답답해. 기분 전환이나 해야겠다."

여사는 또 다시 휴대폰 화면을 만지작거렸다.

[안녕하세요. 지금 구매 가능한가요?]

중고 화구를 내놓은 사람에게 그녀는 말을 걸었다. 전송 버튼을 누르는 순간 가슴이 콩닥거렸다. 여사는 여태껏 물건을 팔기만 해왔으므로 누군가에게 먼저 연락한다는 사실 자체가 즐거웠다.

[넵 가능합니다.]

판매자에게서 답문이 왔다. 여사는 그토록 빨리 답이 올 줄은 몰랐으므로 기분이 썩 좋아졌다.

"안평동? 가만, 여기가 어디지? 차 실장님 혹시 안평동이란 데 알아요?"

"네. 마침 이 근처인데…… 지나왔는지 모르겠네요."

미간을 찌푸리고 차 실장은 내비게이션을 살펴보았다. 그는 손가락으로 지도를 키웠다 줄였다 하다 고개를 끄덕였다.

"아직입니다. 곧 나올 출구로 빠지면 되겠네요."

"어머, 잘됐다. 그럼 빠져요. 그 사람 만나 거래도 하고, 정체 풀릴 때까지 좀 쉬어갑시다."

고속화도로를 벗어나자 어두운 하늘 아래로 얕은 산 능선이 펼쳐졌다. 그제야 숨통이 트여 선여휘 여사는 긴 숨을 내쉬었다. 도로 옆에 늘어선 아파트의 키가 낮아지더니 낡은 빌라와 상가가 들쭉날쭉한 동네 풍경이 나타났다. 1호선 안평역 앞 광장으로 향하는 길은 좁은 2차로인 데다, 회전교차로를 지나야 해서 차 실장은 꽤 긴장을 했다. 여기저기 불법주차한 차들이 무척 많았다.

그러한 사정을 아는지 모르는지 선여휘 여사는 역 앞 풍경만 보고 있었다.

"어머, 저 사람인가 봐! 실장님, 저이 좀 봐요. 키가 크고 태가 바른 게 꼭 우리 용재 같다. 안 그래요?"

차 실장은 머리에 눈이 다섯 개 달린 것처럼 앞뒤 좌우를 살피고, 동시에 여사가 가리킨 사람도 힐끔 보았다. 회전교차로 속 작은 섬에 한 청년이 서 있었다. 커다란 캐리어 가방이 그 옆에 놓여 있었다.

"그러네요."

차 실장은 고개를 끄덕였다. 공영주차장은 혼잡하기 짝이 없어 롤스로이스 세울 장소를 찾기가 어려웠다. 그는 간신히 빈 곳을 발견하고 솜씨 좋게 평행주차를 했다. 차량 길이가 6m나 되었으므로 일반 차량 세 대의 공간을 사용하는 수밖에 없었다.

'최대한 빨리 돌아오세요!'

어두운 거리로 사라지는 여사를 보며 차 실장은 애를 태웠다. 주차 공간을 찾아 오가는 차주들 시선을 피해, 그는 고개 돌렸다. 차량 내부의 등도 껐다.

선여휘 여사는 날듯이 걸어가, 회전교차로 앞에 잠시 멈췄다. 무신호 횡단보도의 좌우를 꼼꼼히 살펴 빠르게 건너갔다. 그러는 동안 키가 큰 청년은 뻣뻣이 서 있었다. 그토록 나이 든 사람이 자기의 거래 상대일 거라고는 상상을 못 한 듯했다.

"저…… 혹시 당근……."

선여휘 여사가 입을 열었다.

"네?"

청년이 여사를 내려다봤다. 그리고 입을 벙긋거리며 뭐라고 이야기했다. 자기도 모르게, 선여휘 여사는 눈살을 찌푸렸다. 때마침 회전교차로를 도는 차들 때문에 상대의 말이 뭉개져 들렸다. 이상한 울렁증을 느끼면서 여사는 청년의 얼굴을 바라보았다.

"뭐라고요?"

여사가 되물었다.

"선녀님이시냐고요. 중고 거래요."

청년이 한 발짝 가까이 왔다.

다리에 힘이 풀려, 여사는 그대로 주저앉았다.

"왜 그러세요. 괜찮으세요?"

청년이 여사의 팔을 잡았다. 상대의 안색을 살피며 주위를 둘러보는 게, 적잖이 당황한 눈치였다. 그러는 동안에도 여사는 청년의 얼굴을 세심히 살펴보았다.

'어쩜 우리 용재랑 목소리가 똑같네! 비슷하게 생긴 사람은…… 목소리도 비슷한 걸까? 커다란 눈에 도톰한 입술, 갸름한 턱선…… 아니야. 똑같진 않아. 뭐랄까, 이 청년이 더 까칠하게 생겼는걸. 그래, 귀가 좀 달라. 이마도 더 평평하고.'

"괘, 괜찮아요."

여사는 싱긋 웃었다. 그녀는 청년의 건장한 팔을 잡고 힘주어 일어섰다. 다리가 조금 떨렸다.

"중고! 맞아요. 나는 선녀야. 그쪽은 어디 보자…… 죽어라더러 운놈들 님?"

뜨악한 낯으로 주위를 보며 청년은 고개를 까닥거렸다.

"저쪽으로 가서 말씀하시죠."

안평역 구석 공터로 가서 두 사람은 가로등 아래에 섰다. 청년은 조심스러운 손길로 캐리어 가방을 눕히고 지퍼를 열어 펼쳤다. 캔버스와 물감들, 그리고 다양한 크기의 붓들이 단정히 정리돼 있었다.

"잘 보세요. 환불이나 교환은 안 됩니다."

청년은 휴대폰의 손전등 어플을 켜 가방 안 제품을 비추었다. 근처를 지나던 이들이 담배를 들고 왔다가 멈칫해 돌아섰다. 선여휘 여사는 청년 곁에 쪼그려 앉아 유화 전용 붓의 털 부분을 만지작거렸다.

"관리가 잘돼 있네. 꼼꼼한 성격인가 봐. 근데 왜 그림을 포기하는 거예요?"

"허흠! 230만 원임다!"

주위를 힐끗거리며 청년이 대꾸했다.

"알아요. 근데…… 좀 물어보면 안 되는 거야?"

"됩니다. 제품에 관해선 얼마든지요. 이 붓은 화홍 제품이고 이 물감은 쉬민케 무시니……."

"아니, 그런 것 말고. 청년은 왜 그림을 포기하는 거야? 이제 뭘 하려고. 그림 그리던 사람이 붓을 놓으면……."

"아! 그런 질문은 한 개당 만 원인데요."

청년이 씨익 웃었다. 그는 돌아앉아서 가방 속 물건을 정리하기 시작했다. 거래가 깨졌다고 여기는 모양이었다.

"그래?"

선여휘 여사는 옆구리에 낀 플라노 피 클러치 안에서 장지갑을 꺼냈다. 그 속에는 유명 백화점의 VVIP 카드와 각기 다른 세 회사의 한도 무제한 신용카드, 급할 때 쓰려 뽑아둔 100만 원짜리 수표 열 장과 5만 원짜리 스무 장, 포도봉봉 님에게 받은 행운의 만 원권 한 장이 들어 있었다. 여사는 그중 5만 원권 한 장을 꺼내 청년의 눈앞에 슥 내밀었다.

"질문은 세 개야. 2만 원 거슬러 줘요."

놀라서 입을 벌린 채 청년은 일어섰다. 그는 돈을 받지도, 질문에 섣불리 답하지도 못하고 엉거주춤 서 있었다. 그러나 여사의 제안이 진심이란 걸 깨달았는지 바지와 바람막이의 주머니들을 뒤적거렸다. 청년의 손에는 검은색 휴대폰 말곤 아무것도 들려 나오지 않았다. 멋쩍게 웃으며 청년은 머리를 긁적거렸다.

"그, 질문을…… 두 개 더 하실 수 있겠네요."

"뭐어? 그럴까? 오호호호!"

선여휘 여사는 활짝 웃었다. 어서 받으라는 듯 그녀는 청년의 한 손에 지폐를 쥐어주었다. 커다란 두 손을 공손히 모아 청년은 돈을 받았다. 잘 접어 바지 주머니에 넣고 주위를 스윽 보더니 오른 손가락을 펼쳐 들었다. 하나씩 손가락을 접어가면서 그는 말했다.

"첫째, 서른이 되도록 자리를 못 잡아 포기합니다. 어머니하고 약속했거든요. 서른 살 생일날까지 작품 안 팔리면 딴 기술 배우기로. 둘째, 배달 일이나 알아보려고요. 셋째, 그…… 질문이 뭐였죠?"

"아! 그림 그리던 사람이 붓을 놓으면, 허전해 어떻게 사느냐고."

여사가 다시 말했다.

"그건, 잘 모르겠습니다. 붓을 놓은 지 며칠 안 돼서, 허전하고 그런 게 하나도 없거든요."

청년은 커다란 손으로 마른세수를 했다.

"두 개 더 하십시오, 질문."

"호호!"

선여휘 여사는 허리를 휘며 웃었다. 청년의 목소리가 들려올 때마다 기분이 좋아졌다. 주먹을 가볍게 쥐고, 그녀는 스티어링 휠 돌리는 시늉을 했다.

"저기, 죽어라치사한놈들 님. 운전할 줄 알아?"

"더러운…… 놈들인데요."

"응?"

"아닙다. 그…… 할 줄 알아요. 근데 제가 하려는 거는 바이크 배달이거든요. 치킨이나 피자 같은 거."

두 손을 말아 쥐고 청년은 앞뒤로 까닥거렸다.

"아무렴 어때. 이리 와요."

선여휘 여사는 공영주차장 쪽으로 걸어갔다. 그래도 되나 고민하다가 청년은 여사를 따라나섰다. 캐리어 바퀴가 덜덜대는 소리가 도롯가에 울려 퍼졌다. 지나는 이들의 시선을 받자 청년의 얼굴이 붉어졌다. 철도변에 늘어선 찻길을 따라 여사는 걷고 있었다. 창문도 없는 비루한 술집들이 갯가의 따개비처럼 붙박인 거리였다. 청년은 아주 어릴 때부터 안평동에 살았지만 이토록 음습한 골목에 들어선 것은 처음이었다.

'이 아줌마를 믿어도 될까? 어디서 갑자기 웬 놈들이 나타나 신장이라도 빼가는 거 아니야?'

청년은 슬슬 걱정이 됐다. 가방을 움켜쥔 손아귀에서 찐득한 땀이 솟았다. 문득, 멀지 않은 곳에서 자동차 미등이 번쩍 켜졌다. 달달대던 캐리어 바퀴 소리가 뚝 끊겨졌다.

'뭐야, 씨발. 롤스로이스 아니야?'

청년은 두 눈을 부릅떴다. 그러고는 자기도 모르게 반걸음 물러섰다.

"어때요? 이 차, 몰 수 있겠어? 우리 실장님이 이달 말에 그만 두시는데 내가 아직 사람을 못 구했거든."

입을 딱 벌리고 청년은 여사를 봤다. 차 문을 열고 나오는 차 실장도 놀라긴 마찬가지였다. 운전석에 앉아서 여사가 오는 걸 기다리는데, 웬 시커먼 남자가 뒤를 따라와 꽤나 긴장을 했던 것이다.

청년은 잠시 돌아서 헝클어진 머리를 손으로 빗어 넘겼다. 긴장한 얼굴로 돌아서서는 목소리를 착 내리 깔았다.

"그…… 얼마를 주시나요? 월급은."

"아, 연봉? 신입이지만 경력자랑 같이 쳐줄게. 4500부터야. 사대보험 되고, 수습 기간 3개월. 물론 그 시기에도 급여는 차등 없지."

고개를 옆으로 돌려 청년은 심호흡했다. 그러더니 여사를 보고는 망설이다가 입을 열었다.

"저, 선녀님. 초면에 실례가 많았습니다. 근데 한 가지…… 여쭈어도 될까요? 왜 저 같은 사람을 고용하십니까? 훌륭한 운전기사도 얼마든지 많을 텐데요."

"그야 그렇지."

울적하게, 여사는 고개를 끄덕였다. 뭐라고 말할 듯 입을 벌렸다 꾹 다물었다.

"죽어라치…… 아니, 더러운놈들님. 오늘은 내가 많이 힘들어. 길게 말을 할 여유가 있질 않아요. 차 실장님, 명함 하나 주세요."

청년은 차 실장이 건네준 빳빳한 명함을 받아 골똘히 들여다봤다.

"생각해 보고 연락 줘요. 이렇게 밤 근무가 있을 수 있고, 난 쇼핑을 자주 해요. 짐을 좀 들어줘야 해. 아이 배고파."

통통한 손으로 선여휘 여사는 동그란 뱃살을 문질렀다.

"근처에서 식사를 하시지요."

차 실장이 롤스로이스의 뒷문을 열어주었다.

"그럴까?"

여사는 걸어가 뒷좌석에 앉았다. 차 실장도 운전석 문을 열고는 자기 자리에 앉았다. 진출 방향에 서 있다가 청년은 비켜났다. 선여휘 여사는 창문을 내리고 손으로 가방을 쑤석이더니 빳빳한 5만 원권을 또 한 장 내밀었다.

"저기…… 혹시 이 근처에 맛있는 장엇집 있나?"

덩그러니 섰다가 청년은 달려왔다. 황급히 두 손을 내저으며 그는 말했다.

"예, 저기 윗동네에 있기는 한데……."

"에이, 받아. 질문 네 개는 밥 먹으면서 할게. 차에 타요. 밥 같이 먹자."

여사의 말이 떨어지자마자 트렁크 문이 벌어졌다.

'어떡하지? 처음 본 사람들이랑 밥 먹는 건 불편한데…….'

청년은 망설였다. 하지만 안평동 토박이들만 알음알음 찾는 '찐' 장어 맛집을 생각하고는 캐리어 가방을 돌돌 끌었다. 그가 가방을 막 들어 올리려는데 차 실장이 다가와 막아섰다. 차 실장은 트렁크 내부에 접어둔 카펫을 펼쳐 깔았다. 청년은 자신의 가방을 그 위에 올려놓았다.

"정말…… 괜찮으시겠어요?"

식사를 마치고 뻥 뚫린 고속도로를 달리며 차 실장은 물어왔다. 그는 근심 어린 눈으로 룸미러를 흘깃거렸다.

"하는 수 없잖아요. 실장님 근무 기한이 3주일밖에 안 남았으니." 여사는 어깨를 으쓱였다. "딴 기사님들은 아홉 가지가 훌륭했는데 꼭 한 가지씩 마음에 걸리더라고. 근데 저 청년은 말이죠, 딱 한 가지가 마음에 들었어요."

"그게 뭔지…… 여쭤봐도 될까요?"

룸미러 속에서 여사의 복스런 뺨이 도도록 솟아났다. 그녀는 밝게 웃었다.

"유머 감각! 나 그게 마음에 들었어요. 게다가 안됐지 뭐야, 젊은 사람이 꿈을 포기하다니……."

차 실장은 한동안 운전에 몰두했다. 이따금 그는 자신의 고용주와 식사를 하곤 했지만 오늘처럼 많은 얘기를 한 적은 별로 없었다.

'그 청년, 사람을 귀찮게 하는 재주가 있더군. 내가 쓸데없는 말을 너무 많이 했네. 회사로 돌아가면 조심해야 할 거야. 임원들 앞에서 실수를 할지도 몰라. 그래도…… 오늘 이 말은 안 할 수 없어. 주제 넘는 줄 알지만…… 그게 여태껏 과하게 살펴주신 고용주에 대한 의리야.'

마른 입술을 혀로 적시고 차 실장은 룸미러를 힐끔 보았다. 여사는 졸린 눈을 감을락 말락 끔뻑이면서 창밖을 보고 있었다.

"저…… 여사님. 그래도 전문 기사를 쓰시는 것이 좋지 않을까요? 운전은…… 사모님의 안전이 달려 있는데요. 게다가 롤스로이스는 최고급 자동차이니, 만일 긁히기라도 한다면 속상하실 겁니다. 좌절한 미술가를 돕고 싶으신 거라면 따로 지원을 하시는 방법도 있을 테고요."

"아니…… 포기한 사람을 어떻게 후원해요? 난 그런 재주는 없어."

여사는 손으로 입을 가렸다. 그리고 커다랗게 하품을 했다.

"운전이라면…… 난 걱정 안 해요. 차 실장님이 잘 가르쳐주실 거잖아?"

룸미러 속에서 배시시 웃는 여사를 보며 차 실장은 멈칫했다. 문득 이제 정말 끝이라는 생각이 들었다. 가슴 한편이 허전해 씁쓸한 미소가 입가에 번져갔다. 서운한 마음에 그는 창문을 슬쩍 열었다. 시원한 바람이 밀려와 그의 머리카락을 함부로 헝클어놨다.

"어머나, 창문 닫아요. 맛있는 냄새 달아나!"

여사가 야단을 했다. 그녀는 클러치백에서 식당 명함을 꺼내 앞뒤로 살펴보았다. 그리고는 심각한 얼굴로 이렇게 중얼거렸다.

"아까 진짜 맛있었죠? 장어도 엄청 통통하고. 간만에 제대로 된 숯불구이 장인을 만났지 뭐야?"

착한 사람들이 좋아할 만한 물건

근로계약서를 작성한 날로부터 약 3주일 간, 청년은 차 실장에게 롤스로이스 팬텀 EWB의 운전 연수를 받았다. 선여휘 여사의 일정에 따라 차 실장이 목적지까지 운전하면, 여사가 일을 보는 사이 둘이서 함께 근처를 도는 식이었다.

청년은 면허를 딴 지 7년이나 됐지만 그토록 비싼 차를 몰아보기는 처음이어서 겁이 났다. 조수석에서 볼 때는 자기도 할 수 있겠단 생각이 들었으나 운전석에 앉기만 하면 어깨가 굳어버렸다. 두 눈의 움직임도 둔해졌다. 증상이 심할 땐 호흡법조차 잊어버려서 갑자기 큰 숨을 몰아쉬고는 했다.

"차폭이 넓어요. 길이도 길고. 시야가…… 어휴, 토할 것 같아."

올림픽대로를 달리면서 청년은 진저리쳤다.

"원, 이럴 줄 몰랐나?"

"이 정도일 줄 몰랐죠!"

조수석에 느긋이 앉아 차 실장은 웃음 지었다.

"자네는 화가잖아. 구도적으로 접근해 보게."

"흐음……."

전방을 주시하며 청년은 어금니를 꽉 깨물었다.

"왜 그래. 내가 아픈 델 건드렸나?"

"아닙니다. 근로계약서 쓸 때…… 여사님이 말씀하신 게 떠올라서요. 자꾸 신경이 쓰이네요."

"여사님? 무슨 말씀을 하셨는데?"

"한남동 댁에서 계약서를 썼는데, 와아…… 그 저택 진짜 대단하데요. 아무튼 그때 비서가 있었어요. 인사를 나누라 하시데요. 그래서 했죠. 그러니까 '다음 달부터 내 안전을 책임져 줄 사람이야.' 하시는 겁니다. 그런 생각, 한 번도 안 해봤는데."

"난 또 뭐라고. 이제부터 하면 되네. 차선 변경해. 아니, 과감하게 하라니까."

"어휴, 생각보다 어렵네요."

청년은 셔츠 소매로 진땀을 쓱쓱 훔쳤다.

"좀 그렇지? 그럴 때마다 연봉 액수를 생각하게. 힘이 날 거야."

입을 꾹 닫고 청년은 고개를 끄덕였다.

"사실 말이지, 놀랐어. 기사 일을 수락할 줄은 몰랐네." 차 실장이 손바닥으로 신참의 어깨를 쳤다. "바르게 앉아. 허리 펴고, 어깨에 힘 빼. 저런! 스티어링휠을 애인처럼 안고 있구만."

"연봉이 4500인데요?" 허리를 곧추세우며 청년은 사수를 힐끔 보았다. "서른 살까지 반백수 노릇 안 해보셨죠? 해보셨다면 절대로 거절은 못 합니다. 친척들 사이에선 재능도 없이 세월만 축낸 놈으로 소문이 났죠, 밖에선 백 있는 놈들 전시니 뭐니 잘나가는 걸 봐야만 하고……."

"백 있는 놈들?"

"네. 요샌 백이 없으면 그림도 못 팔아요. 갤러리 대표들이 자기 인맥만 끌어다가 조명해 주거든요. 저처럼 지방대 나온 독고다이는 명함도 못 내미는 거죠. 와 씨, 코너링 감 죽인다."

"자네, 여사님 앞에서 그런 경박한 표현 삼가게. 품위가 있는 말을 쓰라고. 아무튼, 요새 미술 판이 그렇단 말인가?"

"네. 모르셨죠? 저도 이런 거 알고 싶지 않았습니다."

동작대교로 들어서 청년은 안도의 숨을 뱉었다. 정체된 도로에 서 있는 동안 흥분이 차츰 가라앉았다. 그는 방금 한 말을 조금 주워 담고 싶었다. '사실 명확한 증거는 없어요.' 하는 식으로. 하지만 그것이 영 그릇된 얘기일까? 적어도 그에게, 모든 정황은 그렇게 생각되도록 흘러갔다. 그게 아니라면 왜 자신처럼 재능 있는 화가가 빛을 보지 못하겠는가. 그는 고개를 돌려 차 실장을 빤히 보았다.

"그나저나 왜 그만두세요? 여사님…… 혹시 지독한 구석 있어요?"

"회사 방침이야." 팔짱을 끼고 차 실장은 전방을 주시했다. "여사님 개인 법인으로 들어오라는 제안도 받았는데, 아내와 상의한 뒤에 그러지 않기로 했어."

"왜요?"

"지금 회사로 돌아가면…… 제네시스를 몰 수 있거든. 아니면 벤츠."

"무슨 말씀을 하시는 건지 모르겠네요. 싼 차를 몰기 위해서 회사로 가신다고요?"

"자네, 단어를 아무거나 생략하지 말게. '롤스로이스보다 싼차'라고 해야지."

발끈하는 차 실장이 우스워 청년은 피식 웃었다.

"네, 그래서요? 롤스로이스보다 싼 차를 운전하기 위해서 회사로 가신다고요?"

"그래. 그러다 언젠가 퇴직을 하면 그랜저를 뽑아서 택시를 몰거야. 이게 내가 제일 잘하는 일이거든. 적성에도 맞고. 그런데, 생각해 보게. 롤스로이스를 몰다가 갑자기 택시를 몰고 거리로 나선다고. 제각기 개성을 지닌 손님들을 시도 때도 없이 만난다고 말이야."

"쉽지는 않겠네요."

청년은 자기도 모르게 한숨을 내쉬었다. 차 실장이 옆에서 고개를 끄덕였다.

"그렇기 때문에…… 좋아도 미리 내리는 거라네. 도로에 적응

할 시간을 벌기 위해서. 그러니까 백 기사, 즐기기는 하되 너무 익숙해지진 마."

"쳇. 그래봤자 남의 운전기산데, 즐기고 말 게 뭐 있어요?"

청년은 거친 손길로 스티어링휠을 돌렸다. 그들은 강변북로로 들어섰다.

"모르는 소리!" 차 실장이 히쭉 웃었다. 그는 조수석에서 팔을 뻗어 스티어링휠의 빈 곳을 잡고 사정없이 비틀었다. 청년은 기겁해 악악거리며 스티어링휠을 바로 잡았다.

"뭐 하시는 거예요! 깜빡이도 안 켰는데!"

하얗게 질린 신참의 얼굴을 보며 차 실장은 껄껄 웃었다. 그는 손가락으로 창밖을 가리켰다.

"자, 봐! 브레이크는 다른 차들이 밟네. 이것이 바로 팬텀이야. 슈퍼 카 중의 슈퍼 카지. 사실…… 롤스로이스만큼 운전하기에 편안한 차도 없어. 팬텀 기사는 말이야, 초보라도 괜찮아. 다른 차의 숙련된 오너들이 알아서 피해가거든."

"뭐라고요?"

성난 눈으로 주위를 보며 청년은 씩씩거렸다. 깜빡이도 켜지 않고 끼어들기를 했는데, 뒤차는 경적 한 번을 울리지 않았다. 도로 상황이 거짓말처럼 정연했다. 웃음기를 거두어들이며 차 실장은 덧붙였다.

"이제 대한민국 어디를 가건, 자네는 존중받을 거네. 적어도 도로 위에서는 그렇지. 그거 아나? 팬텀을 모는 기사들은 성격이 중후해. 차가 그들을 그렇게 만들어주거든. 앞으로 도로 위에서 자네가 조심할 것은 딱 두 가지야. 초보 그리고 음주 운전자."

오던 길을 되돌아 일성대학병원에 도착할 즈음 청년은 롤스로 이스의 특권에 조금씩 익숙해졌다. 주차장 입구가 유독 비좁게 느껴졌다. VIP 지정석에 후방 주차를 하다 옆에 선 벤틀리 범퍼를 치려는 찰나, 차 실장의 코치로 위기를 모면했다. 청년은 셔츠 소매로 이마의 땀을 닦았다.

"저…… 혹시, 사고 내보신 적 있어요?"

"아니. 없어."

차 실장은 재까닥 안전벨트를 풀어냈다. 청년은 두 손으로 머리를 감싸고 두어 번 흔들었다. 차 실장은 인자한 말투로 신참을 다독거렸다.

"걱정 마. 혹 사고가 나더라도 자네한테 배상하라진 않을 걸세. 여사님은 그런 분이야."

"그래도…… 마음이 무겁잖아요."

"그건, 그렇겠지." 차 실장은 손가락으로 턱 밑을 긁적였다. "사실 저 차는 병원장 거야. 파손이 됐더라면 여사님께서 보상하셨을 테지. 난처하기는 해도 부담스러운 일은 아니야. 진짜 문제가 뭔지 아나? 그건 도로 위에서 다른 차들과 접촉 사고를 내는 거라네. 생각해 보게. 만약 자네가 오래된 소나타나 중고 모닝을 박는다면…… 상대 차주들 낯빛이 어떻겠나? 9:1의 과실만 묻다고 해도 그게 어디냔 말이야. 자, 그러니 시동을 켜게. 도로 주행을 더 해보자고."

차 실장은 풀어둔 안전벨트를 다시 채웠다.

5월의 첫 번째 토요일 아침. 선여휘 여사는 토독토독 창을 때리는 빗방울 소리를 들었다. 침대에서 내려가 커튼을 여니 한남동 언덕 자욱이 안개가 끼어 있었다. 황금소나무의 노란 솔잎은 빗방울을 맞아 춤추고, 흰 작약 이마큘리는 둥근 꽃송이에 빗물을 모으다 휙 뒤집혔다. 정원사 황 선생은 노란 우비를 입고 자그만 비닐 지붕을 만들고 있었다. 이마큘리 군락을 지켜주려는 모양이었다. 구부정하게 굽은 황 선생의 등을 보면서 선여휘 여사는 미소 지었다.

몸에 착 붙는 발렌티노의 드레스 위에 발목까지 오는 버진 울 카디건을 입고 여사는 서재로 갔다. 책 냄새에 비 냄새, 거기다 예멘 모카 마타리 커피 향이 뒤섞여 여사의 가슴에 스며들었다. 책상 위에는 전날 김 비서가 만들어둔 서류가 놓여 있었다. 여사가 이사장으로 있는 일성미술관 운영 현황에 관한 것이었다. 비는 좀처럼 그칠 기미가 보이지 않았다. 여사는 리모컨을 쥐고 오디오를 켰다. 스위스의 명품 오디오 회사 골드문트에 7억 5000만 원을 주고 직수입한 아폴로그 애니버서리 스페셜 에디션 스피커에서 고상한 클래식 연주가 흘러나왔다. 폭신한 소파에 앉아 찻잔을 들고, 그녀가 막 서류를 살피려 할 때 누군가가 서재 문을 거칠게 열어젖혔다. 제 아버지를 닮아 가느다란 눈을 치뜨고 선정이 서 있었다. 두 사람은 동시에 입을 열었다.

"어머, 이 시간에 웬일이니?"

"왜 그런 초짜를 운전기사로 들였어요?"

두 사람은 멀뚱히 서로를 보다 또 한 번 동시에 입을 열었다.

"주말에 늦잠도 자지 않고."

"진짜 기가 막혀서!"

허탈하게 웃으면서 모녀는 잠시 눈싸움을 벌였다. '이때쯤이면 내가 말해도 되겠지.' 서로 생각하고는,

"네가 먼저 말해."

"엄마부터 말해요."

동시에 이야기했다. 데칼코마니처럼 두 사람은 한숨 쉬었다. 선여휘 여사는 손가락으로 자기 가슴을 겨누었다.

"내가, 먼저?"

"Dites-moi(말씀하세요)!"

될 대로 되라는 듯 선정은 1인용 소파에 눌러앉았다.

"젊은 사람이 안됐잖니. 화가를 꿈꿨나 본데 얼마나 몰렸으면⋯⋯." 여사는 차분히 서류를 뒤적거렸다. "마침 누구 하나 고용해야 할 참인데, 서로 보탬이 되면 좋지 않아?"

"엄마가 무슨 자선사업가예요? 그렇게 훌륭한 기사님들을 두고!"

선정이 볼멘소리를 했다.

"얘, 이게 왜 자선이니? 백 기사가 자기 시간 일해서 대가 받는데."

여사가 대꾸했다.

"더 받아가잖아요, 자기 능력보다. 그게 자선이지 뭐 별거야?"

이맛살을 찌푸리면서 선정은 받아쳤다.

"능력? 네가 그 청년 능력치를 다 아니?"

여사도 지지 않았다. 코웃음을 치면서 선정은 쏘아붙였다.

"아니, 운전사로 일해본 적이 없는 사람이야. 근데 왜 경력자 연봉을 줘요? 불공정한 일이지. 일성그룹 운전사들은 차근차근 경력 쌓아서 호봉 받아요. 근데 사모님 기사는 신입인데도 대번에 경력자 연봉을 받더라고 소문이 나봐. 어떻게 되겠어요?"

선여휘 여사는 고개를 가로저었다.

"넌 기사를 안 쓰니까 몰라. 운전 실력이 다가 아니다? 여기저기 이동하는 동안 심심하면 수다도 떨게 되지. 나도 사람이니까. 근데 받아주는 이가 유머 감각이 없어봐라. 자동차 안이 감옥처럼 되는 거라고. 백 기사가 얼마나 재밌는지 너 아니?"

싱글벙글한 얼굴로 선여휘 여사는 안평역에서의 일화를 들려주었다.

"중고 거래?"

말꼬리를 낚아채, 선정은 예리한 눈매를 번뜩였다. 여사는 아차 싶어서 눈을 피했다. 그녀는 덤덤한 척하며 뒷말을 이어갔다.

"그림을 왜 그만두는지, 앞으로 뭘 할 건지, 엄마가 물어봤어. 그랬더니 좀 불편했나 봐. 뭐라는 줄 아니? '그런 질문은 하나당 만 원인데요.' 이러는 거야. 호호호. 귀엽지 않니?"

"약았네. 보통 아니야."

팔짱을 끼고 선정은 비 오는 창밖을 노려보았다.

'아이고, 누가 할 소릴!' 여사는 목구멍까치 차오른 말을 꿀꺽 삼켰다. 그녀는 히쭉 웃었다.

"5만 원 주면서 질문 세 개만 하자고 했어. 그런데 거슬러 내줄 현금이 없었나 봐. 애, 같은 상황이라고 치자. 너라면 뭐라고 대답하겠니?"

"흐음……. 급작스러운 신변 이슈를 둘러대면서 '질문당 가격이 2만 원으로 올랐습니다.'라고 하겠지. '6만 원이 됐으니까 만 원을 더 내셔야 하는데 16% 깎아드릴게요.' 하면서 5만 원만 받아. 질문은 방어하면서 수입은 유지시키지."

"그렇지? 넌 말문이 트이자마자 용돈 받으며 터득한 흥정법이 잖아. 근데 그 청년은 참 순박해. 머리를 긁적이면서 '질문을 두 개 더 하실 수 있겠네요.' 이러지 뭐니?"

누군가를 흉내 내는 엄마 표정이 우스워, 선정은 피식 웃었다. 선여휘 여사는 내처 말했다.

"장엇집에서 저녁도 같이 먹었어. 알다시피 운전기사랑 밥 먹을 일이 많잖아. 쩝쩝대지 않고 깔끔하더라. 젊어서 그런지 식욕도 왕성하고. 덕분에 나도 입맛이 확 돌던걸? 물론 그 장엇집 사장님이…… 맞다! 너, 회식할 일 있음 거기서 해."

선여휘 여사가 손뼉을 쳤다.

"안평역? 거기 충청도 아냐? 무슨 회식을 하러 충청도까지 가?"

선정은 눈살을 찌푸렸다.

"아냐, 얘. 엄연히 경기도야. 배달시켜서 먹음 되지. 한번 맛이나 봐라. 5성급 호텔 요리사 저리 가라 할 정도라고!"

"홋. 웃겨. 그런 사람이 왜 안평역 근처에서 그러고 있대?"

"나야 모르지. 얘, 사람이 능력 있다고 다 서울에만 사니? 세상엔 별별 일이 다 있고, 별별 사람, 별별 사정이 다 있는 거야."

'얘는 세상 보는 눈이 좁아서 걱정이야.' 선여휘 여사는 말하려다가 참았다. 은방울꽃 님 얼굴이 눈앞에 아른거렸다. '선녀님도 따님한테 그런 말씀 하세요? ……지적하는 말 있잖아요.' 속상한 목소리가 귓가에 맴돌았다. 그런 사정은 꿈에도 알지 못하고, 선정은 여사를 보면서 한숨을 푹 쉬었다.

"엄마. 그 나이 먹도록 세상 물정을 몰라 어떻게 해? 난 진짜 엄마 걱정에 잠이 안 와!"

모녀는 모처럼 점심을 함께 먹었다. 동생을 보러 간 지 얼마나 되었느냐는 엄마의 추궁에 몰려, 선정은 외출할 채비를 했다. 딴에는 잘된 일이었다. 엄마의 새 운전기사가 궁금했으니까. 조금이라도 불량하거나 수상쩍은 인물이라면 곧바로 자르고 교체할 속셈이었다.

백 기사는 롤스로이스 로고가 박힌 우산을 들고 현관홀 밖에 서 있었다. 여사가 비를 맞지 않도록 우산을 씌워줄 생각이었다. 그러나 뜻밖에 두 여자가 나타나자 누구에게 먼저 우산을 씌워야 할는지 혼란스러웠다. 큰 눈을 깜빡이며 쭈뼛대는 백 기사를 보고 선정은 소스라쳤다. 용재가 아니라는 걸 깨닫기까지 시간이 꽤나 걸렸다.

"흥! 재미는 무슨!"

엄마를 흘겨보고 선정은 베르사체의 황금색 우산을 펼쳐 들었다. 그녀는 씩씩거리며 젖은 정원을 가로질렀다. 대체 무슨 영문인지를 몰라 여사와 백 기사는 서로를 마주 보았다.

'영리하고 아주 깐깐해.'

차 실장으로부터 선정의 이야길 들었던 터라 백 기사는 긴장에 긴장을 했다. 또래 여자가 일성전자의 이사란 사실에 주눅이 들기도 했다. 인터넷으로 찾아본 사진은 부드럽게 웃는 얼굴이었는데 실제로 보니까 눈빛이 매서웠다. 어머니인 선여휘 여사와는 조금도 닮지 않았다.

하필이면 차 실장 없이 일하는 첫날 선정을 태운 데다가 비까지 오는 바람에, 백 기사는 초보적 실수를 연발했다. 과속방지턱 앞에서 엑셀을 밟고 신호 대기 상태에서 급출발을 하는 등 쉼 없이 허둥거렸다. 한번은 우회전 깜빡이를 켜고 좌회전을 했는데, 그런 몰상식한 짓을 했음에도 불구하고 뒷차는 경적을 울리지 않았다.

'이거 완전 쌩초본데?'

선정은 생애 처음으로 생명의 위협을 느꼈다. 도로 상황을 살펴보니 주변 차들은 놀라서 차선을 바꾸고 차간 거리를 늘리는 등 난리도 그런 난리가 없었다.

'내 중고 스파크로 이랬음 나는 뒈졌다.' 백 기사는 재킷 소매로 이마의 땀을 닦았다. '당장 뒤차가 추격전 벌이며 따라올 거야. 그리고 잡힌 순간에 끌려 나가서 한강 물속에 처박힐걸. 와……'

다행스러운 감정과 분한 느낌이 뒤섞여 그는 좀 얼이 빠졌다. 그런 상황을 아는지 모르는지, 선여휘 여사는 태평스럽게 수다를 떨어댔다. 중고 거래 한 것을 들킨 김에 그간 만난 사람들 이야길 들려주기로 한 모양이었다. 딸에게 자신의 일을 걱정할 필요가 없다는 것을 말하고 싶은 듯했다. 은방울꽃 님 이야기를 신나서 늘어놓다가 여사는 멈칫했다. 고개를 갸울이고 그녀는 딸의 눈치를 살펴보았다.

"혹시, 서운하니? 엄마가…… 용재하고만 시간을 많이 보내서?"

"갑자기 무슨 소리야? 나 원!"

선정의 매서운 눈이 룸미러를 힐끔 살폈다. 백 기사는 운전에 집중하느라 두 사람의 얘기엔 관심이 없는 듯했다. 선정은 차 벽에 붙은 작은 단추를 눌렀다. 프라이버시 스크린이 올라가면서 앞좌석과 뒷좌석 공간을 완벽히 분리했다.

"내가 어린애예요? 그딴 거 질투하게."

선정이 쏘아붙였다.

"그래? 무심한 척하는 거 아니고?"

여사는 딸의 안색을 유심히 살펴보았다.

"Ce n'est pas ça(아니라니까)!"

좌석 중앙의 콘솔을 열고, 선정은 냉장고에서 탄산수를 꺼내 투명한 잔에 따랐다.

"아무튼! 중고 거래 같은 거 하지 마세요. 행여 그 사람들이 엄마가 누군지 알면 곤란해."

냉정한 말투에 여사의 가슴은 내려앉았다.

"곤란할 게 뭐 있니? 난 그냥 중고 거래를 한 것뿐인데······."

간절히 손을 모으고 여사는 항변했다.

"커튼 판 것도 그렇지만 특히 내 루이뷔통은!" 눈을 꾹 감고 선정은 분을 삭였다. "엄밀히 말해, 그런 판매 방식을 뭐라는 줄 알아요?"

"뭐라는데?"

여사는 커다란 두 눈을 깜빡거렸다.

"자본시장 교란!"

"뭐어?" 선여휘 여사는 화들짝 놀랐다. "얘, 뭐 그렇게까지 얘기를 하니? 엄마가 무책임하게 채권발행을 했니, 아니면 분식회계를 하기를 했어? 난 그냥 내가 원하는 소비자를 찾으려 한 것뿐인데."

"소비자를 고르다니, 엄마 지금 무슨 말을 하는 거예요? 나 진짜 누가 들을까 겁나!" 선정은 공연히 주변을 두리번댔다. "암튼 길게 말할 거 없고, 하지 마세요. 멀쩡한 물건 값을 말도 안 되게 후려치는 게 자본시장 교란이지, 아니면 뭐야? 재벌가 사모님이

159

무료해 서민 상대로 장난친다고 기사 한 줄이 나 봐. 엄마, 진짜 나 심각해. 눈에 띄는 행동 안 하기로 약속했잖아요."

"아유, 애. 저거 내리자. 답답해!"

간곡한 딸의 눈빛을 외면하고 여사는 프라이버시 스크린을 다시 내렸다. 아파트를 살 뻔한 얘기는 안 꺼낸 것이 그나마 다행이었다. 팬텀이 고가도로에 진입하자 거대한 규모의 일성대학병원이 모습을 드러냈다. 모녀와 분리된 틈에 안정을 찾았는지 백 기사는 제법 우아한 솜씨로 주행을 하고 있었다.

용재의 병실에 들어섰을 때, 모녀는 뜻밖의 손님을 발견하고 깜짝 놀랐다. 일성그룹 총괄사장인 여사의 남편이 먼저 와 있던 것이다. 그는 의자에 앉아서 슬픈 눈으로 아들을 보고 있었다. 모녀가 등장하자 표정을 바꾸더니 서둘러 일어섰다.

"오래 있었네. 회사로 다시 가야지."

"잠깐만요!" 선정이 밝게 웃었다. "아빠, 조금 더 있다 가요. 나 벤츠 안 갖고 왔어. 이따 나 데려가요."

"그…… 럴까."

여사의 남편이 자리에 다시 앉았다.

"오랜만이에요."

여사가 부드럽게 알은체했다.

"뭘. 지난달에도 보았고, 아버님 장례 때도……."

남편이 말하는 동안 여사는 그의 행색을 꼼꼼히 살펴보았다.

"아유, 옷을 왜 그렇게 입고 다녀요? 블랙 팬츠에 그 구두라니……"

여사는 말하다 움찔했다. 선정이 팔꿈치로 옆구리를 쿡 찌른 것이다.

"야. 누나 왔는데 인사도 안 하냐?" 긴 팔을 뻗어서 선정은 용재의 어깨를 쳤다. "못 본 동안 더 못생겨졌네." 농담을 하고 씨익 웃었다.

여사는 다른 듯 닮은 남매의 얼굴을 번갈아 봤다. 그녀의 촉촉한 시선이 남편에게로 옮겨갔다. 온 가족이 한곳에 모여 있는 걸 아들이 무척 반길 것 같았다.

"왕 부장 보낼게요." 따뜻한 투로 여사가 이야기했다. "옷걸이에 걸어준 대로 꺼내 입어요. 그나저나…… 무슨 이야기 하고 있었어?"

"뭐 그냥……. 사업 얘기도 하고, 세계경제 돌아가는 얘기도 하고…… 남자들끼리 비밀 얘기도 조금 했지요."

남편은 웃으며 용재의 손을 토닥거렸다. 그 말을 듣고 모두가 웃음을 터뜨렸다. 용재의 마른 입매도 슬그머니 올라가는 것 같았다.

오후 늦게까지 비는 그치지 않았다. 남편과 선정이 떠나간 병실에 여사는 남아 있었다. 물리치료사가 다녀가고 마사지사가 찾아와 용재의 피부를 관리해 줬다. 한강 변의 시퍼런 구름 아래로 빗방울들이 흩날렸다. 여사는 그런 풍경을 바라보면서 기타를 퉁기기 시작했다.

"그래, 중고 거래를 시작한지도 벌써 3주가 됐어. 그동안 참 많은 일들이 있었단다."

푹신한 안락의자에 앉아 그녀는 간간이 아들의 눈을 바라보았다.

백 기사가 차 실장에게 운전 연수를 받는 기간에도 여사의 거래는 계속되었다. 첫 일주일간 백 기사는 조수석에 앉아 차 실장이 운전하는 걸 지켜보았다. 그리고 다음 이 주일간 백 기사는 직접 운전을 하며 조수석에 앉은 차 실장에게 조언을 들었다. 기사가 초보인지라 여사는 거래처들을 서울 안으로 한정했다. 한남동 자택 반경 5km 밖으로는 약속 장소를 잡지 않았다.

기사들이 운전 기술에 관한 대화를 나누는 사이, 그녀는 종종 이런 생각에 사로잡혔다.

'중고 거래를 하려고 새 제품을 구매한 것은 잘못이었어. 억지스럽게 일을 하니까 결과도 나빴던 거야. 하지만…… 내 물건들은 인기가 없는걸. 어떻게 하지?'

어느 날, 임 비서가 스크랩북을 수거하려고 서재에 들렀을 때 여사는 비밀스러운 고민을 털어놓았다. 출산휴가를 마치고 돌아온 30대 후반의 비서는 점잖고 신중했다. 뜻밖의 질문에도 놀라지 않고 가만히 들어주었다. 맞은편 소파에 임 비서를 앉혀놓고 여사는 계속 말했다.

"인생이란…… 참 모를 것이야. 난 이제껏 나만의 취향을 다듬어왔지. 독특하고 희귀한 것을 수집하는 데 커다란 기쁨을 느끼곤 했어. 근데 이제 와 그것들을 팔려고 하니 아무도 관심이 없는 거야. 물론, 내가 시장을 잘못 골랐지. 내가 물건을 산 시장과 팔려는 시장이 똑같다면 아무 문제도 없을 거야. 하지만 나는 다른 시장에서 내 물건이 팔리길 원해. 오직 중고 마켓만이 내가 진출하기를 원하는 유일한 시장이라고. 그러니…… 어떻게 해야 할까? 임 비서, 지혜 좀 빌려줘. 내 물건들로 인기를 끌려면 어떻게 해야 하지?"

고개를 수그린 채 임 비서는 스크랩북을 넘겨보았다. 묵묵히 같은 행동을 반복하던 중 어떤 기사를 발견하고는 슬며시 웃음 지었다.

"있습니다."

"응? 뭐가?"

여사는 커다란 두 눈을 깜빡거렸다.

"여사님의 소중한 명품들 중에, 평범한 사람도 소유할 만한 그러한 것이 있어요."

"정말? 뭔데?"

"그건 말이죠……."

다음 날 오후. 여사는 잔뜩 들뜬 채 한남동 저택을 빠져나왔다. 임 비서의 말을 듣고 등록한 제품은 과연 사람들에게 인기가 있었다. 여사는 처음 문자를 보내온 이에게 그 물건을 팔기로 했다. 그것이 가장 공정한 방법이라는 생각이 들었던 것이다. 롤스로이스 팬텀 EWB의 뒷좌석에 앉아 그녀는 노래를 흥얼거렸다. 그러나 약속 장소에 도착해 한참을 기다려도 거래 상대는 보이지 않았다. 혹시 교통사고가 난 건 아닐까, 갑자기 충수염으로 쓰러진 것은 아닐까, 여사는 걱정하면서 문자를 보냈다. 그러나 상대는 답이 없을 뿐 아니라 그것을 확인하지도 않고 있었다. 신사역 4번 출구 아귀찜 골목 앞에서 여사는 30분이나 서성였다. 혹시 이 사람일까, 아니 저 사람일까 오가는 이를 살피느라고 눈이 다 시큰거렸다. 다리와 허리도 조금씩 뻐근해졌다. 아무래도 바람을 맞은 모양이라고 체념하며 여사는 백 기사에게 전화를 걸었다.

"데리러 와요. 오늘은 틀린 것 같아."

그런 얘기를 하고 있는데 휴대폰 알람이 땅땅 울렸다.

[지성요. 짐 인낫네요.]

두 눈을 의심하며 여사는 문자를 다시 읽었다. 머리가 뜨끈해지더니 바르르 손이 떨렸다. 멍하니 서 있는 동안 두 번째 문자가 도착했다.

[짐 나감당. 싸리재공원 앞으로 와주세요.]

[내가 왜 거기ㅣ까지 가야 하죠?]

떨리는 손가락으로 여사는 답문을 썼다. 그러면서도 지도 어플을 켜서 공원 위치를 검색했다. 걸어서 5분 거리에 있는 자그만 곳이었다.

[빨리 만날 수 잇자나요. 시간낭비 극혐.]

"뭐어?"

소리치는 여사를 지나는 이들이 흘끔거렸다.

[됐어요. 거래ㄴ는 없던 거ㄹㄹㄴ 하겠습니다.]

여사는 서둘러 답문을 썼다. 오타가 잇따랐지만 그것을 고칠 마음의 여유가 없었다. 채팅 창 문자 옆에 '읽음' 표시가 나타나더니 빠르게 답문이 왔다.

[짐 나왔는데 넘하시네. 그쪽은 살면서 지각한 적 없나요. 비매너 신고.]

여사는 어처구니가 없어 입을 딱 벌렸다. 보이지 않는 귀신에게 빰따귀라도 얻어맞은 양 얼이 빠졌다. 중고 거래 어플의 매너 온도가 순식간에 0.5도나 깎여나갔다.

"어머, 어머!"

여사는 발을 구르며 앞으로 달려 나갔다. 마치 어플 속으로 들어가 채팅 상대를 잡으려는 듯이. 때마침 도착한 롤스로이스 팬텀의 뒷좌석에 앉아, 그녀는 작은 상자를 툭 팽개쳤다. 신세계백화점의 포장 센터에서 예쁘게 꾸민 그 분홍색 상자에는, 샤넬 립스틱 루쥬 알뤼르 152번 엥세지사블이 들어 있었다.

불운은 거기서 그치지 않았다. 젝시오 골프채 세트를 팔러 나갔을 때, 아우디를 몰고 온 50대 여자는 뜻밖에 네고를 부탁했다. 그들은 야외 스크린 골프장이 보이는 한강 변에서 만났다. 시원한 바람이 불어왔고, 늘어선 가로수의 풍성한 잎들이 멋지게 출렁였다. 강한 햇살을 피해, 두 사람은 나무 그늘로 숨어들었다.

"무엇 때문에 그러시죠?"

여사가 물어보았다. 그녀의 가슴은 모처럼 두근댔다. 뜻밖의 재밌는 일화 혹은 가슴 따뜻해지는 얘기를 듣기만 하면 얼마든 가격을 낮춰줄 생각이었다.

"쓰던 거잖아요. 스크래치도 있고."

상대가 어깨를 으쓱였다. 선글라스를 벗어 머리에 얹고, 파운데이션이 뭉친 콧등을 자꾸만 만지작댔다. 그리곤 그 손으로 클럽헤드를 쥐어서 이리저리 살펴보았다.

"중고니까 당연하지요." 여사가 대답했다. "게다가 여기, 가방 좀 보세요. 박인비 선수의 사인이 있답니다."

직접 사인을 받던 날의 감격을 회상하며 선여휘 여사는 우쭐했다. 2015년 박인비 선수가 위민스 브리티시 오픈에 참여했을 때, 여사는 캐나다까지 날아가 응원을 했다. 그 사인은 박인비 선수가 우승의 기쁨을 담아 그려준 행운의 징표였다.

"아이, 언제 적 박인비야? 대세는 리디아 고지. 이 가방은 못쓰는 거네. 조금 더 깎아줘요."

팔짱을 끼며, 상대는 짝다리를 딱 짚고 섰다.

"뭐…… 뭐라고요?"

기가 막혀, 여사는 말문이 닫히고 말았다. 그녀는 두말도 않고 손짓으로 백 기사를 불렀다. 한강 변 벤치에 앉아 대기하던 백 기사가 잽싸게 뛰어와 골프 가방을 들어 옮겼다.

"어머머, 별꼴이야."

166

아우디를 끌고 온 50대 여자는 선글라스를 다시 꼈다. 그러고는 팔짱을 낀 채 골프채가 향하는 곳을 지켜보았다. 얼마나 대단한 차를 끌고 왔는지 보겠다는 투였다. 백 기사와 선여휘 여사가 멀지 않은 곳에 주차된 하얀색 롤스로이스 팬텀에 올라타는 걸 보고 그녀는 선글라스를 벗어 접었다. 입을 딱 벌리고 팔짱을 풀더니 불량한 자세도 고쳐서 섰다.

"내가 진짜, 우리 애들 물려주려고 아꼈던 건데!"

롤스로이스의 뒷좌석에 앉아 선여휘 여사는 씩씩거렸다. 최애 선수가 모욕당한 게 얼마나 분했던지 눈물이 찔끔 다 났다. 중고 마켓 어플을 열고, 그녀는 상대의 비매너를 야무지게 신고했다. 그렇게 하는 방법을 양 과장에게 배워둔 것이 퍽이나 다행이었다. 윤슬이 빛나는 한강 변을 달리며 여사는 창문을 깊이 내렸다. 그녀는 지긋이 회심의 미소를 지어보았다. 그러나 그 미소는 곧 무너져 내렸으니…… 상대도 여사를 비매너로 신고해 버린 것이다.

그밖에도 자잘한 액운이 끊이질 않았다. LG전자의 21kg짜리 오브제 컬렉션 건조기를 팔았을 때는 끝없는 사용법 문의에 시달렸다. 문자는 이른 아침이고 깊은 밤이고 가리지 않고 계속됐다. 사용법을 알려주기 위해 여사의 휴대폰을 왕 부장에게 넘겨야 할 정도였다. 매뉴얼이 담긴 파일을 보내준 뒤에도 문자는 이어졌다. 내셔널지오그래픽의 125주년 한정판 사진집을 팔려 했을 땐, 공부하는 학생이라며 그냥 주면 안 되냐는 이들이 왜 그리 많았는지!

차 실장이 마지막으로 운전 연수를 진행하던 날 선여휘 여사가 팔려 한 물건은 최신형 아이폰이었다. 5월의 어느 금요일. 하늘 가득 먹구름이 낀 날이었다. 구불구불한 골목이 미로처럼 펼쳐진 서울의 한 대학가 앞에 여사는 내려섰다. 백 기사는 근처의 협소한 주차장을 찾아 비지땀을 흘리며 후진 주차를 했다. 버릇처럼 셔츠 소매로 이마의 땀을 닦는데 조수석에서 차 실장이 뭔가를 내밀었다.

"이걸로 닦아."

차 실장은 공연히 창밖을 보며 마른 콧물을 들이켰다. 의아한 눈으로 백 기사는 납작한 상자를 건네받았다. 열어 보니 체크무늬 손수건이 그 안에 들어 있었다. 무척 익숙한 브랜드의 디자인이었다.

"저…… 주십니까?"

"그래." 차 실장이 고개를 끄덕였다. "롤스로이스를 모는 남자가 셔츠로 땀을 닦다니, 품위 없는 짓이네. 팬텀은 나한테 맡기고 자네는 이제 가봐."

"어, 어딜요?"

백 기사는 멍하니 눈썹을 으쓱였다. 차 실장이 조수석 문을 열고 내려서 시원하게 기지개를 켰다.

"여사님한테 가봐야지. 평소라면 이 차를 지키고 있어야겠지만, 오늘은 내가 있잖아. 차주가 안전해야 자네 밥줄도 안전하다네. 오늘 영 촉이 안 좋아."

붉은 벽돌과 철제 계단이 얽히고설킨 다세대 주택 사이, 자그마한 슈퍼 앞에 여사는 서 있었다. 구매자와 만나기로 약속한 장소였으나 슈퍼의 문은 닫혀 있었다. 잠시 닫은 게 아니라 오랫동안 열지 않은 듯, 손잡이며 간판에 녹이 슬었다. 여사는 건너편 가까운 곳의 편의점을 향해 섰다. 투명한 문이 열리더니 여자애 둘이 걸어 나왔다. 열 살이나 열한 살쯤 돼 보였는데, 시소 하나가 달랑 놓인 놀이터 벤치에 나란히 걸터앉았다. 그들은 포장 비닐을 찢어서 하드를 먹기 시작했다. 오르막길을 5분이나 걸어온 터라 여사는 얼굴에 연신 손부채질을 하고 있었다. 그러나 아이들이 와드득와드득 하드 씹는 소리를 듣자 오싹해 몸을 떨었다. 수없이 많은 돈을 가지고 있어도 시린 이만큼은 어떻게 해결이 나지를 않았던 것이다.

약속 시간인 3시 30분. 전동 킥보드를 탄 남자 하나가 맞은편에서 다가왔다. 그는 속도를 줄이고 여사 앞에서 딱 멈춰 섰다. 블랙진에 헤비메탈 밴드 로고가 그려진 셔츠를 입었는데, 헬멧을 쓰고 있어서 퀭한 두 눈만 겨우 보였다.

"당근이세요?"

목소리를 들으니 20대 초반이 분명했다.

"맞아요. dkgwouz8 님?"

유려한 발음을 뽐내면서 여사가 물어보았다. 남자는 멍하니 섰다가 고개를 주억거렸다.

"잠깐, 물건 좀 봐도 될까요?"

남자는 킥보드에서 내려 헬멧의 선바이저를 슬쩍 열었다.

"그러세요."

싱긋 웃으며 여사는 아이폰이 든 상자를 내주었다. 가벼운 손짓으로 남자가 상자를 열어젖혔다. 기기를 집어 들고는 전원을 켜서 이러저러한 기능을 테스트했다.

"새 거나 다름없어요. 그런데 청년, 이 휴대폰이 필요한 이유가 ……."

여사가 질문을 채 마치기도 전에 남자는 전동 킥보드에 올라타 횡하니 사라졌다. 선여휘 여사는 뒤에서 살랑 바람이 불어오는 걸 느꼈다. 누군가 그녀의 어깨를 치고는 힘차게 달려 나갔다.

"이 새끼, 거기 안 서!"

검은 구두로 땅을 박차며 백 기사가 전동 킥보드를 뒤쫓아 갔다. 큰 눈을 껌뻑이면서 선여휘 여사는 멀뚱히 서 있었다.

"뭐야? 저 사람 어딜 가는 거지?"

고개를 갸울이고 그녀는 혼잣말했다.

"도망치는 것 같은데요."

하드를 먹던 아이 하나가 불쑥 말했다. 연두색 하드가 녹아 베이지색 바지 위로 뚝 떨어졌다. 자그맣게 탄식을 하며, 아이는 손으로 바지를 문질렀다.

"도망? 왜?"

선여휘 여사가 물어보았다.

"아마도…… 훔치려고요?"

또 다른 아이가 이야기했다. 그 애는 하드를 다 먹고 남은 막대를 이빨로 잘근거렸다.

"훔쳐? 왜?"

여사가 또다시 물어보았다.

"좀 바본가? 할줌마⋯⋯."

"야. 말조심해."

곤란한 듯이 아이들은 서로를 돌아보았다. 하드를 다 먹은 아이가 막대를 던져 수챗구멍에 쑥 빠뜨렸다.

"그야 돈을 벌려고 그러는 거겠죠."

"에이, 무슨 돈을 훔쳐서 버니?"

선여휘 여사는 깔깔거렸다. 그러나 멀리서 돌아오는 백 기사의 지친 몰골을 보고 그 말이 진짜라는 걸 깨달았다. 백 기사는 땀 젖은 얼굴을 손수건 뭉치로 쓱쓱 닦았다.

"그럼⋯⋯ 아까 그 사람이 도둑?"

벤치 위에 앉은 아이 둘이 고개를 끄덕거렸다. 그리고 딱하다는 듯 여사를 바라보았다.

"어머! 나 도둑 처음 봐!"

놀란 얼굴에 스친 즐거운 기색을, 여자애 둘은 놓치지 않았다.

"놓쳤습니다!" 백 기사는 원통한 투로 소리쳤다. "지금 당장 경찰에 신고할까요?"

"경찰? 아니야. 그럴 거 없어!"

선여휘 여사는 웃으며 기사를 토닥거렸다. 벤치에 앉은 아이들을 향해 손을 흔들고, 그녀는 왔던 길로 되돌아갔다.

"우리 큰애가 알면 난리를 칠걸." 여사가 이야기했다. "경찰에 신고하면 그 애 귀에 들어가는 건 시간문제야."

주차장으로 돌아온 선여휘 여사는 팬텀에 올라탔다. 집으로 가는 동안 그녀는 가만히 옛일을 생각했다. 용재가 사고를 당하고 1년여, 여사는 병원에 붙박여 생활했다. 슬픔에 겨워 정신이 아득했고 시간이 가는지 마는지 모를 정도로 괴로워 쩔쩔맸다. 그러던 중에 주위의 추천으로 스마일 박사를 알게 됐고, 몇 년이 지난 뒤에야 일상을 조금씩 되찾았다.

그 무렵 선정이 한 가지 제안을 했다. 미술관을 하나 지어서 운영해 보면 어떻겠냐는 것이었다. 여사는 그 일에 흥미를 느꼈다. 컬렉션을 채우려 바삐 다닐 땐 용재의 일을 까무룩 잊기도 했다. 그러던 어느 날, 여사는 유명 사립대에 재직 중인 한 교수를 만났다. 매미가 지겹게 울던 한여름이었다. 조선 전기의 백자를 어렵게 구했다면서 보여주기에 3억을 주고 샀다. 판매자가 유명 대학의 사학과 교수여서 공인된 감정은 받지 않았다. 그것이 실수였다.

"가짜인 것 같습니다만……."

코끝에 걸친 안경을 추어올리며, 학예사는 웅얼거렸다. 미술관 운영을 위해 새롭게 고용한 사람이었다. 처음에 여사는 그 말을 믿지 못했다. 오래 알고 지내온 경매사에게 감정을 부탁했으나 똑같은 대답이 돌아왔다.

'세상에, 대학교수가! 어쩌면 그럴 수 있지?'

여사는 일종의 문화충격을 받았다. 여러 직원의 입을 통해서 사건은 선정의 귀로 들어갔다. 잔뜩 분통을 터뜨렸지만, 경찰에 신고는 하지 않았다.

"일성그룹 오너 가족이 사기를 당했다고 소문이 나 봐! 주가 방어에 좋지 않다고!"

회사 홍보팀의 역량을 총동원해 선정은 사건 보도를 틀어막았다. 따라서 그 사기꾼을 처벌할 수도 없었다. 세상 사람들은 부자들이란 본인에게 해 끼친 이들을 마음껏 응징하리라 믿는지도 모른다. 그러나 모두가 언제나 그렇게 할 수 있는 건 아니었다.

"눈에 띄는 일 하지 마세요!"

그날 이후, 선정의 잔소리가 시작되었다. 그런데 이제 중고 거래를 하다 또 한 번 속았다 하면 얼마나 화를 낼까? 여사는 벌써부터 겁이 났다. 자식에게 한심한 사람 취급을 받는 것만큼 비참한 일은 또 없으니까.

"이 일은 비밀로 해줘. 알겠지?"

저택 차고에 내려 여사는 백 기사에게 부탁했다. 그리고 몇 번이나 손뼉을 치며 이렇게 중얼거렸다.

"세상에 도둑이라니. 어머, 어머!"

계절의 여왕은 5월이라는데, 며칠간 흐린 날씨가 이어졌다. 선여휘 여사는 집 안 곳곳을 들락거리며 많은 시간을 흘려보냈다. 내다 팔 만한 물건을 골라보려는 심산이었다.

"내 생각이 얕았어. 성공적인 중고 거래를 위해 필요한 것은 명품이 아니라고. 그래, 단지 그런 게 아니야. 중요한 건 내가 어떤 사람을 만나고 싶으냐 하는 거지. 착한 사람들이 좋아할 만한 물건은 도대체 어떤 것일까? 그게 단순한 명품은 아닐 거야. 누군가…… 깊이 사랑한 물건, 누군가가 아주 아꼈던 그런 물건이 아닐까?"

드레스 룸에서, 딱히 자신에게 하는 것도 아닌 말을 들으며 왕 부장은 고개를 끄덕거렸다. 내용을 이해해서라기보다는 그것이 고용주에 대한 예의라 여겼기 때문이었다. 그러나 선여휘 여사는 왕 부장이 자기의 생각을 완전히 이해했을 뿐 아니라 동의한다고 믿었다. 맑고 커다란 눈을 빛내며, 여사는 상대의 두 손을 움켜잡았다.

"왕 부장. 여기서 내가 정말 사랑한 물건을 골라줘 봐요!"

"뉘예?"

왕 부장은 자신의 귀를 의심했다. 어지간히 강심장인 그라도 이러한 말을 듣고는 놀랄 수밖에. 선여휘 여사는 맞잡은 손을 흔들었다.

"어머, 모르겠어? 왜 그런 거 있잖아요. 내가 몹시 사고 싶어 했는데 구하기 어려웠다던가, 다른 물건들에 비해 유난히 아꼈다던가……."

'아니 그걸 내가 어떻게 알아?' 왕 부장은 신경질이 났다. 그러나 그녀는 철두철미한 직업인이라서, 이내 그런 것까지 아는 것이야말로 자기 연봉에 걸맞은 태도가 아닐까 하는 데 생각이 미쳤다. 좀처럼 웃지 않는 왕 부장이지만, 얼굴을 펴고 여사를 마주보았다. 그녀는 진열장을 이루는 전체 5열의 선반 중 3열을 손으로 가리켰다.

"이쪽에 있는 것들은 고가품 중에서도 극히 희귀한 제품입니다. 프랑스 왕실 후예와 영국 귀족을 직접 찾아가 구매한 유물들이지요. 마리 앙투아네트가 착용한 브로치가 있고, 엘리자베스 여왕이 소유한 것과 똑같은 디자인의 버킨 백들이 있습니다."

"글쎄. 값어치 있는 것들이긴 한데…… 내가 그렇게 아끼는 것은 아니에요. 게다가 너무 고전적이야. 좀 새로운 것은 없나?"

"그런 거라면 여기 있지요."

왕 부장은 장식장 맨 아래 선반을 열어 가방 하나를 꺼냈다. 선여휘 여사의 표정이 대번에 밝아졌다.

"아! 그거 기억나요. 신진 작가 신사임의 숄더백이지? 양가죽에 색동천을 붙인 발상이 재미나 구매했었어. 근데…… 이거 뭐 그리 아끼는 것은 아닌데."

드레스 룸에 진열된 거의 모든 제품을 품평하다가 선여휘 여사는 지치고 말았다. 아직은 낮시간인데 그녀는 자신의 침실로 돌아갔다. 강골로 소문난 왕 부장도 기운이 빠져 휴게실 소파에 드러누웠다.

미국 오코사에서 제작한 최고급 안마의자에 앉아, 선여휘 여사는 무전기를 들었다. 그녀는 양 과장을 호출했다.

"홍삼 주스. 나 한 잔 주고 왕 부장 한 잔 줘요. 양 과장도 한 잔 하고."

리모컨의 무중력 버튼을 눌러 여사는 수평으로 몸을 뉘었다. 시원하게 마사지를 받으면서, 거치대에 휴대폰을 끼워 넣고는 중고 마켓을 들여다봤다. 아침에 본 제품들은 아래로 밀리고, 새 상품들이 여러 개 올라와 있었다. 오토바이, 유아차, 소파, 맥주 제조기, 강아지 방석……. 여사는 사진을 일일이 터치하고, 물건의 구입 연도나 판매 이유를 보며 즐거운 추억을 상상했다. 그것을 사용한 이들의 정다운 얼굴도 그려보았다.

"어쩌면…… 그래선가?"

휴대폰에서 눈을 떼고 여사는 혼잣말했다. 방금까지 둘러본 자신의 명품들에는 되새겨 볼 만한 추억이 없었다. 물론 그 제품들을 발견하고 또 구매하는 과정에서는 여러 가지 일이 있었다. '하지만 그게 뭐?' 여사는 생각했다. '이제껏 나는 참 많은 물건을 소유했지. 그러나 그 무엇도 절실한 적은 없었어. 누군가에게 과시한 적은 있어도 소중한 적은 없었지.'

곰곰이 헤아리면, 그녀 소유의 물건이지만 타인이 쓰는 것들도 많았다. 가령 왕 부장의 손때 묻은 프랑스제 다리미며, 양 과장이 직접 고른 독일산 나이프 세트, 차 실장이 아침마다 깨끗이 닦는 롤스로이스…… 선여휘 여사는 그런 물건에 더 많은 애착을 느끼곤 했다. 때마침 양 과장이 들어와 홍삼 주스를 건네주었다. 선여휘 여사는 그것을 단숨에 들이켰다.

"거참. 아끼는 게 없어서 팔 수 없다니."

자리를 털고 일어나 그녀는 본격적으로 중고 마켓을 쑤석거렸다.

"일단 후퇴야. 파는 건 다음에. 이번엔 제대로 물건을 사자. 그러고 보니, 백 기사한테도 화구를 사려 했다가 실패했잖아?"

여사는 히쭉 웃었다.

"하긴, 실패한 거래도 의미가 있네. 새로운 인연을 맺었으니까. 그래, 선녀야. 복잡할 것 없어. 어디 보자…… 착한 사람이 팔 만한 물건은 뭐가 있을까? 착한 사람, 착한 사람이라……. 아, 포도봉봉 님. 아기용품! 내가 왜 그 생각을 못했지?"

선여휘 여사는 어플의 카테고리에서 유아용품을 선택했다. 보풀이 인 인형들과 새하얀 배냇저고리가 사랑스럽기 짝이 없었다. 막 앉기 시작한 아기를 위한 머리쿵 보호대를 보고 여사는 환히 웃었다. 선여휘 여사는 사진 속 토실토실한 아기의 뺨을 손가락 끝으로 어루만졌다.

360도 회전이 되는 카시트 역시 여사의 관심을 잡아 끌었다. 판매자가 올린 동영상을 보며 "세상 참 좋아졌네!" 감탄을 하기도 했다. 선정과 용재가 어릴 때에는 이러한 제품이 없어 보모들과 아기를 안고 차에 탔다. 그때마다 얼마나 가슴을 졸였던지……. 빠르게 움직이던 여사의 눈이 하나의 사진 위에서 덜컥 멎었다. 여섯 단어로 이루어진 두 개의 문장이 그녀의 마음을 사로잡았다.

[아기 신발 팝니다. 신은 적 없음.]

제목의 문구를 보고 여사는 숨을 삼켰다. 노란 원단에 고양이 얼굴이 달린 자그만 신발 한 켤레로 여사의 시선은 미끄러졌다.

"나, 아기 신발을 사려고 해!"

롤스로이스 뒷자석에서 운을 뗐을 때, 백 기사는 별다른 관심을 보이지 않았다. 내비게이션에 묵묵히 목적지를 입력할 뿐이었다. 여사는 둔한 반응이 답답해 열을 올렸다. 그녀는 상품 제목의 문구를 또 한 번 다시 읊었다. 그래도 백 기사는 이렇다 할 반응을 보이지 않았다. 신중하게 골목을 살피며 운전할 뿐이었다.

"백 기사, 모르겠어? 이거 완전 헤밍웨이 소설이라고!"

"헤밍웨이요?"

그제야 백 기사는 커다란 눈으로 룸미러를 힐끔 보았다.

"『노인과 바다』라면 저도 아는데……."

"그래, 그 사람이야. 위대한 작가. 이건 그 사람의 여섯 단어 소설이라고."

"여섯 단어 소설요?"

드디어 대화가 통하는가 싶어 여사는 엉덩이를 들썩거렸다.

"그래. 헤밍웨이가 젊었을 때 술을 마시다 시비가 붙었대. 상대가 누군진 모르겠는데, '당신이 그렇게 훌륭한 작가라면 여섯 단어로 소설을 써서 사람들을 울려보시지.' 그랬던가 봐. 잠깐 생각하다가 헤밍웨이는 술집 냅킨에 이렇게 썼어. 'For Sale: Baby shoes, Never worn.' 믿거나 말거나지만, 이거 아주 유명한 이야기라고. 나 그 속 얘기가 얼마나 궁금했는데!"

"아. 그러셨구나."

건성으로, 백 기사는 두어 번 고개를 끄덕였다.

짙푸른 공원이 내다보이는 프랜차이즈 커피숍에서 선여휘 여사는 거래 상대를 기다렸다. 약속 시간인 3시를 조금 넘겨 한 젊은 여자가 안으로 들어왔다. 그녀는 실내를 두리번대다가 휴대폰으로 시선을 떨궜다.

[저 도착했습니다. 노란색 카디건을 입고 있어요.]

문자를 보고 여사는 일어나 손을 들었다.

"여기예요, 여기!"

"아, 선녀님⋯⋯."

어색하게 웃으며 상대가 다가왔다. 하얀 원피스에 굽 높은 구두를 단정히 신고 있었다.

"아기 엄마가 멋쟁이네. 결혼도 안 한 아가씨 같아요."

선여휘 여사는 말하고 후회했다. 아기를 낳은 적이 있더라도 엄마는 아닐 수 있지 않을까? 그렇다면 실언도 여간한 실언이 아니었다. 하지만 잠시 후 상대는 빙긋 웃었다.

"결혼 안 한 것 맞아요. 이건 저희 언니가 파는 것인데 심부름 나온 거라서."

대답을 듣고 여사는 안심했다. 그러나 어떤 실망감이 그녀의 기분을 가라앉혔다. 여사는 아기 엄마를 만나 따뜻한 차를 대접

하고 이야기를, 어떤 뜻밖의 사연을 듣고 싶었던 것이다.

'아냐. 동생이라면…… 깊은 사정을 알 수도 있지. 오히려 잘됐어. 당사자가 말할 수 없는 사정을 얘기해 줄 수도 있겠다.'

상대가 거절하는데도 선여휘 여사는 따뜻한 커피를 샀다. 그들은 날씨를 소재로 짧은 대화를 나누었다. 아가씨는 작은 상자를 탁자에 올려놓았다. 휴대폰을 자꾸 보는 게 빨리 자리를 뜨고픈 모양이었다. 마른 입술을 커피로 축이고, 선여휘 여사는 용기를 냈다.

"실례지만…… 궁금한 것이 있어요."

"말씀하세요. 전 잘 모르지만, 언니에게 물어봐 드릴게요."

아가씨는 순순히 고개를 끄덕였다.

"저기…… 어째서…… 아기가 신발을 못 신었을까?"

생각지 못한 질문이었는지 아가씨는 놀라는 눈치였다. 그녀는 입술을 깨물며 주위를 살펴보았다. 질문의 답을 몰라서 그러는 것 같지는 않았다.

"절대로 딴 사람한테 얘기 안 해요."

선여휘 여사는 다짐을 뒀다. 그녀는 휴대폰을 들고 은행 어플을 열어 보였다.

"지금 당장 송금해 줄게."

돈을 받고, 또 조금 망설인 뒤에 아가씨는 주위 눈치를 다시 살폈다. 그러더니 고운 손으로 나팔을 만들어 이렇게 소곤거렸다.

"실은…… 시어머니가 사주신 거래요. 촌스러워서 안 신겼다고……. 하자는 전혀 없어요."

부루퉁하게 입을 내밀고 선여휘 여사는 주차장으로 갔다. 롤스로이스의 뒷좌석에 철퍼덕 앉아, 그녀는 툴툴거렸다.

"아니, 어떻게 그럴 수 있어? 나 진짜 우리 며느리가 그렇게 하면 너무너무 서운할 거야!"

무슨 일이 있었는지를 전해 듣고서 백 기사는 내심 놀랐다.

'며느리라니! 아들이 식물인간 상태라고 하지 않았나? 차 실장님한테 그렇게 들었는데…….'

입을 꾹 닫고 그는 자동차의 시동을 켰다.

선여휘 여사와 백 기사는 한남동 저택의 식당에 앉아 간식을 함께 먹었다. 메뉴는 구운 장어를 곁들인 유부초밥 두 개. 그리고 예멘 모카 마타리 커피 한 잔. 장어는 안평동 사장님이 직접 구운 것을 오븐에 데운 거였다. 스트레스로 인한 허기를 달래고, 선여휘 여사는 일어섰다.

"서재로 가서 설욕전을 준비할 거야. 언제 또 나갈지 모르니 그리 알아요."

"설욕전…… 이요?"

자신이 사용한 식기를 들고 일어서며 백 기사는 물어보았다.

"그대로 둬요. 깨짐 큰일 나!"

양 과장이 달려와 사납게 주의를 줬다. 머쓱해하며 백 기사는 식기를 내려놓았다.

"눈에는 눈, 이에는 이. 신발에는 신발!"

여사는 힘껏 외치고 서재를 향해서 갔다.

저택을 나와, 백 기사는 천천히 정원을 거닐었다. 황금소나무며 이마큘리 같은 꽃들을 구경하고 정원사 황 선생이 일하는 것을 지켜보았다. 황 선생은 밀짚모자를 쓴 채 쪼그려 앉아서 잡초를 뽑고 있었다. 백 기사는 그 일을 조금 돕다가 롤스로이스로 가작은 노트를 꺼내왔다. 정원 구석에 앉아 그는 노트 사이에 끼워둔 7B 연필을 뽑아 들었다. 잠시 고민하다가 아기 신발을 그리기 시작했다.

"뭐 하는 짓인지 모르겠다."

공연히 한숨이 새어 나왔다. 미술을 시작하고, 이제껏 그는 추상 작업에 매달려왔다. 어린 시절부터 지역의 미술전을 휩쓸었고 공부도 제법 잘해 홍익대 진학을 목표로 했다. 하지만 그즈음 부모가 이혼했고 그는 어머니와 단둘이 살게 되었다. 가정 형편이 좋아들어서, 그는 지방의 한 사립대학에 장학생으로 들어갔다.

1학년 때는 방황했지만 군대를 다녀와서는 정신을 바짝 차렸다. 근사한 작품으로 미술 역사에 한 획을 긋겠다면서 벼르고 또 별렀다. 노력한 덕분인지 4학년 때는 유명한 미술전에서 특선을 하기도 했다. 하지만 놀랍게도, 작품은 팔리지 않았다. 그때는 그게 불운의 시작이라고 상상도 하지 못했다. 왜냐하면 이곳저곳의 미술관으로부터 전시 초청을 받았으니까. 그 대가로 미술관에서 돈을 받지는 않았다. 그것이 관례니까. 미술관은 예술품을 전시하는 곳이고, 유명해지면 갤러리의 초청을 받는다. 거기서 그림이 팔리면 그제야 돈을 버는 것이 시스템이었다. 지난 5년 간, 그는 몇 곳의 미술관으로부터 초청을 받았다. 열심히 작업해 전시를 했고 더러는 미술 잡지에 실리는 일도 있었다. 하지만 어쩐 일인지 작품은 팔리지 않았다.

"이럴 수는 없는데."

"정말 이런 일은 없거든."

미술관 큐레이터들은 말했다.

'어째서 내 그림을 사지 않지?'

감상만 하고 지나치는 관객들을 그는 수없이 원망했다. 사과며 꽃밭, 항아리 따위를 그린 유치한 작품이 팔리는 것을 보면 얼마나 기가 찼는지……. 그런데 지금 부잣집 사모님의 화사한 정원에 앉아 그는 고작 아기 신발을 그리고 있는 것이다.

"이게 촌스러워? 어디가 촌스러워?"

백 기사는 롤스로이스 뒷좌석에서 여사가 흔들던 신발을 흘깃 보았다. 잠깐 보고도 사물의 세부를 파악하는 건 오래 훈련한 능력이었다. 백 기사는 가만히 자신의 그림을 살펴보았다. 아닌 게 아니라, 촌스럽기는 했다. 하지만 아기 신발이란 그래야 팔리는 것이 아닐까? 회사 입장에서는 성공한 제품이겠지. 할머니의 취향을 그대로 구현해 제값에 팔았으니까.

'여사님은 이 신발에 어떤 사정이 담겨 있으리라고 상상한 걸까?'

백 기사는 연필 꽁무니를 잇새에 슬쩍 물었다.

'어째서 실망한 거지? 설마……'

그의 표정이 어두워졌다. 백 기사는 얼굴을 알지 못하는 한 남자를 생각했다. 선여휘 여사의 아들이었다.

'어쩌면…… 그분은 비슷한 사정을 가진, 그런 사람을 만나고 싶었던 건가.'

백 기사는 셔츠 주머니에서 지우개를 꺼냈다. 신발을 잘못 그렸다는 생각이 들었던 것이다. 잔뜩 일어난 지우개 때를 잔디 위에 불어버리고 그는 그림을 고쳐나갔다. 얼마나 지났을까. 한참 재밌게 그림을 그리는데 뒤에서 둔탁한 노크 소리가 났다. 백 기사는 화들짝 놀라 고개 돌렸다. 커다란 창 안에서 선여휘 여사가 웃고 있었다. 그녀는 두 손으로 스티어링휠 돌리는 시늉을 했다.

늦은 오후. 백 기사는 고속도로를 달려 지하철 4호선 고단역 인근에 도착했다. 약속 장소는 널따란 공영주차장 맞은편에 있는 부자은행 앞. 지난번에 도둑맞았던 아이폰 사건을 떠올리면서 그는 주차장 입구에 차를 대었다. 백 기사는 운전석에 앉아 횡단보도를 건너는 여사의 모습을 지켜보았다. 그런 다음 구두를 벗고 조수석 밑에 숨겨둔 운동화로 갈아 신었다.

약속 시간인 5시 30분. 선여휘 여사는 은행 앞을 오가는 인파를 초조히 지켜보았다. 안전화를 팔러 오는 사람이라면 커다란 가방을 들고 있을 터. 하지만 약속 시간을 10여 분 넘긴 뒤에도 짐 가방을 든 사람의 모습은 보이지 않았다. 늦는다는 문자도 오지 않았다.

"어휴, 또 바람맞았나."

선여휘 여사의 둥근 어깨가 축 늘어졌다. 왜 오지 않느냐는 문자를 하기도 치사스러워 그녀는 가만히 몸을 돌렸다. 바로 그때, 은행 옆 건물에서 두 남자가 뛰어나왔다. 정확히 말하자면 한 남자는 뛰어나왔고 한 남자는 걸어 나왔는데, 그 둘이 손을 꼭 잡고 있었다. 두 사람 다 시커먼 점퍼에 시커먼 바지를 입은 채였다. 한 남자는 50대 초반, 또 다른 남자는 20대 초반 같았다. 낭패한 얼굴로 두리번대는 50대 남자를 보고 여사는 경계심을 느꼈다. 콕 집어 말할 수 없는 위화감이 그들에게서 느껴졌다. 지나는 행인들 사이, 멈춰선 여사를 향해 50대 남자가 다가왔다.

"저기…… 안녕하세요. 혹시 중고 거래……?"

그렇다고 할까, 아니라고 할까 고민하다 선여휘 여사는 고개를 끄덕였다. 남자의 얼굴이 대번에 밝아졌다.

"아, 역시! 선녀님이시군요. 저는 순리1970입니다. 아들놈이 여기 학원에 다니는데 오늘 좀 늦게 끝나서. 정말 죄송합니다."

"바, 반가워요."

선여휘 여사는 고개를 끄덕였다. 남자는 손에 든 종이 가방을 허공에 흔들었다.

"길거리에서 보긴 그렇고, 저기로 가시지요. ATM 기기에다가 잠깐 올리고 보면 편해요."

185

은행 문을 열고 50대 남자가 들어갔다. 손을 꼭 잡은 채 20대 청년도 안으로 따라갔다. 그러나 50대 남자가 무슨 말을 하든지 간에 청년은 관심이 없는 듯했다. 상대가 이끄는 대로 움직이면서 시선은 허공의 한 점에 꽂혀 있었다. 청년은 여사를 보지도 않고, 대화에 끼어들지도 않았다.

'덩치만 큰 게 꼭 어린애 같네.' 청년을 보며 여사는 생각했다. '어쩜 우리 용재랑 비슷하다. 무슨 말을 해도 웃지를 않고 눈도 맞추질 않아……'

ATM 기기 위에서 열린 상자 속에는 완전히 새것인 신발이 들어 있었다. 복숭아뼈를 덮을 만큼 발목이 높고 앞코가 단단한 것이었다.

"이게, 바닥에 방탄 중창을 덧댄 겁니다. 날카로운 물건이 많은 현장에서도 안전하게 신을 수 있어요. 곧 여름이 오는데, 일부가 메시 소재라 통풍도 잘 됩니다."

청년의 손을 꼭 쥔 채 50대 남자가 말했다. 고개를 천천히 끄덕거리며 선여휘 여사는 물어보았다.

"근데…… 이 신발을 왜 팔아요? 직접 신지 않으시고."

남자는 민망한 듯이 손으로 이마를 긁적였다. 피부가 무척 허옇고 푸석했다. 손마디는 나뭇가지 같은데 손톱 세 개가 까맣게 죽어 있었다.

"회사가…… 망했거든요. 사장님이 월급 대신 물건을 주셔서, 이렇게 팔러 나왔습니다. 오해는 마세요. 망한 회사 물건이지만 품

186

질은 자부합니다. 품질이 나빠서가 아니라, 거래처에서 대금을 못 받아 망한 거예요. 한때는 라디오 광고까지 했던 물건인데……."

"저런. 그러면 생활을 어떻게 해요?"

여사가 물어보았다.

"대출…… 받아가지고 월급날에 그때그때……. 아내는 모릅니다."

남자가 히쭉 웃었다. 멋쩍은 낯으로 그는 청년을 흘깃 보았다. 그러나 청년은 그런 얘기에 관심이 없어 보였다. 얼핏 보면 매서운 인상인데, 앞머리 라인을 둥글게 잘라놓아서 유하게 느껴졌다.

"여기는, 아들이라고요?"

여사가 묻자 남자는 고개를 끄덕였다.

"큰놈입니다. 작은놈은 고등학생이에요. 그놈 과외 하나 더 붙이자고 아내가 성화인데, 회사 사정이 이렇게 된 줄을 모르거든요. 어떻게 말해야 할지……."

"저런!"

여사는 자기도 모르게 혀를 찼다. 중년 여자 하나가 문을 열고 들어와 일행을 번갈아 봤다. 그러거나 말거나, 선여휘 여사는 신경을 쓰지 않았다. 그녀는 꼭 잡은 부자의 두 손을 바라보았다.

"부럽네요. 이렇게 아들 손잡고 걸을 수 있고. 실은…… 우리 아들도 조금 불편하거든……."

울컥 눈물이 솟아 여사는 핸드백에서 손수건을 꺼냈다. 그녀는 우아하게 눈가를 닦고 씩씩하게 말했다.

"그, 밀린 월급이 얼마예요?"

당황한 듯이, 남자는 주변을 둘러보았다. 중년 여자가 볼일을 마치고 나가자 은행 안에는 그들 말곤 아무도 없었다.

"천만 원쯤 됩니다, 허허. 퇴직금은 별도고요."

민망한 듯이 남자는 뒤통수를 긁적거렸다. 청년은 아무런 감정의 동요도 없이 두 눈을 깜빡거렸다.

"아이고, 이거 200켤레는 파셔야 되겠네. 가만있어 봐. 물건 다어디 있어요? 내가 사드릴게."

"네?"

뜻밖의 말에 놀랐는지 50대 남자는 한 걸음 물러섰다. 동그랗게 뜬 눈으로 여사를 바라보았다. 싱긋 웃으며 선여휘 여사는 한걸음 다가섰다.

"내가 아는 사람이 건설회사를 운영하는데, 이런 작업화를 쓰거든요. 사주라면 사줄 거예요."

"아무리 그래도 어떻게……. 어디…… 사모님이세요?"

남자가 물어왔다. 선여휘 여사는 웃으며 손사래 쳤다.

"어때요? 파실 거죠? 물건을 가지러 어디로 가면 될까?"

고개를 숙이고 남자는 고민하는 눈치였다. 손가락을 꼽아보면서 뭔가를 중얼대다가 머리를 흔들었다.

"아닙니다. 이런 건, 순리에 맞지 않아요."

"순리?"

여사는 의아해 고개를 갸울였다. 남자가 단호히 고갯짓했다.

"네. 순리요. 동료들도 다 이리 고생하는데……. 창고에서 저 혼자 신발을 쑥 빼 나가면 허탈할 겁니다. 조바심도 날 테고요. 못 할 짓이에요."

"하지만 200켤레를 언제 다 팔겠어요. 안 그래요?"

선여휘 여사가 되물었다. 융통성 없는 태도가 무척이나 답답했다. 그래도 남자는 머리를 흔들었다.

"한 번에 두세 켤레씩 사가는 이들이 있습니다. 더러는 살 만한 사람을 소개해 주기도 해요. 서너 달이면 팔릴 겁니다."

'원, 그렇게 해서 어떻게 식솔들을 먹여 살리나. 답답한 사내야!' 여사는 자기도 모르게 한숨 쉬었다. 그 마음 안다는 듯이 남자가 설핏 웃었다.

"순리에 어긋나지 않게 살라고, 어릴 때 부모님한테 못이 박이게 들었습니다. 물론 저라고 왜 욕심이 없겠습니까. 그러나 살아 보니까 그렇더만요. 어쩌다 욕심 내 분에 넘치는 것을 얻으면, 훗날 꼭 나쁜 일이 생기는 겁니다. 그래서 저는 길거리에 돈이 떨어져 있어도, 100원짜리 한 닢도 거저는 안 줍습니다."

"아니, 월급 대신 받은 신발을 파는 일인데 그게 어떻게 공돈을 얻는 건가요?"

여사가 따져 물어도 남자의 심지는 굳건했다.

"그게…… 너무 갑작스럽거든요. 저같이 머리가 나쁜 사람한테는 갑작스러운 행운만큼 겁나는 것도 없습니다." 나뭇가지 같은 손으로 남자는 관자놀이를 톡톡 쳤다. "이, 생각할 겨를이 없거든요. 하여간 조심해서 나쁠 건 하나도 없으니까요."

갱년기도 지났는데, 여사는 열이 올라 소매를 걷어붙였다.

"좋아요. 그럼, 거래대금을 받기만 하면 돼요? 그 회사 이름이
뭔데?"

여사의 하는 양을 보고 남자는 빙긋 웃었다. 그러더니 갑자
기 고개를 뒤로 젖히고 박수를 치면서 웃는 것이다. 20대 청년
이 그 모습을 보고는 박수를 따라 쳤다. 표정은 여전히 건조했지
만…….. 남자가 아들의 두 손을 살갑게 움켜쥐었다.

"알면, 해결해 주시게요?"

"그럴 수도 있죠."

"말해도 모르실 겁니다." 즐거운 농담을 하듯 남자는 웃고 있
었다. "일성물산 하청의 하청의 하청이거든요."

"이, 일성물산?"

눈살을 찌푸리고 여사는 한 걸음 물러섰다.

'아니 왜 여기서 그 이름이 나와?'

무슨 말을 하면 좋을지 몰라, 그녀는 작업화 세 켤레만 구입해
돌아섰다. 그 이상으로는 팔지 않겠다고 남자가 고집을 부렸던
것이다. 나머지 두 켤레는 택배로 받기로 했다. 집으로 돌아와, 선
여휘 여사는 정원의 황 선생에게 신발을 선물했다. 그녀는 씩씩거
리며 서재로 가서 딸 선정에게 전화를 걸었다. 저녁 7시. 선정은
회사 식당에서 저녁을 먹고 양치를 하다가 전화를 받은 듯했다.

"아니, 하청에서 거래대금 안 준 것까지 본사에서 책임져야 해?"

선정은 입 안 가득 모인 치약 거품을 세면기에 확 뱉어냈다.

"왜 못 하니?"

선여휘 여사가 받아쳤다. 수화기 너머로 물소리와 함께 치카치카 양치질하는 소리가 들렸다. 아주 짧게 선정이 코웃음 쳤다.

"엄마, 새삼스레 경영 일선에 나서시게요?"

"새삼스레? 얘, 너 엄마 말 똑바로 들어. 일성그룹, 네 할아버지가 만든 회사야."

"아이고, 또 이러시네. 엄마, 내가 말했잖아요. 여긴 주식회사고,"

"주식회사라도!"

순간 언성을 높이는 자신에게 선여휘 여사는 놀라고 말았다. 그녀는 교양 있는 말씨로 생각을 가다듬었다.

"애초에 만든 건 내 아버지야. 그 이름에 먹칠할 수는 없다. 넌 툭하면 주식회사 주식회사 그러는데, 얘. 주주들도 이런 거 알면 좋아하겠니? 어디 근로자들 신발값을 떼먹니? 떼먹기를!"

"엄마, 내가 그랬어요?"

선정이 대꾸했다. 수화기 너머로 가글하는 소리가 들려왔다.

"그럼 누가 그랬니?"

여사가 되물었다.

"그거야 이제 책임부서에서 절차에 따라 전수조사하면……."

"거봐라." 선여휘 여사가 발끈했다. "넌 누가 그런 일을 했는지도 모르면서 일성전자의 상무이사라고 할 수가 있니?"

"엄마 말씀 잘하셨다." 선정도 지지 않고 치받았다. "나 일성전자 상무이사예요. 일성물산 상무가 아니라."

"그래?" 선여휘 여사는 차게 웃었다. "그럼 잘해야 일성전자 사장이나 되겠구나? 일성그룹 회장될 생각은 절대로 없는 거지?"

"……!"

거친 숨소리 너머, 종이 타월을 확 잡아 뜯는 소리가 여사의 귀에 들렸다.

편백나무 욕조에서 목욕을 하고 선여휘 여사는 침실로 갔다. 스트레스로 잔뜩 뭉친 근육을 안마의자에 누워 풀다가 까무룩 잠이 들었다.

다음 날 아침. 선여휘 여사는 안마의자 위에서 눈을 치떴다. 밤새 고정된 자리에서 잠을 잔 탓에 온몸의 관절이 굳어 있었다. 그녀는 마치 아기가 걸음마를 하듯이 천천히 일어섰다. 아이고 하는 곡소리가 입에서 절로 나왔다.

침대에 누워 끙끙대며, 그녀는 습관처럼 휴대폰을 들여다봤다. 중고 거래 어플의 새 알림이 그녀를 반기고 있었다. 어플을 누르자 맞춤법이 틀린, 장문의 문자가 와르르 펼쳐졌다. 어른어른한 눈을 비비고 여사는 문자를 천천히 읽어보았다.

[저~ 어제 거래한 사람입니다. 오늘새벽에 월급이랑 퇴직금이 동시에 들어왔어요. 뭘 어떡해하셨는지 모르겠지만.. 뭘하기는 하신건지 모르겠지만~. 아무래도 덕분에 이렇게 된것같아서~~~. 그런 사정은 선녀님말곤 누구한테도 말안했거든요. 동료들도 죄다 무슨 조화인지 모르겠다고하고.. 깊고

민하다.. 아내한테 사정을 털어놨어요. 목돈들어왔으니 며칠 쉬며 새직장 알
아보자고 합니다.^^^^^^]

선여휘 여사는 놀라서 상체를 일으켰다. 얼마나 흥분했는지 몸
에서 땀이 솟았다. 떨리는 손으로 그녀는 문자를 썼다.

[순리대로 가는 거죠. 맛있는 것 사드시고 힘내세요.^^]

[감사합니다. 언젠가 좋은 인연으로 다시 뵙기를~~~~~~~]

"아아, 다행이다. 참 다행이야! 역시 기특한 내 딸!"

가슴 앞에 손을 모으고 여사는 침대 위에서 몸을 굴렸다. 별안
간 삭신이 쑤셔와 인상을 찡그렸다가 소리 내 하하 웃었다. 리모
컨으로 커튼을 여니 하늘은 구름 한 점 없이 파랬다. 정원엔 탐
스러운 꽃들이 피어 있고, 나무엔 싱그런 잎들이 빽빽했다. 그 잎
마다 햇살이 맺혀 번쩍이는 걸 보고 여사는 바람의 냄새와 촉감
을 상상했다. 과연 계절의 여왕은 5월이라고, 선여휘 여사는 생
각했다.

처음을 파는 소년

일성대학병원의 A급 특실에서 간병인들은 암막 커튼을 쳤다. 빈 벽에 프로젝터 빔을 쏘고 영화를 재생시킨 뒤, 그들은 응접실로 빠져나갔다.

영화의 제목은 〈서퍼 오브 레인보우〉. 시원한 여름 영화를 추천해 달란 선여휘 여사의 요청에 따라 김 비서가 고른 것들 중 하나였다.

—자폐스펙트럼장애 진단을 받은 소년이 서핑 챔피언으로 성장하는 이야기. 실화를 바탕으로 함.

추천서에 적힌 줄거리가 여사의 마음을 사로잡았다.

'용재한테 힘이 되겠다. 게다가 서핑이라니, 가슴이 뻥 뚫리겠어!'

팝콘과 콜라를 준비해 놓고 여사는 아들과 나란히 스크린 앞에 앉았다. 그녀는 용재가 먹을 수는 없어도 분위기만큼은 즐기리라고 여겼다.

영화의 서두는 비참했다. 일곱 살 소년 노아는 귀여운 외모를 지녔지만 말이 서툴어 부모의 걱정을 샀다. 노아는 익숙한 장소에 있기를 고집했으며 그가 입에 대는 음식이란 딱 두 가지, 피클과 핫도그였다. 학교에 입학하자마자 노아의 그러한 특성은 급우들의 지나친 관심을 받았다. 그 애는 때로 놀림을 당하고, 때로 흠씬 두들겨 맞은 채 집으로 왔다. 멍들어 부은 눈, 부러진 코, 터진 입술이 화면을 가득 채웠다. 선여휘 여사는 눈살을 찌푸렸다. 그녀는 고개를 돌려 용재의 낯을 살폈다. 아들은 덤덤한 표정을 짓고 있었다.

"조금만 기다려. 서핑 장면이 나올 테니까."

여사는 아들의 팔뚝을 토닥거렸다.

노아에게도 친구는 하나 있었다. 소년은 강아지 버디와 함께 수영하는 걸 즐겼다. 그들의 집은 캘리포니아에 있었고 아름다운 바다는 언제나 편견 없이 그들을 반겨주었다.

어느 날, 바닷가에서 노아는 한 남자와 부딪혔다. 정확히 말하자면, 한 주정뱅이였다. 오른쪽 다리는 무릎 아래가 없어서 목발로 땅을 디뎠다. 한때 그는 위대한 서퍼였으나 불의의 사고로 소중한 것을 잃었다. 버디와 수영하는 노아의 모습을 보고 주정뱅이는 손에 쥔 술병을 떨어뜨렸다. 순간, 화면의 색감이 달라지더니 영화는 회상 장면에 접어들었다.

때는 8월. 전미 챔피언 서퍼를 뽑는 날이었다. 수많은 방송사 차량과 카메라맨, 열의 넘치는 기자들이 해안가에 밀려들었다. 주정뱅이는 두 다리가 멀쩡한 채로 바다에 떠 있었다. 그는 새하얀 보드 위에서 파도를 기다렸다. 때마침 먼 데서 커다란 파도가 일어, 남자는 우람한 두 팔로 물살을 갈랐다. 뒤처진 이들의 두 눈에 공포가 스쳐갔다. 경쟁에서 뒤졌기 때문에 그런 것만은 아니었다. 그들은 보드를 돌려서 제각기 도망쳤다. 이제 화면 가득 보이는 것은 두 겹의 뾰족한 이빨들. 눈알을 희번덕이며 입 벌린 상어가 남자의 다리를 물어뜯었다. 기괴한 음향을 배경으로 거대한 파도가 밀려와 남자를 집어삼켰다. 화면이 온통 빨갛게 물들었다.

"그만! 됐어."

여사는 벌떡 일어나 프로젝터를 껐다. 부르르 진저리 치고 그녀는 아들을 돌아보았다.

"뭐? 더 보겠다고? 안 돼. 지난번에도 이런 거 보다 발작했잖니."

여사는 고개 저었다.

"그래. 곧 서핑 장면이 나오겠지. 노아는 훌륭한 서퍼가 돼 있을 거야. 김 비서한테 그 장면만 모아달라고 하자."

커튼을 활짝 열고 그녀는 붙박이장 앞으로 갔다. 문을 열어 기타를 꺼내던 손이 멈칫했다. 날이 조금씩 더워지는데, 용재의 옷들은 아직도 초봄에 머물러 있었다. 지구가 돌고 계절이 변화하

196

는데 자기 아들만 그대로 자리를 지키고 있는 것이다.

옷장 문을 닫고 여사는 아들 곁으로 갔다. 기타를 안고 영화의 배경에 흐른 〈Surfin' U.S.A.〉를 힘차게 연주했다. 일부러 어깨를 흔들며 노래하는데, 자꾸만 박자를 놓쳐버렸다. 점점 더 흥겨워지며 유머 감각이 엿보여야 할 후렴구에서 그녀의 음성은 가늘어졌다. 선여휘 여사는 아들의 팔에 머리를 댄 채 빈 벽을 바라보았다. 침묵을 깨고 이 대화의 물꼬를 틀 사람은 언제나 정해져 있었다.

"참, 내가 말했나? 엄마 운전기사 바뀐 것 말이야."

아들은 답이 없었다.

"중고 거래를 하다 만났어. 화가 지망생이었는데 화구를 팔고 있더라. 정말 놀랍지 않니? 그토록 건강한데도 자신의 꿈을 포기하다니……."

여사는 상체를 세워서 바로 앉았다. 그리고 〈Surfin' U.S.A.〉의 서두를 단조로 느리게 연주했다.

"성은 백 씨야. 이름은 휘황. 빛날 휘 자에 빛날 황 자를 쓴대. 딱 예술가 이름이지? 엄마는 이해가 안 되더라. 그토록 멋진 이름을 가졌는데 어떻게 자신의 꿈을 포기할 수가 있는지……. 근데 말이야. 그 이름, 자기가 직접 지었다는구나?"

용재에게서 무슨 말을 듣기라도 한 양 여사는 고개를 끄덕거렸다.

"그래, 그 말을 할 참이야. 10년 전쯤에 부모가 이혼을 했대. 그걸 계기로 새 이름을 지었다는 거야. 그 전 이름은 아버지가 지어준 것이었다나 봐. 궁금해 물어보니까 '아주 평범한 것이었어요.' 하고는 알려주지 않았어. 아무튼, 세상에서 가장 빛나는 사람이 되고 싶댔대. 가장 빛나는 화가가 되고 싶었다고 그러더라."

연주를 끊고 여사는 아들을 돌아보았다.

"너 알지? 엄마 이름 끝 자도 빛날 휘잖아. '삶에 여유가 빛나라.' 그런 뜻으로 외할아버지가 지어주셨지. 근데 그 친구 이름에도 빛날 휘 자가 있다니 얼마나 반갑던지!"

여사는 환하게 웃다가 말고 아들의 손을 잡았다.

"혹시 너도…… 네 이름, 맘에 안 드니? 연꽃 용에 맑을 재. 큰 뜻 펼치는 리더 되라고, 일류 성명학자한테서 받아온 건데. 후유…… 아무래도 그 사람이 뭘 잘못한 걸까?"

고운 손으로 여사는 아들의 얼굴을 어루만졌다. 반듯한 이마 아래 커다란 눈, 오뚝한 콧대, 두툼한 입술. 어디를 보아도 곱고 예뻤다. 병실에 10년이나 갇혀 있기엔 아까운 인물이었다.

"기운 차려서 일어나. 엄마가 뭐든 해줄게. 까짓 이름을 바꿔도 좋아. 딱 한 가지, 운전만 안 하면 된다!"

여사가 아들의 이마에 키스했을 때, 용재는 컥컥 잔기침을 내뱉었다. 여사는 놀라서 물러났다. 그녀는 맨발로 뛰어 나가 응접실의 간병인들을 불러왔다. 침착한 태도로 그들이 몇 가지 처치를 하는 사이, 선여휘 여사의 가슴은 미어졌다. 문득, 안락의자에 덩그러니 놓인 기타가 눈에 띄었다. 자신이 지금 할 수 있는 건 그것을 치우는 일뿐이란 걸 여사는 깨달았다.

   월요일 오전 7시. 흰 반소매 셔츠에 검은색 재킷을 입고 휘황은 집을 나섰다. 재킷은 그가 3년 전 아울렛에서 15만 원을 주고 산 이월품이었다. 중고 마켓을 통해 여사를 만나기 전, 그는 미술관에 나갈 때에만 그 옷을 꺼내 입었다. 그러나 이제는 매일같이 그 옷을 꺼내 입었다. 여사님의 운전기사는 늘 번듯한 차림으로 품위를 지켜야 한다고, 차 실장이 당부했기 때문이었다. 매일 똑같은 것을 입으니 땀 냄새도 배고 하여 지난 휴일엔 쪽빛으로 된 마 재킷을 하나 더 샀다. 역시 아울렛에서 12만 원을 주고 산 이월품이었다.

   휘황의 안평동 집에서 한남동 저택까지는 약 1시간 30분이 소요됐다. 낡은 다세대 주택을 빠져나와 역까지 걷고, 급행열차를 기다리고, 낑기고, 갈아타고, 역에서 나와 언덕을 올라갔다. 한강진역 3번 출구에서 한남동 55마길 첫 번째 집까지는 좁고 굽이진 길이 이어져 있었다. 성인 남성의 걸음으로도 15분쯤을 부지런히 걸어야 했다. 애석하게도 마을버스는 다니지 않았다. 마을버스라니, 애초에 수요도 없었다. 부자들은 산꼭대기에 살더라도 걸어서 다니진 않으니까.

   화창한 6월. 오전 9시도 되기 전인데 햇살이 따가웠다. 휘황은 재킷을 벗어서 팔에 걸었다. 셔츠의 칼라 안쪽이 뒷목에 들러붙었다. 더운 숨을 쌕쌕 뱉으며 그는 한남동 55마길 첫 번째 집 앞에 우뚝 멈췄다.

'이 대단한 저택이 나의 첫 직장이라니……'

휘황은 한 번씩 그런 생각을 했다. 초인종을 누를 땐 언제나 조금 주저하는 마음이 들었다.

"안녕하세요, 백 기사입니다."

그의 인사를 왕 부장이 받아준 적은 별로 없었다. 문이 열리면 그는 부처꽃과 옥잠화 우거진 돌계단을 올라갔다. 황 선생의 모습이 보이면 인사를 하고, 그가 보이지 않으면 뒤뜰로 가서라도 찾아서 인사를 했다.

"왔어? 무덥지?"

인자하게 웃는 그 얼굴을 본 뒤에야 휘황은 기분 좋게 차고로 갔다. 11년 전 집을 떠난 아버지는 젊은 여자와 재혼해 딴살림을 차렸다. 아들을 하나 낳았다는 소문이 들려오기도 했다. 아버지와 엄마가 이혼했다는 사실보다, 새로운 그 소문이 휘황의 마음을 다치게 했다. 보잘 것 없는 기능 때문에 버려진 제품. 휘황은 자신이 꼭 그런 존재로 전락한 것만 같았다. 아버지는 아들이 탐탁지 않아 새 여자를 찾고, 더 나은 외양과 기능을 갖춘 새 아들을 만들어낸 게 아닐까……

그런 이유로 해서 휘황은 성인 남자에 대해—자신도 이제는 그 범주에 속해 있지만—약간의 불신이 있었다. 남자라는 건 다 그렇게 차갑고 저밖에 모르는 동물인 것이 아닐까? 휘황은 자신도 그러한 족속이려니 생각했다. 그래서 변변한 돈벌이가 없이 엄마의 등골을 빼먹고 있던 거려니……. 하지만 이 저택에 와서 그는 다른 남자들을 만났다. 차 실장과 황 선생은 그가 아는 남자, 적어도 아버지와는 달랐다. 차 실장은 말과 행동에 품위가 있었고 무엇보다도 자기 가정을 사랑했다. 황 선생은 언제나 따뜻했다. 비가 오는 날에도 바람 부는 날에도 그는 정원의 꽃과 나무를 세심히 돌봐주었다. 아무리 까다로운 난초라도 그의 손이 닿으면 꽃을 피우고 씨앗을 떨군다고 여사는 자랑스럽게 이야기했다.

그리고 그 차, 롤스로이스. 차고로 가면 팬텀은 언제나 웅장한 자태를 뽐내며 서 있었다. 아틱 화이트의 쨍하고 우아한 빛깔은 여태껏 그가 본 그 어떤 하양보다 더 아름다웠다. 일단 출근을 하면, 휘황은 밤새 변고가 없었는지 차량 곳곳을 확인했다. 이따금 어디로 들어왔는지 모를 고양이 한 마리가 바퀴에 기대 자다가 놀라서 달아났다. 세 종류의 청소 도구를 이용해, 휘황은 팬텀의 차체를 깨끗이 닦아냈다. 6m나 되는 긴 차를 닦고 나면 시동을 켜서 문제가 없는지 확인하고, 에어컨을 돌려 내부 공기를 순환시켰다. 평소라면 이렇게 하는 것으로 근무 준비가 끝이 났다. 여사님의 외출 일정이 있는 날이면 저택에 들어갈 일은 거의 없었다. 하지만 오늘, 그는 왕 부장으로부터 호출을 받았다. 여사님께서 긴히 찾으신다는 거였다.

저택에 들어서니 여느 때와는 집안 공기가 달랐다. 에어컨 때문에 그런 것은 아니었다. 뭐랄까, 일하는 이들의 표정이 굳어 있었다. 거실 소파에는 선여휘 여사가 등을 보인 채 앉아 있고, 오전의 임 비서와 오후의 김 비서가 나란히 그 앞에 섰다. 여사는 다리를 꼬고 앉아서 무슨 서류를 골똘히 보고 있었다.

"왔으면 손부터 씻고."

언제 나타났는지 왕 부장이 딱딱거렸다. 그녀는 늘 무서운 표정을 짓고 지시하는 경향이 있기 때문에 대할 때마다 긴장이 됐다. 직원 및 방문자용 화장실에서 휘황은 내친 김에 얼굴과 목도 닦았다. 종이 타월이 어찌나 부드러운지 이 세상 물건이 아닌 듯했다. 화장실 문을 나서자마자 왕 부장과 부딪혔다. 그녀는 커다란 상자 하나를 쓱 내밀었다.

"입어요. 여사님이 주시는 거야."

"네? 저한테요?"

휘황은 멍하니 종이 상자를 내려다봤다. 검은 상자 표면에는 금장 잉크에 고상한 필체로 베르사체라 적혀 있었다. 휘황이 상자를 열려고 하자, 왕 부장은 삼각진 두 눈을 번쩍 치떴다.

"쓰읍. 들어가서."

단호한 말투에 눌려 휘황은 다시 화장실로 갔다. 터키석 타일이 깔린 바닥은 먼지 한 톨 없이 매끈했다. 하얀색 대리석 탁자에 상자를 얹고 그는 뚜껑을 열어 보았다. 검은색 반팔 셔츠가 그 안에 들어 있었다. 메두사의 머리가 금색으로 그려져 있는, 아주 우아한 실크 셔츠였다. 잘 어울리는 치노 팬츠가 그 밑에 개켜져 있었다. 상자를 서둘러 닫고, 휘황은 밖으로 갔다.

"어째서?"

선여휘 여사가 휘황을 보며 물었다. 어느샌가 그녀는 이쪽으로 몸을 돌린 채 앉아 있었다. 마치 그가 옷을 입고 나오기만을 기다리기라도 한 것처럼.

"너무…… 값비싼 물건이에요."

휘황은 낯을 붉혔다.

"에이, 얼마 안 해. 입어요."

여사는 싱긋 웃었다. 그래도 휘황은 고개 저었다.

"아닙니다. 저는……."

"새 거 아니야. 중고예요. '나눔'한다고 생각해." 선여휘 여사가 다가오더니 상자를 열고 셔츠를 들었다. 그것을 휘황의 가슴에 펼쳐 대보며 여사가 이야기했다. "우리 아들 건데…… 딱 한 번밖에 안 입었어요. 백 기사 입으면 잘 맞을 것 같아. 매일 같은 옷 입고 다니잖아?"

아들 옷이라니. 휘황은 더더욱 꺼려졌다. 그는 단호히 고개 저었다.

"새 옷, 샀습니다. 딴 사람 옷은 필요 없어요. 게다가 당사자 동의도 없이……."

"어허! 어디서 그런 소리를!"

여사 뒤에서, 왕 부장이 꾸중했다.

"여기서, 그런 소리 좀…… 하면 안 되나요?"

휘황은 웅얼거렸다. 어린애가 된 듯 목소리가 떨려와 수치스럽고 화가 났다. 왕 부장은 허옇게 질린 낯으로 휘황을 노려보았다.

어금니를 꽉 물고, 휘황은 선여휘 여사를 마주 보았다.

"나눔은, 적선이 아닙니다. 나눔은요…… 상대가 원할 때 주는 거예요."

무뚝뚝이 쏟아낸 말을 듣고 선여휘 여사는 흠칫했다.

"그러네. 미안해요." 여사는 허둥허둥 셔츠를 상자에 접어 넣었다. "하지만…… 부탁을 해도 안 될까? 정 뭐하면 이렇게 생각해요. 내 체면 위해서 잠깐만 입는다고. 나, 지금 미술관 시찰 갈 건데, 수행 기사가 번듯했으면 좋겠네."

"미, 미술관이요?"

뜻밖의 행선지를 전해 듣고 휘황은 마른침을 꿀꺽 삼켰다.

"응. 일성미술관. 종로에 갈 거야." 여사가 돌아섰다. "임 비서, 우리 시간 얼마나 있지?"

"10분 정도 있습니다."

비서가 시계를 내려다봤다. 아닌 게 아니라 두 비서는 꽤나 세련된 차림을 하고 있었다. 하는 수 없이, 휘황은 검은 상자를 꽉 쥐었다. 그는 화장실로 돌아가 서둘러 환복을 했다. 커다란 거울에 비친 자신의 모습이 낯설었다. 이른 아침, 다세대 주택의 자그만 거울 속에서 본 남자는 플라스틱 눈알이 달린 수수깡 인형 같았다. 하지만 지금 이 남자는 두 눈이 반짝거리는 한 마리의 표범을 닮았다. 휘황은 베르사체의 상자에 대충 담아둔 자신의 옷을 흘깃 보았다. 어느 유충이 벗어둔 허물마냥, 그것은 참으로 낡고 연약해 보였다.

베르사체의 블랙 실크 셔츠 차림으로 휘황은 롤스로이스 팬텀의 운전석에 앉았다. 부드러운 옷감이 맨살을 스칠 때마다 기분이 야릇했다. 임 비서와 김 비서가 탄 차는 길 안내를 하듯이 앞서 달렸다. 선여휘 여사는 뒷좌석에 홀로 앉아서 휴대폰을 들여다봤다.

"앞으로 3일 남았네?"

여사는 신나서 중얼거렸다. 거래 정지 이야기라는 걸 휘황은 눈치 챘다. 3주 전쯤인가, 그녀는 에르메스 찻잔을 팔러 나갔다 비매너 신고를 당했던 것이다.

[꼬치꼬치 캐묻는 것이 불편해요.]

라고 신고 사유에 적혀 있었다. 같은 신고가 3회나 누적된 터라 한 달간 거래 정지가 떨어졌다. 자문 변호사까지 불러서 백방으로 알아봤으나 거래 정지를 풀어볼 방법은 전혀 없었다.

거래 정지 7일차. 여사는 우울성 폭식으로 늘어난 지방 3kg과 함께 프랑스 파리로 날아갔다. 루브르박물관과 퐁피두센터, 오르세박물관을 돌아보고 내친 김에 미국으로 가 메트로폴리탄미술관과 뉴욕현대미술관까지 둘러보았다. 여사가 한국에 도착한 것은 이틀 전이었다. 이 시점에 일성미술관 시찰을 간다는 건 세계적 미술관에서 자극을 받은 게 있다는 뜻이었다.

"아, 햇살 참 좋다!"

여사는 밝게 웃으며 차창을 깊이 내렸다. 한산한 도로 위에서 그녀는 창밖으로 얼굴을 내밀었다. 철없는 소녀처럼 "아아아!" 소리를 지르기도 했다. 어처구니가 없어 휘황은 웃고 말았다. 63세나 되어서 이토록 해맑은 여자는 본 적이 없었다.

광화문 광장과 경복궁을 지나 일성미술관 앞에 다다르니, 예닐곱 명의 사람이 건물 밖으로 도열해 있었다.

"환영해 주어 고마워요."

여사가 고개 숙이자 직원들은 더 깊이 허리를 숙였다. 주변을 지나던 이들이 흥미로운 듯 그 모습을 지켜보았다. 선여휘 여사는 사뿐히 걸어서 미술관 안으로 갔다. 미술관 관장과 학예사들도 우르르 그 뒤를 따랐다.

지하 2층과 지상 3층. 연면적 $10000\,m^2$에 달하는 미술관 곳곳을 여사는 둘러보았다. 그녀는 기획실과 각종 전시실뿐 아니라, 강의실과 자료실, 화장실과 직원들의 사무실까지 세심히 살펴보았다. 메인 전시실에는 〈고요한 소란〉을 주제로 한 회화들이 걸려 있었다. 선여휘 여사와 일행이 그곳에 막 들어서는데 때마침 한 꼬마가 바닥의 노란 선 안으로 휙 들어갔다. 책임 학예사는 그 모습을 보고 거의 기절할 뻔했다. 그림을 향해 손을 뻗는 초등생 관객을 향해 그는 재빨리 소리쳤다.

"얘야! 아니, 손님. 노란 선 밖으로 물러나 주실까요?"

창백한 낯으로 학예사는 미소 지었다. 입가가 바르르 떨려왔다.

"어머, 만지면 안 된다고 했잖아!"

조금 떨어진 곳에서 그림을 보던 부모가 당황해 소리쳤다. 놀란 아이가 허둥지둥 변명을 늘어놓았다.

"일부러 그런 게 아니야. 너무 멋져서 나도 모르게……!"

울상이 된 아이를 보고 선여휘 여사는 미소 지었다.

"C'est un enfant mignon(귀여운 아이야)! Toucher une œuvre d'art, ce sera un souvenir inoubliable(예술품을 만져보다니, 평생 잊을 수 없는 추억이 될걸)."

시찰을 마치고, 여사는 관장실로 초대되었다. 그녀는 직원들과 함께 앉아서 홍차를 홀짝거렸다. 관장을 비롯한 학예사, 행정 직원들이 차를 마시며 여사를 흘깃거렸다.

"여러분이 성실히 일한다는 걸 나는 알았어요." 찻잔을 내려놓고 여사가 싱긋 웃었다. "보완해야 할 몇 가지 문제는 그것만으로 해결이 되겠지요. 다만 내가 걱정하는 건, 우리의 컬렉션이 조금 후…… 아니, C'est monotone하다는 거지. 내 말은, 단조롭다는 얘기예요."

임 비서와 김 비서는 여사의 말을 수첩에 받아 적었다. 관장과 학예사들도 마찬가지였다.

"우리 인생의 고민이랄까, 결핍이랄까…… 그런 것들을 더 approfondir하는(깊이 파고드는) 게 좋지 않을까?"

직원들에게 알쏭달쏭한 과제를 남기고 선여휘 여사는 일어섰다. 두 비서는 그 자리에서 퇴근해도 좋다는 말을 들었다. 여사는 휘황과 함께 종로의 유서 깊은 곰탕집으로 가 수육과 탕을 먹었다.

"이제 어디로 모실까요?"

휘황이 묻자 여사는 검지를 세워 들었다.

"안국동. 갤러리 빅으로 가요. 거기서부터 한 바퀴 쭉 돌 거야. 요즘 어떤 신인들이 나왔는지 궁금하거든. 프랑스랑 미국에선 엄청 재밌는 아이디어들이 쏟아지고 있어! 둘러보고 괜찮은 작품 있으면 몇 점 살 거예요. 백 기사도 같이 가. 그림 좀 들어줘요."

"네, 알겠습니다."

휘황은 고개를 끄덕였다. '요즘 누가 그림을 들고 다니나. 택배로 보내주는데.' 속으로 투덜대면서 롤스로이스의 시동을 켰다.

어디서 그런 체력이 솟아나는지, 선여휘 여사는 순식간에 다섯 개의 소규모 갤러리를 훑고 나왔다. 여사가 전시장으로 들어설 때마다 큐레이터들은 화들짝 놀라 뛰어나왔다. 귀빈 대접을 받으면서 그녀가 신진 작가의 작품을 보는 동안, 휘황은 두어 걸음 뒤에서 갤러리를 구경했다. 그러다 문득 어떤 그림 앞에서 발이 멎었다. 커다란 캔버스 안에서 두 마리의 고양이가 머리를 맞댄 채 잠들어 있었다. 찌릿한 충격이 정수리에서 척추를 타고 흘렀다. 휘황은 액자 옆에 붙은 작가의 이름을 눈으로 더듬었다. 틀림없었다. 대학에서 같이 회화를 공부한 친구의 이름이었다.

'유치한 동물 그림만 잔뜩 그렸지…… 회화를 우습게 만드는 짓거리라고 속으로 무시했는데.'

"관심, 있으세요?"

어깨 너머로 상냥한 음성이 들려왔다. 휘황이 돌아보니, 20대 중반쯤으로 보이는 여성 큐레이터가 미소를 짓고 있었다.

"아, 뭐……."

휘황은 말을 흐렸다.

"안타깝게도 이 작가 작품은 솔드 아웃 되어서요. 관심 있으시면 다음 전시 때 연락을 드리겠습니다."

"아, 아니……."

말을 뭉개고 휘황은 고개 숙였다. 베르사체의 실크 셔츠 위에서 메두사의 뱀들이 꿈틀대는 듯했다. 그러고 보니, 예전에 그림을 보러 다닐 땐 한 번도 이런 제안을 받은 적이 없었다. '옷 때문이야. 내가 이 그림들을 살 수 있다고 생각하는 거지.' 허탈한 웃음이 입가로 새어 나왔다. 큐레이터를 마주 보고, 그는 가격을 물어보았다.

"350만 원에 팔렸습니다. 신인이라 그렇지요. 더 높은 평가를 받을 가능성이 충분한 작가입니다. 요즘같이 여러 가지로 어려운 때는 온기를 품은 작품들이 그 가치를 인정받지요."

큐레이터의 야무진 말투가 휘황의 가슴을 쿡 찔렀다.

'온기…… 라고?'

휘황은 입술을 깨물었다.

"혹시 이 작가…… 데뷔 연도가 언제인가요?"

이렇게 묻는 휘황의 심장이 마구 뛰었다.

"올해 3월이요. 김수용 작가님은 그야말로 갓 데뷔한 신인입니다."

큐레이터의 말에 휘황은 또 한 번 충격을 받았다. 정확히 겹치는 건 아니지만, 그가 꿈을 포기한 시점에 동기는 꿈을 이루었다는 게 짓궂은 운명의 장난 같았다.

"왜 그래? 뭐 좋은 것 있어?"

선여휘 여사가 다가왔다.

"아닙니다."

휘황은 빠른 걸음으로 자리를 벗어났다. 하지만 더 이상 다른 그림이 눈에 보이지 않았다. 실은 아까부터 머릿속이 복잡했다. 일성미술관에서 그림을 볼 때부터 울적하고, 화가 나고…… 부적절한 곳에 있다는 느낌이 자꾸 들었다. 가능하다면 그곳을 얼른 벗어나고만 싶었다.

"아닌 게 아닌데 뭘! 편하게 말해봐. 백 기사도 나름 이 분야에 식견 있잖아?"

그의 뒤를 밟으며 선여휘 여사가 재촉했다. 걸음을 멈추고 휘황은 돌아섰다. 어디서 그런 용기가 솟았는지, 그는 건너편 벽을 손으로 가리켰다.

"아까 사신 꽃밭 그림이요…… 왜 사셨는지 모르겠습니다. 기교만 잔뜩 부린 정념 덩어리예요. 저기 있는 추상화가 훨씬 더 낫습니다."

선여휘 여사는 휘황의 손이 가리킨 곳을 돌아보았다. 흡사 자동차 바퀴로 토사물을 짓누른 듯한 그림이 떡하니 걸려 있었다.

"흐음."

통통한 손으로 여사는 자신의 동그란 턱을 쓸었다. 그녀는 골

똘히 그림을 들여다봤다. 두 눈을 가늘게 뜨고 입술을 오므리는
게, 아무래도 탐탁지 않은 모양이었다.

"백 기사. 자기가 나라면 저걸 사겠어?"

여사가 물어보았다. 그녀는 커다란 눈으로 휘황을 보고 있었
다. 나이답지 않게 맑고 깨끗한 공막에 고결한 성품이 드러났다.

"네. 제가 여사님이라면 저것을 살 겁니다."

한 치의 망설임 없이 휘황은 대답했다.

"그래?"

팔짱을 낀 채 여사는 잠시 손가락을 까닥거렸다. 그러더니 고
개를 끄덕이면서 환하게 웃는 거였다.

"좋아. 그럼…… 백 기사가 사!"

"네?"

휘황이 당황하는 사이, 선여휘 여사는 지근거리에 선 큐레이터
를 돌아보았다.

"저거 얼마죠?"

"210만 원입니다."

큐레이터가 재깍 답했다.

"지난달 월급 들어갔지? 그걸로 사면 되겠다."

선여휘 여사가 싱긋 웃었다.

"아뇨, 전. 그렇게까진……."

휘황의 귀 뒤로 소름이 훅 끼쳤다. 손끝이 차가워지더니 두통
이 느껴졌다. 자기도 모르게, 휘황은 고개 숙였다. 베르사체의 우

아한 치노 팬츠 아래 초라하고 낡은 구두가 보였다. 있는 힘껏, 그는 발가락을 오므렸다.

　퇴근길의 1호선 급행열차는 사람들로 북적거렸다. 휘황은 안평역에서 내리자마자 편의점으로 갔다. 맥주와 컵라면을 하나씩 산 뒤 또 한참 걸어갔다. 보험 판매원인 어머니와 함께 사는 다세대 주택은 안평동에서도 꽤 높은 언덕에 있었다. 마을버스가 다니긴 했지만 배차 시간이 길어 그는 늘 걷는 쪽을 택했다. 휘황의 낡은 재킷은 땀으로 젖어 시든 풀처럼 팔에 걸렸고, 얇아빠진 셔츠의 단추는 두 개나 풀려 있었다.

　도어락을 열고 들어간 집 안은 비좁고 더러웠다. 휘황은 주말마다 청소를 했고, 어머니도 매일같이 집 안을 닦아댔으나 누렇게 빛바랜 벽지와 장판을 어쩌지는 못했다. 추레한 데다 냄새나는 옷들을 세탁기에 넣고 휘황은 욕실로 갔다. 군데군데 깨어진 옥색 타일을 플라스틱 슬리퍼로 밟고 찬물로 몸을 씻었다. 저녁 8시. 어머니는 아직 퇴근 전이었다. 휘황은 매운맛 컵라면에 밥을 말아서 홀홀 삼키고 노트북 앞에 앉았다. 책상은 중고 마켓에서 2만 원에, 플라스틱 의자는 3000원에 산 것이었다.

　빠르게 손을 놀려 그는 포털사이트에 접속했다. 검색창에 아트마켓을 입력하고 망설이다가 들어갔다. 조소와 판화, 사진 등 다양한 장르 중 회화를 선택하자 무수한 그림이 막 쏟아졌다.

　겉면에 이슬이 맺힌 맥주 캔을 따 마시면서 휘황은 천천히 화면을 내렸다. 흩날리는 꽃잎과 뜨거운 햇살. 비어 있는 의자와 숨어 있는 오리. 흐릿한 번짐과 예리한 절단. 잠자는 여인과 고장 난 자동차. 삭막한 호텔과 썩어버린 자몽……. 참으로 다양한 사유들에 3만 원부터 9000만 원까지 값이 매겨져 있었다.

'한번 사봐요. 어떤 작품이 값어치 있는지 금세 알게 돼.'

선여휘 여사의 목소리가 귓가에 생생했다. 마우스로 작품들을 클릭하며 휘황은 하나씩 살펴보았다. 화려하기 짝이 없는 작가들의 이력도 꼼꼼히 훑어보았다. 그렇게 두 시간쯤 있었을까. 어떤 작품을 사면 좋을지 확신이 서지 않았다. 그가 높이 평가한 작품들은 가격이 낮았고, 평가절하한 작품들은 턱없이 비쌌다.

'그렇다면 내가 높이 평가한 것을 사자. 좋은 작품이라면 언젠간 오르겠지!'

하지만 그렇게 마음먹고도 그는 쉽사리 결제 버튼을 누르지 못했다. 참으로 얄궂은 일이었다. 선여휘 여사가 꽃밭 그림에 쓴 500만 원은 뜬구름처럼 가벼웠는데, 그의 계좌에서 지출하려고 결심한 50만 원은 너무나 요긴했다.

'꼭 사봐요. 남의 지갑에서 나가는 돈은 현실성이 떨어져. 장난감 은행에서 찍어낸 것 같거든.'

선여휘 여사의 밝은 웃음이 그의 마음을 어지럽혔다.

늦은 밤, 어머니는 도어락의 비밀 번호를 자꾸만 잘못 눌렀다. 세 번 실수를 하고서야 간신히 문을 열었다. 낡은 치마 정장 차림의 그녀는 구두를 벗고 발가락을 오므린 채로 거실에 발을 디뎠다. 휘황이 저녁을 먹었느냐고 묻자 어머니는 "응." 하고 대답했다. 무엇을 먹었느냐고 묻는 말에는 답하지 않고 뜬금없이 집 안에 파스가 있는지 물어보았다.

휘황이 약국에 다녀왔을 때 그녀는 침대 위에서 잠들어 있었다.

"어디에 붙여줄까?"

휘황이 물었으나 어머니는 답하지 못했다.

그날, 자정이 지나도록 휘황은 책상 앞에서 끙끙거렸다. 결국 그는 어떤 작품도 구입을 하지 못했다. 짜증이 나서 웹사이트를 닫고, 바탕화면의 폴더 하나를 빠르게 클릭했다. 소중한 작품 목록이 수백 장 펼쳐졌다. 모두가 그의 작품들이었다.

예전에, 그는 작품 한 점당 천만 원씩은 받아야겠다고 생각했다. 솔직히 1억은 받아야 정당하다고 생각한 것도 있었다. 하지만 이제 그림을 다시 보니 슬며시 웃음이 났다. 그 작품들 중 누군가의 지갑에서 단돈 10만 원이라도 꺼낼 수 있는 건 없었다. 치기 넘치는 기교, 판매를 노린 얄팍한 기획, 거만하고 고집스러운 구도…… 누구라도 그러한 것을 돈 주고 소유하기는 싫을 테니까.

'나는 참 교만한 놈이었구나.'

휘황은 맥주를 머금었다가 도로 뱉었다. 미지근한 온도가 역겹기 짝이 없었다. 책상에 흘린 맥주를 닦고, 그는 손가방에서 작은 노트를 끄집어냈다. 줄무늬가 없는 그 노트에는 아기 신발 한 켤레가 그려져 있었다. 잊고 지낸 한 시절이 머릿속에 떠올랐다.

2013년 봄. 휘황은 미대 1학년이었다. 〈드로잉 입문〉 시간이었고 모두가 교실에 앉아, 가운데에 선 모델의 나체를 묘사했다. 긴장한 채로 그림에 집중하는데 문득 이상한 느낌이 들었다. 교실이 텅 비어 있는 것 같았던 것이다. 돌아보니 학우들이 전부 일어나 한곳에 몰려 있었다. 그 속에서 누군가 뜨거운 탄식을 내뱉었다. 홀린 듯 자리에서 일어나 휘황은 그쪽으로 갔다. 그는 학우들사이에 섞여 한 동급생의 그림을 들여다봤다. 간담이 서늘하다는 게 어떤 것인지 그는 몸으로 느꼈다. 빛으로 가득한 세상이 갑자기 소멸했다. 이제까지, 그는 세상에서 자신이 가장 그림을 잘그린다고 믿었다. 그런데 그보다 훨씬 뛰어난 재능을 가진 인간이 있었던 것이다. 그것도 한 교실에.

테크닉의 문제는 아니었다. 그것은 어떤 정서의 문제였다. 철학의 문제이기도 했다. 김수용. 그것이 녀석의 이름이었다. 나이서른에 잠든 고양이 시리즈를 매진시킨 남자. 그의 작품을 처음본 날, 휘황은 구상을 포기했다. 누군가 향후 작업에 관해 물어올때는 추상을 할 거라면서 잘난 체했다.

'10년이 걸리는구나. 그렇게 재능이 넘치는 놈도……'

노트북을 끄고 휘황은 싸구려 침대에 드러누웠다. 방범창 사이로 조각난 달빛이 노랗게 일렁거렸다. 한동안, 그는 등을 굽힌 채뒤척였다. 건넌방에서 어머니의 앓는 소리가 이따금 들려왔다.

이른 아침. 선여휘 여사는 드넓은 침대의 푹신한 쿠션에 기대중고 마켓을 들여다봤다. 언제부터인가 그녀는 하하 소리 내 웃는 대신 휴대폰을 들여다보며 하루를 시작했다. 그것이 그녀의 새로운 루틴이었다. 아니, 아침뿐만이 아니었다. 그녀는 틈만 나면 중고 마켓을 살펴보았다. 무절제하게 집착한다는 생각이 들었으나 멈출 수가 없었다. 양치를 할 때도, 화장실에서 큰 일을 볼 때도, 외출하는 차 안에서도 그녀는 중고 마켓을 확인했다. 이제 그것은 그녀의 삶에서 놓을 수 없는 기쁨이었다.

중고 마켓을 알기 전까지, 그녀는 매일 맛있는 음식을 먹고 내키는 대로 쇼핑을 했다. 그러나 이따금 죽고 싶었다. 그녀에게는 2조 원대의 주식과 6조 원대의 국내외 부동산, 4조 원대의 현금이 있었지만 그래도 한 번씩 사는 게 부질없었다. 그런데 중고 마켓을 알고부터, 세상은 드넓고 인생은 소중한 것이란 생각이 들었다. 억지로 웃지 않아도 웃음이 났고, 용재의 일을 떠올릴지라도 우울하지만은 않았다. 아들이 없을지 모르는 미래보다 아들이 이뤄낸 하루하루의 기적에 집중하는 것. 그것은 중고 마켓에서 배운 삶의 한 태도였다. 새 명품 가방을 사지 못해 우울해하기보다는 소유 가능한 중고 가방을 구입해 즐기는 것. 그것은 중고 시장 사람들이 보여준 행복의 한 방식이었다.

"으으, 시큰해!"

휴대폰을 내려놓고 신여휘 여사는 손으로 눈을 비볐다. 블루라이트에 지나치게 노출된 데다 숙면을 취하지 못해 안구가 따끔거렸다. 내일이면 한 달 간의 거래 정지가 풀린단 사실에 설레, 그녀는 통밤을 샜던 것이다. 손가락으로 눈썹 뼈를 문지르는데 손가락 관절이 쿡쿡 쑤셨다.

아침 식사를 마치고, 여사는 임 비서를 통해 한의원 방문 예약을 했다. 부유층 사이에서 화타급 명의로 소문이 자자한 마 선생은 풍채가 좋고 목소리 나긋한 40대 남자였다. 당일 예약은 불가한데도 선여휘 여사의 이름을 듣고는 특별히 짬을 내줬다. 종로의 유서 깊은 한옥을 개조해 만든 의원에는 정갈한 약재 향기와 함께 편안한 정악의 선율이 흐르고 있었다.

"신경이 쇠약해져 있군요. 스트레스가 심하신 모양입니다."

마 선생은 이마의 양백혈에다 뜸을 놓았다. 냄새와 연기가 나지 않는 전자식 뜸이었다.

"저기…… 실은요."

주저하다가, 선여휘 여사는 중고 거래에 푹 빠진 사연을 털어놓았다. 거래 정지로 인해 자신이 얼마나 커다란 스트레스를 받았는지도. 이야기를 들으며 마 선생은 한 번씩 고개를 끄덕거렸다.

"저도 자주 이용하는 편입니다. 혼자 밥 먹기 싫을 때 아주 좋지요."

관자놀이에 침을 놓는 마 선생의 눈이 반짝 빛났다. 침술이 어찌나 신묘했는지 선여휘 여사는 일체의 통증을 느끼지 못했다. 그녀는 머릿속으로 흐릿한 소문을 떠올렸다. 마 선생이 기러기 아빠로 생활한다는 얘기였다. 아이들이 미국의 사립학교에 다니는데, 아내가 뒷바라지를 하면서 이따금 오간다 했다.

"그러면 선생님. 식사를 하려고 물건을 판다는 말씀이세요? 아니면 식사를 하려고 물건을 사신단 건가?"

천진한 투로 여사가 물어보았다. 뜬금없이 마 선생은 웃음을 터뜨렸다. 눈가에 부챗살 같은 주름이 졌다.

"아닙니다. 그럴 리가요." 따스한 손가락으로 마 선생은 여사의 맥을 짚었다. "중고 마켓 어플을 잘 보시면 〈마을 생활〉이라는 게시판이 있습니다. 동네 사람을 상대로 어떤 제안을 할 수 있지요. 예를 들면 이런 겁니다. 영화를 같이 보러 갑시다, 술을 같이 먹읍시다, 어떤 운동을 같이 합시다……. 부담 없이 만나 할 일을 하고 헤어지지요. 저의 경우엔 1인 손님을 받지 않는 순댓국 맛집에 갈 때 퍽 도움을 받고 있습니다."

"어머, 그런 게 있어요?"

침을 맞다 말고 선여휘 여사는 침대를 더듬었다. 휴대폰을 찾으려는 것이었다. 마 선생의 미간에 세로 주름이 졌다. 그는 엄하게 고개 저었다.

"신경이 약해져 있습니다. 여사님께서 느끼시는 것보다 더 약해져 있어요. 눈을 감고 쉬십시오. 꼭 필요한 일이 아니면 휴대폰은 보지 마세요."

"아, 알겠어요."

선여휘 여사는 눈을 감았다.

롤스로이스 팬텀 EWB에 올라타자마자 선여휘 여사는 휴대폰을 꺼내 들었다. 마 선생은 과연 명의라, 눈꺼풀도 가뿐하고 손가

218

락 관절도 쌩쌩해졌다. 그녀는 중고 마켓 어플을 열고 〈마을 생활〉 게시판을 찾아보았다.

"어머나!"

그야말로 놀라운 세상이었다. 물품 거래 게시판은 딱딱한 문어체 제목이 일반적인데, 〈마을 생활〉 게시판은 친숙한 입말로 풀어 쓴 제안들이 정겹고 친근했다. 여사의 가슴이 또다시 설레었다. 그녀는 게시판 글들을 빠르게 훑어보았다.

[오늘 저녁 7시에 한강진역에서 맵떡 드실 분?]

[수요일 새벽 5시, 남산 산책 하실 분 찾습니다(여자).]

[차차차 배우실 분 구해요!]

[타로점 같이 보실 분?]

[클라이밍 초보이신 분, 같이 시작해요(저도 초보!)]

[하드록 밴드 팀원 충원. 귀한 베이스 모십니다.]

'그래, 바로 이게 내가 원했던 거야! 사람을 만나서 어울리는 것!'

갑자기 선여휘 여사는 황홀해졌다. 그녀는 모든 이들이 오직 자기만 기다린다는 착각에 빠져 상상의 나래를 널리 펼쳤다. 그녀는 그중 누구를 먼저 만나서 즐거운 시간을 보낼까, 짜릿한 고민을 했다. 하지만 그런 환상은 게시물 내용을 살펴본 뒤에 무참히 깨졌으니, 모든 이들이 20대에서 40대 사이의 상대를 바랐던 것이다. 60대 여성을 원하는 이는 아무도 없었다. 간혹 나이와 성별 제한이 없는 게시물도 있었지만, 매운 떡볶이를 먹자거나 축구를 하자거나 신용분석사 시험 스터디를 하자는 등 선여휘 여사가 수행하기엔 어려운 것뿐이었다. 코가 쑥 빠져 있는데 한 게시물 제목이 눈에 채였다.

[안 본 눈 삽니다.]

선여휘 여사는 호기심에 이끌려 제목을 눌렀다. 화면이 바뀌더니 자세한 만남 조건이 주르륵 펼쳐졌다. 성별과 나이 제한이 없는 걸 확인하고, 여사는 줄글을 읽어보았다.

"명작의 감동을 느껴드립니다. 추억 속 충격과 여운을 그대로……?"

여사는 고개를 갸웃했다. 갑자기 몸이 가려워 그녀는 손톱으로 팔을 긁었다. 그러고는 옆구리를, 허벅지를, 무릎을 긁적였다. 여사는 요상한 게시물 주인의 별명을 눈으로 좇았다. '드래곤힐 리치 가이'라는 사람이었다. 마음 같아선 당장이라도 채팅을 보내고 싶었는데, 아직까지는 거래 정지 기간에 속해 있었다. 채팅을 할 수 없어서 여사는 애가 탔다. 누군가 자기보다 먼저 드래곤힐 리치 가이와 약속을 잡을까 봐서 초조해 진땀이 났다. 저택에 도착한 뒤 그녀는 욕실로 갔다. 목욕을 하려고 옷을 벗다가 깜짝 놀랐다. 목덜미 아래서부터 발목까지, 온통 새빨간 두드러기가 돋아나 있었던 것이다.

6월 하순의 어느 수요일. 미지근하게 식은 지열을 밟으며 한 소년이 신계역사공원에 들어섰다. 그는 자신이 살고 있는 원효로 1동의 수수한 골목을 지나 초고층 아파트 단지를 가로질러서

왔다. 그렇게 하면 우연히 마주친 이들이 자기를 아파트 주민으로 여길 거라고 믿었기 때문이었다.

바지 주머니에 두 손을 넣고 소년은 유유히 공원을 산책했다. 봄이 지나고 여름이 다가오며 나무의 잎들은 풍성해졌다. 이름 모를 꽃들도 화려하게 피어났다. 소년은 땀이 나지 않을 만큼 느린 속도로 걸어 성지에 다다랐다. 1839년, 신앙을 증명하기 위해 목숨을 잃은 열 명의 천주교 신자를 추모한 곳이었다. 드높은 건물은 서양식 벽돌로 장식돼 있었는데 지붕만은 기와가 얹어져 볼 때마다 묘한 감상을 전해주었다. 소년은 신을 믿지도 않을뿐더러 신앙 때문에 죽음을 택한 기분을 이해할 수도 없지만, 사람들이 누군가를 기리는 수단으로 건축을 택한 건 꽤 멋진 일이라 생각했다. 건물에는 벽이 있고 지붕이 있고 문이 있고 계단이 있으니까. 그것은 단순한 봉분보다는 훨씬 더 많은 상상을, 그러니까 고인에 대한 상상을 하게 해주었다.

'하지만 저게 늘 분위기를 망친단 말야.'

소년은 성지 뒤로 치솟은 초고층 건물을 노려보았다. 방금 전 자신이 가로질러 온 아파트 단지였다. 고개를 흔들고 소년은 픽 웃었다. 자신도 언젠가는 저렇게 좋은 집에서 살고 싶다는 생각이 얼핏 들었던 것이다.

'그러기 위해선…… 돈이 필요해.'

소년은 주머니 속에서 주먹을 꽉 쥐었다. 잘 닦인 산책로를 따라 돌계단을 내려가자 아담한 주차장이 내려다보였다. 다양한 차

종을 감상하고 품평하는 건 소년의 취미 중 하나였다. 마음에 드는 차를 보고, 그 차를 사는 데 얼마가 필요한지, 그 돈을 모으는데 얼마의 시간이 걸릴지 계산하는 게 즐거웠다. 현대 아이코닉과 기아 쏘렌토, 쌍용 티볼리 등을 구경하면서 소년은 혀를 찼다.

'신형이 한 대도 없네.'

투덜대면서 돌아선 순간 두 발이 멈칫했다.

'잘못 봤나? 아냐, 전혀.'

새하얀 자동차. 아니, 단지 하얗단 말로는 표현할 수 없는……
우아하고 격조 높은 자동차가 눈앞에 서 있었다. 일반 세단 두 대를 이어 붙인 듯 차체가 길고, SUV처럼 차고가 솟은 게 마치 자동차계의 하느님 같았다. 소년은 그것이 언젠가 유튜브에서 본롤스로이스 팬텀이란 걸 알아챘다. 주위의 눈치를 보며, 소년은 휴대폰을 꺼내 얼른 사진을 찍었다. 로마 신전을 본떠 만든 프론트 그릴은 교과서에서 본 실제의 신전보다 더 근사했다. 주변에 아무도 없는 걸 확인하고, 소년은 다가가 보닛을 더듬었다. 뜨겁고 짜릿한 감각이 온몸에 번져나갔다.

"예쁘다. 정말로 예뻐."

소년은 크리스털로 조각된 환희의 여신상을 세심히 어루만졌다. 양쪽으로 펼쳐진 치맛자락이 꼭 구전동화 속 선녀의 날개옷 같았다.

'그룹홈 선생님 드리면 좋아하실까?'

문득 그런 생각을 했다.

지난겨울, 소년은 이사를 했다. 아버지는 빈집을 털다가 구속됐고 엄마는 그 사실에 실망해 가출해 버렸다. 월세가 밀리자 집주인이 찾아왔다. 그녀는 굶주린 두 형제 사연을 듣고 구청에 신고를 했다. 두 살 터울의 남동생과 함께 소년은 원효로 1동에 있는 그룹홈으로 갔다. 동은 다르지만, 전에 살던 곳 역시 용산구였다. 이따금 소년은 남산에 올라 서울 전경을 둘러보았다. 대단한 부자들이 사는 동네도, 자신과 부모님이 살던 동네도 모두 다 용산구 안에 있었다.

'그런데 왜 이렇게 다를까? 나도 부잣집에서 태어났으면 좋았을걸.'

수없이 그런 생각을 했다. 훌륭한 저택 안에 기업 회장쯤 되는 아버지가 있고 미인 대회 출신의 어머니가 자신을 꼭 안아주는 그런 장면을 꿈꾸었다. 아! 그런 집으로 갈 수만 있다면 현실 속 엄마도 아빠도 그립진 않을 듯한데, 동생 민기가 마음에 걸렸다. 모진 삶을 혼자 짊어질 녀석을 떠올리면 너무 불쌍해, 상상 속에서도 소년은 도망칠 수가 없었다.

'바닥 밑에 지하가 있다더니.'

그룹홈에 도착하던 날 그런 생각을 했다. 볕이 잘 드는 빌라 3층. 전에 살던 곳보다 두 배는 넓은 집으로 이사를 들어왔건만 '내 집'이란 생각은 안 들었다. 다섯 명의 남자애들이 그 집에 이미 살고 있어서, 더부살이를 온 기분이었다. 다섯이 쓰던 방과 물품을 일곱

이 나눠야 하니 그들의 표정도 좋지 않았다. 보잘것없는 반지하 방이었어도, 매일 싸우는 부모와 살았어도, 눈치 볼 것 없던 옛집이 그리웠다. 아침마다 배를 쥐고 화장실 순서를 기다릴 때면 '나는 버려졌고 비참한 고아'라는 생각에 마음이 쓰라렸다. 그래서일까? 소년은 혼자만의 생활을 고집했다. 다른 애들이 말을 걸어도 무시하고, 선생님의 친절도 모른 체했다.

"준기는 언제나 선생님이라고 하네? 다른 애들이랑 민기는 이모라고 하는데."

이틀 전 저녁 식탁을 치우면서 그룹홈 선생님이 불쑥 말했다. 피곤에 찌든 얼굴로 애써 웃지만, 말 속에 뼈가 있단 걸 소년은 알아차렸다. 자존심 굽히고 협조적으로 굴라는 뜻일 터였다.

'뭐래? 눈도 작고 뚱뚱한 여자가.' 소년은 속으로 쏘아댔다. '남편한테 사랑을 못 받으니까 이런 곳에서 남의 애들을 돌보는 거지.' 이렇게 비틀린 생각을 하기도 했다.

"당연하잖아요. 피 한 방울 안 섞였는데."

소년은 받아쳤다. 돌이켜 보면 그렇게까지 말할 건 없었는데, 일단 말을 뱉고 나니까 감정이 거칠어졌다.

"그렇게 생각할 수도 있지. 그런데……"

그룹홈 선생님은 개수대에서 비벼 빤 행주로 식탁을 닦아냈다. 아이들이 먹고 흘린 찌개 국물과 반찬 조각이 말끔히 지워졌다.

"가족이라는 건 말이지, 꼭 피를 나눠야만 되는 것은 아니야. 일단 이모라고 부르다 보면 친근감이 생기고, 그러다 보면……"

"그러다 보면요?" 소년은 선생님 말을 잡아챘다. "우리요, 진짜 이모 있어요. 근데 지금 여기 와 있는 거거든요. 엄마도 우릴 버렸는데 아줌마가 뭐, 시시껄렁한 이모가 돼서 뭘 어쩌겠다는 건데요? 짜증 나게!"

방문을 쾅 닫고 들어가 소년은 침대에 엎드렸다. 너무 화가 나 눈물이 솟구쳤다. 발끝에서부터 피가 끓어오르고 있었다. 누구든 들어와 한마디라도 하면 죽도록 패줄 생각이었는데 다행히 아무도 말을 걸지 않았다. 그렇게 하루가 지나갔다. 자존심을 세우느라고 온종일 굶주렸다. 학교에서 나오는 급식만으로 점심을 겨우 때웠다.

"형. 저녁밥 먹어. 굶으면 형만 손해지."

민기의 말도 무시하고 방으로 가서 잠을 청했다. 깨어나 보니 새벽 1시. 배가 고프다 못해 속이 쓰려서 눈이 뜨인 것 같았다. 주린 배를 안고 주방을 서성이는데 누군가 방문을 열고 나왔다. 그룹홈 선생님이었다. 그녀는 놀란 소년을 보고 검지를 세워 입 앞에 댔다. 허름한 파자마를 추어올리고, 냉장고에서 접시 하나를 꺼내 전자렌지에 돌려주었다.

"이모가 보니까, 준기는 계란말이를 잘 먹더라." 식탁 앞에 마주앉아서 그녀는 하품을 했다. "제육볶음이랑 해놓으면 다른 애들은 일제히 고기로 손을 뻗는데 준기는 계란말이야. 그치?"

대답도 않고, 소년은 샛노란 계란말이를 입에 넣었다. 뜻밖에 너무 뜨거워 혀를 굴리며 호호 입김을 불었다. 우스꽝스런 몸짓과 호들갑 떠는 얼굴을 보며 그룹홈 선생님이 킥킥 웃었다. 자기도 모르게 소년도 쿡쿡 웃었다. 그렇게 한참을 키들대다가 계란말이를 꼴까닥 삼키는데 눈물이 왈칵 솟았다. 오랜만에, 정말 오랜만에 집에 온 듯한 기분이 들었다.

"천천히 먹어. 이거 다 준기 거야."

그룹홈 선생님이 속닥거렸다.

'미안하다는 말은 죽어도 못 해. 뭔가 선물을 하면 좋겠다.'

소년은 쓰윽 주위를 둘러보았다. 연인으로 보이는 사람들이 나타나 아반떼를 타고는 떠나갔다. 롤스로이스의 룸미러 위에 블랙박스가 달린 걸 보고 소년은 돌아섰다. 몇 걸음 물러나 백팩에 넣어둔 바람막이를 꺼내 걸치고 모자도 눌러썼다. 주춤주춤 롤스로이스 쪽으로 가, 소년은 환희의 여신상을 손에 쥐었다. 힘껏 당기자 부르르 떨리더니만 손아귀 아래로 미끄러졌다.

'이것 봐라?'

소년은 벌겋게 달아오른 손바닥을 내려다보고 주먹을 꽉 쥐었다. 이를 악물고, 이번엔 여신상을 두 손으로 감아쥐었다. 범퍼에 발을 올리고 체중을 실어 당겼다. 그러자 여신상은 온몸을 틀어대더니 그대로 뽕 사라졌다.

'뭐야, 씨발?'

당황한 소년은 허리를 굽혀 차를 살폈다. 무슨 일이 벌어진 건지 언뜻 이해가 되지 않았다. 방금 전 일이 머릿속에서 천천히 재생겼다. 보닛 앞부분에서 자그만 문이 열렸고, 여신상은 몸체를 누이며 안으로 들어갔다. 순간, 작은 뚜껑이 스윽 닫혔고 그렇게 끝이었다.

소년의 마음은 황당하다가 화가 났다가 마침내 비참해졌다. 그때 주차장 옆 화장실에서 한 남자가 뛰어나왔다. 그와 눈이 마주친 순간 본능적으로 불길한 예감이 들었다. 소년은 도망쳤다. 달아나면서 보니 남자는 허둥허둥 롤스로이스 보닛을 살피고 있었다. 그는 입던 재킷을 벗어 범퍼 앞에 난 발자국을 꼼꼼히 닦아냈다.

'고작해야 서른 살쯤 된 것 같은데 벌써 팬텀을 몰아? 금수전가 보네!'

콧김을 씩씩 뿜으며 소년은 내달렸다. 아까의 일이 뒤늦게 근심거리로 다가왔다.

'송준기 미쳤냐? 블랙박스도 있던데 잡히면 어쩔? 아빠처럼 도둑질을 했으니 피는 못 속인다고 사람들이 손가락질할 거야! 민기도 한심한 듯이 쳐다보겠지. 씨발…… 그래서 내가 훔쳤냐? 아니지. 그냥 좀 만진 거잖아. 그래도…… 경찰이 찾아오면 그룹홈 선생님 실망할 텐데!'

낡아빠진 상가의 일층 카페에 앉아, 선여휘 여사는 창밖을 내다보았다. 저녁 7시가 되었는데도 거리엔 열기가 남아 있었다. 본격적으로 여름이 시작되는 모양이어서, 사람들은 그림자 속으로 더위를 피해 걸었다. 선여휘 여사는 차가운 컵을 쥐고 빨대를 쪽쪽 빨았다. 커피콩 수십 개가 입천장을 때리는 듯한 느낌에 바르르 턱이 떨렸다. 여사는 입을 벌리고 커피를 주르르 뱉을 뻔했다.

"저희 매장은 커마카세 매장입니다. 괜찮으시겠어요?"

처음 가게에 들어섰을 때 턱수염 기른 남자가 물어보았다.

"커마카세? 그게 뭐죠?"

선여휘 여사는 큰 눈을 깜빡거렸다.

"주방장에게 메뉴를 일임하는 걸 일본어로 '오마카세'라 합니다. 여기는 커피 전문점이기 때문에 '커마카세'라 하는 거죠. 커피에 관한 모든 걸 저에게 맡겨주시는 겁니다. 괜찮으실까요?"

합장하듯 두 손을 모으고 있지만 세상 물정 모르는 노인이 귀찮단 식이었다. 선여휘 여사는 괜찮다고, 다만 시원한 것으로 달라고 부탁을 했다. 그렇게 해서 받아 든 게 바로 이것. 에티오피아산 예가체프 에스프레소에 탄산수와 레몬즙을 섞은 것이었다.

아무도 없는 카페에 앉아, 여사는 맞은편 상가를 바라보았다. DVD 감상실 앞에서 '드래곤힐 리치 가이'를 만나기로 약속을 한 터였다. 거래 정지가 풀렸다는 기쁨에 들떠, 그녀는 30분 전에 이곳에 왔다. 2초에 한 번씩 시간을 확인하며 여사는 창밖을 봤다. 처음엔 '이 동네 상가가 얼마쯤 할까' 짐작하는 여유를 부렸지만, 약속한 7시 정각이 다가오자 견딜 수 없이 초조해졌다. 갑자기 목덜미가 가려워 그녀는 손톱을 세워 긁었다. 그리고 또 한 번 시간을 확인하는데, 휘릭. 누군가 맞은편 건물로 뛰어들었다. 녹색 바람막이 차림의 자그만 소년이었다. 소년은 슬쩍슬쩍 뒤를 살피며 점퍼를 벗어 백팩에 넣고는 휴대폰 화면을 만지작거렸다.

[어디 계세요? 도착했습니다.]

팝업으로 뜬 문자를 보고 선여휘 여사는 깜짝 놀랐다. 그녀는 먹다 만 커피를 탁자에 내려놓았다.

'어머, 저 꼬맹이야!'

여사는 자리를 박차고 일어났다. 가게 문을 열고 나가자 더운 바람이 훅 불어왔다. 기다랗게 목을 빼고, 소년은 골목 이곳저곳을 살피고 있었다.

"이봐요, 드래곤힐 리치 가이?"

여사가 소리쳤다. 완벽에 가까운 뉴욕식 발음이었다. 여사의 우아한 실크 에스닉 드레스가 먼지와 함께 나부꼈다.

"뭐야, 선녀님?"

소년이 돌아보았다. 여사는 강하게 고개를 끄덕였다.

"리치 가이 님, 굉장히 어리네. 그러니까 어디 보자…… 중학생이야?"

"고 1인데요."

짙은 눈썹을 들어 올리며 소년이 여사를 노려보았다.

"호호호, 그래? 키가 좀 작네. 잘 먹어야겠다."

선여휘 여사는 한 손을 들어 소년의 키를 가늠해 봤다. 자신과 비슷한 높이였다.

소나기처럼 항의를 퍼부으려다 소년은 꾹 참았다. 한숨을 쉬고는 휴대폰 기기를 흔들어 보였다.

"거래 설명은 챗으로 드렸는데, 이해하시죠? 영화건 뮤지컬이건 연극이건 원하는 것을 봐드린다고요. 티켓비는 고객님이 내셔야 하고, 그동안 제 반응을 보실 수 있어요. 관람료는 4만 원인데 2만 원은 선불로 주셔야 하고요, 관람이 끝나면 2만 원을 마저 주시는 거예요. 다 오케이시죠? 영화를 보신다 해서 DVD방으로 모신 거니까."

"그럼, 알고말고."

은행 어플을 켜고 선여휘 여사는 소년의 계좌에 선금을 보내주었다.

"들어가시죠." 입금 내역을 확인한 뒤에 소년은 계단을 내려갔다. "아참. 같이 있는 동안 신체 접촉은 금지입니다. 혼자 이상한 행동 하시는 것도 마찬가지예요."

"혼자…… 이상한 행동?"

지하로 가는 계단참에서 선여휘 여사가 물어보았다. 성가시다는 듯 소년은 인상을 썼다.

"아 왜, 그 있잖아요. 막 흥분해서 스스로를 위로하고……."

두 팔로 자신의 어깨를 안고, 소년은 애무하는 흉내를 냈다.

"흥분해서…… 위로?"

되묻는 여사를 보고 소년은 또 길게 한숨 쉬었다. 자신을 흉내내는 여사의 몸짓이 마치 목욕탕에서 때를 미는 것처럼 보였던 것이다.

"됐습다. 뭐, 골라보세요."

소년은 계단을 내려가 DVD 감상실 문을 열었다. 무인 가게인지 주인은 없고, 사방을 둘러싼 벽에 온갖 영화며 콘서트 DVD가 깔려 있었다.

"19금 영화는 안 됩니다." 소년이 주의를 줬다. "참고로 〈포레스트 검프〉는 지난달에 봤어요. 〈쇼생크 탈출〉이랑 〈죽은 시인의 사회〉도 작년에 봤고요."

'아하, 그런 거구나' 하고, 선여휘 여사는 고개를 끄덕였다. 소년이 대체 무엇을 팔려 하는지 그제야 제대로 이해가 됐다.

"그래, 어땠어? 〈죽은 시인의 사회〉 말이야."

여사가 물어보았다. 소년은 탁자에 놓인 영화 잡지를 훑어보면서 어깨를 으쓱였다.

"지루했어요. 뭐가 좋다는 건지 모르겠더라고요. 게다가, 닐인가? 그 연극하던 애 있잖아요. 괴상한 선생 탓에 꿈을 좇다가 죽죠. 난 정말 이해가 안 됐어요. 멀쩡히 돈 벌어오는 아버지에, 집 지키는 엄마가 있잖아요. 뭐가 더 필요하다는 거지?"

'꿈이 없는 삶은, 죽음보다 더 나쁘다는 거지. 대체로 사람들은 그렇게 생각해.' 여사는 말하려다가 그만뒀다. '나는 여기에 설교하러 온 게 아니야.' 그녀는 생각했다. 무엇보다도 소년의 관점이 마음에 들었다. 어쨌든 그것은 새로운 견해였다.

"그러면…… 〈포레스트 검프〉는?"

여사가 다시 물었다. 대기자용 소파에 앉아, 소년은 짧은 다리를 휘딱 꼬았다.

"제니는 말이죠, 진짜로 나쁜 년이에요."

"제니? 어째서?"

"저는요, 딴 건 다 이해할 수가 있어요." 인상을 찌푸리면서 소년은 상체를 수그렸다. "걔가 그 더러운 아빠한테 학대당한 건 엄청 불행한 일이죠. 하지만 그렇다고 해서 자기 자식한테 바보 아빠를 만들어줘도 되는 건 아니잖아요. 안 그래요?"

선여휘 여사는 톰 행크스의 아들 역을 맡았던 배우, 헤일리 조엘 오스먼트의 귀여운 얼굴을 떠올렸다.

"진짜 미친 거 아니야?" 욕설을 뱉으며, 소년은 진저리 쳤다. "걔 아빠가 바보라고, 스쿨버스에 탄 애들이 언젠간 놀릴 거예요. 그런 상황에서 주먹질을 안 하고 어떻게 배기겠어요? 가출을 안 하고 어떻게 버티겠냐고요."

"저런…… 실망했겠다. 네 고객들 말이야."

선여휘 여사는 인자한 미소를 지어 보였다.

"헹, 바보예요?" 소년이 미간을 찌푸렸다. "이렇게 말하면 누가 나한테 돈을 주겠어요? 엄청난 명작을 본 것처럼 연기를 하는 거지."

"연기? 그럼 오늘 나한테도……."

"아뇨, 아아뇨!" 소년은 당황해 일어섰다. 그러더니 될 대로 되라는 듯 소파를 걷어찼다. "그니까 영화를 잘 고르세요. 멋진 작품을 보여주기만 하면! 연기 같은 건 할 필요 없으니까."

"어쭈?"

선여휘 여사는 후후 웃었다. 누군가를 이토록 격의 없이 대한 건 정말이지 오랜만이었다.

"이거 아주 어려운 일인데? 대단한 명작을 추천하라니. 도대체 누가 누구한테 돈을 줘야 하는 거야?"

여사는 돌아서 벽장에 진열된 DVD 표지를 훑어보았다. 그러나 고민하고 말 것도 없는 일이었다. 보고픈 영화는 정해져 있었으니까.

"저기, 〈서퍼 오브 레인보우〉 어때? 본 적이 있니?"

가만히 서서 소년은 어깨를 으쓱였다.

"무지개의 서퍼? 아뇨. 그딴 건 처음 듣는데."

어두운 조명이 켜진 작은 방에는 3인용 소파가 놓여 있었다. 쿰쿰한 냄새가 나고 군데군데 얼룩진 더러운 것이었다. 소년이 DVD를 재생시키는 사이, 여사는 소파에 손수건을 깔고 그 위에 내려앉았다. 스크린에 제작사 로고가 떠오르자 소년도 소파로 가서 자리를 잡았다. 그들 사이는 멀지도 않고, 그렇다고 또 너무 가깝지도 않았다.

"불을 꺼야 하지 않니?"

여사가 물어보았다.

"원하시면요. 하지만 제 표정이 잘 안 보이실 텐데."

"그래도…… 방이 밝으면 네가 영화에 집중을 할 수 없잖아."

여사의 말을 듣고 소년은 리모컨으로 조명을 껐다. 어두운 방

안에, 정원이 딸린 새하얀 집과 푸릇한 마을의 풍경이 펼쳐졌다. 카메라는 커다란 햇살을 따라서 창으로 들어갔다. 푹신한 침대와 널따란 소파, 아름다운 러그가 깔린 여섯 개 방들은 텅 비어 있었다. 카메라는 그림자를 따라서 어두운 계단을 올라갔다. 삐그덕 소리와 함께 문이 열리자 컴컴한 다락방 안에 노아가 앉아 있는 게 보였다. 일곱 살 노아는 그곳에서 1000피스짜리 직소 퍼즐을 맞추고 있었다. 조립을 마친 레고 요트도 몇 대나 눈에 띄었다. 노아의 부모님은 걱정스러운, 그러나 사랑이 담긴 눈으로 아들을 바라보았다. 이마와 뺨에 키스를 하기도 했다. 선여휘 여사는 슬며시 고개를 돌려 소년을 보았다. 소파 팔걸이에 몸을 기댄 채 소년은 아직 이렇다 할 감정의 변화를 보이지 않고 있었다.

　노아가 학교에 입학해 급우들에게 놀림을 당하는 장면에서부터 소년의 표정은 달라졌다. 그는 주먹을 쥐고 양악을 악물었다. 노아가 아무 저항도 못한 채 흠씬 두드려 맞는 장면을 보면서는 상체를 숙이고 신음하기도 했다. 코가 부러지고 눈두덩 찢어진 노아의 얼굴이 화면에 가득 차자 소년은 자그맣게 헛기침을 했다. 꼬았던 다리도 바꾸어 꽜다.

　시간이 흐르고, 열일곱이 된 노아는 병원에 갔다. 그는 부모 사이에 앉아 노련한 의사로부터 자폐스펙트럼장애란 진단을 받게 되었다. 집으로 돌아와 부모님은 서로를 안고 슬피 울었다. 그러거나 말거나, 노아는 캘리포니아의 드넓은 바다로 뛰쳐나갔다. 강아지 버디도 함께였다. 혀를 빼물고 앞발을 저으며 물장구치는 버디를 보고, 소파에 앉은 소년이 피식 웃었다. 노아는 우람해진 어깨와 팔로 파도를 가르고 나아갔다. 해변을 거닐던 주정뱅이 하나가 그 힘찬 모습을 멍하니 보고 있었다.

화면의 톤이 바뀌고, 주정뱅이의 멀끔한 과거가 회상 형식으로 펼쳐졌다. 늘씬한 미녀가 수없이 따르는 서핑 챔피언. 커다란 보드로 파도를 빚어내는 듯, 신기에 가까운 몸놀림과 수많은 트로피들. 즐거운 음악이 갑자기 뚝 끊기더니 맑은 하늘에 먹구름 떼가 몰렸다. 젖은 금발을 쓸어 넘기고 새파란 눈을 빛내며, 건장한 서퍼들은 파도를 기다렸다. 긴박한 박자의 음향이 고조되고, 때마침 먼 곳에서 물결이 밀려왔다. 젊은 시절의 주정쟁이가 선두로 팔을 저었다. 경쟁자들은 쫓아오다가 도망치고, 두 겹의 이빨이 솟구쳐 기다란 다리를 물어뜯었다. 시뻘겋게 물든 바다 위에서 조각난 보드가 뒤집혔다. 선여휘 여사는 소년을 힐끔 보았다.

어깨를 움츠리고 무릎을 오므린 채 소년은 뭔가를 빠르게 중얼거렸다. 잘은 몰라도 욕설을 내뱉는 모양이었다. 겁먹은 모습이 귀여워, 여사는 웃고 말았다.

"야. 너 서핑해 본 적 있어?"

수영을 마치고 나온 노아를 향해 주정뱅이가 물었다. 노아는 답이 없었다. 주정뱅이는 상대가 자기를 무시한다고 느꼈고 그래서 화가 났다. 그는 시비를 걸면서 집까지 따라갔다. 노아의 부모를 만나고서야 오해가 풀렸다.

"미안해요. 우리 아들은 당신 입장을 생각 못 해요."

노아의 엄마가 설명했다. 주정뱅이는 어깨를 으쓱였다.

"그게 뭐 어때서. 안 그런 인간이 어디 있다고?"

얼마 후, 주정뱅이와 노아는 코치와 선수가 되어 서핑을 시작했다. 노아는 보드를 타고, 체력을 다지고, 파도에 맞서다 쓰러졌다. 그러기를 반복했다. 몇 달 뒤 노아는 작은 대회에서 성과를 냈고 지역 언론의 주목을 받게 되었다. 노아를 괴롭혔던 동네 양아치들은 자기 부모가 그 소식을 알게 될까 봐 TV를 부서뜨렸다.

영화 후반. 방송사 차량과 카메라맨, 그리고 열의 넘치는 기자들이 해안에 밀려들었다. 전미 챔피언 서퍼를 뽑는 8월의 어느 날이었다. 하늘은 흐렸고 거대한 먹구름으로 가득 찼다. 노아는 자신의 커다란 보드에 엎드려 수평선 먼 곳을 바라보았다. 물결이 일고 있었다. 파도가 최고조에 달하면 그 높이가 6m는 거뜬히 넘을 듯했다. 몇몇 서퍼는 고개를 내저으면서 도전을 포기했다. 소수의 서퍼들만이 앞다퉈 나아갔다. 그 가장 앞머리에서 노아가 눈을 빛냈다.

"상어를 조심해!"

누군가 소리치자, 노아는 재빨리 몸을 일으켜 두 팔을 착 벌렸다. 커다란 파도가 상어와 그를 삼켰고, 관객들은 숨죽여 바다를 노려봤다. 해변에 붙박인 카메라맨들이 파도의 통로를 샅샅이 훑어나갔다. 긴, 지나치게 긴 시간이 흐른 뒤 한 남자가 에메랄드 빛 파도의 터널을 뚫고 해수면 위로 미끄러졌다. 노아였다. 순간, 바다를 뒤흔들 듯 환성이 터져 나왔다. 노아의 부모와 코치는 포옹을 나누며 감격했다. 높다란 파도가 포말로 부서지고 노아는 보드를 버린 채 바다로 뛰어들었다. 그의 강아지 버디가 어느새 마중을 나와 있었다. 끌어안고 핥아대는 그들의 모습을 보고 한 소년이 울음을 터뜨렸다. 드래곤힐 리치 가이였다. 영화가 끝나고 엔딩크레딧이 다 올라가도록 소년은 온몸을 들썩거렸다. 선여휘 여사는 테이블에 놓인 티슈를 집어주고 자신도 몇 장 뽑아서 촉촉이 젖은 뺨을 닦았다.

"괜찮은 영화다. 그치?"

소년은 울음을 숨기려 기를 쓰면서 고개를 끄덕거렸다.

"진짜 감동 먹었어요, 홋! 다운증후군 아이가 챔피언이, 홋. 되다니!"

"뭐어? 노아는 다운증후군이 아니야. 자폐스펙트럼이라고!"

어처구니가 없어 선여휘 여사는 웃음을 터뜨렸다.

"아무튼요. 아 진짜, 가슴이 뻥 뚫리는 기분이에요!"

소년은 티슈를 뽑아서 이마를 쓱쓱 닦았다. 코를 풀고, 목덜미의 땀도 꼼꼼히 닦아냈다. 선여휘 여사는 휴대폰을 꺼내 소년의 계좌에 잔금을 보내주었다. 알람음을 듣고 소년은 깜짝 놀랐다. 마치 '아, 그런 계약을 했었지'라고 새삼스레 깨달은 표정이었다. 휴대폰을 집어 든 소년은 흠칫 몸을 떨더니 눈을 비볐다. 그리고 다시금 화면을 봤다. 손가락으로 동그라미를 하나씩 세는 소년을 보며 여사는 싱긋 웃었다.

"그 정도의 감격이었어, 너는."

237

"네? 아니……."

입술을 깨물고 소년은 몇 번이나 화면과 여사를 번갈아 봤다. 그러더니 휴대폰을 소파에 뒤집어놓고 고개를 푹 숙였다. 소년은 꽤 길게 한숨 쉬었다.

"이러시면…… 힘들어요. 앞으로 4만 원짜리 손님들이 시시해질 거 아니에요? 200만 원으로 평생 살아갈 것도 아닌데."

'어머, 그러네!'

여사는 아차 싶어 입술을 앙 물었다.

"그러면…… 앞으로 나하고 영화를 좀 더 보자. 단골손님이 선불금 냈다고 생각을 하면 어때?"

부루퉁한 얼굴로 소년은 고개 저었다.

"불편해요. 숙제하는 것도 아니고."

소년은 선여휘 여사의 중고 마켓 계좌로 차액을 돌려주었다. 그런 다음 턱을 쳐들고 가슴을 넓게 폈다. 자기 행동이 아주 마음에 드는 눈치였다.

"미안해. 그런 생각은 못했어. 근데 계산이 좀…… 2만 원이 부족한데?"

눈살을 찌푸린 채 선여휘 여사는 은행 어플을 들여다봤다.

"보너스라면 50%만 받겠습니다, 손님."

소년이 이야기했다.

"아하, 아하하!"

선여휘 여사는 손뼉을 쳤다. 그녀는 소년의 곁에 다가가 머리를 쓰다듬었다. 뻣뻣한 직모가 살갗에 눌렸다 부르르 일어섰다. 고개를 틀어 소년은 여사를 째려보았다.

"신체 접촉은 금지라고 말씀을 드렸는데요."

"아이고, 미안. 깜빡했네!"

또다시 손뼉을 치며 여사는 깔깔 웃었다. 눈앞의 소년이 귀여워서, 그녀는 정신을 차릴 수가 없었다.

백화점의 요정

　무더위가 기승을 부리는 7월의 한낮. 선여휘 여사는 손목을 덮는 하늘색 재킷에 금빛 스커트 차림으로 신라호텔의 대연회장에 섰다. 우주처럼 아득한 천장에 별 같은 조명이 총총히 박혀 있었다. 바깥 더위를 잊을 만큼 서늘한 실내에, 세상의 꽃이란 꽃은 다 모아 엮은 듯한 버진 로드가 화려했다. 국내 굴지의 재벌 그룹 후계자가 혼인을 하는 날이었다. 10대 그룹 총수들이 가족과 함께 참석했다. 어지간한 사교 모임에는 나서지 않는 선여휘 여사도 오늘만큼은 움직여야 했다. 그녀는 일성그룹 총괄 사장인 남편, 일성전자 상무이사인 딸 선정과 함께 연회장 안을 누볐다. 흡사 경총 모임을 방불케 하는, 아니 그보다 더 중요한 자리였다. 산자부 소속 국회의원도 여럿 참석해 자리를 빛냈다. 유력 언론사 대표와 고위급 간부도 얼굴을 비추었다. 비공개 혼인인지라 취재진이 없는 게 그나마 다행이었다. 귀빈의 흥을 돋우는 클래식 음악이 연회장 안을 채우고 있었다.

'정신 차려, 선녀야. 더 활짝 웃는 거야!'

맞은편에서 자신을 향해 오는 Q사의 안주인을 보며 여사는 다짐했다.

"선 여사, 오랜만이야. 요즘 잘 지내?"

Q사의 안주인이 물어보았다. 그녀는 영화배우로 활동하는 아들 은후의 팔짱을 낀 채 미소 지었다. 숍에서 공들여 받은 화장과 헤어가 자연스러우면서도 기품 있었다.

"나야 잘 지내지. 우리 다 잘 지내. 정말 반갑다!"

호들갑을 떨며 여사는 상대의 손을 잡았다. 은후의 새 작품 이야기로 화제를 이으려는데 누군가 그녀의 어깨를 건드렸다. 돌아보니 대형 선박사의 안주인인 최 여사가 서 있었다. 용재의 친구 기윤이 그녀 곁에서 고개 숙였다. 모자는 로열 블루 색상의 정장을 사이좋게 맞추어 입었다.

"어머, 맞구나? 용재 엄마. 그동안 왜 그리 격조했어? 우리 모두 얼마나 걱정했다고."

"으응, 그랬어?"

진땀을 빼며 선여휘 여사는 미소 지었다. 무슨 얘기로 뒷말을 이을까 고민하는데, 기윤 뒤에 선 한 사람이 그녀의 눈에 들었다. 펜디사의 긴 스커트 아래 발목이 가느다란, 세련된 미인이었다.

"그런데······ 여기 이 분은 누구야? 어딘지 익숙한 얼굴인데."

"아, 여기는."

최 여사가 비스듬히 돌아섰다. 기윤 뒤에 선 아가씨가 한 발짝 앞으로 나와 공손히 인사를 했다.

"수아 씨, 여기는 일성그룹 사모님. 이 어른은 TV를 안 보시니까 아나운서들을 잘 몰라."

"아······ 나운서?"

선여휘 여사는 아가씨 얼굴을 다시 보았다.

"응. 올가을에 결혼할 거야." 기윤 엄마가 말했다. "우리 예비 며느리, 요즘 아주 인기야. 브라운대를 졸업했고 아버지는 강남에서 병원을 운영하시는데······."

"응응. 그렇구나. 아이고, 최 여사님 복 받으셨네. 이런 재원을 가족으로 맞으시니."

온 힘을 쥐어짜내 선여휘 여사는 축하의 말을 건넸다. 그녀는 자신의 얼굴에서 미소가 사라지려는 걸, 솟은 뺨이 바르르 경련하는 걸 느꼈다. 도대체 언제쯤 결혼식이 시작될까, 제발 빨리 각자의 자리로 돌아갔으면 좋겠다 생각하는데 맞은편에서 익숙한 얼굴이 또 하나 다가왔다. 용재 친구 본주의 엄마이면서 여고 선배인 L사의 안주인이었다.

"여기 다 계셨네. 얼마나 찾았다고. 선녀야! 이게 얼마만이니?"

두 팔을 뻗어 L사의 안주인은 여사를 끌어안았다.

"네에. 그게······ 꽤 됐죠?" 선여휘 여사는 콧등을 찡긋했다.

"건강은 어떠세요? 본주는 회사에 잘 다니지요?"

"나는 뭐 걱정 없어. 본주는 잘 다닌다 뿐이니? 아주 이사들을 꽉 휘어잡고! 아니 그보다, 이번에 걔가 아들을, 그러니까 우리 첫 손주가 태어났는데 얼마나 예쁜지 몰라. 얘, 이 잘난 얼굴 좀 보렴!"

다짜고짜 휴대폰 화면을 들이미는 통에, 선여휘 여사는 커다란 눈으로 아기 사진을 들여다봤다. 꼬물거리는 갓난아기의 몸짓을 보니 온몸이 녹아내리는 기분이었다. 아기의 방은 무척 넓고 쾌적했으며 온갖 명품 가구로 채워져 있었다.

"참. 용재는 잘 지내? 얼른 일어나야지. 녀석, 엄마 속만 썩이고 말이야!"

너무 자기 자랑만 했다는 듯 L사의 안주인은 호호 웃었다. Q사의 안주인도, 선박 회사의 안주인인 최 여사도 동조하듯이 웃었다. 선여휘 여사도 따라 웃었다.

"우리 용재가, 무슨, 내 속을 썩여요?"

"어, 응?"

L사의 안주인이 눈썹을 으쓱였다. 그녀는 고개를 돌려 주위를 둘러보았다. 뜨악한 낯을 숨기며 다른 이들은 그녀의 눈을 피했다. 여전히 웃는 얼굴로 선여휘 여사는 어금니를 악 물었다.

"우리 용재가 얼마나 착한데. 무슨 내 속을 썩이냐고요!"

말을 하면 할수록 분노가 치밀었다. 발끝에서부터 피가 끓어 머리끝까지 차올랐다.

"선녀야, 왜 그래? 너 위해 하는 얘긴데!"

L사의 안주인이 속닥거렸다. Q사의 안주인과 선박회사의 안주인은 슬쩍 돌아서 자기 자리를 찾아갔다.

"얘는 괜히 그래. 너 그거, 피해의식이다?"

쿨하게 쏘아붙이고 L사의 안주인도 자기 자리를 찾아서 갔다.

"뭔 식? 피해의식?"

쫓아가 따지려는데 누군가 여사의 어깨를 당겨 안았다.

"엄마, 이제 결혼식 시작해요."

선정이 속삭였다. 그 뒤에 여사의 남편이 서 있었다. 주먹을 말아 쥔 채 그 역시 이쪽을 보고 있었다.

코미디언 출신의 유명 MC는 너무 점잖지도 그렇다고 경박하지도 않게 행사를 진행했다. 양가 모친이 나와서 화촉을 켤 때, 선여휘 여사의 마음은 비로소 가라앉았다. 그녀는 자신이 너무 예민했다고 후회하면서 예식을 바라보았다. 참으로 부러운 풍경이었다. 여사는 문득 딸 선정을 돌아보았다. 그 눈길을 의식한 듯 선정은 꼿꼿이 앞만 보았다.

'언제 이렇게 컸을까?'

선여휘 여사는 딸의 등을 어루만졌다. 용재가 사고를 당한 뒤 선정은 저 혼자 자라난 느낌이었다.

'어른이 되는 걸 봐주지 못했다. 이 아이도 소중한 내 자식인데.'

선여휘 여사는 후회했다. 새하얀 단상 위에서 신랑이 신부의 손가락에다 반지를 끼워주었다. 13캐럿이나 되는 것이라고 사회자가 설명을 했다.

"Ça va coûter environ 1200 euros(17억쯤 하겠네)."

"Quoi? C'est en dessous de 1100 euros(무슨? 16억 아래야)."

누군가 뒤에서 수군댔다. 한번 들려온 수다는 그치지 않고 이어졌다.

"분에 넘치는 것 아니야? 중소기업 딸이라던데."

"그러게. 하기는, 그러니까 더 비싸게 포장을 하는 거겠지."

"시집 잘 왔네!"

"글쎄. 신부 대기실에서 보니까 숨 한번 제대로 못 쉬던데? 눈치만 이리저리 보고."

"Mon dieu! C'est pitoyable(어머! 불쌍해라)!"

"Je suis d'accord(동감이야)." 목소리의 주인들이 또다시 속닥거렸다. "경재 쟤가 후계자라고 허울만 번듯하지 프로포폴이나 하러 다니고, 지저분하잖아."

"어머, 들었어? 사실은 나도……."

선여휘 여사는 뜻밖의 소문에 두 귀를 쫑긋 세웠다. 그러나 두 사람이 목소리를 낮추는 바람에 비타민이라는 둥 피부과라는 둥 하는 단어밖에는 들리지 않았다. 여사는 대뜸 걱정이 됐다. 그녀는 넌지시 선정의 귓가에 속닥거렸다.

"얘, 너는 안 하지?"

245

"뭐요?"

선정이 엄마를 돌아보았다.

"들었잖아. 얼른 말해봐. 안 하지? 프로포폴."

"아이참, 엄마. 이런 데서……."

선정이 투덜거렸다. 여사는 더더욱 초조해졌다. 그녀는 딸의 민트색 블라우스를 두어 번 잡아당겼다.

"하니? 해?"

"아잇, 안 해요!"

저도 모르게 선정은 소리쳤다. 주위 몇 사람이 모녀를 힐끔 보았다. 어색하게 웃음 지으며 모녀는 고개 숙였다.

"그럴 줄 알았다. 내 강아지."

선여휘 여사는 통통한 손으로 딸의 둔부를 토닥거렸다. 그러고도 안심이 안 되었는지 또다시 속닥거렸다.

"일하다 힘들면, 버틸 거 없어. 너 엄마 주식만 물려받아도 그게 얼만데, 몸 버리며 애쓸 거 없다. 힘들면 쉬어. 쉬어버려!"

"그만, 누가 들어욧!"

복화술을 하듯이 선정은 읊조렸다.

"알았다, 알았어." 여사는 답하고 또다시 딸의 귓가에 입을 대었다. "아참. 지난번 하청 미납 건은 잘 해결했다. 우리 딸, 엄마는 너무 자랑스러워!"

예식이 끝나자마자 세 식구는 뿔뿔이 흩어져 호텔을 빠져나갔다. 선여휘 여사는 롤스로이스에 올라타 한남대로를 내달렸다.

문득 여사의 눈시울이 뜨겁게 달아올랐다. 프라이버시 스크린을 올릴 생각도 하지 못하고 그녀는 흐느꼈다.

휘황은 조심스럽게 룸미러를 흘깃거렸다. 여사를 위로할 만한 농담 몇 개를 떠올렸으나 차마 입 밖에 내진 못했다. 슬픔에 빠진 여사를 위로하는 게 꽉 막힌 도로 위에서 끼어들기를 하는 것마냥 어려웠다.

'침착하자. 침착해.'

휘황은 스스로를 다독이면서 차 실장을 생각했다. 롤스로이스 안에서 어려움을 겪을 때마다 그렇게 하면 힘이 솟았다.

"여사님은 농담을 좋아하셔. 자네도 유머 감각이 좋아서 뽑았다 하시더군."

차 실장의 전언이 귓가에 생생했다.

"제가요?"

휘황은 고개를 갸웃했다. 아무리 돌이켜 봐도 여사를 웃게 한 적은 없었다. 안평역 앞 회전교차로에서 되바라지게 군 일만 떠오를 뿐이었다.

"어쩌면 그런 취향이신가? 함부로 하는 걸 좋아하세요?"

차 실장은 고개를 가로저었다.

"그렇진 않아. 자네가 기억을 못 하는 걸 테지. 아무튼, 연습을 좀 하는 게 좋겠네."

"연습이요?"

"그래. 개그 프로그램도 보고, 웃긴 영화도 보면서 여사님을 즐겁게 해드릴 만한 농담을 연습해 보는 거지."

눈살을 찌푸리고 휘황은 혀를 찼다.

"그렇게까지 해야 해요? 운전기사가 운전만 잘하면 됐지."

차 실장은 입을 닫았다. 휘황이 비보호 삼거리에서 좌회전하는 것을 봐주고, 그는 조심스럽게 입을 뗐다.

"이런 말하면 꼰대 소리를 듣겠지만…… 우리 아들 생각이 나서 한 소리 안 할 수 없군. 이봐. 세상에 말이야, 한 가지만 잘해서 성공할 수 있는 분야가 있나?"

뜻밖의 일격에 휘황은 가슴이 뜨끔했다. 어떤 논리를 펼쳐야 이 대화에서 우위를 점할까 궁리하는데 차 실장이 곧바로 쐐기를 박아왔다.

"가령, 화가라고 해서 그림만 잘 그려가지고 되지는 않을 거야. 안 그래?"

"글쎄요. 전 그런 줄 알았는데……."

한남 제2고가도로를 달리는 동안 차 실장은 한숨을 내쉬었다.

"어찌되었건 방귀를 기억하게."

"네?"

"들었잖아. 방귀에 관한 비유를 좋아하셔, 여사님 말이야." 팔짱을 낀 채 차 실장은 미소 지었다. "단, 아무 때나 방귀 농담을 하지는 말게. 궁지에 몰렸을 때 비장의 카드로 쓰란 말이야."

차 실장의 소중한 조언을 떠올리고 휘황은 룸미러를 다시 보았다. 여사는 여전히 울고 있었다.

'도대체 무슨 일이 있었던 거야?'

궁금했으나 알 수 없었다. 운전기사는 예식장 안에 들어갈 수가 없었으니까.

롤스로이스는 강변북로를 벗어나 서빙고로로 들어섰다. 조금만 버티면 목적지인 일성대학병원에 도착을 할 것이었다. 휘황의 마음은 두 갈래로 나뉘었다. 도착할 때까지 침묵하자는 생각과, 어떻게든 위로를 드려보자는 생각이 엎치락뒤치락했다. 운전기사가 이렇게까지 해야 하냐는 고민도 중간에 끼어들었다. VIP 전용 주차장에 차를 세우고 휘황은 가만히 입을 열었다.

"저…… 무슨 안 좋은 일 있으셨어요?"

"앙! 좀 짜증나는 일이 있었어."

선여휘 여사는 토트백에서 손수건을 집어내 코를 풀었다. 샤넬 로고가 큼지막하게 박혀 있었다. 주제넘게 참견 말라는 힐난을 들을까 겁났던 터라 휘황은 안도했다.

"그, 어떤…… 안 좋은 일이?"

"그냥! 다른 집 아들들은 왜 그리도 건강한 건지, 속이 상해서!"

여사는 흑흑 울다가 고개를 쳐들었다.

"백 기사, 내가 걔들 아프기를 바라는 게 아니야. 그게 아닌데, 그냥 속이 막 상하더라고!"

고개를 숙이고 여사는 또 한참 엉엉 울었다.

휘황은 묵묵히 고개를 끄덕거렸다. 여사의 마음이 어떠했을지 어렴풋이 이해가 됐다. 갤러리스트들의 사랑을 받고 유명세를 떨치는 화가들을 보면 그의 마음도 쓰렸으니까. 휘황 역시 그들의 불행을 바라지는 않았다. 그저 속이 좀 상했던 것이다. 울먹이는 투로, 여사는 하소연을 계속했다.

"백 기사! 나도 말이지, 친구 참 많았다? 여고 시절, 대학 시절, 결혼 후 알게 된 지인들…… 무척 많았어. 근데…… 용재 아프고 나서 하나둘 멀어지더라. 이따금 만나면…… 문득 이런 생각이 드는 거야. '쟤 아들은 건강하겠지?' 그러니까…… 만날 수가 없더라. 물론 세상엔 내가 모르는 수많은 건강한 아들들이 있지. 그건 자연스러운 일이야. 하지만 가까운 사람의 아들들은…… 보기가 힘들더라고. 뭐랄까, 실패했다는 생각이 자꾸만 드는 거야. 그래, 이건 용재 문제가 아니야. 오롯이 내 실패…… 내 문제라고!"

휘황은 공연히 스티어링휠을 만지작거렸다. 그는 그동안 멀어진 친구, 선후배들의 얼굴을 떠올렸다. 세상에는 피카소니 워홀이니 하는 훌륭한 작가가 많이 있지만 휘황을 슬프게 한 적은 별로 없었다. 오히려 그에 비해서는 보잘것없는 친구들, 그러나 휘황보다는 뛰어난 지인들이 그의 마음을 쓰리게 했다. 그야말로 사촌이 땅을 사면 배가 아픈 격이었다. 그런 생각을 하고 있는데 뒷좌석에서 자신을 부르는 소리가 들려왔다.

"백 기사, 백 기사?"

"네!"

"뭘 그렇게 생각해?"

눈물 번진 얼굴을 닦고 여사는 파우치를 열어 화장을 고쳤다.

"아, 아닙니다."

휘황은 황급히 고개 저었다.

심호흡을 하고, 선여휘 여사는 어깨를 폈다. 룸미러를 향해 그녀는 씨익 웃었다. 부은 눈은 그대로인데 큰 입만 벌어져 섬뜩한 느낌이 났다.

"어때. 나 행복해 보여?"

"네? 아……."

마른 입에 침을 바르고 휘황은 고갯짓했다. 그는 힘겹게 입을 열었다.

"저, 여사님…… 바, 방귀……."

"뭐? 바앙귀?"

선여휘 여사가 눈살을 찌푸렸다.

"아, 아뇨! 그 바, 바퀴 점검을 해야겠다고요! 타, 타이어를……."

"아아…… 난 또! 재밌는 농담이라도 하는 줄 알았지!"

손으로 무릎을 치며 선여휘 여사는 깔깔 웃었다. 복스러운 두 뺨이 복숭앗빛으로 물들어 있었다.

VIP 병동 전용 승강기 안에서 선여휘 여사는 거울을 봤다. 부은 눈이 마음에 걸려 선글라스를 쓰고는 머리를 매만졌다. 입매가 슬며시 처지는 것이, 아무래도 피부과에 갈 때가 된 모양이었다. 오후의 김 비서에게 문자를 보내 예약을 부탁하고 여사는 승강기에서 내려 병동 로비를 가로질렀다. A급 특실로 들어서 응접실을 통과해 환자실 문을 여니 간병인 두 명이 돌아보았다. 의사 두 사람이 용재의 침상 옆에서 낮고 신중한 어조로 의견을 나누고 있었다.

"무, 무슨 일이죠?"

비틀거리는 여사의 몸을 간병인들이 부축해 줬다. 젊은 간병인은 구석에 놓인 안락의자를 옮겨 와 여사를 앉혀주었다. 그러는 동안에도 여사의 눈은 의사의 입만을 보고 있었다. 답을 구하는 몇 초의 시간이 한나절마냥 길었다.

"감염…… 요로감염이랍니다."

신 박사가 입을 열었다. 그는 용재의 주치의인 신경외과 교수였다. 50대 사내로, 넓은 미간에 세로 주름이 깊게 패었다.

"잔기침 발생과 호전을 반복하면서 면역력이 떨어졌다고…… 그렇게 이해하시면 받아들이기 쉬울 겁니다. 항생제하고 수액을 놔드렸어요. 비뇨기과 선생님이 잘 살피실 겁니다. 그리고,"

신 박사가 동료를 돌아보았다.

"그리고요?"

선여휘 여사는 의자 팔걸이를 움켜쥐었다. 또 다른 의사가 여사를 향해 고개 숙였다. 30대 초반쯤으로 보이는 그는 뭔가를 손에 들고서 흔들었다. 길고 가느다란 막대 끝에 빛나는 거울이 달려 있었다.

"우식증이 좀 생겼네요."

젊은 의사가 말했다.

"우식…… 충치요?"

선여휘 여사는 눈살을 찌푸렸다.

"네." 의사는 공손히 대답했다. "잇몸 상태도 좋지 않아요. 사랑니 근처에 염증이 생겼습니다."

"죄송합니다. 하루 세 번 양치를 깨끗이 해드렸는데……."

젊은 간병인이 고개를 수그렸다.

"아무래도 사랑니 쪽은 닦기가 힘드니까요."

치과 의사가 말했다. 그는 치경으로 양치질 하는 시늉을 했다. 선여휘 여사는 느릿느릿 고개를 끄덕였다. 걱정했던 만큼 심각한 상황은 아니어서 마음이 조금 놓였다. 그녀는 일어나 아들 곁으로 갔다.

"알겠어요. 감사합니다. 혹시…… 더 알아야 할 것은?"

"없습니다."

의사들은 고개를 흔들었다. 그들은 깍듯이 목례를 하고는 사라졌다.

두 간병인을 응접실로 보내고, 선여휘 여사는 화장실에서 손을 씻었다. 그제야 선글라스를 벗고, 침상으로 가 용재의 얼굴을 바라보는데 또 울컥 눈물이 났다.

"말도 못 하고, 얼마나 괴롭니!"

여사는 아들의 수척한 뺨을 어루만졌다. 용재의 이마 위로 따뜻한 눈물이 후드득 떨어졌다.

"속상하다. 왜 자꾸 이런 일이 생기는 거지?" 여사는 아들의 여윈 가슴에 머리를 댔다. "〈서퍼 오브 레인보우〉 가지고 왔어. 김 비서한테 부탁해, 하이라이트 장면만 뽑아왔는데!"

한참을 흐느끼다가 여사는 일어섰다. 찬물로 세수를 하고 화장을 다시 고쳤다. 커다란 거울을 보며 힘차게 웃기도 했다. 젊은 간병인에게 부탁해 영화를 틀어놓고, 여사는 아들과 붙어 앉았다. 아름다운 캘리포니아의 풍경, 서핑을 하는 노아와 버디의 모습이 뚝뚝 끊기며 이어졌다. 잔인하거나 지루한 장면은 빼고 즐거운 장면만 모아둔 영상이었다. 여사는 문득 하품을 했다. 그녀는 아들을 돌아보았다.

"재미없다고? 하지만…… 안전하잖니."

하이라이트로 가득한 영화는 10여 분 만에 끝이 났다. 안락의자에 앉아 빈 화면을 보며, 여사는 문득 한 소년을 생각했다. 키가 작고 눈썹이 짙은 '드래곤힐 리치 가이.' 여사는 지난달 그 애와 바로 이 영화를 봤다. 어떤 장면도 삭제되지 않은 2시간 30분짜리 감독판이었다. 그 속에서 노아는 얻어맞고, 피 흘리고, 넘어지고, 도전했다. 그리고 끝끝내 이겨냈다. 여사는 소년과 함께 그 모든 감정의 파고를 함께 넘었다. 상어가 코치의 다리를 물어뜯을 때 기겁하던 소년의 몸짓, 헤엄치는 버디를 보며 히쭉 웃던 입, 끝내 오열하며 찡그린 얼굴이 사랑스러운 추억으로 남아 있었다. 선여휘 여사는 아들 용재의 손을 붙잡고 깍지를 끼었다. 눈을 꼭 감고, 보드라운 손등에 뺨을 비비며 나긋이 속삭였다.

"그게 너라면…… 용재야. 그게 너라면 얼마나 좋을까?"

시끌벅적한 거리는 젊은이들로 북적거렸다. 선여휘 여사는 주말 저녁 인파에 떠밀린 채 모퉁이를 돌았다. 신 상권에서 구 시장으로 넘어가는 야트막한 언덕에 그 가게는 서 있었다. 허름한 건물들 사이, 낡은 간판에 〈명복네〉라는 상호가 적혀 있었다. 30년 전에나 유행했을 법한 양각 서체는 세월에 깎이고 빛이 바랬다. 선여휘 여사는 통통한 손으로 구리색 새시를 힘껏 열었다.

주방을 에워싼 디귿자 모양 카운터 밖으로 2인용 식탁 세 개가 놓여 있었다. 자리마다 손님들이 옹기종기 앉아서 대화를 나누었다. 카운터 한편에는 소쿠리가 있었는데, 동태전과 호박전 그리고 고기 꼬지가 정리돼 있었다. 커다란 솥 안에선 맑은 탕이 보글거리고 무쇠 팬 위에선 산적과 생선이 익어갔다. 누런 에어컨이 덜덜대면서 뿌리는 바람을 쐬며 선여휘 여사는 가게를 둘러봤다. 구석에서 한 젊은 여자가 일어났다.

"선녀님! 여기예요, 여기!"

손을 흔드는 여자는 민소매 셔츠 차림이었다. 늘씬한 팔뚝에 갈라진 근육이 도드라졌다.

"아!"

여사는 웃으며 그녀에게로 갔다. 악수를 나눌 때 상대의 아귀힘에서 범상치 않은 기운을 느꼈다. 수줍어하는 얼굴은 분명 20대였지만 눈가엔 주름이 확연했다. 그것은 늙은이의 것과 달라서 활력 넘치는 성실한 이라는 인상을 줬다.

"신이바예바 님? 반가워요, 정말!"

여사는 표식으로 가슴에 꽂아둔 생로랑의 장미 브로치를 뗐다.

[내일 저녁 함께 드실 분 찾아요.]

어젯밤, 중고 마켓 〈마을 생활〉 게시판에서 여사는 그 글을 봤다. 밥 친구를 찾는 공고는 언제나 여사를 설레게 했고 또 언제나 실망시켰다. 게시물의 주인들은 대체로 젊었고, 자신과 비슷한 또래를 원했기 때문이었다. 어느새 쓸모없는 노인이 되었나 싶어 여사는 처량한 기분에 젖어들었다. 하지만 이번에는 달랐다. 별명이 신이바예바인 이 사람은 '60대 이상 여자'를 만남의 조건으로 내걸고 있었다. 흥분해 떨리는 손으로 선여휘 여사는 '참여' 버튼을 꾸욱 눌렀다.

물티슈로 손을 닦고, 여사는 식당을 휘둘러봤다. 빛바랜 벽지 위에는 역시 빛바랜 산수화가 붙어 있었는데, 젊은 남녀가 계곡에서 노니는 구도가 신윤복의 화풍과 비슷했다. 구리색 현관 위에는 초서체로 쓴 '극락왕생' 현판이 걸려 있었다. 이것은 추사 김정희의 스타일을 본뜬 것이었다. 카운터 안에서, 순무 같은 얼굴에 코가 작은 여주인 둘이 두건을 쓴 채 전을 부쳤다. 손님들은 각자 주문한 음식을 먹으며 도란도란 이야기를 나누고 있었다.

"정겨운 곳이네요. 아주 매력적이에요."

감탄을 하며 여사는 일행을 돌아보았다.

"그렇죠?" 신이바예바 님이 뿌듯한 얼굴로 노포를 둘러보았다. "실은요…… 여기, 제사 음식 전문점이에요."

"어머! 정말?"

허리를 곧게 세우고 선여휘 여사는 가게를 다시 보았다. 예사로운 한식당이라 여겼는데, 소쿠리에 든 전이며 산적이 다른 느낌으로 다가왔다. 유리문이 달린 냉장고에는 신선한 사과며 배, 알밤이 가득했고 건조대에는 잘 말린 황태포가 줄줄이 걸려 있었다. 벽 선반에는 다양한 곡주가 도기에 담긴 채 진열돼 있었다.

"예전엔 저도 몰랐어요." 신이바예바 님이 말했다. "엄마가 돌아가신 뒤 혼자서 제사를 지내려는데, 어떻게 하는지 알아야 말이죠. 인터넷 검색을 하다가 이런 곳이 있단 걸 알았어요. 기일마다 찾아와 엄마 생각을 했죠. 혼자 올 때도 있고 친구랑 같이 올 때도 있고 남자친구랑 올 때도 있었는데…… 하필 어제 이별 통보를 받는 바람에."

고개를 숙이고 신이바예바 님은 엷게 웃었다. 그녀는 마디 굵은 손가락으로 짧은 머리를 쓸어 넘겼다.

"저런!"

여사의 눈썹이 팔자로 휘어졌다.

"아, 주문부터 할까요? 아무래도 여기는 영업점이니까."

신이바예바 님은 야무지게 손을 놀려 메뉴판을 집어 펼쳤다. 그런 뒤 선여휘 여사를 향해 가볍게 내밀었다. 콧등을 찡긋하면서 여사는 고개를 흔들었다.

"바예바 님이 골라요. 난 제사 음식을 잘 모르거든."

"왜요? 제사를 안 지내세요?"

날아든 질문에 여사는 당황했다. 물론 그녀의 집안에서도 제사를 지내긴 했다. 석 달에 한 번씩 시제를 지내는 것이다. 다만 그녀가 제사 요리를 할 필욘 없었다. 고용된 요리사들이 최고급 재료로 푸짐한 상을 차려주니까. 차마 그 말을 할 순 없어서 여사는 눈살을 찌푸렸다. 적당히 둘러대면 되었을 텐데, 괜히 켕겨서 거짓말을 하고 말았다.

"천주교예요, 우리 집은. 성당에 다녀."

"아…… 그러시구나."

생긋 웃으며 바예바 님은 메뉴판을 가지고 갔다. 그녀는 기본 전 세트와 굴비 조림, 그리고 토란국을 2인분 시켰다. 선여휘 여사는 깍지 낀 손을 턱에 괴고 주인의 솜씨를 구경했다. 도라지처럼 희고 긴 손가락으로, 주인 여자는 동태전과 산적 등을 사기그릇에 썩썩 담았다. 동글동글한 토란과 대파, 소고기 수북한 탕국에서 새하얀 김이 솟았다. 봉긋한 쌀밥에서는 윤기가 흘러넘쳤다.

"엄마가 좋아하시던 거예요." 탁자에 놓인 토란국을 보면서 바예바 님이 말했다. "이게 외할머니가 제일 잘하는 음식이었대요. 가을 달밤에 토란 다듬던 이야길 백번은 들은 것 같은데…… 아무래도 직접 만들긴 어렵더라고요."

그녀는 동그란 통에 세로로 꽂힌 수저를 꺼내, 선여휘 여사의 앞쪽에 놓아주었다.

고맙다고 인사를 한 뒤 여사는 숟가락을 집어 들었다. 맑은 국을 휘젓다가 그녀는 멈칫했다. "저기, 그냥 먹어도 되나? 여기서 절은 못하겠지만…… 합장이나 기도 같은 것, 해야 하지 않아요?"

숟가락으로 탕을 저으며 바예바 님이 웃었다.

"저는…… 그냥 묵념을 하고 먹었어요. 근데 주변을 보면 기도하는 분들이 있더라고요. 염불을 외시는 분들도 있고. 종교가 없지만…… 이따금 부러웠어요." 바예바 님이 조심스럽게 여사를 곁눈질했다. "저…… 어르신, 성당에 다닌다셨죠? 실례가 안 된다면…… 부탁드려도 될까요? 저희 엄마를 위해서요."

"뭐를? 설마…… 기도요?"

여사는 놀라서 가슴을 뒤로 젖혔다.

"난처하시면 안 하셔도 돼요."

"아니, 아니야."

이상한 오기가 여사의 가슴에 솟아났다. 고교 시절 만났던 미국인 수녀님 얼굴이 눈앞에 떠올랐다. '선녀, 기도문 외웠니?' 시험하실 때의 미소 띤 얼굴이었다. 사춘기 여고생의 반항심이 아직도 남아 있다니, 여사는 즐거웠다. 살아계시다면 여든 살이 되었을 수녀님을 떠올리면서 그녀는 가슴에 성호를 그었다.

"성부와 성자와 성령의 이름으로, 아멘." 읊조리다가 실눈을 떴다. "근데 어머니 함자가 어떻게 되시나? 또, 아가씨 진짜 이름은?"

"아, 저희 엄마는 윤, 자 자, 영 자 되세요. 제 이름은 김신이고요. 성이 김, 이름이 신이. '이'까지가 이름이에요."

선여휘 여사는 고개를 끄덕인 뒤, 눈을 꼭 감고 기도를 계속했다.

"주님. 은혜로이 내려주신 이 음식과 윤자영 님과 '이'까지가 이름인 김신이 님의 영혼에 강복하소서. 우리 주 그리스도를 통하여 비나이다. 아멘."

여사는 멋지게 성호를 다시 그었다.

"간단하네요."

바예바 님이 말했다.

"간단해요. 주님은 아주 효율적이시거든."

여사가 대답했다. 오랜 단짝처럼, 둘은 눈을 맞추고 웃었다. 그들은 수저를 들어 토란국을 떠먹었다. 선여휘 여사는 꽤나 놀랐다.

"싱겁죠? 제사 음식이라 그래요."

바예바 님이 슬며시 소금 통을 밀어주었다.

"아니에요. 그냥 먹지 뭐."

여사는 고개를 흔들었다. 순무 같은 얼굴의 요리사들이 이쪽을 보고 웃었다. 은은한 감칠맛이 입안에 퍼져나갔다. 부드럽고 끈끈한 토란이 잇새에서 으깨졌다.

"엎친 데 덮친다고요, 나쁜 일만 연달아 생기는 거예요." 바예바 님이 말했다. "실은 지난달에 계약이 종료됐거든요. 아, 저는…… 장대높이뛰기 선수예요. 하긴, 나이를 많이 먹었죠. 벌써 스물아홉이 됐고……. 웃긴 게 뭔지 아세요? 재계약 안 한다는 통보, 남자친구한테 들었어요."

"아니, 어떻게?"

"같은 회사 소속이거든요. 일성생명이라고 아세요?"

젓가락으로 굴비 뱃살을 솜씨 좋게 발라내다가 여사는 움찔했다.

"아, 음……. 글쎄?"

바예바 님은 의아한 듯이 고개를 갸울였다.

"모르세요? 유명한 곳인데. 우리나라 3대 보험사 가운데 하나잖아요. 아무튼 그 남자가 하는 일이 저 같은 선수들 관리하는 거예요. 처음 계약도 그 사람이랑 했고…… 성적 관리며 컨디션 체크도 그 사람 도움을 받았어요. 힘들 때 기대고 기쁨은 나누며 지내왔는데 계약이 끝나니 헤어지자고……. 어쩜 그럴 수 있죠? 국가대표 상비군이 아닌, 평범한 김신이는 별 볼 일 없단 건가요?"

바예바 님은 국에 든 토란을 수저 날로 자꾸 쪼갰다.

"아홉수라서 그런가? 계약 종료만도 힘든데 차이기까지 하고. 솔직히 둘 중에 뭐가 더 슬픈 건지도 모르겠어요."

숟가락을 꼭 쥐고 바예바 님은 콧물을 훌쩍거렸다. 그때, 건너편에서 누군가 큰 소리로 울음을 터뜨렸다. 두 사람이 있는 곳에서 두 테이블 떨어진 자리에 앉은 가녀린 소녀였다. 단정히 묶은 머리 아래로 초록색 교복이 눈에 띄었다.

"엄마아…… 보고 싶다. 너무너무 보고 싶어!"

왼손엔 숟가락, 오른손엔 젓가락을 쥐고 소녀는 고개를 뒤로 젖혔다. 맞은편에는 중년 사내가 앉아 있었는데 소녀를 외면한 채로 콧물을 훌쩍거렸다. 각자의 자리에서 대화를 나누던 손님들이 하나둘 그쪽을 돌아보았다.

"알렐루야."

출입구 옆 탁자에 앉은 중년 여인이 중얼거렸다. 그녀는 묵주를 쥐고 눈을 감았다. 입술을 들썩이면서 작은 소리로 기도를 하기 시작했다.

"나무아미타불 나무관세음보살."

소녀 뒤편에 앉은 두 남자도 합장을 하고 머리 숙였다. 한 남자는 뚱뚱하고 다른 남자는 여위었는데 인상이 묘하게 닮아 있었다. 틀림없이 형제일 거라고 선여휘 여사는 추측했다. 소녀를 보며, 여사도 천천히 성호를 그어보았다.

"여기 오면 좋은 게 이런 거예요." 바예바 님은 붉어진 눈가를 손으로 훔쳤다. "외톨이가 나 혼자만은 아니라는 걸 알게 되거든요. 참다못해 펑펑 울어도 모두가 사정을 이해해 주고요."

소녀가 코를 풀고 음식을 먹기 시작하자, 가게 풍경은 이전으로 되돌아갔다. 사람들은 각자의 자리에서 주문한 것을 먹고 대화를 이어갔다. 그리고 모두가 잠시 각자의 어머니를 추억했다.

"장대높이뛰기라면, 그, 올림픽에도 나가봤나?"

선여휘 여사가 궁금해하자 바예바 님은 휴대폰을 들고 포털 사이트에 자신의 이름을 검색해 보여주었다. 1995년생, 키는 175cm. 일성생명 소속으로 학력은 고졸. 2015년 발리 아시안게임에서 동메달을 땄고, 2019년 전국체전에서 준우승한 게 마지막 성취였다. 유튜브에 올라가 있는 당시 얼굴은 지금보다 앳됐다. 야무진 눈빛도 확신에 차서 빛나고 있었다. 쇼트커트를 쓸어 넘기고 기합을 넣은 뒤 폴을 쥐고 달리는 폼이 마치 한 마리 캥거루 같았다. 서서히 폴을 기울여 박스에 꽂고 몸을 띄우는 장면을 보며 여사는 감탄했다. 기다란 다리가 크로스바를 향해서 다가가는데 바예바 님은 돌연 휴대폰을 끄더니 탁자에 뒤집어 놓았다.

"선녀님. 음복주 하실래요?"

"아…… 그럴까?"

누런빛 찹쌀 곡주를 잔에 따르고 두 사람은 헌배를 했다.

"그러면 이제 어떻게 되는 거예요? 다른 직장을 구해야 하나?"

여사가 물어보았다. 바예바 님은 고개를 흔들었다.

"계속 다닐 수는 있대요, 계약서상으로는. 하지만 보험사 일에 대해선 아는 게 없으니까…… 그만두는 것이 맞겠죠."

"일이야 배우면 되지!"

여사가 큰 눈을 부라렸다. 그 모습을 보고 바예바 님은 쓰게 웃었다.

"누가 일일이 가르쳐주겠어요? 게다가…… 회사에 다니면 전 남친 얼굴을 계속 봐야 하잖아요."

'하긴. 딴은 그러네.'

여사는 가만히 고개를 끄덕였다.

"진짜 모르겠어요. 한때는 완벽한 남자를 만났다 믿었는데." 바예바 님은 곡주를 또 한 잔 들이켰다. "전 남친도 장대높이뛰기 선수였거든요. 아니, 그러니까 전전 남자친구요. 선녀님, 애인이 운동선수면 얼마나 피곤한지 아세요? 꼭 유리 인형 같다고요. 물론 그들한테 저 역시 그랬겠지만……. 제가 사귄 선수들 중에 저보다 건강한 남자는 없었어요. 겉보기에 우람한 씨름 선수도 말이죠, 근육통은 기본에다가 무릎 연골은 엉망이고……. 그런 남자들이랑은요, 연애로 시작했다가 서로의 물리치료사가 되어서 관계가 끝나버려요. 그런데 이번에 헤어진 사람은 달랐어요. 그는…… H라고 하죠. 아무튼 H 씨는 평범한 직장인이고 취미 삼아서 조깅을 하는 건강한 사람이었어요. 사귀는 동안 아프다고 징징댄 적이 한 번도 없는데, 그러면서 제 건강은 얼마나 챙겨줬다고요. 국가대표 상비군인 저를 영웅처럼 우러러봤어요. 게다가…… 이런 말 우습지만요, 저한테 처음으로 명품 구두를 안겨준 남자거든요."

선여휘 여사는 바예바 님의 발치를 힐끔 보았다. 하얀색 나이키 운동화가 눈에 띄었다.

"이건 아녜요. 아무리 구찌가 좋아도 헤어진 마당에 신을 순 없죠." 바예바 님은 신발 앞코를 슬쩍 비볐다. "연인 사이에 신발 받으면 도망친다는 말은 들었지만, 신발을 사주고 도망가는 건 뭘까요? '항상 운동화만 신고 다녔으니까, 이런 것도 한 번쯤 신어보고 싶을 것 같아.' 진짜 로맨틱한 스카이라운지에서 생일 선물을 해주었는데…… 그 하얀 펌프스, 이제는 못 신겠죠? 하하, 웃기다. 이렇게 말하니까 무엇 때문에 슬픈 건지 헷갈리네요. 실연당해서 그런 거야, 명품 선물이 끊겨서 그런 거야?"

'그야 둘 다겠지.' 여사는 생각했다. '하기는 이 아가씨도 그걸 몰라서 하는 소리가 아닐 테지만……'

여사는 웃으며 고개를 갸울였다.

"재밌는 고민이네. 어디 한번 알아볼까? 무엇이 정말 아가씨를 슬프게 하는지, 테스트를 해보는 거야."

"네에? 어떻게……"

바예바 님이 눈썹 산을 가만히 들어 올렸다.

"지금 딱 7시네." 선여휘 여사는 전화를 걸어 백 기사를 호출했다. 그런 뒤 상대를 보며 고개를 끄덕였다. "이동시간 빼면 한 시간은 가능하겠다. 일어나요. 명품 사줄게. 어디, 그러고도 슬픈지 한번 봅시다!"

선여휘 여사는 커다란 궁둥이로 의자를 밀어냈다. 카드를 꺼내 계산을 하려 하자 바예바 님이 달려와 만류했다. 음식값을 지불한 뒤에, 바예바 님은 여사를 따라 〈명복네〉 문을 나섰다.

선여휘 여사가 웬 젊은 여자와 함께 롤스로이스에 오르자 휘황은 꽤나 놀랐다. 그것도 뒷좌석에 나란히 함께 앉다니!

휘황이 룸미러를 힐끔거리며 도심을 달리는 동안, 여사는 그 손님이 장대높이뛰기 선수라는 걸 알려주었다. 국가대표 상비군까지 한 실력자라는 거였다.

"아, 그러시군요."

휘황은 룸미러를 보면서 고개를 꾸벅거렸다.

"지금은 운전을 하고 있지만, 이쪽은 화가예요. 틈틈이 그림을 그리고 있어."

젊은 여자를 향해 선여휘 여사가 이야기했다.

"아아, 그러시구나."

룸미러 속에서 젊은 여자도 목례를 했다. 휘황은 귀뿌리가 벌게진 채로 도로를 내달렸다. 백화점 명품관 앞에 두 여자를 내려주고는 VVIP 전용 칸에다 주차를 했다.

"자, 골라봐요! 돈 걱정일랑 말고!"

화려한 조명이 빛나는 명품관 복도에 서서 선여휘 여사는 팔을 벌렸다. 어깨에 걸친 숄이 에어컨 바람을 맞아 둥글게 부풀었다. 샤넬, 펜디, 루이뷔통, 에르메스, 구찌…… 모던하고 세련된 브랜드관 앞에서 바예바 님의 몸이 떨렸다. 국가대표 상비군으로 올림픽대회에 참여한 날처럼 심하게 긴장이 됐다.

"저, 정말 그래도 될까요?"

"그럼! 하늘나라에서 온 엄마 친구라고 생각해."

선여휘 여사가 싱긋 웃었다. 날개옷 같은 비단 숄이 명품관 복도에 나부꼈다.

"그래도…… 정말 아무거나 막 사도 될지……."

바예바 님은 또 한 번 망설였다. 올림픽에서 부상당한 대표 선수 대신 감독의 지명을 받은 것마냥 불안하고 겁이 났다.

"후유."

미소를 거두고, 선여휘 여사는 비단 숄을 접어 토트백 안에 넣었다.

"그럼 가요. 나도 뭐, 싫다는 사람한테 억지로 선물할 마음은 없어. 모처럼 흥미로운 식당에 가 즐거웠고, 나름대로 보답을 하려 한 건데…… 싫다면 어쩔 수 없지. 가요, 가."

"아뇨, 아니에요……!"

바예바 님은 여사의 팔뚝을 꼭 붙잡았다.

"어째, 골라볼 테야?"

"네. 네엡!"

스포츠맨 특유의 기합을 넣어 바예바 님이 대꾸했다.

"좋아요! 그럼 어서!"

노련한 장군처럼 손을 뻗어 여사는 가까운 매장을 가리켰다. 두 사람은 습격을 하듯 샤넬 매장으로 들어가 미니 크로스백을 사고, 로저 비비에 관으로 옮겨가 블랙 플랫슈즈를 샀다. 까르띠에 매장에서 그 귀하다는 산토스 갈베 시계를 사 손목에 찼고, 디자이너 박요린의 매장에선 시크한 분위기가 나는 투피스를 구매했다. 정신없이 쇼핑을 하다 보니 어느새 백화점 마감이 10여 분 남아 있었다. 이제껏 산 모든 제품을 몸에 걸치고 피팅 룸에서 나온 바예바 님의 모습에서는 〈명복네〉에서 본 수수함을 찾아볼 수가 없었다. 바예바 님은 자신감 넘치고 멀끔한 모습으로 새롭게 거듭났다. 선여휘 여사는 방긋 웃으며 재킷 칼라를 정돈해 줬다.

"세상에, 이것 봐! 젊음이 반짝거려! 얼마나 좋아? 난 이제 아무리 해도 이런 태가 안 나."

"아니에요. 선녀님은 멋진 분이세요! 〈명복네〉 문을 여셨을 때, 유명한 연예인이 들어오는 줄 알았다고요."

진심을 담아서 바예바 님은 말했다. 수줍게 웃으며 여사는 손사래 쳤다.

"고마워요. 하지만 내가 말하는 건…… 그런 단순한 세련됨이 아니야. 물기라고 할까? 탄성이라고 할까. 아니, 그 천진하고 여유로운 미진함이라고 할까…… 표현하기가 어렵네. 아무튼 내 젊은 날은 갔다는 거예요. 어떤 명품도 내게 그걸 되돌려 줄 순 없다는 거지."

"아니, 아니에요!"

호들갑을 떨며 바예바 님은 피팅 룸에 둔 자신의 백팩을 꺼내 왔다. 휴대폰을 들고 몇 가지를 조작하더니 여사를 향해서 카메라를 들이댔다. 직사각 화면에 여사의 얼굴이 비치는가 싶더니 한 순간 일렁였다. 뿌예지더니 사라졌다. 그리곤 별안간 다른 사람이 나타났다. 아주 젊은 여자였다.

"아!"

탄성을 지르며 여사는 다가갔다. 그녀는 그 젊은 여자가 누군지 알아챘다. 동그란 눈가엔 탄력이 넘치고 안색이 환하며, 커다란 앞니엔 장난기가 가득한…… 그 처녀는 자신이었다. 40년 전의 선여휘가 어안이 벙벙한 얼굴로 이쪽을 보고 있었다. 마치 1983년의 세상에서 40년 뒤의 자기 얼굴을 엿보기라도 하는 것처럼.

"어때요? 가능하죠? 요즘 유행하는 AI 필터라는 거예요."

바예바 님은 여사의 곁에 붙어서 셀카를 찍었다. 두 젊은 여자의 얼굴이 휴대폰 기기에 저장됐다.

"어쩜, 세상에……!"

여사는 울먹이다가 웃었다. 선여휘 여사는 그 처녀의 얼굴을 오래도록 보고 싶었고, 아주 긴 대화를 나누고 싶었다. 하지만 백화점 마감을 알리는 음악이 흘러나와 두 사람은 매장을 나가야 했다. 근처 호텔의 커피숍으로 가는 동안, 바예바 님은 찍어둔 사진을 여사의 휴대폰으로 전송해 주었다.

아랍풍의 타일과 꽃들로 장식된 커피숍에서 두 사람은 칵테일을 주문했다. 명품관에서 제공한 음료를 마셨던 터라 그들은 가볍게 입만 축였다. 으리으리한 빌딩들이 뽐내는 화려한 야경을 보며 두 여자는 잠시 각자의 상념에 젖어들었다.

"어때요? 무엇 때문에 슬픈지 이제 알겠어?"

선여휘 여사가 물어보았다.

손으로 입을 가리고 바예바 님은 고개를 끄덕거렸다.

"네. 저요, 지금 하나도 안 슬퍼요. 그 남자보다 선녀님을 더 사랑하는걸요?"

오랜 친구처럼, 두 여자는 눈을 맞추고 킥킥 웃었다.

"저…… 진짜 속물이네요. 나름 괜찮은 여자인 줄 알았는데."

바예바 님이 어깨를 으쓱거렸다.

"으음? 그건 무슨 뜻?"

선여휘 여사는 휴대폰을 꺼내서 받은 사진을 들여다봤다.

"명품이니 뭐니 따지지 않고 사람을 사랑하는 게 훨씬 더 멋지 잖아요."

바예바 님이 한숨 쉬었다.

"돈도 명예도 없이, 느낌만으로?"

여사가 되묻자 바예바 님은 고개를 끄덕거렸다.

"파도처럼 덮쳐온 운명에 찌르르 감전돼 휩쓸리는 거죠. 상대 가 명품을 사주건 사줄 수 없건, 국가대표건 아니건 늘 같은 마음 으로 최선을 다하는…… 그런 게 진짜 사랑이 아닐까요?"

씁쓸히 잦아드는 상대의 미소를 보며 선여휘 여사는 입술을 삐 죽였다.

"하지만 '찌르르'가 뭔데?"

"'찌르르'는…… '찌르르'죠? 운명의 상대를 발견하면 느끼게 된다고 사람들이 말하는 감각이요."

"글쎄. 전화벨이 울린다고 모두 다 받아야 하나?" 선여휘 여사 가 귓불을 매만졌다. "알고 보면 스팸 전화일 수도 있고, 거절하 기 어려운 청탁 전화일 수도 있는데. 안 그래요?"

뜻밖의 일격을 당한 듯 바예바 님은 두 눈을 깜빡거렸다. 선여 휘 여사는 얘기를 계속했다.

"젊은 사람들, 특히 결혼 적령기에 놓인 사람들은 휴대폰이랑 비슷한 것 같아. 공일공 일이삼사에 오륙칠팔. 각자의 번호가 눌 리기만 하면 벨이 '찌르르' 울리게 되어 있거든. 신이 씨의 번호는 한 남자의 건강과 경제력이었겠지. 그 남자의 번호는 국가대 표급 재능이었을 테고. 그건 두 사람만의 일도 아니에요. 자고로 생명 가진 모든 것은 우수한 유전자에 호감을 느끼게 마련이거든. 돈이건 외모건 성격이건, 성공적 번식과 훌륭한 양육 환경에 수렴하는 것일 뿐이야. 자연스러운 종의 섭리죠. 그러니 명품 사 주는 남자나 높이뛰기 잘하는 여자를 좋아하게 됐다고 해서 나쁜 사람이 되는 건 아니에요. 우리 인간도 어엿한 동물의 한 종이 잖아?"

바예바 님은 얼빠진 낯으로 여사의 말을 듣고 있었다.

"선녀님, 혹시…… 과학자세요? 아님, 어디 교수세요?"

"아니, 난 그냥 마스터(석사)야. PhD(박사학위)는 따지 못했어. 결혼을 하는 바람에."

선여휘 여사는 손사래 쳤다. 재미있는 동화를 들은 어린애처럼 바예바 님은 의자를 당겨 앉았다.

"더요. 더 말씀해 주세요."

"뭘?"

"그냥요. 아무거나, 사랑에 대해서요."

"흐음……."

동그란 턱을 들고 여사는 호텔 커피숍의 화려한 벽지를 봤다.

"나는 동물학을 전공했어요. 옛날이라서 학과명이 촌스럽게 그랬는데, 지금은 생명과학부라고 하죠. 아무튼 내 가설은 이래 요. 사랑이라는 건 그 구조가 탄산칼슘과 비슷하다는 거지. 그건

271

칼슘 이온과 탄산 이온의 결합물인데 석회암의 성분이기도 하고, 조개껍질이나 진주, 계란의 성분이기도 해요. 그러니까 사랑이라는 것도 말이지, 어떤 환경에서 누구에게 속한 것이냐에 따라 그 밀도와 가치가 달라진다는 거죠."

"아아……."

실망스러운 얼굴로 바예바 님은 고개 숙였다.

"왜 그래요? 내 가설이 마음에 안 차?"

"아뇨, 그렇다기보다…… 제 사랑이…… 꼭 깨어진 계란 같아서요."

"에이, 그럼 또 어때? 이렇게 젊은데. 조개껍질 같은 사랑, 진주 같은 사랑 또 하면 되지."

바예바 님은 침울한 낯으로 고개를 흔들었다.

"틀렸어요. 이제 나이도 있고, 미래도 불안한데…… 누가 저 같은 여자를 좋아해 주겠어요?"

"……."

최고 디자이너의 투피스에 까르띠에 시계, 샤넬 백을 멘 우울한 여자를 선여휘 여사는 바라보았다.

"그래도 내가 보기엔 아가씨가 대단해. 남자를 계속 만나려고 하잖아? 우리 딸은 결혼의 '결' 자만 꺼내도 학을 떼는데."

속으로 생각만 한다는 게 입으로 튀어나와서 선여휘 여사는 당황했다. 얼굴이 빨개진 여사를 보며 바예바 님이 미소 지었다.

"그게…… 전 가정을 꾸리고 싶거든요. 돌아가시기 전에 엄마가 종종 말씀하셨어요. '결혼해라. 그리고 딸을 낳아. 너 같은 딸 있어서 나는 참 좋다.'"

고개를 숙이고 바예바 님이 콧물을 훌쩍거렸다. 굵은 눈물이 탁자로 툭 떨어졌다. 그 모습을 보며 선여휘 여사는 가슴이 철렁했다. 그녀는 언제나 딸 선정을 자랑스럽게 여겼지만, 그런 식의 대화를 나눠본 적은 없었다. 여사는 너무나 오래 아들의 안위만 생각했고, 가족 모두가 그것을 이해해 줘야 한다 여겼다. 통통하고 보드라운 손아귀 안에 축축한 땀이 번졌다.

"저…… 선녀님. 어떻게 하면 좋은 가정을 꾸릴 수 있어요? '찌르르' 벨 소리 말고 무엇을 믿어야 하죠?"

뜻밖의 질문을 받고 여사는 허벅다리를 긁적거렸다. 이제는 한 달에 한 번도 제대로 연락하지 않는 남편의 얼굴을 떠올리자, 마음속에 짙고 차가운 그늘이 졌다. 그런 사정을 알 리 없는 바예바 님이 질문을 계속했다.

"엄마가 살아계실 때 이런 걸 물어봤어야 했는데. 이제는 늦었어요. 중요한 경기가 남아 있는데 코치를 잃어버린, 그런 기분을 아세요? 어떻게 이 세상을 살아가야 할까요? 어떻게 해야 더 나은 사람이 될 수 있죠? 어떻게 해야 더 나은 사랑을 할 수 있어요?"

"큼. 흐흠!"

헛기침을 하며 여사는 창밖을 내다보았다. 하지만 이제 와 모르쇠하기에는 지나치게 잘난 척을 해버린 것이 아닌가? 문득, 기억 속의 먼 옛날이 떠올랐다. 선여휘 여사는 고민에 빠진 아가씨를 남겨둔 채로 1983년의 가을로 돌아갔다.

　교정에 낙엽이 쌓이던 10월의 하루. 여휘는 초조히 발을 굴렀다. 그녀는 오후에 있을 분자생물학 수업을 앞두고 과제에 쫓기고 있었다. 스물두 살 여휘는 사람들 오가는 학교 광장에 대여섯 명의 친구와 나란히 섰다. 손에는 저마다 만든 푯말을 쥔 채였다. 지나는 이들이 푯말의 문구를 보고는 킥킥거렸다. 이따금 험궂은 낯으로 손가락질을 하는 교수도 있었다. 푯말에는 이런 문장이 적혀 있었다.

　—동물학과 실험에 필요한 정액 구함.

　"학자에게는 그토록 강한 용기가 필요한 법이라네!" 지난주에 과제를 내주면서 대머리 교수는 웅변했다. "자네들은 말이지, 앞으로 살아 있는 쥐의 배를 가르게 될 거야. 죄 없는 토끼 머리를 갈라서 두뇌를 꺼낼 테지. 무고한 생명을 죽여 과학의 진보를 이루는 것이 동물학자의 숙명이네. 살아 있는 인간의 정액을 구하는 정도도 뻔뻔히 할 수 없다면 학자로서는 실격이야!"

　여휘가 며칠이나 점심을 거르며 서 있었지만 정액 기부 의사를 밝혀온 이는 없었다. 견디다 못한 친구들은 집으로 돌아가 오빠나 동생의 것을 얻어 가지고 왔다. 남학우들도 서로의 것을 바꾸는 것으로 해결이 가능했다. 그러나 여휘는 여자였고 형제도 없었으므로 문제가 남달랐다. 수업 시간은 다가오고 해결할 방법이 없어 속이 타던 그때, 기다란 그림자 하나가 앞으로 드리웠다.

가쁜 숨을 헐떡이면서, 누군가가 종이컵 하나를 쓱 내밀었다. 놀란 여휘가 고개를 드니 훤칠한 사내가 웃고 있었다. 이마 한쪽에 찢겨서 꿰맨 상처가 보였다. 얼마 전 데모 때 여휘의 차에 뛰어든 바로 그 남자였다.

"내가 은혜를 갚겠다 했죠? 받으세요."

남자가 종이컵을 앞으로 내밀었다. 우윳빛 액체 같은 게 그 안에 들어 있었다. 비릿한 냄새가 코끝에 훅 끼쳐 여휘는 자기도 모르게 고개 돌렸다. 그녀는 정색을 하고 차갑게 말했다.

"이걸 어떻게 뽑으셨어요? 아주 위생적인 곳에서, 72시간 안에 채취해야만 실험에 쓸 수 있는데."

"오, 이 컵은 깨끗합니다. 새것이거든요." 남자는 말하고 상체를 구부렸다. 그는 여휘의 귓가에 속삭였다. "15분 전에 손을 씻었습니다. 그것도 비누로 두 번씩이나."

귓속이 간지러워, 여휘는 몸을 떨었다.

"반드시 실험용으로만 써주십시오."

허리를 바로 세우고 남자가 당부했다.

"어머, 그걸로 제가 아기라도 만들까 봐서 걱정이세요?"

"네." 남자가 어깨를 활짝 폈다. "제 유전자를 선물로 드릴 만큼 그쪽이 마음에 듭니다. 하지만 자식을 만들 때에는, 반드시 제 자신의 스포이드를 사용하고 싶군요."

호기심에 몰려든 학우들이 그 말을 듣고는 야유를 퍼부었다.

쿡쿡 웃으며 선여휘 여사는 현실로 돌아왔다. 당시엔 창피해 씩씩댔지만, 예순을 넘기고 보니 그저 좀 특이한 장난일 뿐이었다. 회상할 때마다 웃음이 나는 유별난 추억이랄까.

"그래요, 유머!"

선여휘 여사는 손뼉을 쳤다. 바예바 님이 놀라서 이마를 으쓱였다.

"어떻게 세상을 살아야 할지, 어떻게 더 나은 사람이 될 수 있는지, 그런 것 나는 몰라." 여사가 빙긋 웃었다. "하지만…… 사랑을 하는 데 있어서는 유머 감각이 중요한 것 같아요. 그러니 그걸 키워봐. 그리고 자기 취향에 맞는 사람을 찾아봐요."

"못 찾으면요?"

바예바 님이 눈살을 찌푸렸다.

"아이, 왜 못 찾아? 모든 행복은 성공에 대한 확신으로부터 출발을 하는 거예요!"

여사가 단언했다. 질책을 받았다 느낀 걸까? 바예바 님은 움찔했다. 그녀는 용기를 내어 또다시 질문했다.

"선녀님은…… 찾으셨어요, 그런 분? 그래서…… 행복하세요?"

"그야," 선여휘 여사는 입술을 삐죽였다. '찾기는 찾았지.' 그것은 사실이었다. 다른 이들이 '저질'이라며 야유한 남자의 농담이 여사는 마음에 들었던 것이다.

젊은 날 여사는 꽤 많은 고백을 받았지만, 그처럼 단도직입적인 사내는 처음이었다. 다른 남자들은 하나같이 영리했고 그만

276

큼 조심스러운 태도를 취해왔다. 여사 집안의 재력을 흠모하면서 그렇지 않은 척 자존심을 세우는 이도 있었다. 하지만 그날, 그 사람은 달랐다. 두 눈을 맑게 빛내며 남자로서의 기백을 순순히 뿜냈던 것이다. 무엇보다, 그는 여사에게 꼭 필요한 것을 주었다. 자신의 체면과 수치심을 우선했다면 그렇게 하지는 못했을 텐데……. 하지만 그 결과 오늘날 자신이 행복하느냐 묻는다면, 여사는 주저되었다. 조금 고민하다가 그녀는 입을 열었다.

"사람이 언제나 행복할 수만 있나? 인간이 늘 행복해야 한다는 것도 하나의 신화예요. 하지만…… 때로는 행복했지. 어떤 땐 죽을 만큼 힘들었지만, 그렇다고 모든 것을 후회하지는 않아. 우리 애들은 웃으며 컸거든요. 재미있는 아빠를 만나서 아주 많이 깔깔거렸어. 유머 감각, 그게 내 전화번호였나 봐. 지금도 옛날 우리 애들 웃음소리를 생각하면 저절로 힘이 나요. 그러니까 신이 씨도 평소에 많이 웃어. 늘 좋은 생각을 해요."

바예바 님은 고개를 푹 숙였다. 무릎에 놓은 샤넬 가방을 만지작거리며 그녀는 쓰게 웃었다.

"그나저나, 이제 어디로 갈 거야?"

선여휘 여사가 시계를 힐끔 보았다. 밤 10시가 가까운 시각이었다.

"글쎄요. 타로나 보러 갈까 해요."

바예바 님이 말했다.

"타로라니. 점 말이야?"

277

여사는 반사적으로 싫은 내색을 하고 말았다.

"네. 오래전부터 찾던 가게가 있거든요. 경기 앞두고 불안할 때마다 가던 곳인데, 늦게까지 영업을 해요. 실은 남친하고 썸 탈때에도 갔어요. 잘 안 맞는다고 했는데…… 그 말이 맞았네요. 직장 문제도 그렇고, 앞으로 연애 전선이 어떻게 될는지 물어보게요. 혹, 같이 가실래요?"

천진한 제안에 선여휘 여사는 어깨를 들먹였다. 그녀는 손가락으로 자기 가슴을 푹 찔렀다.

"나 말이야? 점을 보라고?"

"그냥, 재밌잖아요."

바예바 님이 웃었다.

"그야 나도 궁금한 것이 있긴 하지만……."

여사는 말을 흐렸다. 용재의 얼굴, 그리고 한 노인의 얼굴이 눈앞을 스쳐갔다. 일곱 살쯤 되었을 때인가? 여사는 아버지 무릎에 앉아 한 노인을 만났다. 그가 집안 대대로 거래해 온 점술가 가문의 후예라는 건 철들고 나서 알았다. 대한민국 유력자들이 웃돈을 주고 만나는 용한 인물이라고 했다. 노인은 하얀 머리에 옥색 한복을 입었는데, 기다란 수염이 배꼽 위까지 내려왔다. 매운 담배 냄새가 여사의 코를 찔렀다. 노인은 여사의 생년월일시를 천천히 받아 적더니 뭔가를 계산하듯이 손가락들을 헤아렸다. 조금 뒤에, 그는 '허어이!' 하고 알 수 없는 소리를 냈다.

"따님은…… 재복이 좋구만이라. 명도 길고." 거친 쇳소리가 노인의 입에서 흘러나왔다. "시방 이것은 사람 사주가 아니여. 그랑께…… 뭣이냐. 잉, 돈이 사람으로 태어나믄 딱 요런 사주일 것이요. 아야, 너는 낭중에, 한 육십 살쯤 되야갖고 고비만 한 번 넘기믄 쓰것다!"

노인의 그 말이 사는 동안 마음에 걸렸다. 용재의 사고를 겪었을 때는 '이것이 바로 그 고비구나!' 탄식을 했을 정도였다. 다만 그 점술가는 시기를 잘못 짚었다. 그것도 무려 10년씩이나! 그러니 점술이라는 것에 어떻게 삶을 의지할 수가 있겠는가?

"그러지 마요. 그냥 집에 가." 선여휘 여사는 바예바 님을 달랬다. "혹시 나쁜 얘기라도 들어봐. 얼마나 신경 쓰일 거야?"

"그건…… 그렇죠."

바예바 님은 고개를 끄덕이면서도 입술을 삐죽거렸다. 목소리를 낮추어 선여휘 여사는 재차 말했다.

"봐요. 남자 친구랑 안 맞는다고 했다며. 사귀면서 계속 의심이 되지 않았어?"

"그렇긴 했어요." 그녀는 고개를 끄덕거렸다. "그냥 넘어갈 일도 괜히 곱씹다 말다툼으로 만들고요."

"그것 봐요."

"그래도…… 상황이 이렇게 되니까, 솔직히 불안해요. 무슨 얘기든 마음 놓일 만한 걸 듣고 싶어서."

다부진 어깨를 움츠리면서 바예바 님은 손톱을 갉작거렸다.

"그래? 어떤 이야길 듣고 싶은데?"

279

여사가 물어보았다. 젊은 아가씨는 눈동자를 굴려대더니 슬며시 입을 열었다. 수줍은 미소가 입가에 걸려 있었다.

"음…… 우선 취직한다는 얘기를 듣고 싶어요. 아니 그보다, 어떤 일을 새로 하라는 계시를 받고 싶어요. 제가 듣자마자 '아, 그거!' 하고 찌르르…… 아무튼, 느낄 수 있는 걸로요. 반평생 사랑한 장대높이뛰기보다 더 좋아할 그런 일이요. 그리고 또…… 저는 새로운 남자를 만나게 된다는 거예요. 이제까지의 남자들보다 훨씬 나은, 건강하고 유머 감각이 넘치는 사람이라죠." 그 말을 하며 바예바 님은 여사를 보고 웃었다. "전 그 남자랑 내후년쯤에 결혼해 아이 둘 낳고 행복하게 잘 살 거래요."

말을 마친 아가씨의 두 뺨이 발그레 상기되었다. 그 얼굴이 참예뻐서 선여휘 여사는 미소 지었다.

"좋아! 그럼 내가 그 얘기해 줄게." 선여휘 여사가 손으로 탁자를 쳤다. "나를 타로술사라고 생각해요."

뜻밖의 제안에 놀라 바예바 님은 두 눈을 크게 떴다.

"하지만 어떻게…… 타로 카드도 없으시잖아요."

"그건 없지. 하지만 다른 게 있어!"

선여휘 여사는 플라노 피사의 토트백에서 지갑을 꺼내들었다. 유명 백화점의 VVIP 카드, 그리고 두 곳의 카드사에서 만든 한도 무제한 카드를 쓱쓱 뽑았다. 바예바 님의 눈앞에 여사는 세 장의 카드를 펼쳐서 흔들었다.

"자, 스페셜 카드야. 이제부터 나를 백화점의 요정이라고 생각해요."

"백화점의…… 신데렐라에 나오는 요정처럼요?"

"그렇지."

빳빳이 고개를 들고 여사는 두툼한 턱을 끄덕였다. 그녀는 가방을 뒤져 티파니에서 산 헤어밴드를 머리에 얹고, 본래 머리에 꽂았던 별 모양 핀을 뽑아서 요술봉처럼 휘둘렀다.

"이 카드들에 손을 얹어. 그리고 자신의 앞날을 생각해요."

선여휘 여사가 테이블보 위에 세 장의 카드를 펼쳐놓았다. 바예바 님은 고개를 돌려 주위를 살펴보았다. 고급 커피숍이라 그런지 테이블 간 간격이 넓어 손님들은 남의 일에 관심이 없었다. 허리를 곧추세우고 그녀는 차분히 지시를 따랐다. 여사가 바예바 님의 손 위에 자신의 복스런 손을 얹었다. 상대의 체온을 느끼며 두 눈을 감고, 엄숙한 낯으로 상체를 흔들었다.

"어디 보자…… 아가씨는 아직 운이 있네. 그런데 회사가 바뀌는 것은 아니고, 하는 일이 바뀌는 거야. 처음엔 낯설고 두렵겠지. 그래도 겁낼 건 없어. 귀인을 만날 테니까. 그 사람이 모든 걸 가르쳐줄 거야. 그리고 내년쯤 새로운 남자를 만나. 아니, 어쩌면 이미 만났는지도 모르지. 그 귀인은 재복이 많은데 아직은 움츠리고 있어. 격려하고 용기를 줄 여자를 기다리지. 결혼을 하면 딸 하나, 아들 하나를 낳을 건데, 아주 백 점짜리로 살 거야. 알겠어?"

"네? 네."

바예바 님은 진지한 얼굴로 고개를 끄덕였다. 선여휘 여사는 눈을 뜨고 엄한 낯으로 상대를 노려보았다.

"하지만 세상에 공짜는 없지. 이 모든 걸 이루려면 아가씨도 할 일이 있어."

"그, 그게 뭐죠?"

바예바 님이 물었다. 초조한 탓인지 낯빛이 하얘졌다. 선여휘 여사는 단호한 투로 말했다.

"앞으로, 딴 점술사는 찾지 마. 그러면 부정 타니까. 요정들은 질투가 많거든. 믿는 자에겐 복을 주지만, 배신당하면 앙갚음을 해."

"네. 앞으로 다른 점술사 안 찾을게요."

바예바 님이 말했다.

"그 맹세 꼭 지켜야 해!"

선여휘 여사는 별 모양 헤어핀으로 아가씨의 머리와 가슴에 성호를 그어주었다.

커피숍을 나서, 두 사람은 롤스로이스에 올랐다. 선여휘 여사는 백 기사에게 부탁해 그녀가 사는 곳까지 바래다주었다.

"정말 감사합니다." 차에서 내리기 직전, 바예바 님이 말했다. "이렇게 비싼 선물들 사 주시고, 축복해 주시고…… 이 은혜를 어떻게 갚아야 할지 모르겠어요."

"……그래요? 나는 아는데."

선여휘 여사가 히죽 웃었다.

"네?"

바예바 님의 뺨이 굳었다. 그러나 이내 뭔가를 결심한 듯 대차게 고개를 끄덕였다.

"무엇이든지 말씀하세요. 제 능력으로 가능한 일이라면 보답을 하고 싶어요."

"정말?"

여사가 되묻자 신이바예바 님은 또 한 번 고개를 끄덕거렸다.

"그러면…… 보여줘요."

여사가 이야기했다.

"보여…… 무엇을요?"

"그거요. 장대높이뛰기."

두 손으로 폴 쥐는 시늉을 하며 선여휘 여사가 싱긋 웃었다.

다음 날 오전, 휘황은 이른 아침에 저택을 나섰다. 전날 급하게 쇼핑을 한 것이 아쉬웠다며 선여휘 여사가 백화점 외출을 선언한 탓이었다. 그녀가 퍼스널 쇼퍼와 시간을 보내는 사이, 휘황은 롤스로이스의 운전석에서 그림을 그렸다. 어느 은행의 ATM기기 앞에서 손을 잡고 선 아버지와 아들의 모습이었다. 벌써 두 달째 매달린 그림이건만 아무리 그려도 마음에 차지 않았다.

휘황은 지난 5월 만났던 부자의 모습을 또 한 번 눈앞에 떠올렸다. 그는 중고 거래를 하는 선여휘 여사의 뒤를 밟다가 그들을 봤다. 아이폰을 팔러 갔다가 도둑맞았던 일이 떠올라 가만히 앉아 있기가 힘들었다. 다행히 주차장에는 CCTV도 있고 오가는 사람도 적어 걱정할 필요는 없어 보였다. 그는 차에서 내려 여사의 뒤를 따르기 시작했다.

아니나 다를까. 여사는 시커먼 남자 두 명과 거래를 하고 있었다. 중년 남자는 한 손에 종이 가방을 쥐었는데 다른 손으로는 젊은 남자의 커다란 손을 잡고 있었다. 은행 자동화점 모퉁이에 몸을 숨기고 휘황은 그들을 관찰했다. 중년 남자는 굵은 주름이 팬 얼굴로 자유롭지 못한 두 손을 휘둘러 가며 무언가 설명을 했다. 반면 젊은 사내는 두 발을 비스듬히 틀어 다른 곳을 보고 있었다. 무심하다 못해 부루퉁한 입매가 인상적이었다.

여사가 종이 가방을 건네받는 걸 확인한 후, 휘황은 슬그머니 주차장으로 돌아왔다. 운전석에 앉아 있는데 이상하게도 가슴 설렜다. 집으로 가는 전철 안에서 휘황은 내내 그들을 생각했다.

'그 애는 좀 아파 보였어. 그래. 보통의 20대 남자라면 아버지 손을 붙잡고 다니진 않지. 하지만…… 그건 내 편견일 수도 있다. 세상엔 그렇게 다정한 부자가 얼마든지 있을 수 있지. 그런 관계에 대해서 나는 잘 몰라…….'

집에 도착해 샤워를 한 후 그는 캔버스 앞에 앉았다. 덜 마른 머리칼에서 떨어진 물이 늘어진 면티의 어깨를 적셨다. 세로가 100cm인 캔버스 위에 거칠게 그림을 그리는 동안 머리카락은 보송해졌다. 미간을 찌푸린 아버지 표정은 단박에 그려냈는데 아들의 완고한 인상은 뜻대로 되지 않았다. 순진한 듯 고집스러운 눈매, 과묵해 보이나 뭔가를 끊임없이 참아내는 듯 꽉 닫힌 입매가 관건이었다. 넙대대한 얼굴 안에서 묘하게 어울린 이목구비가 캔버스 위에서 틀어졌다. 그것은 왜곡되거나 과장됐다. 머릿속에선 분명히 보이는 얼굴인데 몇 번을 지우고 다시 그려도 생각처럼은 되질 않았다. 일하다 시간이 나는 틈틈이 휘황은 작은 노트에 그림을 그렸다.

문득, 롤스로이스의 대시보드 위에서 휴대폰이 발발 떨렸다. 7B 연필을 셔츠 주머니에 넣고 휘황은 전화를 집어 들었다. '송 쇼퍼네 왕눈이'란 문구가 휴대폰 화면에 떠 있었다.

"쇼핑 끝났거든요. 정문 대기해 주세요."

건조한 말이 쏟아지더니 전화가 끊어졌다. 평소보다 많은 짐들이 롤스로이스의 트렁크 안에 쌓였다.

휘황은 시원하게 뚫린 평일 낮의 한강 변을 달려 일성대병원에 도착했다. 먼저 올라간 여사를 대신해 그는 쇼핑백들을 병실로 옮겨야 했다.

"천천히 해요. 짐들은 환자실로 부탁해. 응접실 말고."

닫힌 창문을 두드리면서 여사는 당부했다.

환자실로 들어가기에 앞서 휘황은 응접실에 비치된 가운을 먼저 걸쳤다. 세정제로 손을 닦고 마스크도 꼼꼼히 점검을 했다. 그는 VIP 병실의 응접 공간을 신기한 듯이 둘러보았다. 한강이 보이는 큰 창을 중심으로 실크 벽지가 발린 방, 황금빛 호박 조각이 주렁주렁 달린 샹들리에, 대리석 타일 위에는 단모 러그가 깔려 있었고, 네 개의 물소 가죽 소파가 이곳저곳에 놓여 있었다. 가운데 놓인 티타늄 탁자는 우그러진 타원형으로, 한눈에 보아도 디자이너의 작품이었다. 마치 하이엔드 가구점의 전시장 같았다.

'병원 안에 이런 곳이 다 있네.'

휘황은 마른 입술을 깨물었다. 이따금 위경련을 호소하는 어머니와 들렀던 지역 병원과는 비교도 되지 않았다. 그곳의 휴게실은 시장통처럼 북적였고 6인실은 베드가 차지하는 공간 때문에 언제나 비좁았다. 뻣뻣한 시트는 여간한 오염이 아니고서야 교체해 주지도 않았다.

러그 위에 둔 쇼핑백들을 챙겨 그는 자동문 스위치를 꾸욱 눌렀다. 비스듬히 열린 커튼 사이로 눈부신 햇살이 쏟아졌다. 깨끗하고 커다란 침대 위에 한 남자가 앉아 있었다. 환자복 대신 베르사체를, 휘황이 빌려 입었던 바로 그 메두사 셔츠를 입은 채였다. 그의 손목에 채워진 은빛 시계가 햇살을 받아서 번쩍거렸다. 가벼운 멀미를 느끼며 휘황은 고개 숙였다. 마치 일그러진 거울 앞에 선 느낌이었다. 그러거나 말거나, 선여휘 여사는 신이 난 말투로 수다를 떨어댔다.

"그 사람 별명은 신이바예바야. 장대높이뛰기 선수인데, 글쎄 일성생명 소속이라지 뭐니?"

인기척을 느낀 여사가 휘황을 돌아보았다.

"아, 백 기사 왔어? 쇼핑백들은 탁자에 둬요. 온 김에 인사해. 여기는 우리 아들 용재. 그리고 이쪽은 백 기사야."

자기도 모르게 휘황은 고개를 꾸벅였다. 그러나 침대에 앉은 남자는 고개를 뻣뻣이 하고 허공을 볼 뿐이었다. 눈꺼풀을 메트로놈처럼 일정하게 깜빡이면서 손가락 하나도 움직이지 않았다.

'음주 차량에 치었어. 페라리를 몰다가.'

언젠가 차 실장에게 들은 말이 떠올랐다. 식물인간 상태에 놓인 사람을 실제로 보기는 처음이어서 휘황은 어찌할 바를 몰랐다. 너무 오래 보는 것도, 빨리 외면하는 것도 실례가 될 것 같았다. 그는 어색하게 몸을 돌려 쇼핑백들을 탁자에 올려놓았다. 환자실에 별도의 응접탁자가 또 있는 것에 새삼 놀랐다.

"얼마나 마음이 잘 통했는지 몰라. 네 아빠 이야기까지 해댔지 뭐니? 얼마나 별난 남자였는지. 아, 글쎄……."

거기까지 말하고 여사는 갑자기 손뼉을 쳤다.

"참! 그중 하나는 백 기사 건데."

벌떡 일어나 선여휘 여사는 탁자로 갔다. 그녀는 쇼핑백 중에 구찌 로고가 적힌 걸 집어 들더니 휘황의 가슴에 안겨주었다.

"우리 아들 옷, 싫다고 했지? 따로 샀어. 입어요."

"네? 아닙니다."

휘황은 고개 저었다. 예의에 어긋날 것 같아서 차마 가방을 내려놓지는 못했다.

"그럼 다시 그리는 것 알아. 이따금 미술관 갈 때 입어요." 선여휘 여사는 또 한 번 가방을 지그시 떠밀었다. "생일 선물이라고 생각해."

"생일은…… 멀었는데요."

"그래. 그때는 안 챙길 테니."

여사가 돌아섰다. 그녀는 벽장에서 기타를 꺼내 안락의자에 앉았다. 63세 여자의 솜씨라고는 믿기 어려울 만큼 세련된 연주가 병실에 울려 퍼졌다. 휘황이 제목을 알지 못하는, 그러나 귀에 익은 클래식 곡이었다. 어쩐지 뒤통수가 뜨거워 휘황은 돌아섰다. 맞은편 침상 위에서 용재가 이쪽을 보고 있었다. 감정이 없는 시선이 휘황의 눈을 쿡 찔렀다. 상대가 어깨를 밀치기라도 한 양 휘황은 물러섰다. 그는 시선을 내리깔았다.

응접실로 돌아와 휘황은 가운을 거칠게 벗어냈다. 그는 쇼핑백에서 상자를 꺼내 열어보았다. 총천연색의 셔츠가 단정히 접혀 있었다.

'뭐야? 이게.'

알록달록한 토끼 그림이 가득한 셔츠를 보고 휘황은 실소를 터뜨렸다. 셔츠 밑에는 검은색 반바지가 있었고, 또 다른 상자에는 구찌 로고가 박힌 가죽 샌들이 있었다. 대체 이걸 어째야 하나, 정말 받아도 되나 고민하는데 웬 남자 둘이 응접실 문을 열었다. 간병인들이었다. 얼른 가방을 챙겨 휘황은 일어났다. VIP 병동을 벗어나 승강기에 올라탄 뒤, 지하로 가는 버튼을 누르고 서둘러 문을 닫았다.

"혹시 우리 백 기사 거기 있어요? 응접실에?"

막 들어선 간병인들을 향해 선여휘 여사가 물어보았다.

"아뇨. 방금 나가던데요."

젊은 간병인이 문 쪽을 돌아보았다.

"그래요?" 여사는 안고 있던 기타를 내려놓았다. "그러면 미안하지만, 이것 좀 같이 입혀줘요."

책상 위에 쌓인 다양한 명품 상자와 가방 중에서 선여휘 여사는 구찌를 선택했다. 간병인들이 용재의 몸에서 베르사체의 실크 셔츠를 벗겨내자, 여사는 헐벗은 아들의 팔에 새 셔츠를 꿰어 입혔다. 현란한 색상의 토끼들이 프린팅된 셔츠였다. 그녀는 휴대폰을 꺼내 신이바예바 님에게 소개받았던 어플을 켰다. AI 필터를 씌운 아들의 피부는 실제보다 윤이 났고 눈동자에도 활기가 넘쳤다. 아이스하키를 하던 사춘기 시절로 돌아간 것만 같았다. 어떠한 설명도 없이, 여사는 남편의 번호로 사진을 전송했다. 답문이 오기를 기다렸지만, 밤이 깊도록 남편은 답이 없었다. 여사는 간병인들에게 아들을 맡기고 병실 문을 나섰다. 한남동 저택으로 가는 동안 남편과의 옛 추억이 슬그머니 떠올랐다.

1983년 가을. 당장이라도 고백해 올 것 같던 남자에게서 아무런 연락도 오지 않았다. 시간이 흐르고 흘러 여휘는 그 일을 잊어버렸다. 공부에 전념했고, 같은 대학 같은 과에서 석사 과정을 이수했다. 그렇게 인연이 끝났나 싶었는데 어느 날 선 자리에서 그 남잘 다시 보았다. 아버지가 강권해 나갔던 자리였다. 쓰리시즌 호텔 커피숍 창가에 낯익은 남자가 앉아 있었다.

"여휘 씨, 여깁니다. 오랜만이에요."

손을 흔들며 남자가 방긋 웃었다. 마치 어제 만났다 헤어진 듯이 친근한 태도였다. 이마의 상처는 흘러내린 머리칼에 가려서 보이질 않았다.

"어머!"

깜짝 놀라 여휘는 우뚝 섰다. 환하게 웃으며 다가온 사내가 그녀를 테이블 근처로 이끌었다. 의자도 정중히 빼주었다. 여휘는 뜻밖의 만남이 반가웠지만, 한편으로는 꽤씸한 생각이 들었다. 웨이터에게 커피를 부탁하고, 사내는 그간의 사정을 들려주었다. 놀랍게도 일성물산에 취직해 다니고 있다는 것이었다. 지금은 총무 그룹에서 과장으로 근무하노라고 그는 말했다.

"부혁진 씨…… 어떻게 우리 회사에 들어갔지요? 운동권 출신인 거, 아빠가 알았을 텐데. 우리 아빠는 운동권 절대로 안 뽑는데?"

"어르신의 깊은 뜻은 모릅니다." 남자는 눈으로만 웃었다. "다만, 뽑아주셨으니 열심히 일할 뿐이지요."

집으로 돌아가 어찌 된 일인지 물었을 때, 아버지는 이렇게 말했다.

"알고말고. 경찰 기록이 남아 있잖냐. 그래도 뭐…… 서울 법대 우등생이니까!"

서재에서 읽던 석간을 접어, 아버지는 탁자에 던져놓았다.

"고시 본다고 거들먹거릴 법한데 입사 시험을 치러 왔더군. 하긴, 빨갱이 이력이 있으니 판검사야 될 수 없겠지. 경찰 고위직

290

과의 식사 모임이 있기에 넌지시 물어봤다. 이런 놈이 왔는데 고용을 하면 어떻겠느냐, 그랬더니 이런 말을 하더군. '조심하는 게 좋을 거요. 그놈 아주 일등 빨갱이야.' 그래서 뽑았다. 나는 뭐든지 일등이 좋아. 우리 회사가 대한민국 일등이 되려면 세상 일등을 다 모아야지. 그래야 언젠가 세계 일등도 되지 않겠냐? 알아보니까 집이 가난해. 증조모부터 열두 살 남동생까지 그놈 성공만 기다리더라. 중압감에 짓눌려 사회주의에 미친 게지! 그러나…… 휘야, 너 이것 알아둬라. 사회주의란 우리 정부에서 금기시하는 벤처사업 같은 것이야. 그래도 나는 그놈이 좋다! 뭔가에 미쳐본 놈은 다른 것에도 미칠 수 있지. 우리 회사가 잘되려면 말이다, 그런 놈들이 필요해. 밥이고 잠이고 안 따지고 미쳐서 기를 써야지. 그래야 경쟁사 놈들을 이길 수 있지 않겠냐?"

메고 있던 가방을 소파에 놓고 여휘는 아버지 앞에 풀썩 앉았다.

"아니, 아버지. 그럼 왜 저한테 동물학 공부를 시키신 거예요? 머잖은 미래에 바이오산업이 뜰 거라면서요. 경제를 부전공으로 하라셔서 얼마나 고생했는데. 경영권은 데릴사위 들여서 다 넘기시게요?"

양담배에 불을 붙이고, 아버지는 실눈을 떴다.

"나는, 그놈한테 경영권을 주려는 게 아니다. 그저 경영을 시키는 게지. 애, 휘야! 고생할 거 뭐 있냐? 일이 어떻게 돌아가는지, 넌 그것만 알면 돼. 어디, 인간성에 하자 있던?"

"하자 있으면 표를 낼까요? 누구 딸인 줄 다 아는데!"

잔뜩 토라져 여휘는 씩씩댔다. 아버지는 허허 웃으며 딸의 큰 눈을 들여다봤다.

"코흘리개 적부터 엊그제 행실까지, 다 조사했다. 우리 회사에서 제일로다가 경우가 밝고 영리해. 뿐이냐? 대가족에 목줄 묶인 놈, 평생 딴짓은 엄두 못 내지. 싫지 않거든 데리고 살아. 아들이나 두엇 낳아라. 너 닮은 놈으로!"

그렇게 하여 선여휘 여사는 스물일곱에 신접살림을 시작했다. 연희동에 있는 연면적 275m^2짜리 이층집에서 첫 아이를 가졌다. 2년 뒤 그녀가 아들을 임신했을 때 아버지는 자신의 저택을 딸 부부에게 주었다. 한남동 언덕에 있는 연면적 2800m^2짜리 대저택이었다. 가업을 승계할 손자에 대한 아버지의 기대는 그만큼 컸다.

이태원동에 흑기와 얹은 저택을 짓고, 아버지는 옮겨갔다. 뜻을 기다리는 집이라는 의미로 '지혜원(志傒院)'이란 이름도 지어 붙였다. 아버지에게 용재는 그런 존재였다. 온 가족의 미래이자 가업을 승계할 기둥. 머지않아 사회의 소금이 될 소중한 보배. 그런 존재를 무책임한 음주 운전자에 의해서 빼앗길 줄은 꿈에도 생각해 보지 않았다.

[회사에 부탁을 드렸어요. 선수 은퇴 전에 지인을 초대하고 싶다고요. 허가해 줄지 모르겠지만…… 결정 나는 대로 연락드릴게요.]

한밤중, 저택에 도착했을 때 신이바예바 님에게 문자가 왔다. 선여휘 여사는 반가워 펄쩍 뛰었다. 그녀는 단축 번호를 눌러서 오후의 김 비서에게 전화를 했다.

"네, 여사님."

"늦은 시간에 미안해요. 부탁한 일은 잘 처리됐나?"

후덥지근한 정원을 가로지르며 선여휘 여사는 저택에 들어섰다. 시원한 에어컨 바람을 쐬며 서재의 문을 열고, 최첨단 무중력 의자에 차분히 기대앉았다.

"네. 김신이 씨 담당자를 만나서 부서 배치 문제를 논의했습니다. 본인 의견 청취 후 진행하되 업무 교육은 이쪽에서 맡는 것으로 정리가 됐습니다."

"좋아요. 높이뛰기 관람 건은?"

"그것도 얘기가 됐습니다. 여타 관련자 배석은 없을 겁니다."

"잘됐군요. 고마워요." 전화를 끊으려다가 여사는 다급히 뒷말을 덧붙였다. "아, 저기!"

"예, 여사님."

"나 말고…… 한 명 더 괜찮을까요?"

"누구인지…… 신원이 확실하면 가능할 겁니다."

김 비서가 말했다.

"확실하지. 확실하고말고!"

서재에 걸린 가족사진을 보며 여사는 방긋 웃었다.

7월에서 8월로 넘어가는 한 주일 내내 열대야가 이어졌다. 그러나 일성대학병원 주차장의 VIP 구역은 에어컨이 뿜어낸 냉기로 써늘할 지경이었다. 일요일 오전, 롤스로이스 팬텀 EWB는 출차 된 후 처음으로 모든 좌석에 사람을 태웠다. 운전석에는 백 기사, 뒷좌석 안쪽엔 선여휘 여사가 앉았고, 그 곁에는 신경외과 소속의 젊은 의사가 앉아 있었다. 그는 초조한 낯으로 정면을 주시했다. 그의 불안한 시선을 받으며 조수석에 앉은 이는 부용재. 롤스로이스 오너인 선여휘 여사의 아들이었다.

"모처럼 외출이잖아? 앰뷸런스에 타기보다는, 친구 차에 타는 기분을 느꼈으면 해요."

여사가 고집해, 간병인들은 환자를 팬텀의 조수석에다 앉혔다. 몸이 불편한 환자를 위한 특수 카 시트를 설치하고, 뜻밖의 불운한 사태를 대비해 병원 소유 앰뷸런스를 따로 불렀다. 오전 업무를 담당하는 임 비서도 자신의 승용차로 뒤따라왔다. 그녀가 간병인들을 뒷좌석에 태우고 라디오를 틀었을 때, 오전 10시를 알리는 시보가 흘러나왔다.

"날씨가 쨍하길 바랐는데."

선여휘 여사는 창밖을 보며 눈살을 찌푸렸다. 그녀는 조간 스크랩에서 태풍이 몰려온다는 예보를 읽었다. 그것을 증명이라도 하듯 하늘이 어두웠다. 초고층 빌딩들이 하나같이 음침해 보였다. 그러나 여사의 기분은 곧 좋아졌으니, 용재가 얼마나 흥분했는지 느껴진 때문이었다.

'아, 신난다! 얼마나 나오고 싶었는지! 더 빨리, 으아아! 더 빨리 달렸으면!'

시끌벅적한 환성이 들리는 듯해 여사는 웃음이 났다. 자동차가 달리는 내내, 그녀는 조수석에 앉은 아들의 모습을 자꾸만 바라보았다.

장대높이뛰기 훈련장에 용재를 데려가기로 한 건 즉흥적인 생각이었다. 최근 들어 컨디션이 안 좋은 용재가 건강한 선수의 움직임을 보면 활력을 얻지 않을까. 오랫동안 병실에 있어 우울한 기분도 전환이 될 것 같았다. 혹시나 외출 탓에 상태가 나빠질까 봐 염려도 되었지만, 그런 문제는 의사를 대동하면 해결이 될 것 같았다. 물론 용재의 담당의는 이러한 생각에 동의해 주지 않았다. VIP 병동에 마련된 보호자 전용 상담실에서 신 박사는 단호히 고개 저었다.

"안 됩니다. 요로감염에 구강 염증까지, 상태가 좋지 않아요."

"하지만…… 잠깐 햇볕을 쪼이는 정도예요. 바닷바람을 쐬러 가는 것도 아니고, 왕복 두 시간이면 되는걸요?"

"그래도 안 됩니다." 박사는 또 한 번 머리를 내저었다. "의료진도 없는 데서 두 시간이라뇨. 20분도 위험합니다."

이때다 싶어, 선여휘 여사는 재빨리 제안했다.

"그러면 신 박사님도 같이 가요!"

"에, 예에?"

기가 막힌 듯 의사는 입을 벌렸다. 좌청룡 우백호처럼 그의 뒤에 선 전공의들도 놀라서 마주 보았다.

"그…… 건 곤란합니다." 주먹을 쥐고 신 박사는 헛기침했다. 입가의 주름이 더욱더 짙어졌다. "앞으로 두 달간 진료 일정이 픽스돼 있고, 대학에서의 강연과 학회 일정도 빽빽히 잡혀 있어서……."

"그렇군요."

선여휘 여사는 순순히 고개를 끄덕였다. 그녀는 통통한 다리를 꼬고 소파에 기대앉았다. 복스러운 턱살이 불룩이 비어졌고, 늘어진 귓불 위에서 블루 다이아몬드 한 쌍이 반짝 빛났다.

"박사님. 그…… 지난번에, 무슨 스캐너가 필요하다고 하셨죠? 브레인 무슨 회사 제품이라고 하셨는데."

"미국, 브레인소닉스사의 물건입니다."

신 박사는 허리를 세워 앉았다. 책상 아래 꼬고 있던 다리가 힘없이 풀어졌다.

"아, 맞아요. 그리고 뇌동정맥 기형에 관한 연구를 도울 인력도 필요하다고 하셨지요? 재단에서 연구비를 충분히 주지 않는다는 안타까운 말씀, 제가 귀담아 듣질 못했어요. 언제, 그러니까 박사님 일정이 조금 비는 날 그 이야기를 나눠볼까요? 지속적 식물인간 상태에 놓인 환자의 회복 인자로서 척수 백질 자극에 관한 연구도 어떻게 되고 있는지 요즘 통 듣질 못했네요. 정 바쁘시면…… 연구에 대해 잘 아는 전공의 선생을 보내주셔도 좋아요. 가령 다음 주 일요일 같은 때 말이죠. 2시간 정도면 제가 그 이야길 다 들을 수 있을 것 같은데, 어떻게 생각하세요?"

일성생명 장대높이뛰기 선수단의 훈련 장소는 의정부시 외곽에 있다. 그곳, 사패산 기슭에 위치한 일성체육고등학교는 일성재단이 운영하는 교육기관 중 하나였다. 4층짜리 대리석 건물 너머로 1만 5000㎡에 달하는 운동장이 펼쳐져 있고, 육상 훈련을 위한 붉은 트랙과 축구 훈련을 위한 잔디가 드넓게 조성돼 보기 좋았다. 일성전자에서 제작 및 수입하는 최첨단 장비로 과학 체육을 선도하는 초일류 학교였다.

'일요일이라 그런가? 학생들이 안 보이네.'

선여휘 여사는 아쉬워 입을 다셨다. 주차장에서 차 문을 열자 끈끈한 습기가 우악스럽게 밀려왔다. 최고급 아마로 만든 플라노 피사의 투피스가 풍성한 볼륨을 잃고 늘어졌다. 간병인들이 달려와 용재의 몸을 안고는 휠체어로 옮겨주었다.

신이바예바 님은 폴리에스터 팬츠에 바람막이 차림으로 마중을 나와 있었다. 손풍기로 바람을 쐬다가 주머니에 넣은 뒤 롤스로이스 곁으로 뛰어와 반갑게 인사했다. 비슷한 차림의 앳된 여자 두 명이 따라와 고개 숙였다.

"어서 오세요, 선녀님! 여기는 후배들입니다. 저 말고 아무도 없기를 바라셨는데…… 떨어진 바를 올려줄 사람은 있어야겠어서요."

"어머! 풋풋해라. 고등학생?"

어린 선수들을 보고 여사는 환히 웃었다.

"아녜요, 스무 살……."

"전 스물두 살입니다."

수줍게 답하며 선수들이 낯을 붉혔다.

"그렇구나." 선여휘 여사는 고개를 끄덕였다. "나도 일행이 많아. 미리 말 못 해 미안해요. 여긴 내 아들이고, 이쪽은 우리를 돕는 식구들이야."

"아…… 안녕하세요, 김신이입니다! 일성생명 소속 장대높이뛰기 선수예요. 뭐, 곧 은퇴지만요."

간병인들과 김 비서, 백 기사 등을 향해 바예바 님은 웃어주었다. 잠시 당황하기는 했지만 휠체어에 앉은 용재를 보고도 살갑게 눈을 맞췄다. 사정을 모르는지라 식물인간 상태에 놓인 환자라고는 생각 못 하고, 거동이 심히 불편한 사람 정도로 여기는 눈치였다.

"따라오세요. 훈련장은 운동장 구석에 있어서, 좀 걸으셔야 돼요."

너른 학교 부지와 사패산 전경을 바라보면서 일행은 잠시 걸었다. 짙푸른 수풀을 뚫고 솟은 암석 하나가 봉우리 위에서 기세를 뽐냈다.

용재의 휠체어 바퀴는 붉은 트랙 위를 부드럽게 굴러갔다. 높이가 1m쯤 되는 청색 매트와 빨간색 크로스바가 운동장 구석에 설치돼 있었다. 바예바 님은 손님들을 스탠드 쪽으로 안내했다.

측면에서 장대높이뛰기를 보기에 좋은 곳이었다. 그녀는 무릎을 굽혀 용재의 높이에서 주위를 살펴보고, 가장 좋은 자리에 휠체어를 안내했다. 간병인들은 스마트워치로 온도와 습도를 재고 환자의 무릎에 모포를 둘러줬다. 습기가 맨살에 닿는 걸 방지하려고 긴소매 셔츠와 바지를 입혀둔 상태였다. 젊은 의사도 환자의 체온과 혈압을 체크했다. 앳된 선수들이 접이식 의자 몇 개를 갖고 와 휠체어 옆에 놓았다. 환자의 왼편에는 선여휘 여사가, 오른편에는 간병인들이 나란히 자리 잡았다. 임 비서는 커다란 가방을 들고 일행에게 헤드폰처럼 생긴 물건을 하나씩 나눠주었다. 백 기사는 그것을 받아 앰뷸런스 운전기사와 함께 스탠드 위에 앉았다. 일성전자에서 만든 목걸이형 에어컨이었다. 스위치를 켜자 약간의 소음과 함께 상쾌한 바람이 솟구쳤다.

"우리한테 시간이 별로 없는데…… 30분 정도. 장대높이뛰기를 몇 번이나 볼 수 있을까?"

선여휘 여사가 물어보았다.

"여섯 번, 어쩌면 다섯 번요?"

바예바 님이 어깨를 으쓱였다.

"좋아요. 그 정도면 충분해."

여사가 미소 지었다.

입고 있던 바람막이를 벗고, 바예바 님은 스트레칭을 시작했다. 일성생명 로고가 박힌 스포츠브라 아래 탄탄한 복근이 드러났다. 어깨와 팔의 근육도 보기 좋게 불끈댔다. 그녀가 무릎을 굽히고 와이드 런지 자세를 취하자 관람석에서 나직하게 탄성이 쏟아졌다.

"마지막으로…… 하는 건가요?"

선수를 향해 여사가 물어보았다.

"넵. 마지막으로 하는 겁니다."

고개를 끄덕인 뒤에 선수는 웃어 보였다. 그녀는 도움닫기를 시작할 곳으로 걸어가 주먹을 높이 들었다.

"그럼, 시작하겠습니다. 현재 바의 높이는 4m. 참고로 2015년에 세운 저의 최고기록은 4m 44cm입니다. 이것은, 아직까지도 깨지지 않은 대한민국 여자 장대높이뛰기 비공식 최고 기록이기도 해요."

늠름한 선수를 향해 관중은 박수를 쳐주었다.

바예바 님은 웃음을 거두고 돌아섰다. 큰 키에 다부진 몸매가 창처럼 꼿꼿했다. 어깨를 두어 번 들먹이고, 그녀는 바닥에 놓인 폴을 들었다. 길이가 족히 5m는 되는 듯했다. 커다란 손아귀를 붙였다 떼며 가장 편한 위치를 쥐고, 그녀는 사선으로 폴을 세웠다. 40여m를 달리는 동안 상체는 조금도 흔들리지 않았다. 선수는 순식간에 폴을 기울여 매트 앞 박스에 꽂아 넣었다. 탄탄한 몸이 솟구쳐 올라 4m 높이 크로스바를 홀쩍 넘었다. 매트에 등이 닿자마자 바예바 님은 용수철처럼 튕겨 일어나 트랙을 향해 내려왔다. 숨 고르기조차도 하지 않았다.

"우와, 뭐야?"

"4m…… 저 정도로 높았나요?"

흥분한 간병인들이 쑥덕거렸다. 보조 요원으로 나선 선수들이 담담한 태도로 바의 높이를 조정했다.

'아름다워!'

선여휘 여사는 왼손을 가슴에 얹고 오른손을 뻗어서 아들의 가슴에 댔다. 휘둥그레진 눈으로 용재를 돌아봤을 때, 격렬히 뛰는 심장의 박동을 느꼈다. 그녀는 벌떡 일어나 턱을 타고 흐르는 아들의 침을 닦아주었다.

"4m 10cm!"

크로스바 옆에서 한 어린 선수가 소리쳤다. 바예바 님은 어느새 출발선으로 돌아가 있었다. 폴 끝을 어깨에 놓고 양손에 바람을 후후 불었다. 손아귀로 폴을 쥐고 그녀는 사선으로 들어올렸다. 늪의 사각지대에서 악어를 노리는 사냥꾼마냥, 플랜팅 박스를 쏘아보았다.

"저거, 무게가 얼마나 될까?" 나이 든 간병인이 휴대폰을 들어 검색했다. "2.5kg? 대단한데!" 폴을 쥐고 달리는 시늉을 하며 그는 두 발을 탕탕 굴렀다.

바예바 님은 아까보다 더 빨리 달려 나갔다. 거꾸로 뒤집힌 그녀의 두 발이 크로스바를 타넘고, 허리와 다리 사이가 기역자로 접히며 매트에 떨어졌다. 우아한 몸짓을 보고 관중은 전율했다. 앰뷸런스 기사는 박수를 치면서 스탠드 아래로 내려갔다. 바예바 님은 수줍게 웃으며 객석을 향해 손 흔들었다. 그녀는 벌써 트랙 위로 내려와 있었다. 이후 10cm씩 바의 높이를 올려, 선수는 3·4차 시기를 모두 다 성공했다.

"5차 시기, 4m 44cm!"

크로스바 옆에서 한 선수가 소리쳤다.

"전성기 최고 기록인데…… 가능할까?"

팔짱을 끼며 나이 든 간병인이 중얼거렸다.

"가능하고말고요. 컨디션이 저렇게 좋은데!"

젊은 간병인은 신나서 대꾸했다. 그토록 흥분한 목소리를 듣기는 처음이어서 선여휘 여사는 내심 놀랐다. 늘 조용히 용재를 돌봐주어서, 요즘 청년들과는 다른 성정을 지닌 사람이라고 단정해왔던 것이다.

"글쎄요." 젊은 의사가 끼어들었다. "전성기로부터 8년이나 지났는데? 스포츠의학적 통계로 볼 때 기대하기는 어려운 일이죠."

여사는 아들의 휠체어를 앞으로 밀고, 자신의 의자도 앞으로 당겨 앉았다. 출발 지점에서 바예바 님은 제자리뛰기를 했다. 그리고 어깨를 편 뒤 큰 숨을 들이켰다. 그러나 지독한 습기가 불쾌했는지 등을 굽히고 얼굴을 찡그렸다.

"이야아!"

사패산이 울릴 만큼 커다랗게 바예바 님은 소리쳤다. 습기 따위에 지지 않겠다는 듯 긴 폴을 세우고 힘차게 내달렸다. 스타트 속도가 쳐진다 싶었는데, 아니나 다를까. 폴을 쥔 몸이 뜨다 말았다. 크로스바는 건드리지도 못하고 선수는 두 발로 매트를 짓밟았다. 고개를 숙이고 트랙에 내려섰다.

"그렇다니까."

젊은 의사는 스마트워치를 확인하고, 선여휘 여사를 향해 말했다.

"저…… 여사님, 30분 경과했습니다."

"벌써?"

여사는 아들의 안색을 살펴보았다. 동그란 이마와 콧대에 땀이 뱄지만 입매는 편안했다. 불편할 때면 당겨지는 두 뺨의 근육도 느슨해 보였다.

"앞으로 10분 정도는 괜찮을 것 같은데…… 안 그래요?"

여사는 손수건으로 아들의 콧등을 닦아주었다. 의사는 용재의 혈압을 다시 재고, 동공의 상태도 확인했다.

"괜찮긴 한데……."

"좀 더 볼까요?"

기대에 찬 얼굴로 여사가 싱긋 웃었다. 조금 망설이다가 의사는 고개 저었다. 그는 감정이 읽히지 않는 눈으로 여사를 마주 보았다.

"이상이 없을 때가…… 돌아가기에 좋은 때입니다."

심상치 않은 기류를 느꼈는지 바예바 님이 다가왔다. 폴 끝을 바닥에 끌면서 가볍게 숨을 골랐다.

"괜찮으세요? 그만할까요?"

그녀는 트랙 아래로 내려와 용재 앞에서 등을 굽혔다. 그리고 차분히 두 눈을 마주 보았다. 방금 전 질문에 대한 대답을 직접 듣겠다는 듯 친근한 태도였다.

"아니야. 모처럼 나왔는데……."

여사는 대답했다. 그녀는 고개를 돌려 아들의 낯을 살폈다. 대답이라도 하려는 걸까? 용재의 입술이 부루퉁 솟아났다. 다른 사람은 몰라도 엄마는 눈치 챌 수 있는, 특유의 진지한 표정이었다.

"더 보고 가죠. 딱 10분."

여사가 이야기했다. 어쩔 수 없다는 듯 의사는 물러섰다. 바예바 님은 허리를 쭉 펴고 고개를 끄덕였다. 긴 꼬리를 끌듯 폴을 끌고 나서며, 한두 번 용재를 돌아보았다.

4m 44cm의 2차 시기. 선수는 트랙을 박차고 내달렸다. 이번에는 흔들림 없이 긴 폴을 박스에 내꽂았다. 있는 힘껏 폴을 당겨서 장력을 키우고, 반발력으로 폴이 펴질 때 몸을 뒤집어 날아갔다. 발끝, 다리, 배 순서로 바를 넘는데 불룩한 가슴이 톡 스쳤다. 야속한 바는 그 즉시 아래로 떨어졌다.

4m 44cm의 3차 시기. 바예바 님의 얼굴에 푸른빛이 감돌았다. 그녀는 허리를 숙이고 힘차게 심호흡했다. 손등으로 땀을 닦는데, 사패산 기슭에서 바람이 불어왔다. 서늘한 기운은 없고 습기 가득한 열풍이었다. 참으로 얄궂은 날씨라고 그녀는 생각했다. 비가 오지 않는데 지독히 습하고, 해가 나지 않는데 지열이 뜨거운…….

"끝인가? 이번에 실패하면."

나이 든 간병인이 중얼거렸다.

"그렇겠죠. 7회차에서 끝나는 거예요."

젊은 간병인이 대꾸했다. 목소리에 안타까움이 묻어 있었다.

"거참, 운동선수도 할 게 못 돼. 저렇게 젊은데 은퇴라니. 안 그래?"

나이 든 간병인이 동료를 보며 말했다. 젊은 간병인은 똑바로 앞을 보면서 고개를 끄덕거렸다.

피곤할 법도 한데, 바예바 님은 출발선 앞에서 두 손을 흔들었다. 활짝 웃으며 그녀는 관중들에게 박수를 요청했다. 선여휘 여사는 벌떡 일어나 환성을 내질렀다. 그러나 다른 이들은 박수만 칠 뿐 섣불리 일어나지를 못했다. 용재의 상황이 상황인지라 고용주의 눈치를 살피는 것이었다.

크게 심호흡한 뒤, 선수는 폴을 들었다. 한 걸음 물러섰다가 전력을 다해 뛰었다. 판판한 날개 뼈 위로 삼각근들이 불룩였다. 하지만 어쩐 일일까? 박스에 폴을 꽂을 때 중심축이 비틀어졌다. 5도쯤 기울어지며, 선수는 허공을 차올랐다. 이번에도 실패구나, 모두들 단정했다. 그러나 바예바 님은 기울어진 채 몸을 틀었다. 평소처럼 상체를 굽히지 않고 배면 자세로 긴 바를 뛰어넘었다. 둔부와 바 사이의 틈이 그야말로 종이 한 장 차이였다. 매트에 떨어진 순간 선수는 주먹을 높이 들었다. "이얍!" 기합을 넣고 공중제비를 훌쩍 넘었다. 관중들도 덩달아 폴짝거리며 기쁨의 함성을 내질렀다.

한 어린 선수가 물통을 쥐고 바예바 님에게 달려갔다. 마치 자신이 크로스바를 넘은 듯 온 얼굴로 웃고 있었다. 바예바 님은 차가운 물을 마시고 남은 것을 머리에 내뿌렸다. 그런 다음 몸을 흔들자 사방에 물이 튀었다. 관중은 물방울 세례를 받고 비명을 내질렀다. 모두가 환하게 웃음을 터뜨렸다.

"콜록."

갑자기, 휠체어 위에서 용재가 기침을 했다. 젊은 의사가 재빨리 다가와 목에 걸린 가래를 빼주었다. 간병인들은 핫팩을 모포 사이에 넣어주고 목에 건 에어컨을 끈 뒤, 곁에 앉아서 팔과 다리를 열심히 주물렀다.

"8차 시기. 바의 높이는 4m 46cm!"

매트 옆에 선 어린 선수가 소리쳤다.

"35.9도예요. 체온이 조금 떨어졌습니다."

젊은 의사가 보고했다. 그는 검지 끝으로 관자놀이를 긁어댔다. 선여휘 여사는 자리에서 일어나 아들의 얼굴을 살펴보았다.

"너도 들었지? 이젠 가자."

어머니의 요구에 용재는 답이 없었다. 목덜미에서 귓불까지가 서서히 붉어졌다.

"그러다 아프면 어떡할 거야? 엄마가 잘못 생각했어. 이제 가자."

용재는 여전히 말이 없었다. 단지 두 뺨을 팽팽히 당겨댈 뿐이었다.

"그래, 알았다. 알았어." 아들의 머리칼을 쓸어 넘기며 선여휘 여사는 돌아섰다. "이것만 보고 가요. 꼭 보고 싶대."

크고 야윈 아들의 손을 잡고 선여휘 여사는 의자에 걸터앉았다. 이전 같으면 겁이 나 어쩔 줄 몰랐을 텐데 이상하게도 마음 편했다. 출발선에 선 바예바 님을 향해 그녀는 고개를 끄덕였다. 바예바 님도 여사를 보면서 고개를 끄덕였다. 묵묵히 손을 놀려 선수는 폴 끝을 매만졌다. 호흡을 고르고 긴 폴을 세워 쥐었다. 까치발을 들었다 내리길 무수히 반복하다가 선수는 한순간 출발선 밖으로 뛰어갔다. 눈에 띄게 느린 속도였다. 긴 폴은 박스에 꽂혔으나 선수는 몸을 띄우지 못했다. 엉덩이가 무겁게 매트로 떨어졌다. 곧이어 시도한 9차 시기 역시 실패. 폴은 박스에 꽂히지 못하고 애꿎은 트랙을 긁어댔다.

사패산 기슭의 운동장에서, 완벽한 고요와 습기에 휩싸인 채 관중은 선수를 바라보았다. 이제까지 그들은 선수가 달려오고, 또 뛰어오르는 것을 보며 비슷한 감정을 공유했다. 크로스바를 넘으면 기뻐했고 넘지 못할 땐 안타까웠다. 지금 그들은 모두 피로를, 암담한 체념을 느끼고 있었다.

"이제, 정말…… 마지막입니다."

폴을 바닥에 끌며 바예바 님은 관중을 돌아보았다. 그런 뒤 출발선 앞에서 잠시 눈을 감고 마른 입술을 달싹거렸다. 그녀는 커다란 손으로 폴을 쥐고 사선으로 세워 들었다. 어깨의 삼각근이 타는 듯 뜨거웠다. 두 눈을 부릅뜨고, 습기 가득한 공기를 들이마시며 선수는 트랙을 내달렸다. 온 힘을 다해 달렸다. 그녀는 계산된 위치에서 폴을 기울여 박스에 꽂아 넣었다. 수평 에너지가 수직 에너지로 전환된 순간, 과감히 폴을 당겨서 몸을 세웠다. 장력을 못 이긴 폴이 활짝 펴지며 그녀를 하늘로 내던질 때, 신이는 짜릿한 해방감을 느꼈다. 그녀는 늘씬한 다리를 뻗어 크로스바를 넘었다. 배와 가슴이 그다음으로 바를 넘을 때, 두 손으로 폴을 밀면서 팔꿈치를 끌어당겼다. '해냈다! 신기록!' 환희에 차서 확신할 때, 왼쪽 팔꿈치 아래로 단단한 것이 닿았다. 굴러떨어지는 바를 잡으려 손을 뻗으며 그녀는 매트로 떨어졌다. 언제나 튕기듯 일어섰던 그녀가 이번에는 일어나지 않았다. 1995년생, 175cm, 57kg. 일성생명 소속 장대높이뛰기 국가대표 상비군. 2015년 발리 아시안게임 동메달리스트 김신이의 경력은 이렇게 끝이 났다. 몸을 뒤집어 엎드린 채 그녀는 흐느꼈다. 숨을 헐떡이면서 어깨를 떠는 모습이 먼 바다 위의 잔물결 같았다.

잃어버린 구두

'이번엔 그냥 휩쓸려 버릴 거야.'

이른 새벽, 잠에서 깨었을 때 용재는 결심했다. 왜냐하면 '그 냄새'를 맡았기 때문이었다. 그것은 아주 엷고 흐릿한 냄새였다. 언뜻 생각하면 고무가 타는 것 같고 또 언뜻 생각하면 무언가 썩는 것 같기도 했다. 그러나 비유하자면 그렇다는 것이지, 언어로 표현해 내기 어려운 야릇한 냄새였다.

교통사고를 겪기 전까지 용재는 그 냄새를 맡아본 적이 없었다. 10년 전 음주 운전자에 의해 페라리가 반파되는 사고를 겪고, 수술실에서 처음 그 냄새를 맡았다. 그때는 팔이나 가슴이 불에 탄 거라 확신했다. 시간이 흐르고, 그러한 일은 없었다는 걸 알게 되었다. 그는 눈꺼풀 외엔 신체 어디도 움직일 수가 없었는데—

그나마도 자의로 움직이는 건 아니었지만—팔다리 어느 한 곳도 잃어버리진 않았다. 몸 곳곳에 철심을 박고 꿰매기는 했어도 심한 화상을 입진 않았다.

냄새는, 시간이 흐르며 조금씩 옅어졌다. 그러다 갑자기 사라졌다. 용재는 안도했고 기분이 좋아졌다. 열심히 물리치료를 받으며 '언젠가는 예전처럼 살게 될 거야' 의지를 다지던 중 '그 냄새'가 다시 왔다. 한 달에 한 번. 어떤 때는 두 번 이상. 그런 일을 겪으면서, 용재는 이 새로운 인생의 중요한 법칙을 깨달았다. 일단 한번 감각되면, 그 냄새가 어중간하게 사라지는 일은 없다는 것이었다. 냄새는 시간에 비례해 강해지고 그에 따라 통증의 강도도 거세졌다. 두뇌가 콧속의 이물질을 내보내려고 재채기를 일으키듯, 그 냄새는 지독한 발작을 일으킨 뒤에야 깨끗이 사라졌다. 그런데 오늘 새벽 잠에서 깨었을 때 바로 그 냄새를 맡았던 것이다.

간밤의 꿈은 섬뜩했다. 꿈속에서 그는 일성대학병원의 A급 특실에 있었는데, 창밖으로 거대한 해일이 닥치는 것이 보였다. 밤도 아닌데 하늘은 어둡고 한강 물이 근처의 아파트보다 더 높게 일어났다. 해일의 검은 물결이 구더기 떼처럼 꿈틀댔다.

'창문 닫아요!'

용재는 속으로 절규했다. 할 수만 있다면 몸을 일으켜 도망을 치고 싶었다. 병원 사람들은 이미 달아났는지 아무도 그를 도우러 오지 않았다. 해일은 점점 더 높아졌고, 병실 창밖을 서성이다가

—용재에게는 그렇게 느껴졌다—창문을 모조리 깨뜨린 뒤에 연약한 환자의 몸을 쳐부쉈다. 잠에서 깬 것은 바로 그 순간이었다.

'더는 못 견뎌. 이번엔 그냥 가는 거야.'

그렇게 결심하자 놀랍게도 마음이 후련했다. 긴장이 풀어지며 까무룩 잠든 사이에 아침이 밝아왔다. 야간조와 주간조의 간병인들이 교대하면서 부스럭거리는 소리를 냈다. 지친 두 사내는 사라지고, 밤새 원기를 회복한 남자들이 바지런하게 움직였다. 그들은 용재의 목에서 가래를 빼주고 기저귀를 갈아주었다. 주사기를 이용해 아침 식사를 먹여주고, 콧노래를 부르며 양치도 해주었다. 그런데 계절과 어울리잖게 긴소매 옷을 꺼내서 입히더니, 무릎까지 올라오는 긴 양말을 신기는 것이 아닌가? '대체 왜 이러는 거지? 무슨 일이야?' 궁금해하는 참인데 엄마가 나났다. 하늘색 솜사탕처럼 풍성한 드레스를 입고 그녀는 밝게 웃었다.

"나가자, 아들! 장대높이뛰기 보러 가는 거야. 드라이브!"

별사탕 같은 말들이 우수수 쏟아졌다. 간병인들은 용재의 몸을 번쩍 들어서 휠체어로 옮겨줬다. 의식을 잃은 채로만 벗어났던 병실을 맨정신으로 떠나, 승강기를 타고, 새하얀 롤스로이스의 조수석 위에 올라탔다. 운전석에 앉은 남자가 시동을 켜고 스티어링휠을 돌릴 땐 마법의 양탄자가 공중을 날아오르듯 황홀한 느낌이었다. 커다란 빌딩과 우거진 가로수, 웃음을 터뜨린 젊은 여자와 보도블록 위를 뛰노는 아이들……. 희뿌연 하늘 아래 화

311

려한 도시 풍경이 두 손에 잡힐 듯했다. 실로 오래간만에 용재는 감격했다.

'세상은 아름답고 참으로 살아볼 만한 곳이구나.'

그런 생각이 들었다.

"안녕하세요, 김신이입니다! 일성생명 소속 장대높이뛰기 선수예요."

자신의 눈을 바로 보면서 한 여자가 웃었을 때, 용재는 속으로 함께 웃었다. 그는 잠시 자신의 상태를 잊어버렸고, 그것을 다시 깨달았을 땐 깊은 좌절 상태에 빠져버렸다. 하지만 그것은 익숙한 감정인 데다, 또 남의 근심을 살 만한 표시가 나지 않아서 별달리 문제가 되진 않았다.

'검은색 옷을 입고 있네.'

엉뚱하게도 용재는 그런 생각을 했다. 엄마가 '바예바 님'이라 부르는, 온몸이 근육으로 뒤덮인 여자는 씩씩하고 또 총명했다. 그녀는 용재의 곁에서 무릎을 굽히고, 그 높이에서 세상을 봐주었다. 그녀가 빠른 걸음으로 휠체어 앞을 지나갈 때 알싸한 샴푸 향기가 코를 스쳤다.

장대높이뛰기란 무척 지루하고 또 재미없는 게임일 거라 생각했는데, 실은 전혀 그렇지 않았다. 그것은 우아하고 또 놀라운 스포츠였다. 용재는 자세를 바꿀 수 없는 몸에 갇혀 조용히 경기를 관람했지만, 충분히 만족했다.

관중석에서 50m쯤 떨어진 출발점에서, 그 멋진 여자는 긴 폴을 들고 달렸다. 근육질 다리로 트랙을 박차 플랜팅 박스에 폴을 꽂고는 하늘을 날아서 크로스바를 훌쩍 넘었다. 용재는 답답한 가슴이 뻥 뚫리는 걸 느꼈다. 얼마나 몰입했던지, 경기를 보는 동안 다른 소리를 듣지 못했다. 그는 홀린 듯 선수를 바라보았다. 짧은 머리를 흩날리는, 자세가 올바른 여자. 매트에 떨어지면 그녀는 즉시 출발선으로 가 긴 폴을 들고 달렸다. 크로스바를 넘거나 넘지 못하고, 포물선을 그리며 또다시 떨어졌다. 한 번, 두 번, 세 번, 네 번…… 사력을 다해, 더 이상 두 발을 구를 수 없을 때까지…….

'그녀는 대체 무엇을 넘고 있을까?'

경기를 보다가 문득 그런 생각을 했다. 달려오고, 솟구치고, 떨어지며, 그 선수는 무언가를 호소하는 것 같았다. 아니…… 설명하는 것 같았다.

'그것이 대체 무엇이었을까?'

돌아오는 길. 구급차의 좁은 침상에 누워 용재는 자신의 호흡에 귀 기울였다. 초점이 맞지 않는 눈으로 그는 구급차 천장을 바라보았다.

'꼭 하얀 관 속에 갇힌 것 같네. 돌아오는 길에도 팬텀을 탔으면 좋았을걸.'

접지 불량인 전구가 깜빡이듯이 손 안에서 타인의 온기가 감각되었다.

'엄마다. 우리 엄마.'

용재는 깨달았다. 간병인 아저씨와 풋내기 의사의 음성이 잇따라 귀에 들렸다. 그들은 용재의 코에 산소마스크를 씌우고 혈압과 체온, 산소포화도 따위를 쉼 없이 지껄였다. 치고받듯 끊기는 말투로 짐작할 때, 상황이 좋지는 않은 듯했다.

'금방이야. 아무리 길어도 5분. 발작이 시작되겠네.'

용재는 예견했다. 찌르듯 압박해 오는 두통. 목구멍 깊은 데서 기어오르는 쇠 맛. 고무가 타는 듯한 냄새……. 지독한 발작을 겪기 전 찾아오는 그만의 증상이 느껴졌다. 용재의 배꼽 안 깊은 곳에서 뭔가가 일렁였다. 발작이 시작된 것은 아니었다. 그저 두려움의 신호일 뿐. 막연하지만 위태로운 느낌, 이제 곧 무슨 일이 벌어질 것만 같은 절박한 확신이 온몸을 휘감았다.

기우뚱. 구급차가 좌회전하면서 용재의 몸이 틀어졌다. 순간, 가늘고 긴 폴 하나가 용재의 눈앞에 떠올랐다. 구릿빛 손이 솟아나더니 그 폴을 감아쥐었다. 기다란 팔, 까만색 머리칼, 근육질 어깨가 구급차 천장을 뚫고 나왔다.

"괜찮아요?"

신이 물어보았다. 코가 닿을 만큼 가까운 곳에서. 그녀가 입을 열자 시큰한 단내가 풍겨왔다. 용재는 자신의 몸이 침대 위에서 떨리는 것을 느꼈다.

"환자 잡아요! 어머님도, 다리 꼭 잡아주세요!"

젊은 의사가 소리쳤다. 과속방지턱을 밟은 구급차가 공중에 떠올랐을 때, 용재는 격렬한 발작에 휩쓸렸다.

돌진하듯이 응급실로 들어간 구급 침대를 보며 선여휘 여사는 서 있었다. 어느 틈엔가 발에서 벗겨진 지미추 샌들이 응급실 앞 진입로에 뒤집혀 있었다. 나이 든 간병인이 그것을 주워 그녀의 발치에 놓아주었다.

"고맙습니다."

여사는 간신히 이야기했다. 간병인은 고개를 끄덕였다. 뒤따라 도착한 임 비서와 일행들에게 그는 사정을 설명해 줬다.

"오늘은 이만 들어가요, 임 비서. 백 기사도. 휴일인데 고마웠어."

여사가 말했다. 직원들은 저마다 난처한 표정을 지으며 돌아섰고, 간병인들은 용재의 병실로 가서 돌봄 채비를 하기로 했다.

응급실 앞 대기실에 앉아 여사는 용재의 처치가 끝나길 기다렸다. 처음엔 의식을 못했는데, 정신을 차려보니 꽤 많은 사람이 그 넓은 공간에 모여 있었다. 개중에는 낮부터 술에 취해 피를 흘리는 남자도 있었고, 팔이 빠져 악쓰며 우는 꼬마도, 복통을 호소하면서 몸을 웅크린 젊은 여자도 있었다.

"그래. 빨리 좀 와. 나 얘가 왜 이러는지 모르겠네."

중년 여자가 휴대폰에다 대고 말했다. 그녀는 벤치에 누운 젊은 여자를 이따금 내려다봤다.

'엄마 같은데…… 아닌가? 누구한테다 말하는 거지?'

선여휘 여사의 신경이 곤두섰다. 얼핏, 자신도 누군가에게 이런 상황을 전해야 한다는 생각이 들었다. 그녀는 토트백을 뒤져 휴대폰을 꺼냈다. 연락처에서 남편의 이름을 찾았으나 어쩐 일인지 통화 버튼을 누르지 못하고 망설였다.

"김재영 님. 김재영 님, 문진실로 오십시오."

안내 방송이 들려왔다. 팔 빠진 꼬마가 제 아빠 품에 안겨 문진실 안으로 갔다. 여사는 하릴없이 휴대폰을 만지작거리다, 이끌리듯이 중고 마켓 어플을 열어보았다. 하지만 산악용 자전거도, 4인용 원목 식탁도, 야마하 바이올린도 지금 그녀에게는 필요치 않았다. 여사의 눈길이 화면 아래로 미끄러졌다. 그녀는 손가락으로 〈마을 생활〉 창을 열었다. 일요일 오후. 사람들은 참으로 한가한 시간을 보내고 있었다. 그들은 아무 걱정도 없이 산책할 이웃을, 배드민턴을 치고 맥주를 마실 친구를 구하고 있었다.

"점심 잘 먹고 화장실 가더니 갑자기 아프다는 거야. 숨을 못 쉬겠다면서. 전생에 내가 애한테 뭔 죄를 지었는지!"

신경질적인 푸념이 여사의 귀에 꽂혔다. 복통을 호소하는 젊은 여자를 보며 중년 여자는 연신 통화 중이었다. 녹색 플라스틱 벤치에 누운 젊은 여자가 끙끙거렸다. 통증이 심해지는지 공벌레처럼 몸을 말았다. 선여휘 여사는 자기도 모르게 발끝에 힘을 주었다.

'전생에…… 죄를 지어서?'

슬며시 미간을 찌푸렸다.

'내가 어떤 죄를 지어서…… 우리 용재가 아픈 걸까?'

그녀는 다시 휴대폰으로 시선을 떨어뜨렸다. 산란한 마음을 외면하려고 이것저것을 살펴보다가 유별난 게시물 제목에 눈이 닿았다.

[주사 실습 모델 구해요. 작성자: 화이팅게일]

'주사? 병원에서 쓰는 그 주사……?'

미간에 힘을 준 채 여사는 게시물 제목을 터치했다.

[안녕하세요? 저는 6개월 차 신입 간호사입니다. 채혈 실력을 늘리기 위해 연습을 하고 있어요. 주사 실습을 도와주실 분 구합니다. 의료인 상호 실습 환영! 통통하신 분, 혈관이 잘 안 보이는 분 기다립니다. 3교대 근무라 시간 조정 가능해요. 실습 후 저녁밥이나 아침밥 함께 먹어요!]

눈앞에 펼쳐진 계단을 내려가듯, 선여휘 여사는 화면 아래쪽 댓글을 살펴보았다.

[이거 의료법 위반 아닌가요?]

[의협 꼰대 납셨네. 의료인 상호 실습에 무슨 의료법?]

[ㄴ,나 의협 아닌데? 그러는 넌 간협?]

[우리 병원 전★★ 너니? 정맥주사 페일해서 한 소리 했더니 찔찔 울더만.]

[ㄴ,쌤 저 아니에요.]

[와…… 나 병원 갈 때마다 혈관 안 보여 기본 세 번은 찔리는 사람인데, 그간의 불만이 눈 녹듯 사라지네요. 간호사 분들 화이팅입니다!]

[동생 없어요? 우리 언닌 나한테 바늘 꽂는데.]

[ㄴ,우와 착하다. 난 언니라 해도 절대 팔 못 줌. 뾰족 공포증 있어요.]

[ㄴ,저도 안 주고 싶은데 엄마가 주라 해서요. 대신 언니도 제 미용 실습을 도와줍니다ㅋㅋ 파마하다가 머리 다 녹임.]

댓글을 읽는 여사의 입에서 웃음이 비어져 나왔다. 아들이 생사의 기로를 헤매는 판에 웃고 있다니, 끔찍한 느낌이었다. 그래도 손 안의 휴대폰을 놓지는 않았다. 그랬다가는 초조와 불안이 단박에 덮쳐올 테니까. 선여휘 여사는 화이팅게일이라는 사용자가 이전에 올려둔 글이 있는지 살펴보았다. 그러는 사이 타박타박 슬리퍼 소리가 나더니 파란 옷 차림의 간호사 한 명이 대기실 로비로 왔다. 지친 얼굴로 주위를 둘러보면서 그녀는 소리쳤다.

"부용재 환자 보호자 분! 부용재 환자 보호자 분 계세요?"

누군가 목덜미를 쥐고 당긴 양 선여휘 여사는 일어섰다.

깊은 밤. 용재는 깨어났다. 그는 어둑한 병실에서 천장을 바라보았다. 커튼레일이 달려 있지 않은 깨끗한 패널에 미등이 별처럼 박혀 있었다. 만일 이곳이 중환자실이라면 틀림없이 커튼레일이 보였을 텐데…… 코끝을 맴돌던 '그 냄새'도 이제는 사라졌다. 규칙적으로 울리는 바이탈 기계 소음에 마음이 느긋해졌다.

'한심하긴. 죽으려 했던 주제에.'

용재는 스스로에게 핀잔을 주었다.

가까운 곳에서 피빅 피빅 알람 소리가 나자, 야간조 간병을 맡은 범준이 슬며시 다가왔다.

"어? 깨어나셨다. 그렇죠?"

마치 용재가 '아, 그래요.' 하고 '지금 몇 시예요?' 물어온 듯이 범준은 빙긋 웃었다. 그리고 날짜와 시간을 알려주었다.

"깨어나? 우리 용재가?"

안락의자에서 까무룩 졸던 선여휘 여사가 새처럼 파닥거렸다.

'엄마, 아직 있었네.'

"네에. 아드님 일어나셨어요. 자, 편하게 자세를 바꿔드릴게요. 엄마랑 눈 보고 이야기 나누셔야지. 얼마나 걱정을 하셨다고요."

기운찬 손길로, 범준은 용재의 몸을 오른편으로 뉘어줬다. 또 다른 야간조 간병인인 박 선생이 가습기 안에 물을 채웠다. 욕창이 생기는 걸 방지하려고, 두 사람은 용재의 등과 둔부와 대퇴부 근육을 정성껏 마사지했다.

'아아…… 편안해.'

용재의 가슴 깊은 곳에서 안도의 한숨이 터져 나왔다.

"어머, 애 좀 봐. 시원한가 봐요!"

호들갑을 떨며 선여휘 여사는 아들의 팔뚝을 주물럭거렸다.

'아이, 창피하게!'

용재는 투덜댔다. 깊은 밤 병실의 은은한 불빛 아래서 모자는 활짝 웃었다. 물론 용재의 입에선 아무 소리도 나지 않았다. 그가 얼굴의 근육 일부를 움직인 것도 아니었다. 하지만 선여휘 여사에게는 아들의 마음이 그대로 느껴졌다. 그녀는 자기를 닮아 커다란 아들의 눈을 가만히 들여다봤다.

"신 박사님한테, 엄마 혼났다?"

여사는 장난스럽게 입술을 삐죽였다.

'그래? 뭐랬는데?'

용재가 눈으로 되물었다.

"'예민한 환자를 데리고 가서 그렇게 오래 계시면 어쩝니까?'
호호호! 얼굴이 빨개져서는 화내더라고. 이만하기를 천만다행이
라고 두 번씩이나 말했어."

'그래도 고맙네. 걱정해 주는 거 아냐.'

"그래도 고맙지 뭐."

모자는 서로를 보고 또 한 번 활짝 웃었다.

"저기…… 재미있었지? 장대높이뛰기 말이야."

선여휘 여사는 긴 폴을 쥐고 흔드는 시늉을 했다.

'응. 너무 재미있었어. 그 선수 참 멋지더라.'

"엄마는…… 너 몸만 건강하면 며느리 욕심 나. 김신이 선수 말
이야. 온갖 행사들 함께 다니며 새 식구라고 자랑할 거야."

'나도…… 그런 여자와 사귀어보고 싶어. 건강해지기만 하
면…….'

고개를 끄덕이며, 선여휘 여사는 아들의 손을 토닥거렸다.

'엄마. 나…… 일어날 수 있을까?'

용재가 물어보았다.

"그럼! 당연하지!" 여사는 꾸짖듯 아들을 흘겨봤다. "신 박사
님이 이 분야에서 한국 최고야. 기존 연봉 두 배 드리고 우리 재
단에 모셔온 이유지! 노벨생리의학상 받은 미국의 제임스 박사
도 희망이 있다고 했어. 너는 걱정 마. 마음만 단단히 먹어. 아무
리 힘들어도…… 지치면 안 돼. 힘들 때마다 엄마 생각해. 용재

야, 엄만 너 없으면!"

여사의 큰 눈이 벌겋게 충혈됐다. 힘주어 웃으면서, 그녀는 아들의 손을 움켜쥐었다.

"알지?"

'하지만 엄마…… 나 없이도 잘 살아갈걸.'

용재가 피식 웃었다. 그는 콧물을 닦는 엄마 얼굴을 묵묵히 바라보았다. 그때 왜 그 사람 모습이 떠올랐을까? 롤스로이스 팬텀의 새로운 운전기사……. 명품 쇼핑백들을 안고 그가 병실로 들어섰을 때, 용재는 도플갱어를 마주친 듯 등골이 오싹했다. 수많은 쇼핑백 중 하나를 집어 엄마가 그에게 주었을 때는 온몸의 피가 거꾸로 솟는 듯했다.

'중고 거래를 하다가 알게 됐다고 했지. 화구를 팔았다던가?'

용재는 두 사람이 롤스로이스에 올라타 도로를 달리는 상상을 했다. 농담을 나누고, 어딘가 멋진 곳을 향하는 행복한 표정들을…….

"그래. 착하다 우리 아들!"

난데없이, 여사가 용재의 엉덩이를 토닥거렸다. 어이가 없어 용재는 웃고 말았다.

'역시…… 착각에 불과한 거야. 마음이 통한다는 건.'

아들의 팔에 뺨을 기댄 채, 선여휘 여사는 하품을 했다. 풍성하게 부풀린 머리칼 사이가 헤싱헤싱 벌어져 있었다. 두피 근처에 새롭게 자란 흰 머리칼이 용재의 눈에 띄었다. 그는 천천히 엄마의 나이를 헤아려봤다.

'어디 보자, 자그마치 예순세 살이네. 이제는 정말 할머니라고 해도 되겠다.'

용재는 그 말을 듣고 질색하는 엄마의 표정을 상상했다. 병실 창가에 후득 후드득 비 부딪히는 소리가 났다. 간병인 범준이 커튼을 만지며 창밖을 기웃거렸다. 콧노래를 흥얼거리며 침대 근처로 돌아온 그는 익숙한 솜씨로 용재의 목에서 가래를 빼주었다. 세심한 손길로 뒷목을 문질러주기도 했다.

"비 오는 여름밤 기분이 좋아. 과거도 미래도 사라지는 밤."

'……과거도 미래도 사라지는 밤.'

"그대와 나만이 함께 있는 밤. 러블리 레이니 추추 춉춉."

'그대와 나만이 함께 있는 밤. 러블리 레이니 추추 춉춉.'

단순한 리듬을 따라 노래 부르며 용재는 미소 지었다.

'아까…… 죽지 않아서 다행이다.'

문득 그런 생각이 들었다. 좁은 차 안에서 발작을 하다가 죽었더라면 엄마는 큰 충격을 받았으리라. 죽은 뒤에는 타인의 슬픔 같은 것 모를 테지만, 그렇다 해도 엄마가 슬프지 않았으면…….

'참 좋구나. 이렇게라도 나이 드는 것.'

용재는 그런 생각도 했다. 철없던 때는 이 모든 불행이 엄마 탓이라 여겼다. 그날, 엄마가 외출을 말렸더라면. 집에 있으라고 화를 냈다면 사고는 없었을 텐데. 아니, 엄마가 그 차를 사주지 않았더라면 얼마나 좋았을까. 차라리 가난한 집에서 태어났더라면……. 10년 가까운 세월 동안 용재는 매일 수없이 원망했다. 생각이 달라진 것은 얼마 전이었다. 식당 〈명복네〉 이야기를 듣던 밤. 침울한 낯으로 손님들을 동정하는 엄마를 보며, 용재는 죽음에 관해 생각했다.

'갑자기 세상을 떠난 영혼들은…… 지금 어디에 머물고 있을까. 아니, 머물 수 있기는 할까?'

용재는 쉴 없이 떠드는 엄마의 얼굴을 바라보았다. 그는 손을 뻗어 엄마의 뺨을 어루만지는 상상을 했다.

'그날, 죽었을 수도 있었어. 그랬더라면 이렇게…… 엄마가 나를 사랑하는 줄 몰랐겠지. 내가 세상을 바꾸는 영웅이 못 되더라도 엄마의 마음은 똑같다는 걸 몰랐을 거야. 사실 미워해야 할 것은 그 사람인데. 그 음주 운전자인데…… 왜 자꾸 엄마한테만 책임을 돌렸을까? 그건…… 그 사람이 그 자리에서 죽었기 때문이겠지. 게다가 그 차를 사달라고 졸라댔던 건 나야. 물론, 이렇게 될 걸 알고 그랬던 것은 아니지만.'

사고 후 10년이 지났건만 억울한 마음은 아직도 들썩였다. 용재는 자신이 가질 수 있었던, 모든 잃어버린 것들을 생각했다. 그러자 온몸이 뜨거워지며 울컥 눈물이 흐르는 듯한 착각이 들었다.

'아, 나의 인생은 무엇을 얻기 위해서 이토록 부서져야만 했을까! 아무런 이유도 없고 끝내 놀라운 반전도 없다면, 내 삶은 완전히 무가치하고…… 실패한 것이 아닐까?'

피빅피빅. 또 한 번 알람 소리가 났고 이번에는 박 선생이 다가

와 용재의 몸을 반대편으로 돌려줬다. 엄마의 모습이 등 뒤로 사라졌다. 이제 눈앞에 보이는 것은 A급 특실의 널따란 벽뿐.

"괜찮아요?"

거무스름한 벽을 뚫고, 한 여자가 얼굴을 내밀었다. 짧은 머리칼 사이로 새카만 눈이 빛났다. 검게 그을린 콧등에 슬쩍 주름이 잡혔다.

"그냥…… 갈까요?"

벽 속에서 그녀가 물어보았다.

'아니요. 아니에요.'

용재는 서둘러 대답했다. 환히 웃으며 그녀는 고개를 끄덕였다. 여자는 까만 벽 속에서 완전히 몸을 빼내고 두 팔을 뻗어서 스트레칭을 시작했다. 타이트한 쇼트 팬츠에 러닝슈즈를 신고, 양손엔 긴 폴을 쥐고 있었다.

"비 그쳤네요."

"그러네."

범준과 박 선생이 들릴 듯 말 듯 중얼거렸다. 두 사람은 일어나 암막 커튼을 완전히 닫아버렸다.

"자요, 이거 받아요."

캄캄한 벽 속에서 신이가 긴 폴을 내밀었다.

'아니요, 나는…… 움직일 수가 없어요. 식물인간이거든요.'

용재의 말에 신이는 고개를 갸웃했다.

"하지만…… 이렇게 서 있잖아요?"

'내가요?'

용재는 고개를 숙여 두 발을 내려다봤다. 정말, 그는 서 있었다. 붉은 트랙이 끝없이 펼쳐진 운동장 위였다. 가까운 곳에 사패산 정상이 우뚝 섰고, 그 기슭 어딘가에서 더운 바람이 불어왔다. 지난 10년간 선수 생활을 해오기라도 한 양, 용재는 익숙함을 느꼈다. 그는 신이가 건네준 폴을 덥석 잡았다. 묵직한 중량감이 그의 마음을 흥분시켰다. 구름이 잔뜩 낀 8월의 한낮. 습한 열기를 들이마시며 용재는 내달렸다. 박스에 폴을 꽂고 힘차게 당겨서 하늘로 날아갔다. 꿈속에서, 그는 빨간색 크로스바를 훌쩍 넘었다. 잠시 아래를 내려다보다…… 매트를 향해 뚝 떨어졌다.

"으헉! 크흘록!"

끔찍한 기침 소리에 놀라 선여휘 여사는 눈을 떴다. 이른 아침, 그녀는 떠밀리듯이 병실 밖으로 쫓겨났다. 하룻밤, 아니 몇 시간 만에 거짓말처럼 상황이 악화된 것이다. 숙련된 간호사들이 병실을 뛰어다니고 전공의들이 들이닥쳤다. 갑자기 문을 열고 신 박사가 가운을 날리며 들어왔다. 의료진들은 전문용어로 대화를 나누기 시작했다. 뉴모니아(pneumonia)라는 단어가 여사의 귀에 꽂혔다.

'폐렴이구나!'

여사는 두려워 몸을 떨었다. 2년 전에도 용재의 폐포에 염증이 생겼었다. 항생제를 투여했지만 패혈증에 걸리고 말아, 한 달 가까이 중환자실에서 사경을 헤매었다.

의료진들이 용재의 침대를 밀어 병실 밖으로 내보냈다. 그들은 전용 승강기를 타고 중환자실로 들어갔다. 꽁무니에 뒤따라 붙는 선여휘 여사를 의료진 몇이 막아섰다. 덩그러니 로비에 남아 여사는 휘청였다. 호흡이 벅차고 어지러웠다. 얼마나 지났을까? 신 박사가 밖으로 나와 상황을 설명해 줬다.

"혈액 내 염증 수치가 높아졌어요. 알레르기성 폐렴이 의심되는데, 무엇에 의한 알레르기인지는 검사해 봐야 알겠습니다. 엎친 데 덮친 격으로 흉수가 차고 있어요."

"흉수요?"

여사는 놀라서 되물었다. 신 박사는 손날을 세워 자신의 가슴 이쪽저쪽에 댔다. 그는 차분히 설명했다.

"폐를 덮고 있는 흉벽, 그리고 횡격막을 감싸는 흉막 사이에 물이 찬다는 뜻입니다. 약물을 써서 흉수의 양을 조절해야 하는데 폐렴과 요로 감염이 겹쳐서 쉽지는 않겠습니다."

"쉽지…… 않다니요?"

입을 다물고, 신 박사는 여사의 두 눈을 마주 보았다.

"지켜보시죠."

그는 몸을 돌려서 사라졌다. 다리에 힘이 빠져, 여사는 로비에 주저앉았다. 간병인으로부터 상황을 전해 듣고 임 비서가 연락해 왔다. 즉시 병원으로 출발한다는 말을 끝으로 전화가 끊어졌다.

대기실의 정적이 무서워 여사는 손에 쥔 휴대폰을 묵주 알처럼 문질렀다. 문득 밝아진 화면 가운데 중고 마켓 어플이 눈에 띄었다. 여사는 홀린 듯 그것을 눌러 〈마을 생활〉 게시판으로 갔다. 주사 실습 모델을 구한다는 게시물에 참여 버튼을 누르고, 그밖에도 눈에 띄는 게시물마다 참여 신청을 했다. 당장 누구라도 연락만 닿으면 나가서 만나리라고 마음먹었다.

'여기서 걱정한다고 뭐가 달라져? 내가 의사도 아니고…… 할 수 있는 일이 없잖아. 공연히 두려워 떨기만 하는 거지. 그럴 필요는 없어. 인생을 그렇게 소진할 필요는 없다고.'

여사는 주먹을 불끈 쥐었다.

'우리 용재, 분명히 일어날 거야. 눈떴을 때 웃는 얼굴을 보여주자. 그리고 재밌는 이야기를 들려주는 거야. 세상이 얼마나 살 만한 곳인지 잊지 않도록.'

휴대폰을 보며, 여사가 끝없이 만남 신청을 하고 있는데 문자 하나가 날아들었다. 주사 실습 모델을 구한다는 바로 그 간호사였다. 여사는 곧바로 답장을 보내 만남을 청했다. 급박하고 적극적인 재촉에 상대는 조금 당황한 눈치였다.

[그러면.. 호호다방이라고 아세요? 24시간 하는 곳인데, 이른 시간엔 사람이 없어 채혈 실습을 하기 좋아요. 꽤 높은 칸막이들도 있고요.]

선여휘 여사는 상대가 보내온 지도 링크를 열어 위치를 확인했다. 때마침 병원에서 가까운 곳이었다. 아니, 가까운 정도가 아니었다. 호호다방은 일성대학병원 바로 맞은편 상가 2층에 있었다. 플라노 피의 하늘색 아마 드레스에 하얀색 숄을 두르고, 여사는 날듯이 갔다. 아침나절이라 그런지 다방은 한산했다. 20대 초반으로 보이는 한 여성이 창가 자리에 앉아 있었다.

"화이팅게일 님?"

"네. 선녀님?"

간호사의 이마는 볼록하고 반질반질했다. 반달눈과 둥근 코는, 예쁘다기보다 잘생겼다는 인상을 풍겼다. 목소리는 나긋하고 상냥했는데, 피로 탓인지 눈 밑이 어두웠다.

깨끗한 나무 탁자를 사이에 놓고 두 사람은 마주 앉았다. 레이스로 장식된 라탄 칸막이가 카운터로부터 그들의 모습을 가려주었다. 얼음이 담긴 블랙커피와 뜨거운 블랙커피가 두 사람 앞에 놓였다.

"미안해요. 이렇게 일찍 연락을 해서."

선여휘 여사는 뜨거운 커피를 한 모금 맛보았다. 강렬한 쓴맛에 입안이 얼얼했다. 정신이 번쩍 들었다.

"아니에요, 괜찮아요. 방금 전 나이트 근무가 끝났거든요. 실습하고 집에 가 쉬면 됩니다." 간호사가 싱긋 웃었다. "아! 저는 저기 병원에서 일해요."

그녀는 손으로 창밖을 가리켰다. 어미를 지그시 누르는 말투에서 상냥함이 묻어났다.

"그래요? 일성대병원에서?"

여사는 창밖을 바라보았다. 큰 새가 날개를 편 듯 웅장한 기세로, 병원 건물은 서 있었다. 20대 간호사는 해맑게 웃어보였다.

가볍게 허리를 펴는 몸짓에서 소속 기관에 대한 자부심이 느껴졌다.

"선녀님은 어느 병원에서 일하세요? 혹…… 은퇴하셨나요?"

조심스럽게 간호사가 물어왔다.

"아니 나는, 의료인은 아니고요."

여사가 손사래 쳤다.

"어머, 아니세요? 저는 당연히……. 그럼 어쩌지?"

"왜요? 의료인이 아니면 문제가 되나요? 듣자니까 일반인이라도 가족이나 친구한테는 주사 실습을 한다던데."

"그게, 그렇기는 한데요. 멍이 들 수도 있고, 부을 수도 있고 해서 모르는 사람한테는 잘……."

간호사는 난처한 듯 입술을 깨물었다. 부작용이 생기면 책임 추궁을 당할까 봐서 두려운 눈치였다.

"걱정 말아요. 부작용 생겨도 치료비 내라 안 해." 여사가 잘라 말했다. "원한다면 지금 얘기, 녹음해요. 나, 일성대학병원 잘 알아. 우리 아들이 거기 입원해 있거든. 그동안 친절하고 똑똑한 간호사 선생님들 덕 많이 봤어요. 보답하는 자리라고 나, 생각해요."

"어머, 아드님이…… 어느 과에요?"

젊은 간호사는 두 눈을 크게 떴다.

"신경외과요."

"아…… 그러시구나."

무슨 사정인지 알겠다는 듯, 간호사의 목소리가 졸아들었다.

"그런데 왜 이런 시간에…….."

"여기에 있냐고요?" 고개를 숙이고 여사는 하얀색 숄을 벗어서 뭉뚱그렸다. "방금 전에 중환자실로 갔거든요, 우리 아들이. 초조해 견딜 수가 있어야지. 누구라도 만나 뭐라도 해야 살겠다 싶어서 나왔어요."

"아…….."

간호사는 또 한 번 고개를 끄덕였다.

"선생님은, 어느 과에서 일해요?"

여사가 물어보았다. 대화를 나누다 보니 마음이 조금씩 편해졌다.

"저는…… 소아과요."

간호사는 어깨를 움츠렸다. 귀여운 아기들 모습이 떠올랐는지 갑자기 해쭉 웃었다.

"저런. 그러면 아기 모델을 구해야 하는 거 아니에요? 나 같은 늙은이는 도움이 안 될 텐데."

진지한 눈으로 간호사는 도리질했다.

"아니에요. 그렇다고 아기 모델을 구할 순 없죠. 또 구한다 쳐도 윤리적으로 할 만한 일은 못 되고요. 어르신들은 정맥 벽이 아이들처럼 얇으니까…… 봉사해 주시면 도움이 돼요."

'하긴 그러네. 세상 어떤 부모가 자기 새끼를 실습하라고 내어 주겠어?'

선여휘 여사는 고개를 끄덕였다. 그녀는 맞은편에 앉은 아가씨를 가만히 바라보았다. 좀 말랐다 싶은 몸에, 허리까지 오는 머리카락을 단정히 묶고 있었다.

"아니 근데, 귓가가 왜 그래요? 시퍼런 게…… 반점인가?"

생각 없이 말을 뱉었다 여사는 손으로 입을 가렸다. 그녀는 미간을 찌푸렸다.

"미안해요. 내가 이렇게 부족한 사람이야. 실례했어요."

간호사의 얼굴이 벌겋게 달아올랐다. 그녀는 손으로 뺨을 감싸며 고개를 수그렸다.

"아, 이거요……. 실은…… 보호자한테 맞았어요. 6개월 아기 정맥을 못 찾아서요. 그러니까…… 세 번째로 채혈에 실패했을 때요."

"세상에!"

선여휘 여사는 놀라서 고개를 뒤로 젖혔다.

"딱 한 대 맞았는데 이렇게 됐네요."

민망한 듯이 간호사가 헤헤 웃었다.

"아니, 어떻게 사람을 때려? 아무리 속이 상해도 그렇지! 원, 일부러 그랬나?"

딸 선정이 그런 일을 당하기라도 한 양, 선여휘 여사는 씩씩거렸다.

"일부러 그런 건 아니지만…… 보호자 분들한테는 상관없는 것 같아요. 제 잘못이죠. 더 잘했더라면……."

어린 간호사는 싱겁게 히쭉였다. 얼음 잔에 꽂힌 빨대를 입으로 쪽쪽 빨았다.

"그래도 그렇지. 거기만 자식 있나? 간호사도 남의 집 귀한 자식인데! 엄마가 뭐래요, 펄쩍 뛰지 않아?"

여사는 흥분해 언성을 높였다. 그 모습을 본 간호사가 고개를 돌리고 쿡쿡 웃었다.

"처음엔 그러셨는데…… 이제는 저를 혼내세요. 왜 잘못해서 얻어맞냐고요."

잠시 얼이 빠져서 여사는 두 눈을 깜빡였다.

"아니, 그게 무슨 소리야? 어떤 엄마가 그런 말을 해요? 나 같으면 당장 병원으로 가서 그 보호자를 그냥!"

여사는 소매도 없는 맨 팔을 공연히 걷어붙였다.

"저희 엄마도 간호사시거든요. 그래서……."

"으응? 아아……." 머쓱한 나머지, 여사는 마른 콧물을 훌쩍거렸다. "그래서 계속하는 거예요? 힘들 텐데."

진지한 낯으로 간호사는 고개 저었다.

"아녜요. 전 그냥…… 이 일이 좋아요. 아파서 울던 애들이 나아서 웃는 걸 보면 행복하고. 근데 저 때문에 애들이 아파하니까…… 채혈 실패할 땐 진짜 온몸이 녹아서 사라지는 것 같아요. 이번에 그 아기도 수간호사 쌤이 한 방에 채혈 성공해 입원했는데, 통통한 팔이 퍼렇게 된 거 보니까 마음이 아파서 죽겠더라고요. 나는 왜 이렇게 솜씨가 없나……."

태어난 지 6개월 된 아기의 멍든 팔을 떠올리자 선여휘 여사의 가슴이 저릿해왔다. 물론 시퍼렇게 멍든 간호사의 귀밑도 딱하긴 마찬가지였다.

"게다가, 제 고향이 남해거든요. 저희 엄마가 거기서 25년을 일하셨는데, 제가 서울에 있는 대학병원, 그중에서도 일성대병원 간호사가 됐다고 너무너무 자랑스러워하세요. 그러니까…… 더 번듯하게 잘하는 모습을 보여드리고 싶은 거죠."

'원 세상에, 이런 천사가 있나? 우리 용재가 건강만 하면 며느리 삼고 싶네!'

무심코 생각하다가 선여휘 여사는 뜨끔했다. 당장 어젯밤만 해도 신이바예바 님을 며느리 삼고 싶다 하였던 자기 모습이 떠오른 탓이었다.

"자, 그럼 시작할까요?"

간호사는 차가운 커피 잔을 옆으로 밀고, 알루미늄 재질의 네모난 가방을 탁자에 올려놓았다. 가방을 여는 손끝이 퍽 야무졌다. 가는 팔에는 제법 근육이 있었는데, 흰 피부 위에 동전만 한 멍이 서너 개 보였다. 아마도 제 팔에 채혈 연습을 한 모양이었다. 은빛 가방 속에는 노란 고무줄이며 주삿바늘, 핀셋, 알코올 솜 등이 빽빽이 들어차 있었다.

"저기…… 어디 어디를 찔리게 될까?"

여사는 물어보았다. 입안이 조금 말랐다.

"우선 손등에 할 거고요, 그다음에는 손목이랑 팔오금에 있는 혈관에 할 거예요. 괜찮으시면 발등도 하면 좋고요. 여기, 목에서 채혈하는 방법도 있는데 아무래도 처음이니까 거기까지는 무리겠죠? 어쨌든 아기를 위해 연습하는 것이다 보니, 좀 가는 혈관을 찾을 텐데…… 괜찮으시겠어요?"

손목용 쿠션을 탁자에 두고, 간호사는 한 손을 내밀었다. 그 하얀 손 위에 여사는 자신의 통통한 손을 천천히 내려놨다. 피부와 피부가 맞닿는 순간 난데없는 딸꾹질이 불쑥 솟았다.

"어머, 어쩌지? 이래서야 바늘 꽂기가 어려울 텐데."

여사의 입매가 아래로 휘어졌다.

"괜찮아요." 간호사는 여사의 손등을 가볍게 토닥였다. "오히려 좋아요. 아기들은 가만히 있질 않거든요. 바운스 타는 데 도움이 될 거예요."

"바운스?"

"네. 아기들은 주삿바늘이 꽂히는 순간 팔을 쏙 빼요. 아프니까 반사적으로 그런 행동을 하는 거죠. 그때 꽂힌 바늘을 놓치지 않고 간호사가 그 방향으로 같이 움직여주는 걸 바운스 탄다고 해요. 만약 바늘을 놓치면 아기가 두 번 아파야 하니까, 소아과 간호사라면 꼭 갖춰야 할 기술이죠. 딸꾹질을 시작하셔서 감사할 정도입니다."

"아, 그래요? 잘됐네."

염소 같은 소리를 내며 선여휘 여사는 웃음 지었다. 어린 간호사는 능숙한 솜씨로 여사의 손을 말아 주먹을 쥐게 하더니, 알코올 솜으로 손등을 문질렀다.

"어머, 어쩜 이렇게 고우세요? 점 하나 없이 환하고, 탄력 있고,

보드랍고…… 저보다 더 고우세요."

두 눈을 크게 뜨고 간호사는 탄성을 내질렀다.

"아이, 뭘. 유전이에요. 체질."

여사가 미소 지었다. 6개월마다 한 번씩 피부과에 가 잡티를 제거하고 수시로 마사지 받는다는 건 비밀로 해두었다. 간호사는 여사의 손을 제 눈 가까이 가져다 댔다.

"대단하세요! 피부는 아기들처럼 보드랍고, 지방이 풍성해 혈관이 안 보여요. 먹성 좋은 아기들, 포동포동한 몸으로 소아과 오면 귀엽지만…… 사실 그런 아기 정맥 찾는 것만큼 어려운 일도 없거든요. 아픈 아기 탓에 예민해진 부모님들은 폭발 직전이어서 죽일 듯, 아니, 심각한 눈으로 지켜보시고요…… 하하. 아무튼 선녀님 손은 최고예요. 저 지금 엄청 흥분했는데, 모르시겠죠?"

'모를 리가 있나.'

선여휘 여사는 쓰게 웃었다. 간호사는 여사의 손목을 쿠션 위에 놓고 바늘을 집어 들었다.

"따끔, 합니다아."

길고 가느다란 바늘은 뻔히 보이는 시퍼런 정맥을 비껴 그림자처럼 희미한 핏줄로 쏙 들어갔다. 여사는 딸꾹, 상체를 흔들었다. 순간 들썩인 손을 꼭 쥐고 간호사의 손도 같은 박자로 들썩였다.

"괜찮네!"

"안 빠졌다, 어휴!"

선여휘 여사와 간호사는 동시에 활짝 웃었다.

"참 운이 좋으시네요. 어쩜 한 번에!" 하고 말하다, 간호사는 움찔했다. 주삿바늘이 꽂힌 부위가 파랗게 변하더니 핏방울이 흘러나왔다.

"죄송해요. 터졌나 봐요."

간호사는 얼른 바늘을 빼고 알코올 솜으로 손등을 압박했다. 잠시 후 그녀는 동그란 반창고를 여사의 손에 붙였다.

"이게 뭘까? 곰인가?"

여사는 반창고에 그려진 알록달록한 캐릭터를 바라보았다.

"그래 보이죠? 그런데 물개래요. 애들이 좋아해요. 자, 다시 한 번 하겠습니다. 이번엔 반대쪽 손으로 해볼게요."

선여휘 여사는 오른손을 거두고 왼손을 내밀었다. 간호사는 여사의 손을 둥글게 말고 알코올 솜으로 문지르더니 고개를 갸웃했다.

"여긴 더 안 보이네요. 주먹을 쥐었다 폈다 해보시겠어요?"

여사는 시키는 대로 했다. 그래도 간호사는 눈살을 찌푸렸다.

"팔을 굽혔다 폈다 해보세요. 음, 안 되네요. 이번엔 주먹만 90도로 돌려보시겠어요? 아! 이젠 됐어요. 따끔, 합니다아."

딸꾹 하고 움직이면서 여사는 손등에 통증을 느꼈다. 이번에도 간호사는 바늘을 놓치지 않았다. 혈관을 터뜨리지도 않았다. 간호사는 여사를 힐끔 보더니 바늘을 더 깊이 넣었다. 그러나 아무리 기다려도 핏방울이 주사기 쪽으로 빨려 나오질 않았다.

"어? 이상하네. 잠시만요……. 조금만 움직일게요."

간호사는 여사의 손을 쥔 채 바늘을 비틀었다. 그러자 정수리부터 등골을 타고 전류가 흐르는 듯한 충격이 일었다. 식은땀을 뻘뻘 흘리며 그녀는 양악을 깨물었다. 그러나 바늘은 빠지지 않고 계속 움직였다. 결국 여사는 짧은 비명을 지르고 말았다. 커다란 눈에서 눈물이 뚝 떨어졌다.

"죄, 죄송해요." 당황한 간호사가 바늘을 잡아 뺐다. "아무래도 혈관이 도망 다니는 것 같아요. 많이 아프시죠?"

"괜찮아요. 견딜만 해."

선여휘 여사는 접어둔 숄로 눈물을 찍어 눌렀다.

"저, 그럼…… 이번엔 팔오금에다 해도 될까요?"

간호사가 이야기했다. 여사는 또 한 번 등골이 오싹했지만 고개를 끄덕였다.

"그럼요. 해보세요."

"감사합니다."

기쁜 낯으로 간호사는 은색 가방을 뒤적거렸다. 그리고 바늘을 두 개 꺼냈다. 둘 다 아까 것보다 굵었는데, 그중 하나는 뚫린 구멍이 눈으로 보일 정도로 컸다. 여사는 발가락들을 꽉 오므렸다.

"여기 작은 쪽 바늘 보이시죠? 이게 24호거든요. 근데 수술할 때는 반대편 큰 바늘, 20호짜리로 정맥을 찔러요. 혹시나 긴급 수혈할 때를 대비해 미리 큰 혈관을 찾아서 뚫어놓을 때 쓰지요. 근데 큰 바늘로 찌르다 보니 약한 혈관은 터지기도 해요. 위험한 만큼 연습이 반드시 필요한 부위랍니다. 지금 해보려는데…… 괜찮으실까요? 만약 잘못되면 팔오금 주위가 붓고 피멍이 들 수 있어요. 손바닥 크기 정도로요."

간호사가 손에 쥔 바늘을 보며 선여휘 여사는 침묵했다. 그녀는 자기도 모르게 마른침을 꿀꺽 삼켰다. 겁이 나 주저하는데, 용재의 얼굴이 눈앞에 떠올랐다. 새벽녘 고통스럽게 기침을 내뱉던 모습이었다. 여사는 천천히 고개를 끄덕였다.

"해보세요. 괜찮아요."

"감사합니다. 정말 용감한 분이세요."

상대의 마음이 변하기 전에 실습을 하려는지, 간호사는 큰 주사기의 포장을 서둘러 찢어냈다.

"따끔, 아니, 좀 아프실 거예요."

어색하게 웃으며 간호사는 20호 바늘을 팔오금에다 꽂았다. 선여휘 여사는 통증에 놀라 상체를 움찔했다. 제발 제대로 피가 나기를 간절히 기도했다.

"어떻게 이런 봉사에 응하시게 됐어요?" 피가 나는 것을 확인한 뒤에 간호사가 물어왔다. "모델 구하는 거, 정말 어렵거든요. 자매나 친구들도 몇 번 해주면 불편해하고, 동료들끼린 혈관 길 뻔히 알아서 의미도 없고요. 어쩌다 〈마을 생활〉을 알게 돼 게시글 올려본 건데, 연락 주신 분은 선녀님이 처음이에요."

"그냥……"

선여휘 여사가 미소 지었다. 그녀는 팔뚝에서 굵은 바늘이 빠지는 것을 보고 안도의 숨을 쉬었다. 두툼한 알코올 솜이 그 위에 없어졌다.

"살면서…… 한 번도 헌신한 적 없다는, 그런 생각이 들었어요. 더러 여기저기에 기부를 하긴 했지만. 뭐랄까…… 나 자신을 구체적으로 헌신한다는 느낌은 들지 않았어."

간호사는 실크 반창고를 잘라내 두툼한 알코올 솜에 얹었다. 대충 고정한 뒤에는 반창고를 더 길게 잘라 팔뚝에 감아주었다. 일에 열중한 나머지, 간호사가 자기 말을 흘려듣고 있단 걸 여사는 깨달았다. 그러자 마음이 한결 더 편해졌다.

"사실 우리 아들이 많이 아파요. 그런데 아무것도 해줄 수가 없어. 간호사 선생님, 그 기분 알아요? 끔찍하게 무력하고, 쓸모없는 사람이 된 것 같은 기분."

"안다고…… 생각했어요. 하지만 완전히는 모르겠죠."

설핏 웃으며, 간호사는 새 알코올 솜으로 탁자를 정리했다.

"어떤 때는 의사, 간호사 선생님이 부러워요." 선여휘 여사가 고백했다. "나도 의료인이 되었더라면 우리 애를 위해 뭔가를, 구체적으로 걔한테 도움되는 일들을 해줬을 텐데. 아니, 애초에 연구자가 되어 식물인간에 대한 연구를 했더라면, 그런 위대한 과학자가 됐다면 좋았을 텐데. 맨 그런 쓰잘데없는 후회만 하죠. 돈으로 해결되는 병도 아니고…… 생각하면 할수록 무력감 느껴져요. 나 때문에 우리 애가 그렇게 됐는가 싶고. 내가 평생을 순탄히 살아, 세상이 균형을 맞추려고 애꿎은 우리 앨 잡았나 싶고."

간호사는 나비 모양의 플라스틱이 달린 새 바늘을 들었다 내려놓았다.

"설마요."

"글쎄. 10년이나 고민했지만 그것 말고는 우리 애가 그렇게 될 이유는 없는 것 같아. 아니면 그냥 우연히 그렇게 됐다는 건데, 나 그건 더 견딜 수가 없어서…… 그래서 이런 거라도 하려고요. 나도 남들 이야기 들어보고, 도울 수 있는 건 돕고, 나눌 수 있는 건 나누고…… 그런데 너무 늦었는가 봐."

두 눈을 내리깔고 간호사는 물방울 맺힌 커피 잔을 손으로 만지작거렸다. 위로가 될 말을 해주고 싶으나 여의치 않은 눈치였다.

"아이고, 이런 주책." 선여휘 여사가 손사래 쳤다. "이번에는 발등에다가 할까요? 그런데 여기선 조금 눈치가 보이네."

"괜찮으시겠어요? 자세는, 제가 내려가 꿇으면 돼요. 지난번에 동료랑 시도해 봤는데 칸막이 때문에 안 보여요."

나비바늘을 쥐고 간호사는 테이블 아래에 쪼그렸다. 선여휘 여사는 진주가 장식된 지미추의 샌들에서 통통한 발을 빼냈다. 간호사가 시원한 알코올 솜으로 발등을 문질러줬다.

"꽤 아프실 거예요."

손끝으로 여사의 발등을 두드린 뒤에 간호사는 기다란 바늘을 찔러 넣었다. 여사는 펄쩍 뛸 만큼 아팠지만 신음을 꾹 참아냈다. 발바닥에서 촉촉한 땀이 솟았다. 그때, 전화벨 소리가 고요한 다방에 울려 퍼졌다. 여사는 반사적으로 탁자에 놓인 휴대폰 화면을 봤다. 전화를 걸어온 이는 임 비서였다.

"여사님, 어디세요? 아드님 위독……"

거기까지만 듣고 여사는 일어났다.

"미안해요. 우리 아들이 아프대!"

한쪽은 맨발인 채로 그녀는 내달렸다. 나선 계단을 우르르 달려, 붉은 등 켜진 횡단보도에 겁 없이 뛰어들었다.

"저, 그거 빼셔야 하는데!"

파리한 얼굴로 쫓아가며 간호사는 소리쳤다. 하지만 험악한 자동차 경적에 가려 그 소리는 여사의 귓가에 닿지 않았다. 최상급 진주가 달린 지미추사의 샌들을 안고, 간호사는 두 발을 동동 굴렸다. 포악한 욕설을 들으며, 여사는 차들 사이를 치일 듯 가로질렀다. 그녀가 일성대학병원의 시커먼 입구로 들어가는 걸 본 뒤에야, 앳된 얼굴의 간호사는 안도의 숨을 쉬었다.

위험한 거래

장례는 화려하게 치러졌다. 일성대학병원 장례식장의 S급 지도사들이 용재의 마지막 여행을 준비해 주었다. 선여휘 여사의 뜻에 따라서 화장은 않기로 했다. 용인의 너른 선산에 용재를 위한 자리가 마련되었다.

용재는 연갈색 수의 대신 플라노 피사의 3000만 원짜리 검은색 정장을 갖춰 입었다. 가슴에는 붉은 산호로 만든 브로치를 꽂았고, 손가락에는 나비 날개가 들어 있는 황금색 호박 반지를 꼈다. 그 호박은 5000만 년 전 고생대의 소나무 수액이 빚어낸 것으로, 보석이라기보다는 유물의 가치가 드높은 것이었다. 이러한 보석들은 광물이 아닌 생물에서 유래한 것으로써 다음 생에—만일 그러한 것이 있다면—또다시 생명 가진 것으로 태어나기를 바라는 어머니의 뜻에 따라 선택되었다.

용재의 사망 당일, 안성에 거주하는 한 인간문화재 목수는 벼락을 맞고 쓰러진 500년 수령의 오동나무를 받았다. 그가 밤새워 짠 관은 고명한 영화 미술감독의 집에 인계됐는데, 그는 바닥에 최고급 유기농 목화를 깐 뒤 검은색 비단을 둘러서 관의 내부를 장식했다. 역시 생물에서 유래한 보석 진주를 겉면에 박아 우주의 별들을 형상화했다. 미술품 운반 전문가들에 의해 그 관이 일성대병원에 배송되는 사이, 청담동 헤어숍 원장이 출장을 나와 용재의 머리를 만져주었다. 특수 화장을 전담하는 아티스트도 출장을 나와 용재의 얼굴을 정돈해 줬다. 과도한 화장은 지양해 달라고 선여휘 여사는 당부했다. 아들의 얼굴이 본디 아름다우니 혈색을 더하고 눈썹을 다듬는 정도로만 단장해 달라는 것이었다.

장례는 공개된 곳에 관을 두고 지인이 돌아가면서 인사를 나누는 서양식으로 진행됐다. 고립 생활을 하다 운명한 아들을 위로하고픈 어머니의 뜻에 따라서 결정된 일이었다. 그리하여 일성그룹 창립자의 손자이자, 일성그룹 총괄사장의 아들, 일성그룹 대주주인 선여휘 여사의 아들이며, 일성전자 상무이사의 동생인, 어릴 때부터 가업의 계승자로 존중받았고 음악과 아이스하키를 사랑한 남자, 서울대 미학과에 입학했으나 재학하지는 못한, 음주 운전 차량에 치어 식물인간이 됐고 10년을 힘겹게 싸운 향년 30세 부용재의 장례식에는 3일 내내 조문객의 발길이 끊이지 않왔다. 국내외 정재계 인사가 찾아와 애도를 표했고 은후와 본주, 기윤 같은 친구들 역시 마지막 인사를 건네러 왔다.

너나없이 명품 정장을 갖추어 입은 조문객 사이, 단정하지만 후줄근한 검은색 투피스 차림의 한 여자가 눈에 띠었다. 하얀 상복을 입고 가족과 함께 손님을 맞이하다가 선여휘 여사는 자리를 떴다. 그녀는 오른쪽 발을 절룩이면서 손님을 향해 갔다.

"아니, 어떻게 알고 왔어?"

여사가 손님의 손을 덥석 잡았다.

"회사에서…… 감독님이 말씀해 주셨어요. 인사드리러 가는 게 좋지 않겠느냐고……. 저 같은 사람이 와도 되는지 몰라서 망설였는데……."

"고마워요, 정말 고마워."

선여휘 여사는 촉촉이 젖은 눈으로 상대를 바라보았다. 손님의 등에 한 손을 얹고 그녀는 아들에게로 데려갔다.

"용재야. 신이 씨 왔어. 반갑지? 인사 나누렴."

여사가 미소 지었다.

전직 장대높이뛰기 선수는 화려한 관과 그 속에 누운 미남자를 찬찬히 바라보았다. 일성체고 운동장에서 만났을 때는 무척 피곤해 보였는데, 오늘은 더없이 편안한 얼굴이었다. TV 드라마에 나오는 귀공자 같다고 생각했다. 금방이라도 눈을 떠 웃어줄 것만 같았다. 돌아가신 어머니 외에 시신을 보는 건 처음이었는데 무서운 생각이 들지 않았다. 어디서 나는지 모를 은은한 향기가 코끝을 스쳐갔다. 차마 떼어지지 않는 입술을 열어 그녀는 소곤거렸다.

"용재 씨……. 저, 이렇게 불러도 되는지 모르겠어요. 그날 제 마지막 훈련을 보러 오셨죠. 감사해요. 그때 신기록을 세웠더라면 좋았을 텐데, 더 좋은 모습을 보여드렸음 좋았을 텐데…… 자꾸 마음에 걸려요. 그래도…… 최선을 다했습니다. 오래도록 편찮으셨다고 들었어요. 이제는 부디 편안하시기를, 좋은 곳으로 가시기를 빕니다."

밀려드는 손님의 눈치를 보며 전직 국가대표는 제단 위에 흰 장미를 올려놓았다. 그녀가 고개를 돌렸을 때 선여휘 여사는 다른 손님과 인사를 나누는 중이었다. 약간의 안도감과 어색함이 엉긴 기분으로, 신이는 장례식장을 빠져나갔다.

한성 선씨들이 대대로 묻힌 용인의 선산은 낮고 넓었다. 그곳은 식물원처럼 아름다웠으며 무엇보다도 고요했다. 5월이면 하얗고 작은 꽃이 소복이 피는 산사나무 앞, 양지바른 자리에 용재는 안치됐다. 고인의 영혼과 이야기하다 고개를 들면 멀리 한강의 지류가 보이는 곳이었다.

안장이 끝나자 친지들은 돌아가고 혈족과 비서들만이 무덤가에 남았다. 숨 막히는 더위 속에서, 정원사 황 선생은 삽을 들었다. 그는 선여휘 여사와 상의한 대로 묘지 주변에 꽃을 심었다. 티 클리퍼와 레이디 오브 샬럿, 프린세스 앤 등의 영국 장미들이었다. 그것들은 본디 5월에 피는 꽃으로, 영국의 한 온실에서 특별히 직수입됐다. 묘지 관리사가 정성껏 돌본다 해도 수일 내 시들 터이나 선여휘 여사는 아랑곳하지 않았다.

마침내 모든 절차가 끝난 뒤, 선여휘 여사와 남편 그리고 딸 선정은 롤스로이스를 타고 한남동 집으로 갔다. 영동고속도로에서 경부고속도로로 진입할 무렵 사위가 어두워지더니 멀리 서해안쪽에서 구름이 밀려들었다. 팬텀이 한남동 차고에 들어선 순간 굵은 빗방울들이 투두둑 쏟아졌다. 기나긴 장마의 시작이었다.

서로 다른 콘셉트로 꾸며진 세 개의 욕실을 향해 가족은 흩어졌다. 선여휘 여사는 탈의실에서 상복을 벗고 간단히 샤워를 했다. 따뜻한 물이 발등에 닿자 피부가 따끔거렸다. 아차 싶어 그녀는 탈의실로 돌아가 부은 상처에 소독을 했다. 동그란 방수 밴드를 집어서 붙이려는데, 불현듯 그날의 기억이 살아났다.

발등에 나비바늘을 꽂은 여사가 중환자실 앞 로비에 다다랐을 때, 자동문이 열리더니 신 박사가 걸어 나왔다. 그는 여사를 보고 멈칫했으나 천천히 다가왔다. 침통한 낯으로 무겁게 입을 열었다.

"2023년 8월 7일, 09시 23분. 아드님께서 운명하셨습니다. 사인은…… 급성 호흡부전으로 인한 다발성장기손상입니다."

고개를 뒤로 젖히며 여사는 몸을 떨었다.

"호, 호흡부전이라니…… 숨이 막혀서 죽었단 말인가요? 내 새끼가?"

여사의 눈을 마주 보면서 박사는 고개를 끄덕였다.

"격렬한 기침과 발작 이후 기도 폐쇄성 후두염이 급발했습니다. 의료진으로서는 기도 삽관 및 심폐소생술을 하는 등 최선을 다했으나…….."

중환자실 밖으로 나온 아들의 침대를 향해 여사는 다가갔다. 얼굴을 가린 시트를 벗겼을 때, 용재는 큰 눈을 감고 있었다. 가슴에 몇 개씩 달아둔 심전도 체크 패드가 떨어져 나가 참으로 편안해 보였다. 자는 듯 누운 아들을 안고, 여사는 눈을 감았다.

"아니야. 아니야아…….."

끈끈한 울음소리가 쏟아져 내렸다.

남편과 선정은 뒤늦게 달려와 소리 없이 눈물을 떨궜다. 동생의 침상 가까이 다가가다가 선정은 뭔가를 밟고 미끄러졌다.

"이게 뭐야? 피!"

선정이 소스라쳤다. 상황을 알아챈 신 박사가 다가와 여사의 발등을 살펴주었다.

"아니, 누가 여기에 스칼프 베인을 꽂은 겁니까? 이렇게 말도 안 되는 위치에!"

기막혀하며 박사는 나비바늘을 뽑고, 핀셋으로 알코올 솜을 집어 상처를 소독해 줬다. 뼈와 신경이 잘못됐을 수 있으니 엑스레이를 찍어보라는 제안도 덧붙였다.

탈의실에 비치된 달항아리에 반창고 포장 껍질을 버리고 선여휘 여사는 욕실로 갔다. 왕 부장이 미리 준비한 덕에 욕조엔 따뜻한 물이 가득했다. 천천히 몸을 담그니 팔꿈치부터 어깨까지 얼얼한 통증이 느껴졌다. 정맥 채혈 실습이 잘못됐는지 팔오금 주위가 부어 있었다. 포도 주스 빛깔의 둥그런 멍도 들었다.

'한심한 생각이었어. 그때 병원에 있었더라면, 용재의 마지막 순간을 지켜주었을 텐데…….'

여사는 따뜻한 물로 세수를 했다. 며칠간 오열한 탓에 두 눈과 입술이 부어 있었다. 탕에서 나와 가운을 대충 걸치고 그녀는 용재의 방으로 갔다. 딱히 뭘 어쩌려는 생각은 없었다. 그녀는 그저 아들이 그리웠다. 방문을 열자 용재가 고교 시절에 획득한 아이스하키 트로피들이 눈에 띠었다. 큼직한 아크릴 액자에 담긴 경기 사진을 보니 또 다시 가슴이 미어졌다. 그 밤, 여사는 아들의 방에서 잠을 청했다. 용재가 썼던 침대 아래에 무릎을 꿇고 용재가 썼던 이불의 냄새를 맡아보았다. 다음 날, 그다음 날도 그녀는 종일 아들의 방에 있었다. 그대로 칩거에 들어간 것이다. 식사 시간이 되면 식당으로 갔으나 곧 돌아왔다. 그녀는 아들의 사진을 보고, 옷의 냄새를 맡고, 영상을 보며 추억에 잠겼다. 10년 전 용재가 수집한 음반을 듣고, 용재가 즐겨 하던 게임을 해보았다. 하는 방법은 임 비서에게 배웠다.

오전 담당인 임 비서는 뉴스를 스크랩해 용재의 방에 넣어주었다. 다행히, 여사는 그것들을 읽었다. "일성그룹, 한 해에 두 번 장례식"이라는 자극적 제목이 그녀의 신경을 건드렸다. "일성그룹 후계자 사망"이라는 제목의 단신도 마찬가지였다. 비서는 여사의 호기심을 자극하는 기사들만을 엄선해 놓은 듯했다. 아들 방에 놓인 1인용 소파에 앉아 여사는 잠시 뒷목을 문질렀다. "이로써 일성그룹의 후계 구도는 확실해져 일시적 주가 상승을 견인"이란 문장이 여사의 혈압을 치솟게 한 것이었다. 그녀는 장례식이 끝나자마자 그따위 기사를 낸 신문사가 어느 곳인지 살펴보았다. 일성그룹이 광고를 꽤 많이 주는 곳이었다. 해당 기자가 죽은 용재의 약력을 짚고 음주 운전의 가벼운 처벌 문제를 꼬집었기에 망정이지, 그러지 않았더라면 여사는 단박에 광고를 거두어들이라 지시를 했을 터였다.

용재의 장례식 후, 선정은 회사에 더 오래 머물렀다. 그녀는 엄마의 은둔을 알았지만 딱히 말리진 않았다. 누구라도 아들을 잃은 뒤에는 애도할 시간이 필요한 법이니까. 아니, 그런 것보다…… 선정은 지쳐 있었다. 언론사 기자들, 그리고 '일성인'이라 불리는 회사의 간부 몇은 그녀가 내심 용재의 죽음을 기뻐하리라 여겼다. 세상에! 어쩌면 그런 생각을 할 수 있을까? 선정은 잠시 자신의 인생을 되돌아봤다. 딸이라는 이유로 후계 구도에서 밀려나 동생을 질시한 생애 초기의 긴 시간들이 눈앞을 스쳐갔다. 그녀의 마음은 죄책감과 중압감으로 가득 차 흔들렸다.

일성그룹 CEO인 여사의 남편 역시 상심하기는 마찬가지였다. 그는 장례 마지막 날 저택에 돌아와 샤워를 하고는 자신의 빌라로 돌아가 버렸다.

그들 중 누구 하나도 나서서 가족의 상처를 보듬으려고 하지 않았다. 다시 화합할 필요를 느끼는 이도 없었다. 장례를 치르면서 그들은 '무언가 끝났다'는 느낌을 받았다. 이제는 나동그라져도 좋고, 마음 놓고 무심해도 될 권리를 찾은 듯했다. 스스로의 상처를 들여다보고 마음껏 아플 권리도 비로소 살아났다. 선여휘 여사는 자신의 작은 가정이 파탄에 이르렀단 걸 깨달았다.

때로는 핏줄보다도, 단순한 계약관계에 놓인 사람이 더 많은 도움을 준다. 왕 부장과 양 과장은 모두 다 자식을 기르는 엄마였기에 여사의 처지를 딱하게 여겼다. 그래서 그들은 평소보다 정성껏 여사를 돌봐주었다. 특히 양 과장은 여사가 좋아하는 음식으로만 식단을 구성하고, 입맛을 잃은 여사가 절식을 하더라도 최소한의 영양은 챙길 수 있게끔 머리를 썼다. 이따금 식당에 온 여사가 한 술도 뜨지 않으면, 그녀는 간식을 만들었다. 참마에 우유와 아몬드, 소금을 넣고 간 셰이크를 큰 컵에 담아 계단을 올라갔다. 용재의 방 앞에 서면 문가에 귀 기울여 소리를 들었다. 여사가 울고 있으면 돌아가고, 우는 소리가 나지 않으면 노크를 했다.

"여기, 간식 두고 가요. 입맛 없더라도 좀 드세요."

복도 탁자에 쟁반을 두고 양 과장은 문틈에 소리쳤다. 평상시 여사는 아무런 대꾸도 하지 않았다. 그러나 그날은 웬일인지 방문을 빠끔히 열고 복도를 내다보았다.

"저기…… 양 과장, 바빠?"

해쓱한 낯으로 선여휘 여사가 물어보았다. 커다란 눈알이 충혈돼 있었다.

"아뇨, 지금은 딱히."

양 과장은 고개 저었다. 정말 할 일이 없어서 그런 게 아니라, 고용주가 자신을 필요로 한다고 느꼈기 때문이었다. 선여휘 여사는 퀭한 눈으로 해쭉 웃었다.

"그러면 잠깐 들어와요."

"네? 제가요? 아니, 저…… 그래도 될지."

"돼요. 바쁘지 않으면 들어와."

선여휘 여사는 방문을 활짝 열었다. 양 과장은 이 저택에서 7년을 일했지만 용재의 방에 들어간 적은 없었다. 아니, 그녀는 주방과 거실과 휴게실, 그리고 화장실 외의 어느 공간에도 들어간 적이 없었다.

'히익, 으엄청 넓네!'

그것이 용재의 방에 대한 양 과장의 첫인상이었다. 바닥엔 여름용 러그가 깔려 있었고 벽에는 커다란 창이 있었다. 여사가 커튼을 내려놓지만 않았던들 아름다운 정원 풍경이 한눈에 보일 터였다. 심플하지만 고급스러운 침대와 1인용 다탁 세트, 커다란 모니터가 달린 컴퓨터와 푹신한 의자가 너른 공간에 펼쳐져 있었다. 유리 장식장엔 하키 픽과 반짝이는 트로피가 여럿 있고, 선여휘 여사를 닮은 용재의 얼굴이 커다란 액자에 걸려 있었다. 양 과장은 용재의 침대로 눈을 돌렸다. 고급스러운 셔츠와 바지가 겹겹이 쌓여 있었다.

"참…… 좋은 것들이 많이 있네요."

양 과장은 쟁반을 탁자에 내려놓았다.

"그래?"

선여휘 여사는 새삼스럽게 아들의 방을 둘러보았다.

"미남이라고 듣긴 했지만 저 정도일 줄 몰랐어요. 연예인 뺨치게 잘생겼네요."

벽면의 사진을 보며 양 과장은 놀라는 시늉을 했다.

"오호호호, 그렇지?"

선여휘 여사가 손뼉을 쳤다. 그 모습을 보자 양 과장은 더욱더 여사가 가엾어졌다. 이럴 때일수록 밝은 분위기를 꾸며 상대를 웃게 하는 게 좋을 터였다. 짐짓 명랑한 투로 양 과장은 말을 꺼냈다.

"그런데 요새는 집에만 계시네요. 중고 거래, 한참 재밌게 하셨는데."

"으응. 요새는 뭐…… 필요한 게 없어서. 양 과장은 어때?"

선여휘 여사가 돌아보았다. 눈알을 굴리면서 양 과장은 어깨를 으쓱였다.

"저도 잘 안 해요. 현이 녀석, 이제 중고는 싫다고 뻗대거든요."

여사 앞에서 자식 이야길 하다니, 큰 실수를 했다고 양 과장은 자책했다. 가슴이 벌렁거렸다.

"그렇구나. 이제는 다 커서……."

선여휘 여사가 중얼대는데, 양 과장이 갑자기 손뼉을 쳤다.

"아이쿠, 저 인덕션에 뭘 올려놓고서 깜빡했네요!"

그녀는 황급히 돌아서 계단을 내려갔다.

용재의 방 안에 덩그러니 남아, 선여휘 여사는 고개를 푹 숙였다. 사실 그녀는 양 과장에게 묻고 싶은 게 있었다. 용재의 물건을 중고 시장에 내놓고 싶은데 어떤 것을 고르면 좋을지 판단이 서지 않았다. 양 과장은 아들이 아니라 딸을 키우는 엄마이지만, 그래도 요즘 유행에 대해서 자신보다는 잘 알 듯했다. 그런데 막상 양 과장이 중고 거래 이야길 먼저 꺼내자 뜻밖에 말문이 막혔던 것이다.

"중고 거래를 싫어한다고……."

여사는 깊은 물속에 가라앉는 듯 두려워졌다. 마치 용재가 거절당한 듯 기분이 좋지 않았다. 고개를 들어, 그녀는 아들의 침대를 바라보았다. 매트리스에 놓인 브루넬로 쿠치넬리사의 블루 스트라이프 셔츠는 살아생전 용재가 마지막으로 입은 옷이었다. 그녀는 침대 밑에 무릎을 꿇고 앉아 셔츠에 뺨을 댔다. 아들의 살냄새가 아직도 남아 있었다. 또다시 눈물이 흘러내렸다. 가슴이 미어지고 온몸에 열이 올랐다. 그녀는 자기도 모르게 주먹을 꽉 쥐었다.

"이렇게 끝낼 순 없어. 너무 아까운 인생이잖니……."

마치 용재가 곁에 있는 양 여사는 하소연했다. 그녀는 꼬부랑 할머니가 된 자신의 미래를 상상했다. 죽기 전까지 그녀는 아들을 기억할 터였다. 하지만 자신이 죽으면 용재는 어떻게 되는가. 동생의 흔적을 소중히 여기는 선정의 모습을 기대할 수는 없었다. 여사는 습관처럼 손을 더듬어 휴대폰을 집어 들었다. 중고 마켓 어플을 열자 새로운 매물이 죽 쏟아졌다. 이제 여사의 눈에 그 것은 단순한 재미의 대상이 아니었다. 그것들 모두 누군가 세상 에 남겨둔 소중한 유품 같았다. 낡은 가방에서도, 상처 난 의자에 서도 한 사람의 애달픈 좌절이 느껴졌다.

"이대로 끝이 아니야." 선여휘 여사는 콧물을 훌쩍였다. "누군 가는 새로운 물건을 찾고 있잖아?"

키가 큰 청년 하나가 용재의 셔츠를 걸친 모습을 그녀는 상상 했다. 한정판 운동화와 구두, 지갑과 가방……. 용재의 추억과 취 향이 새로운 누군가의 삶을 즐겁게 바꾸는 상상이었다. 문득, 청 년의 얼굴이 용재로 바뀌었다. 여사를 보더니 활짝 웃었다. 선여 휘 여사의 머릿속에서 그런 청년의 모습이 하나둘…… 늘어났 다. 눈을 꼭 감고, 여사는 용재로 가득한 미지의 세상을 활보했 다. 가슴이 벅차올랐다.

칩거한 지 한 달여 만에 선여휘 여사는 집을 나섰다. 9월이라 고는 해도 여름날처럼 덥고 습했다. 목요일 오후 3시. 필리핀 동 쪽 해상에서 발생한 태풍의 영향으로 하루 종일 비가 내렸다. 태 풍은 중심 최대 풍속 초속 23m, 강풍 반경 270km의 세력을 유지 하면서 시속 31km 속도로 북상 중이었다. 우산을 들고 현관홀에 선 백 기사를 보고 선여휘 여사는 조금 놀랐다. 평소 용재와 닮았 다 여겨온 얼굴이 다르게 느껴졌다. 어디가 어떻다 콕 집어 말할 순 없으나, 아들과 백 기사 간 생김의 차이가 느껴졌다. 그것이

뜻밖에 여사의 마음을 편하게 했다.

거래 장소는 멀지 않았다. 여사가 카페의 이름을 대니 백 기사는 내비게이션을 보지도 않고 그대로 차를 몰았다.

"오늘은 뭘 팔러 가세요?"

질문을 듣고 여사는 털어놓았다.

"우리 아들 옷. 옛날 사진 속 모습 그대로 매치한 풀 착장 코디 세트야. 베르사체 셔츠랑 팬츠. 허리띠랑 구두도 있어."

"그걸 왜…… 파세요? 저라면 계속 간직하고 싶을 것 같은데."

백 기사가 룸미러를 힐긋 보았다.

"집에 두면은 그냥 묵잖아. 누군가 입어주는 게 좋지." 여사가 대답했다. "옷이란 원래 용도가 그런 거니까. 10년이나 된 것이지만 세련된 디자인에 한정판이라서 구입 문의가 꽤나 많았어."

백 기사는 천천히 스티어링휠을 돌려 벨기에 대사관 앞을 지났다. 높은 담을 뒤덮은 덩굴 잎들이 빗물을 맞고 우르르 춤을 췄다. 룸미러를 보면서 백 기사는 조심스럽게 입을 열었다.

"이런 말씀 좀 그렇지만…… 리셀러일지 몰라요."

"리셀러?"

"네. 저렴한 값에 물건을 사서 웃돈을 얹어 되파는 사람들이요."

"아아 '되팔렘'?"

뜻밖의 어휘 선택에 놀라 휘황은 룸미러를 다시 보았다.

"네, 바로 그거요. 괜찮으시겠어요? 그런 사람한테 팔려도."

355

"싫은데, 그런 건."

여사는 입술을 비틀었다.

"그러면 조심하세요."

백 기사는 진지한 투로 말했다.

"어떻게?"

"만약 리셀러라면 무조건 깎아달라고 할 거예요. 정신없이 이 말 저 말을 늘어놓으며 혼을 빼놓을 거고요."

"깎아달라니. 지금도 비싸진 않은데?"

선여휘 여사는 커다란 눈을 깜빡거렸다.

"그 사람들도 알죠. 하지만 한 푼이라도 더 마진을 남기는 것이 목적이니까요. 아무튼 지나치게 깎아달라는 사람은 리셀러일 가능성이 커요. 게다가…… 체형을 생각해 보세요."

"체형?"

"네. 용재 씨는 키가 컸잖아요. 사러 온 사람의 체격이 다르면 누가 봐도 그 사람 입을 옷은 아니죠."

실눈을 뜨고 여사는 고개를 끄덕였다. 속지 말자고, 속으로 여러 번 다짐했다. 이태원역 삼거리에서 좌회전을 한 뒤 백 기사는 좁은 골목에 차를 세웠다.

"카페는 저 건물 2층에 있습니다. 웃는 얼굴을 따라가세요."

"웃는 얼굴?"

"가보시면 압니다. 거래 끝나면 연락 주세요."

백 기사는 말하고 골목을 빠져나갔다. 어중간한 곳에 주차를 하느니 저택에 돌아가 있겠단 말을 덧붙였다. 여사는 4층짜리 콘크리트 건물 앞에서 서성이다가 계단이 있는 좁은 통로를 발견했다. 벽면을 따라 웃는 얼굴이 촘촘히 붙어 있었다. A4용지 크기의 작은 포스터들이었다.

"어머, 이것?"

여사는 자기도 모르게 미소 지었다. 카페 〈안티 스트레스〉는 평일 낮인데도 손님으로 붐볐다. 양손에 베르사체의 쇼핑백을 든 여사를 보고 한 사람이 다가왔다. 형광색 트레이닝 세트에 검은 야구 모자를 쓴 20대 후반의 아가씨였다.

"혹시, 선녀님?"

"맞아요. 보태가밴에타 님?"

두 사람은 시그니처라떼와 에스프레소를 시키고 투명한 의자에 마주 앉았다. 20대 여성은 선여휘 여사의 물건을 꼼꼼히 보고 만족한 듯이 웃었다. 그러나 표정을 숨기려는 듯 썬캡을 깊이 눌렀다.

"저…… 선녀님. 10만 원만 더 깎아주시면 안 돼요?"

애교를 부리면서 혀 짧은 소리를 냈다.

"지금도 저렴한 편인데?"

선여휘 여사는 긴 컵을 들고 라떼를 조금 마셨다.

"그렇긴 하죠. 그런데 제가 학생이거든요. 돈이 없어서…… 지금 이 에스프레소도 제일 싼 메뉴라 시킨 거예요. 부탁드릴게요. 정 안 되면 7만 원이라도……."

'학생이라 돈이 없는데 200만 원이 넘는 명품 세트를 사?'

선여휘 여사는 의아했지만 기왕에 만난 아가씨와 대화나 하자고 생각했다. 모처럼의 거래를 망치고 싶진 않았으니까. 밖에서 젊은이들과 섞여 있으니 조금은 기운이 솟기도 했다.

"하지만…… 아가씨가 입을 옷은 아닌 것 같아요. 안 그래?"

여사가 묻자 상대는 고개를 숙이고 모자 챙을 만지작거렸다.

"그게, 남자 친구한테 선물할 거거든요."

"남자 친구? 어디, 사진 있어요?"

여사는 탁자에 놓인 상대의 휴대폰을 힐끔 보았다. 그러자 지지 않겠다는 듯 상대도 기기를 집어 화면을 보여주었다.

"여기요, 제 남자 친구."

사진을 본 여사의 얼굴에 미소가 피어났다.

"아이, 아가씨. 이 사람은 차은후잖아. 내가 TV는 안 보지만 그래도 얜 내 아들 친군데, 그 얼굴은 알지. 그래, 아가씨가 걔 여자 친구라고?"

"차…… 은후가 아드님 친구 분이라고요?"

여자가 빨개진 얼굴을 쳐들었다.

"그래요."

자신 만만하게 여사는 고갯짓했다. 그러자 젊은 여자도 기죽지 않고 당돌히 추궁해 왔다.

"증거 있으세요? 그러니까…… 사진이라도요!"

"그럼, 있고말고. 어디 보자."

휴디폰 갤러리를 한참 뒤져, 선여휘 여사는 사진을 한 장 찾았다. 10년 전 용재의 국제학교 졸업식 사진이었다. 학사복을 입은 용재와 기윤, 그리고 은후가 웃고 있었다.

"좀 오래된 거긴 하지만, 어때요. 맞지?"

"우와, 인터넷에 도는 졸업 사진이랑 똑같아!"

젊은 여자는 한 손으로 여사의 휴대폰을 잡고 또 한 손으로는 사진을 확대해 봤다. 그러다 시무룩 어깨를 늘어뜨렸다.

"죄, 죄송합니다."

선여휘 여사의 두 뺨에 인자한 미소가 번져갔다.

"아가씨, 리셀러야?"

상대는 고개를 끄덕였다. 여사는 탁자에 놓인 물건을 챙겨 무릎에 올려놓았다.

"미안하지만, 이 거랜 없던 일로 해요. 이거, 우리 아들 옷이야. 소중히 입어줄 사람한테만 팔고 싶어요."

"제가!" 젊은 여자는 절박한 눈으로 여사를 마주 보았다. "제가 그 손님 찾아드릴게요."

환하게 웃으며 여사는 고개 저었다.

"내가, 내 힘으로 찾고 싶어요."

"쳇. 그렇게까지 하실 필요가 있어요? 아들 옷이라면서."

갑자기 돌변한 상대의 태도에 여사는 당황했다.

"뭐요?"

"그렇잖아요. 이거 다 명품인데, 아드님 옷이라면. 이런 거 엄

359

청 많을 거 아녜요? 근데 뭐 그렇게 소중히 입어줄 사람씩이나 필요하세요?"

쇼핑백을 안은 여사의 두 손에 힘이 들어갔다. 뜨거운 눈물이 솟구치더니 그대로 쏟아졌다. 서러운 울음소리가 번져나가자 주변의 시선이 쏟아졌다. 젊은 여자는 당황한 나머지 손으로 낯을 가렸다.

"할머니. 아니, 선녀님. 그렇게 우시면 제가…… 뭐가 돼요."

여자는 쟁반 위의 냅킨을 집어 여사 쪽으로 내밀었다. 갈색 냅킨에는 '안티 스트레스'라는 문구가 적혀 있었다.

"알겠어요! 거래 안 할게요. 그만 우세요."

고개를 푹 숙이고 여자는 도망치듯이 카페를 빠져나갔다.

짐 가방을 그대로 들고 팬텀에 오르는 여사를 보고 백 기사는 의아한 표정을 지어보였다.

"왜 그냥 오세요? 뭐, 되팔렘이에요?"

"응? 으응."

고개를 숙이고 여사는 훌쩍거렸다. 룸미러를 보는 백 기사의 이마에 굵직한 주름이 졌다.

"나쁜 사람을 만나셨군요. 험한 꼴 보셨어요? 제가 가서 붙잡을까요?"

"아니야. 조금 착한 사람이었어. 얼치기더라구."

여사는 손사래 쳤다. 그러면서 또다시 콧물을 훌쩍거렸다. 집으로 가는 내내 구슬피 우는 여사를 보며 휘황의 마음은 답답해

360

졌다.

'착하면 착했고 나빴으면 나빴지, 조금 착한 사람은 뭐야?'

한숨이 절로 나왔다.

아흐레 동안 장마가 이어졌다. 필리핀에서 올라온 태풍은 오키나와를 거쳐 소멸했으나 또 다른 태풍이 나타났다. 괌 북쪽 해상에서 발생한 그것은 초기엔 20km 이하 속도로 느리게 북진했다. 그러나 대만 동쪽 해상에서 급속히 세력을 키우더니 우리나라를 향해 방향을 비틀었다. 필리핀어로 '경험'을 뜻하는 태풍 '다나스'는 중심 최대 풍속 초속 47m, 강풍 반경 520km의 세력을 유지하면서 시속 50km 속도로 빠르게 북상했다. 기상청에서는 태풍이 오늘 밤 제주를 거쳐 내일 새벽 충청도, 같은 날 오후 강원도 일대를 통과할 것으로 전망했다. 남부지방에 호우 특보가 발령됐다.

선여휘 여사는 용재의 방에서 칩거를 이어갔다. 그녀는 종일 창을 때리는 빗소리를 듣다가 이따금 커튼을 들춰 정원을 내려다봤다. 황금소나무 아래에는 극락조화가 뿌리를 내려 화려한 꽃을 피우고 있었다. 줄기 높이만 1m가 넘는 거대한 식물이었다. 어느 새벽, 선정은 초과 근무를 마치고 퇴근하다가 정원 풍경에 소스라쳤다. 그녀는 이층 계단을 우당탕 올라가 잠든 엄마의 방문을 열어젖혔다.

"섬뜩해! 극락은커녕, 지옥에서 온 잡 새 같은데. 다 뽑아버려요!"

어떤 새의 깃털 같기도 하고 불꽃 같기도 한 주황색 꽃잎들은 빗물에 뜯겨져 바닥에 흩어졌다. 회색 우비를 입은 황 선생이 그 것을 하나씩 손으로 집어서 치우고 있었다. 선여휘 여사는 창문을 열고 들이치는 비를 맞았다.

"그냥 두세요! 그것도 그대로 예쁘잖아요?"

2층 창가를 올려다보며 황 선생은 고개를 끄덕였다.

창문을 닫고 여사는 아들의 침대에 앉아 중고 마켓을 들여다봤다. 베르사체 세트에 대한 구매 문의는 많았으나 마음에 드는 사람을 찾지 못했다.

[저에겐 특별한 옷이에요. 소중히 입어주실 분 원합니다. 꼭 필요한 사연이 있다면 네고도 가능해요.]

여사는 제품 홍보란에 새로운 문구를 덧붙였다. 까다로운 제안이었을까? 구입 문의가 줄어들었다. 어떤 사람은 그 문구를 보지 못한 양 무성의한 문자를 보내오기도 했다. 그 외 대부분 문자에는 남편의 생일을 축하하고 싶다거나 자신의 제대를 자축하고 싶다는 등의 내용이 담겨 있었다. 진실한 사람들의 따뜻한 이야기였으나, 여사의 마음을 흔들어놓진 못했다.

그 문자는 으슥한 밤에 도착했다. 선여휘 여사가 용재의 침대에서 블루 스트라이프 셔츠를 안고 막 잠이 들려는 찰나였다.

[안녕하세요. 저는 한 아이의 엄마입니다.]

처음 도착한 문장이었다. 선여휘 여사는 졸린 눈으로 휴대폰 화면을 보면서 눈을 비볐다. 두 번째 문자가 곧 도착했다.

[아이라고는 해도 20대 초반이지만.. 제 아들은 몇 년 전 교통사고로 쓰러져 운신을 하지 못해요.]

빠르게 눈을 굴려, 여사는 문자를 다시 읽었다. 심장이 두근대더니 온몸에 열이 번졌다. 그녀는 상체를 일으켰다. 세 번째 문자가 도착했다.

[다행히 보험을 들어놔 여차저차 힘든 생활을 이어왔습니다. 지난달 민사소송을 이겨서 보상금도 들어왔네요. 곧 생일을 맞을 아들한테 어떤 선물 해줄까 고민하다가 게시물 보았습니다.]

선여휘 여사는 휴대폰 화면을 눈앞에 댔다. 심장이 바닥으로 쿵 떨어지는 것 같았다.

[비록 아이는 움직이지 못해도.. 좋은 옷 입혀 사진이라도 찍어주게요. 언젠가 일어나면 엄마가 저를 위해서 이런 것까지 했구나 우스워하겠지요. 다만 부탁드리고 싶은 것은.. 저희 집에 방문해 주십사 하는 것입니다. 나름 큰 돈을 주고 산 옷인데 사이즈가 맞지 않으면 곤란하니까요. 아픈 아이를 두고 집을 비울 수 없어 부득이 부탁을 드립니다.]

"그래, 바로 이런 사람을 만나고 싶었어!"

선여휘 여사는 곧바로 답문을 보내 만날 날짜와 시간을 정했다. 동병상련의 처지에 놓인 그 엄마가 눈앞에 있다면 덥석 안고는 울었을 터였다.

구매 요청자의 중고 마켓 별명은 '곰이 엄마'였다. 그녀는 아들이 막 잠들었다며 이제야 샤워를 하고 한숨을 돌리는 참이라 했다. 곰이 엄마는 자신의 집 주소와 전화번호를 알려주었다. 찾기 어려운 허름한 동네가 부끄럽다며 웃음 이모티콘을 찍어 보냈다. 그런 건 상관없다고 여사는 답문에 썼다. 그리고 오랜만에 아주 편안한 마음으로 잠이 들었다.

토요일 오후. 외출을 하려는데 선정과 마주쳤다. 부스스한 몰골로 욕실을 향하는 딸이 이제 막 일어난 것 같아 여사는 깜짝 놀랐다.

"아니…… 너 또 밤 새웠니?"

"그렇죠 뭐. 엄마는 어디 가요?"

'가요'보다는 '어디'에 방점이 찍힌 날카로운 질문이었다.

"어어…… 그냥 쇼핑."

둘러대고는 돌아섰다.

"쇼핑을 하고 오는 게 아니라 나간다면서, 그 가방들은 다 뭔데?"

선정이 여사의 앞길을 가로막았다. 미간을 잔뜩 찡그린 채였다.

"엄마, 설마…… 또 중고 거래 해?"

"아니?"

과장된 투로 거짓말하다 여사는 화가 났다. 아무리 답답하더라도 딸이 엄마를 이렇게 혼낼 수 있나?

"왜. 그러면 안 되니?"

선정은 손가락으로 콧대를 문질렀다.

"엄마, 이제 그런 일 관둬요. 용재도 죽었잖아."

"뭐라고?" 소스라쳐 여사는 뒷걸음질했다. "그런 일이라니? 그 사람들 덕에 엄마 버텼어. 용재가 중고 거래 이야길 얼마나 좋아했는데…….'

선정은 한숨을 몰아쉬었다. 그리고 답답한 듯이 쏘아붙였다.

"그러니까…… 이제 용재도 없는데 왜 그걸 하냐고요오."

"넌 어쩜!" 선여휘 여사는 발끈했다. "넌 어쩜 그렇게 쉽게 용재가 없니?"

베르사체 쇼핑백을 양손에 들고 그녀는 집을 나섰다. 롤스로이스에 올라타 한남동 언덕을 내려오는데 '그렇게 소리치지는 말걸' 하는 후회가 들었다. 그러나 이미 엎질러진 물이었다.

"오늘은 멀리까지 가시네요."

슬그머니 휘황은 말을 붙였다. 룸미러를 보면서 그는 일부러 싱긋 웃었다.

"응. 경기도 끝 동네야."

선여휘 여사는 창밖을 내다보았다. 그렇게 한참을 말이 없어서 휘황은 무안해졌다.

'역시. 아직은 그 말을 할 때가 아냐.'

그는 입을 다물고 운전에 집중했다. 간간이 연습한 방귀 농담도 입 밖에 꺼내볼 용기가 나지 않았다.

"자기, 그거 알아?"

뒷좌석에서 여사가 불쑥 말했다.

"네? 뭘요?"

휘황이 대꾸했다. 당황한 그의 두 눈이 룸미러 안에 비쳤다. 여전히 창밖을 보며 여사가 입을 열었다.

"원래 말이야, 서울은 아주 좁았어. 조선시대에는 사대문 안쪽만 서울이었지. 동대문인 흥인지문, 서대문인 돈의문, 남대문인 숭례문과 북대문인 숙정문. 딱 그 안쪽까지만 서울인 거야. 지금 잘나가는 강남이니 여의도니 하는 데는 누에 치고 무역하는 변두리 동네였어. 우리 아버지가 한남동에 저택을 지을 때만 해도, 거기는 공동묘지로 가득한 동산에 불과했다고."

"네에? 공동묘지요?"

휘황은 놀라서 룸미러를 힐끔 보았다. 부자들이 모여 사는 언덕이 묘지였다니 거짓말 같았다.

"그렇다니까?"

여사는 고개를 끄덕였다.

"하긴. 제가 다닌 초등학교도 공동묘지를 밀어서 지었다는, 그런 얘기가 있었어요."

휘황은 곰곰이 옛일을 생각했다.

"그랬을 거야." 여사가 대꾸했다. "생각해 봐. 우리나라 역사가 5000년인데, 그동안 죽은 사람이 얼마나 많겠어? 그러니 여기저기에 묘도 많고, 때로는 그 위에 산 사람을 위한 건물도 짓게 되지. 이만큼 나이를 먹고 보니…… 죽는다는 거, 크게 겁 안 나. 죽은 사람들은 다…… 그저 가엾고, 때로는 부러울 때도 있지. 우리 아버지 마음도 그랬을 거야. 그래서 묘지 터 위에 저택을 지었을 테고."

죽음과 도시에 관한 대화를 나누는 사이 그들은 경기도 외곽에 도착했다. 그대로 조금만 더 달리면 휴전선 인근에 도착할 만큼 후미진 곳이었는데, 이런 동네에도 재개발 붐이 일었던 건지 작은 집 대문마다 붉은 락카로 X자 표시가 되어 있었다. 빈집이라는 뜻일 터였다.

'이런 데 사는 사람이 베르사체를 찾는다고?'

휘황은 머리털이 곤두서는 걸 느꼈다. 여사가 아이폰을 날치기당한 동네도 꼭 이런 곳이었다. 그래도 거기는 간간이 편의점이 있고 아이들도 보였다. 그러나 이곳은 인적이 극히 드물었다. 찢어진 우산을 등에 지고 걷는 꼬부랑 노인 하나를 본 것이 전부였다.

"팬텀이 더 들어갈 수는 없겠습니다."

좁은 골목에 차를 세우고 휘황은 돌아보았다.

"여사님. 정말…… 이 동네가 맞나요?"

선여휘 여사는 휴대폰 화면을 다시 살폈다.

"그렇지. 여기 여우골 아냐? 379-61번지라고 했는데. 지층 4호라고."

"그러면 맞기는 한데…… 이상하네요."

상체를 비튼 채 휘황은 고개를 까닥거렸다.

"뭐가?"

"솔직히 말씀드려서, 이 동네 사람이 그런 명품을 산다는 게 좀 이상하잖아요."

"그런가?"

"그렇죠."

휘황은 열심히 여사를 설득했다.

"그래도 약속을 했는데……. 아픈 아들하고 이제나저제나 기
다릴 거야."

선여휘 여사가 어깨를 늘어뜨렸다.

"아픈 아들요?"

"응."

휴대폰의 문자를 보며 여사는 간략히 사정을 설명했다. 이야기
를 듣고 휘황의 의심은 더욱 더 짙어졌다.

"저…… 혹시 보셨어요? 그 아들이라는 사람……."

믿을 수 없다는 듯, 선여휘 여사는 큰 눈을 희번덕였다.

"어머. 그 아들을 어떻게 봐?"

"그야 사진을…… 달라고 해서요?"

"어머 어머! 어떻게 그래? 당신이 가난한 동네 살아서 의심이
되니까 아픈 아들 사진 좀 보내달라고 하란 말이야? 세상에, 자
기 차갑다. 그렇게 안 봤는데."

"예에……."

자라처럼 목을 움츠리고 휘황은 바로 앉았다.

"일단 가볼게. 이상하면 그냥 나오면 되지."

선여휘 여사는 베르사체 가방을 부랴부랴 챙겨들고는 차 문을

열었다. 휘황은 얼른 내려서 한 손으로 여사의 짐들을 받아 안았다. 다른 손으로는 우산을 들어 그녀 머리에 씌워주었다. 두 사람은 나란히 길을 걸었다. 시멘트로 포장된 골목길은 낡아서 여기저기가 깨져 있었다. 그 틈으로 이름 모를 풀들이 웃자라 흔들렸다.

"아무래도…… 네고하려는 모양이네요."

휘황은 고집스럽게 속내를 내비쳤다.

"네고?"

"예. 살림살이 보여주고 값을 좀 깎아보려는 전략 같아요."

"전략? 자기, 또 그런 말 하는 거야? 왜 자꾸 그래? 그 사람들 소송에서 이겼대. 이제 이 동네 떠서 이사 갈 수도 있지. 안 그래?"

"뭐, 그럴 수도……."

휘황은 억지로 고개를 끄덕였다.

"어머, 다 왔다. 이 집이 379-60번지야. 저 옆집인가 보네."

선여휘 여사는 휘황의 손에서 쇼핑백들을 받아냈다. 커다란 우산도 손에 쥐었다, 휘황에게로 돌려줬다.

"난 금방 들어갈 거니 괜찮아. 자기는 팬텀으로 가. 동네가 으스스하다."

턱살을 부르르 떨며 여사는 주위를 둘러보았다.

"시간 좀 걸릴 거야. 환자가 옷도 입어보고 해야 하거든."

바삐 걷는 여사의 뒤태를 보며 휘황은 인중을 길게 늘였다. 무슨 말을 할 듯 입을 벌렸다 꾹 다물었다.

'가난한 사람이라고 의심하지는 말라면서, 자동차는 지키라고

요? 뭐예요, 그게.'

커다란 우산을 들고 그는 서둘러 돌아갔다.

붉은 벽돌로 된 단층 건물에는 녹슨 철문이 달려 있었다. 얇은 콘크리트 지붕은 까만 곰팡이로 얼룩졌고 대문 아래엔 웬 잡초가 누렇게 죽어 있었다. 오랜 장마로 썩고 있는지 건물 벽에서 퀴퀴한 냄새가 났다. 여사는 한 발 한 발 철문 안으로 발을 디뎠다. 독립 세대인 줄 알았는데 자그만 알루미늄 현관이 세 개나 눈에 띄었다.

"계세요?"

선여휘 여사가 입을 열었다. 그러나 아무런 대답도 들리지 않았다. 간유리에 알루미늄 새시가 둘러진 문들은 안쪽이 컴컴했다. 전부 다 빈집 같았다. 굵어진 빗방울이 여사의 머리와 얼굴로 쏟아졌다. 여사는 쇼핑백 끈을 힘주어 그러쥐었다.

떨리는 마음을 억누르면서 여사는 안으로 더 들어갔다. 건물 모서리를 돌자 좁은 길 끝에 또 다른 문이 보였다. 길은 한 사람이 겨우 드나들 만큼 좁은데, 서너 걸음만 가면 막다른 벽이었다.

"계세요?"

여사는 조금 더 크게 외쳤다.

"어머, 오셨어요? 선녀님?"

알루미늄 문을 열고 한 여자가 얼굴을 내밀었다. 화장기 없는 50대 여자로, 뺨이며 턱에 푸석한 부기가 불룩했다. 눈 밑엔 퍼렇게 그늘이 져 있었다.

'맞구나. 그럼 그렇지.'

의심을 떨치고 여사가 활짝 웃었다.

"네. 저예요, 선녀! 반가워요, 곰이 엄마."

"아이고, 먼 길 오셨네. 이리, 얼른 오세요."

알루미늄 문을 열어젖히며 곰이 엄마도 환히 웃었다. 선여휘 여사는 다가가 집 안을 살펴보았다. 왼쪽에는 작은 싱크대가 있고, 두 평 남짓한 주방 너머로 안방 일부가 들여다보였다. 커다란 창 아래 이부자리는 누군가 누워 있는 듯 볼록했다. 곰이 엄마와 눈을 맞추며 여사는 안으로 들어갔다. 로저 비비에사의 빨간색 비단 구두를 벗고 비닐 장판을 밟자 발바닥이 선득했다. 곰이 엄마가 뒤에서 찰카닥 문을 잠갔다.

"안녕하세요."

상냥한 인사를 건네면서 여사는 안방을 향해 갔다. 곰이 엄마가 잰걸음으로 다가와 이부자리의 머리맡으로 갔다.

"아드을, 인사드려야지?"

무릎을 꿇고 앉아 그녀는 두 손으로 이불을 확 젖혔다. 새카만 털북숭이 곰 인형 하나가 벌러덩 누워 있었다.

"어어……."

놀란 나머지, 선여휘 여사는 물러섰다.

"인사하세요. 저희 아들 곰이예요."

곰이 엄마가 말했다. 그녀는 인형 아래로 손을 넣어 길이가 세

뼘쯤 되는 곤봉을 잡아 뺐다. 그리고 이를 악문 채 그것을 휘둘렀다. 선여휘 여사는 이마를 맞고 쓰러졌다. 일시적으로 눈앞이 하얘지더니 아무것도 더 보이지 않았다. 그녀는 이마를 딱 한 대 맞았지만 온몸을 두드려 맞은 듯한 고통에 전율했다. 무엇보다도 갑자기 꺾인 경추에 충격이 컸다. 곰이 엄마는 쓰러진 여사의 손에서 쇼핑 가방을 앗아갔다.

"물건은 제대로네. 짭짤하겠어. 어디, 이것도 볼까?"

곰이 엄마가 여사의 토트백에서 지갑을 꺼내 뒤졌다. 그녀는 큰 입을 떠억 벌렸다. 여사가 급할 때 쓰려 뽑아둔 100만 원짜리 수표 열 장과 5만 원짜리 스무 장, 그리고 포도봉봉 님에게 받은 행운의 만 원 한 장까지를 알뜰히 잡아 뺐다. 백화점 VVIP 카드와 한도 무제한 카드 세 장도 꼼꼼히 살펴보았다.

"우와, 당신 뭐야? 진짜 선녀라도 돼? 세상에, 이게 웬 떡이냐. 오래간만에 포식하네!"

눈앞에서 그런 일이 벌어지는데도 선여휘 여사는 꼼짝을 할 수 없었다. 마음속으로는 여자가 모든 걸 가지고 도망치기를, 그래서 얼른 이 집에서 나갈 수 있기를 열렬히 기도했다.

"로그인, 비번?"

여사의 휴대폰에서 은행 어플을 찾아 곰이 엄마가 물어보았다. 거액을 이체할 때 필요한 OTP 기기도 찾아내 손에 쥐었다. 고통으로 얼굴을 일그러트리며 선여휘 여사는 신음했다. 그녀는 더듬더듬 대답했다. 비밀번호는 딸 선정의 생년월일이었다.

"세상에! 무슨 현금이 이렇게 많아? 와…… 오늘 진짜 무슨 날인가? 완전히 로또 맞았네!"

곰이 엄마는 빠르게 손을 놀려 자신의 계좌번호를 찍고 휴대폰을 쏙 내밀었다.

"비번, 계좌이체."

"어, 얼마나…… 요?"

손바닥으로 이마를 짚고 여사는 물어보았다. 뜨듯하고 미끈한 핏물이 코에서 입으로 쏟아졌다. 비릿한 쇠 냄새에 머리가 어찔했다.

'다행이다. 내출혈이 아니야. 머리 부상에서는 그게 더 위험하지.'

여사는 생각했다.

"아. 눈깔 안 보이지? 그게 원래 좀 그렇더라. 어디 보자…… 콤마가 세 개야. 10억이라는 얘기지." 곰이 엄마가 킬킬거렸다. "어휴, 너무 어마어마해서 심장이 벌렁거리네. 쫌만 더 간이 컸으면 동그라미 하나 더 붙이는 건데. 하여간 나 같은 년은 순해빠져서 안 된다니까? 자, 이제 불어. 비번!"

선여휘 여사는 아픈 몸을 일으키려고 무진 애썼다. 그러나 겨우 고개만 들 수 있을 뿐, 하체가 말을 안 들었다. 발가락이 살짝 구부러지는 걸 보면 기능에 문제는 없는 듯한데 원인을 알 수 없었다. 그녀는 손으로 둔부를 매만졌다. 다행히 소변을 흘리진 않았다. 여사는 차고 딱딱한 벽에 머리를 댔다.

"왜……." 여사는 힘겹게 입을 열었다. "이런 짓, 해요? 멀……쩡한 사람이."

"쌍, 수작 부리네, 이년!"

곰이 엄마는 손등으로 여사의 뺨을 쳤다. 참지 못하고 선여휘 여사는 구토를 했다. 코피와 눈물이 줄줄이 쏟아졌다.

"뭐, 질문 하나에 숫자 하나씩이냐?"

방구석에 놓인 싸구려 회전의자에 앉아 곰이 엄마는 담배를 입에 물었다.

"원래 너 같은 년은 죽도록 때려서 비밀번호를 알아내는데, 내가 어제 양주를 진탕 조져서 컨디션이 별로거든. 그러니 대화로할게. 질문 하나당 비번 하나. 오케이? 허튼짓할 생각은 버려. 내가 지금 컨디션이 나쁜 거지 맛 간 게 아니란 걸 알아두라고. 특히너 같은 할매 조지는 거는 별일도 아니니까. 자, 그럼 시작한다."

꽁초를 방바닥에다 던지고 곰이 엄마는 새로운 담배를 꺼내 물었다. 한숨을 내쉬자 매운 연기가 방 안을 가득 메웠다.

"해. 첫 번째 질문."

"아, 아까 그거예요. 대체 왜 이런 일을 하는지……."

선여휘 여사가 애써 말했다. 곰이 엄마는 인상을 찌푸렸다. 갈라진 앞머리 사이, 미간에서 이마까지 곧게 팬 주름이 흉터처럼보였다.

"후유……. 조실부모해 배운 거 없고 기술도 없는 년이니까. 그래도 한때는, 서방 만나서 살아보려고 애썼지. 근데 나 같은 년이 어떻게 좋은 서방을 만나겠나? 새끼만 낳고 인생 조졌지. 이봐, 할매. 내가 한 말이 다 거짓말인 건 아니야. 우리 아들은 진짜로 아팠다고. 진짜로 죽기도 했고. 자, 비번."

곰이 엄마는 휴대폰을 내밀었다. 선여휘 여사는 손가락을 힘겹게 들었다 오므렸다.

"안 보여요. 일."

"일? 하나?"

"그래요. 그게 첫 번째 비밀번호야."

"오호! 좋았어. 자, 두 번째 질문!"

곰이 엄마가 외쳤다. 선여휘 여사는 두 눈을 감고 신중히 질문을 구상했다.

"그, 아들이…… 왜 죽었어요?"

마른 입술을 혀로 적시며 여사는 더듬거렸다.

"거참, 큰돈 만지기 힘드네……."

장초를 비벼 끄고 곰이 엄마는 방바닥에 침을 뱉었다.

"좋아. 약속은 약속이니까. 참, 나도 어리석었지. 그래도 서방이라고, 한심한 인사를 끼고 살았어. 가진 건 자존심뿐인 식충이 반백수를……. 아무튼 그때 내가 트럭 운전을 했는데, 일 나가면서 애 좀 보라고 부탁을 했지. 겨울이었고 방학이라서 우리 애는 어디 갈 데가아 없었다오오. 난 진짜 그 인간이 애만 봐줬어도 숨통 트였어."

"아들 이름이 뭐였는데?"

여사가 묻자 곰이 엄마는 휴대폰을 쓱 내밀었다.

"번호. 두 번째."

"아니, 그건 됐어요."

"이런 쌍년이!"

곰이 엄마는 휴대폰을 거두어들였다.

"진우야. 신진우. 어느 날 말이지, 애가 아팠어. 난 일을 나가야 하니까 해열제만 일단 먹였지. 나 없는 사이에 열이 막 펄펄 났나 봐. 그걸 응급실에 데려갔어야 하는데 그냥 됐더만." 허탈한 듯이 곰이 엄마는 실실 웃었다. "나중에 그 인간이 뭐랬는 줄 알아? 애들은 다 아프면서 크는 거래, 붕신 같은 게. 그래서 죽었지. 열성경련. 내가 가방끈이 짧아 의학용어 같은 건 못 외우는데, 그거 하나는 딱 기억해. 열성경련 때문에 죽었다고, 그 의사가 그랬어. 야…… 그 의사 젊데. 우리 진우도 컸으면 그렇게 잘난 의사가 됐을지 모르는데."

곰이 엄마는 휴대폰을 쓱 내밀었다. 선여휘 여사는 화면을 보았으나 구역질이 나 눈을 감았다.

"공이에요."

"공? 영 말이지? 동그라미?"

"그래."

"반말은 이 쌍년이."

두 번째 숫자를 누르고 곰이 엄마는 낄낄거렸다. 어떻게 하면 빠져나갈 수 있을까, 선여휘 여사는 궁리했다. 반지하지만 창문이 있으니 몸으로 부딪혀 보면 어떻게든 될 것 같았다. 하지만 창밖에 방범창이 있었단 사실이 곧 떠올랐다. 얼른 뛰어가 현관문을 여는 방법도 있지만, 이 몸으로는 무리였다.

"자, 해. 세 번째 질문."

곰이 엄마가 말했다.

"그런데 왜…… 하필 중고 마켓이에요? 강도 짓 하는 거."

여사는 물어보았다. 꽤나 용기가 필요한 질문이었다.

"왜긴 왜야? 먹고살려고 그런 거지. 다 이 목구멍 문제라고."

곰이 엄마가 자리에서 일어나 휴대폰을 또 내밀었다. 심한 통증에 얼굴을 찌푸리면서 여사는 한 손을 내저었다.

"안 돼요. 그 정도로는."

"허허…… 나 이년을 진짜. 그래, 돈 10억이 코앞이니까."

곰이 엄마는 회전의자에 털썩 앉았다. 고물인지 삐걱거리는 소리가 났다. 그녀는 또다시 담배에 불을 붙였다.

"우리 애가…… 그냥 죽은 게 아냐. 식물인간이라고 알아? 아니, 뇌사랬던가. 아무튼 의식 없는 상태에 빠져 있었어. 그러니까 병원비가 엄청 나오는 거야. 근데 내가 돈이 있어야지. 서방이란 놈도 알몸뚱이고. 이래서 여자는 남자들 돈을, 이 경제력을 따져야 되는데. 아무튼, 내가 낮에는 트럭 일을 하고 밤에는 도우미를 뛰었어. 어느 날 진상을 만나 술을 엄청 마셨지. 눈떠보니까 아침인 거야. 술이 안 깼는데 배달해야 될 물건이 있었어. 건물 부수고 남은 쓰레기 같은 거지. 트럭을 몰다가 깜빡 졸았네. 눈을 떠

보니 병원인데…… 여기, 이거 보여? 갈비가 부러졌대. 아, 그리고 내가 사람을 치었다는 거야. 젊은 남잔데, 그 자리에서 죽었다더만. 참 돌겠데……. 구치소가 있는 틈에 아들이 죽었어. 그래도 판사가 정상참작 해줘서 몇 년 안 살았지. 7년 받았나? 모범수라서 6년 만에 나왔는데 그러고 나니 어디 받아주는 데가,"

곰이 엄마가 억 소리를 내면서 의자와 함께 동그라졌다.

"이년! 이 나쁜 년!"

선여휘 여사는 쓰러진 곰이 엄마의 몸에 올라타 머리카락을 쥐어뜯었다.

"뭐, 뭐야! 할매 왜 이렇게 힘이 세! 저리 안 비켜?"

"술이 안 깼다면서! 왜 운전을 해! 엄한 사람 잡아놓고, 반성도 없이 사기를 쳐?"

곰이 엄마도 우악스레 손을 뻗어 여사의 머리를 쥐어뜯었다.

"흥! 되도 않는 값에 물건 팔려는 놈이나, 사려는 놈이나 다 같은 사기꾼이지!"

곰이 엄마가 허리를 비틀자 위치가 역전됐다. 열 살은 차이가 나는 데다 부상도 입었으니 선여휘 여사가 당해낼 재간이 없었다. 여사의 배를 깔고 앉아 곰이 엄마는 따귀를 쳤다. 안 그래도 아픈 머리가 쾅쾅 울렸다.

"너 같은 호구도 마찬가지야. 명품을 내놓고 왜 안 파니? 오래 안 팔리니까 나 같은 파리가 들러붙지! 후후. 뭐가 있다 싶었어. 아니나 달라? '소중히 입어주실 분 찾습니다'? 지랄하네! 당신,

378

저거 누구 옷이야? 아들 옷이지? 맞지? 할매도 아들 죽었지?"

선여휘 여사는 이성을 잃고 손톱을 막 휘둘렀다. 둥글고 연약한 것을 스쳤다 싶었는데 눈이었던지, 곰이 엄마가 비명을 지르며 동그라졌다.

"이 나쁜 것! 음주 운전을, 이 나쁜!"

누운 채 이를 악물고 선여휘 여사는 발길질했다. 흥분한 나머지 그녀는 누군가 알루미늄 문을 부수는 소리도 듣지 못했다.

"여사님! 괜찮으세요?"

휘황이 달려와 그녀를 안았을 때, 여사는 그대로 혼절해 버렸다. 그사이, 곰이 엄마는 쇼핑백과 돈을 챙겨서 재빨리 도망쳤다. 여사를 내동댕이칠 수 없어 휘황이 당황하는 새 벌어진 일이었다.

따뜻한 중고 인간

태풍이 지나고 비가 그쳤다. 구름이 사라진 하늘은 유난히 높고 파랬다. 창밖을 보고 있노라면 하얗게 이글거리는 태양에서 위잉위잉 소리가 나는 듯했다. 선여휘 여사는 일성대학병원 VIP 병동의 A급 특실 침상에 앉아 뉴스 스크랩을 읽었다. 머리엔 붕대를 둘렀는데 이마 아래로 낙엽 색깔의 멍이 보였다.

"강풍을 이기지 못한 사과가 떨어져 나뒹굽니다. 인근 배밭의 피해도 심각한 상황. 추석을 앞둔 농민들 시름이 깊어갑니다."

"저지대 주택과 인근 시장이 침수됐습니다. 170여 가구 주민이 마을회관과 학교 등에서 지내고 있습니다."

눈썹머리에 힘을 준 채 여사는 기사를 읽어나갔다. 그녀는 통통한 손가락으로 페이지를 넘겼다. 어떤 범죄를 다룬 기사가 제법 긴 분량으로 스크랩되어 있었다. "중고 거래 사기 후 도주한 50대 체포"라는 제목 아래에는, 아픈 아들이 있는 것으로 속여 판매자를 집으로 끌어들인 범인의 수법이 공개됐다. 재개발 구역 빈집을 자택인 양 꾸며 방문을 제안하고 폭행한 뒤에 물건을 훔쳐 도주하는 상습범이었다. 피해자는 최근 자녀를 잃은 60대 여성이라고 했다. 중고 거래의 위험성을 알리며, 방문 거래를 삼가라고 당부하는 형사의 인터뷰가 짤막히 실려 있었다. 한숨을 쉬고 선여휘 여사는 창밖을 내다보았다.

"임 비서. 여기 태풍 피해 입은 동네, 필요한 거 있는지 알아봐요. 요청하는 것 있으면 좀 보내주게."

"알겠습니다."

차분한 어투로 비서가 대답했다. 그녀는 병상 옆 안락의자에 앉아 지시 사항을 받아 적었다.

"더 필요한 건 없으십니까?"

"응. 지금은 없어."

여사는 손을 뻗어 머리 위의 버튼을 눌렀다. 침대 등받이가 기울자 어지럼증이 일었다. 여사는 두 눈을 질끈 감았다. 처음 사고를 당한 때에 비하면 불평할 정도의 고통은 아니었다.

사고 직후, 여사는 119에 의해 인근 병원에 옮겨졌다. CT와 MRI 촬영 후 뇌진탕 판정이 떨어졌다. 두개골에 금이 갔고, 작은 부위지만 뇌내출혈도 있었다. 상황이 조금 안정된 뒤에 그녀는 일성대학병원으로 옮겨졌다. 신 박사는 얼마 전 아들을 잃은 데다 그 자신이 끔찍한 범죄의 피해자가 된 여사를 딱한 눈으로 바라보았다.

선여휘 여사는 의사를 향해 끔찍한 두통과 어지럼증을 호소했다. 잔뜩 찌푸린 채로 울면서, 앞이 잘 보이지 않는단 말도 여러 번 덧붙였다. 그러나 처음 얼마간은 자기가 왜 그런 상해를 입었는지 설명을 하지 못했다. 사고 당시의 기억에 문제가 생긴 거였다. 어지럼증이 가라앉고 앞이 잘 보이기까지 여사는 툭하면 짜증을 냈다. 헛구역질을 하거나 악몽을 꾸고 불안에 떨기도 했다. 그런 여사를 돌보기 위해 선정과 남편이 번갈아 병실로 왔다.

선정과 함께 있을 때, 여사는 미안한 감정에 마음이 불편했다. 부모로서 자식에게 걱정을 끼친 것이, 그토록 말린 중고 거래를 하다가 사고를 당한 게 꺼림칙했다. '그러게 내가 뭐랬어요?' 앙칼진 어투로 쏘아댈까 봐 심장이 콩당거렸다. 남편과 있을 땐 그러한 마음이 들지 않았다.

"어휴, 왜 이렇게 아픈지 몰라. 등이 막 쑤시고, 눈앞에 날파리들이 윙윙대는데……."

여사는 엄살을 보태 투덜거렸다. 그러면 남편은 간호사나 의사를 불러 살펴달라고 부탁을 했다. 어떤 이유로 그런 증상을 겪게 되는지 물어봐 주기도 했다. 목이 마르다 하면 주스에 빨대를 꽂아주고, 초밥이 먹고 싶다면 직접 나가서 사다주었다. 이따금 두 사람은 병실에 앉아서 오붓이 식사를 했다.

"나 어릴 때 점을 봤는데."

선여휘 여사가 불쑥 말했다. 그녀는 싱싱한 다금바리를 두 조각 입에 넣었다.

"점?"

남편 부혁진 씨가 비스듬히 고개를 들었다. 여윈 턱 위 까슬한 수염엔 어느새 흰 털이 섞여 있었다.

"그래요. 옛날에 유명한 명리학자한테서 점을 봤어요. 아버지 무릎에 앉아가지고. 그 사람이 나한테 아주 편한 팔자라 그랬어. 예순 살쯤 고비만 한 번 넘기면 무병장수를 한다고. 그 고비가…… 용재 일인 줄 알았어요. 용재가 사고를 당했을 때, 그 점쟁이 10년을 틀렸다고 원망을 했죠. 시기가 정확했더라면 어떻게든지 조심했을 거라 단정하면서."

"그런 일이…… 있었구만." 남편 부혁진 씨는 고개를 끄덕였다. "하지만 미리 알았어도 어떻게…… 너무 두루뭉술한 말이잖아."

선여휘 여사는 고개를 끄덕였다. 그녀는 입안의 생선을 천천히 씹어 삼켰다.

"그렇지만…… 이제 보니까 그게 내 일이지 않겠어요? 용재 일이 아니고. 그러니까 참, 반성이 되더라고요. 내가 너무 교만했구나. 그런 점사에 의지해 한심하게 살았구나. 어떻게 점사만 믿고 예순 살만 잘 넘겨보자 여유를 부렸을까!"

남편은 입을 꾹 다물었다. 그는 젓가락을 쥐고 금가루 얹힌 참치 뱃살을 뒤적거렸다.

"하지만…… 녀석의 사고가 아니었어도 그 일을 겪었을까? 당신이 거기 간 건 용재 옷을 팔기 위해서였고, 그건 녀석이 세상을 그렇게…… 일찍 등졌기 때문인데."

여사는 두 눈을 들어 남편을 봤다. 그는 여전히 고개를 숙이고 있었다. 낮고 점잖은 투로 그는 뒷말을 이어갔다.

"점사 같은 건 믿지 않지만……. 글쎄, 녀석이 우리의 인생이었잖아. 선정이도 그렇고. 그러니 그 고비가…… 꼭 당신만의 고비라고는 말할 수 없지."

여사의 커다란 눈에 눈물이 차올랐다.

"용재 아빠……."

"응?"

남편은 때꿈한 눈으로 여사를 마주 보았다. 가느다란 눈매가 건조해 보였다. 그것은 수원이 말라붙은 자그만 우물 같았다.

뭉클한 마음으로 여사가 막 뭔가 물으려는데 오후 업무를 보는 김 비서가 찾아왔다. 노크 소리를 듣고 남편은 움찔하더니 도시락 뚜껑을 얼른 닫았다. 곧 또 오마고, 편히 쉬라는 당부를 남긴 채 병실 문을 나섰다. 김 비서는 부부 사이의 묘한 기류에 난처해하며 보고를 시작했다.

"경찰서에 다녀왔습니다."

"어머, 그래요?" 선여휘 여사는 손뼉을 마주쳤다. "내 돈 찾았어? 다른 건 몰라도 포도봉봉 님한테 받은 만 원은 꼭 다시 찾고 싶은데!"

"찾았습니다. 여기요."

김 비서는 어깨에 멘 빅백에서 흰 봉투를 끄집어냈다. 그것을
열어보고 여사는 부루퉁 입술을 내밀었다.

"아이, 막 구겨졌네……."

아랑곳 않고 비서는 보고를 계속했다.

"전과가 무려 7범이랍니다. 특수절도에 사기, 음주 운전 전과
가 있고요. 근래에는 네 군데 중고 마켓을 돌며 폭행 및 강탈을
거듭했대요."

"어머……."

여사는 놀라서 입을 벌렸다. 김 비서는 스파이처럼 주위를 살
피고 다가왔다.

"여사님. 그런데요, 아들이."

"아들?"

"네. 아들이 글쎄, 살아 있답니다. 남편은 이혼 후 행방불명이
라는데……. 아무튼 보육원 거치며 어렵게 살았나 봐요. 지금은
카센터에서 일한답니다. 스물네 살이고요."

"뭐어? 정말이야?"

여사는 두 눈을 홉뜨고 비서를 마주 보았다. 눈썹을 으쓱이면
서 젊은 비서는 고개를 끄덕였다.

"네. 부모가 얼마나 힘들게 했는지, 이번 일로 경찰이 전화했더
니 엄마 이름만 듣고도 경기를 하더래요."

"세상에, 가엾어라!"

느닷없이 여사는 머리에 두통을 느꼈다. 왈카닥 화가 났다.

"아니, 어떻게 아들 목숨 가지고 거짓말을 해?"

"그게요, 여사님." 비서가 또다시 속닥거렸다. "별 하나 달 때마다 시나리오를 만들었답니다. 전부 다 거짓은 아니고 일부 사실에 조합하는 방식으로요."

"아니, 그래서 얻을 게 뭐야? 뻔히 드러날 거짓말이잖아?"

여사는 받아쳤다. 자신도 그 생각에 동의한다는 듯 비서는 고개를 끄덕였다.

"물론 그렇죠. 하지만 거짓말로 밝혀지기 전까진 동정을 산답니다. 형사들이 조금 유하게 대해준대요."

"세상에!"

선여휘 여사는 혀를 내둘렀다. 한 걸음 물러나 김 비서는 평상시대로 목소리를 키웠다.

"홍 변호사님이 아무 걱정 말고 편하게 쉬시랍니다. 쌍방 폭행 주장이라니 말도 안 된다면서 일 맡겨주신 것 감사하다고 여러 번 말씀하셨어요. 이번에 법무법인 옮기고 자리 잡는 데 도움 됐다고요."

"아이 뭘. 행여나 일성 법무팀에다 신세 지지는 말아요. 선정이가 난리를 칠 테니까."

"알겠습니다."

비서는 돌아섰다.

텅 빈 병실에서, 여사는 딸내미가 자신을 얼마나 한심하게 여길지 또 길게 걱정을 했다. 하지만 선정의 속내를 말하자면 그렇지는 않았다. 김 비서로부터 사고 소식을 전해 듣고, 선정은 하늘이 무너지는 줄 알았다. 엄마에게 화내고 짜증 낸 모든 순간이 빠르게 눈앞을 스쳐갔다.

"하고 싶으면 해."

의식을 찾은 엄마가 자신의 이름을 불러줬을 때, 선정은 울먹였다.

"뭘?"

여사는 되물었다.

"중고 거래 말이야. 하고 싶으면 하라고요."

선정은 쏘아붙였다. 그러고는 주삿바늘 꽂힌 엄마의 손에 이마를 대고 울었다.

다만, 그녀는 백 기사를 따로 만났다. 자신의 권위를 분명히 하려 일성전자 내 상무이사실로 불러들였다. 창립 이래 만들어낸 최고의 상품들이 미니어처로 전시된 커다란 방이었다. 정부에서 받은 훈장도 여러 개 놓여 있었다. 깨끗한 창밖으로 여의도 전경이 내려다보였다.

용재와 닮은 얼굴이 불편할 거라고, 그래도 당황하지 말자고, 선정은 여러 번 다짐했다. 하지만 막상 사무실에서 본 백 기사의 얼굴은 기억과 조금 달랐다. 큰 키에 갸름한 얼굴, 커다란 눈과 시원한 입매는 여전했으나 어딘지 달라졌다. 외모보다는 성격이

변한 듯한데, 뭐랄까. 자신감 같은 게 느껴졌다. 그래도 확신할 수는 없었다. 최근 선정은 많은 일을 겪었으므로, 성격이 변한 건 자신일지도 몰랐다. 민트 그린 색상의 이탈리아제 양가죽 소파에 앉아 그녀는 입을 열었다.

"요즘은 운전을 잘하시지요?"

불의의 일격을 받고 휘황은 웃어버렸다. 그래선 안 됐는데. 그는 얼른 낯을 바꾸고 웃음을 거두어들였다. 마음 속 풀어진 긴장의 끈을 바짝 조였다. 무슨 일로 불렀을까, 혹시 사고의 책임을 물으려는 건 아닐까 걱정을 하며 손으로 귀를 만졌다.

"예, 뭐……."

"부탁드릴 게 있어서 이렇게 모셨어요."

선정은 말했다. 그녀는 기다란 눈으로 상대의 몸짓과 표정을 살펴보았다.

"네. 말씀하세요."

체크무늬 손수건으로 휘황은 콧등을 문질렀다.

"어려운 일은 아니에요. 엄마가 언제 어디를 가시는지, 무엇을 팔려 하는지 나한테 알려줘요. 여기, 이 번호로 연락하면 돼요."

휘황은 조그만 명함을 들여다봤다. 일성전자 상무이사실 비서의 이름과 번호가 인쇄돼 있었다.

"그건…… 당일에나 알 수 있는데요. 지난번 같은 불미스러운 일을 예방하는 건 어려울지도 몰라요."

"알아요." 선정은 무심히 대꾸했다. "나는 다만, 백 기사님도 다

칠 수 있으니까. 그러면 누구도 엄마를 도와줄 수가 없으니까 대비하려는 거예요. 혹시 백 기사님과 연락 안 되면 지체 없이 경찰에 신고를 할 수 있도록. 팬텀에도 GPS를 달아둘 예정이에요."

"네에."

휘황은 고개를 숙이고 혓바닥 끝으로 앞니를 문질렀다.

"물론 그렇게 되면, 백 기사님도 구할 수가 있겠죠." 선정이 덧붙였다. "고마워요. 우리 엄마를 구해줘서."

"아닙니다. 당연히 해야 할 일인데요."

휘황이 대답했다. 그리고 빙긋 웃었다. 선정은 그 미소가 불편해 창밖을 바라보았다.

"언제든, 어려운 일 생기면 연락해요." 소파에서 일어서며 선정이 덧붙였다. "내 말은…… '개인적으로 어려운 일이 생겨도'라는 뜻이에요. 뭐, 다 된다는 건 아니지만."

"네."

짧게 답하고 휘황도 일어섰다. 출입문 쪽으로 다가가는데 선정이 또 한 번 그의 이름을 불러 세웠다.

"계속…… 일해주시면 좋겠어요."

그녀는 부탁했다. 말투는 완전히 지시에 가까웠다.

"그건…… 여사님께서 원하실는지 모르겠네요."

휘황은 고개 숙였다. 자동문을 열고 나가서 정확히 다섯 걸음을 내딛자 승강기 앞이었다. 단추를 누르지도 않았는데 이미 그 문이 열려 있어서 휘황은 조금 놀랐다.

"회복이 빠르신 편입니다. 그래도 당분간은 불편한 느낌이 있을 거예요. 그때그때 기록했다가 외래에서 말씀 주십시오."

신 박사는 말하고 병실을 빠져나갔다.

선여휘 여사는 빳빳한 환자복을 벗어 개키고 디자이너 박요린의 후드 드레스로 갈아입었다. 신축성 좋은 면 재질로 된, 산뜻한 라임색 드레스였다. 모자와 주머니에 하얀색 레이스 장식이 자그맣게 달려 있었다. 어깨에 박음질된 동일 재질의 레이스들이 허리춤까지 흘러내렸다. 걸음을 내디딜 때면 바람을 타고 부푸는 모양이 투명한 잠자리 날개 같았다. 퇴실 직전, 여사는 출입문 근처에 서서 병실을 둘러보았다.

"용재야. 엄마 갈게. 우리, 집에서 또 만나자."

응접실에서 대기하던 백 기사가 다가와 여사의 짐을 받아 들었다. 가족은 오지 않았다. 병원의 면회객 제한 문제도 있거니와, 백 기사만으로 충분하다고 여사가 말했기 때문이었다.

한남동 저택에 도착하자마자 선여휘 여사는 널따란 정원을 거닐었다. 초가을 정원은 햇살에 무르익어 생명력이 가득했다. 여사는 자신의 나무들을 느긋이 살펴보았다. 설익은 모과며 탱자를 어루만지고 꽃들의 그윽한 향기도 맡아보았다.

"잘 있었니? 너무너무 보고 싶었어!"

그녀는 말린 꽃잎이 가시 끝처럼 뾰족한 슈와바르츠 마돈나에게 말을 붙였다. 100여 장의 꽃잎을 빽빽이 품은 헤르초긴 크리스티아나에게도 입을 맞췄다. 담장을 타고 흘러내린 새빨간 스칼릿 메이딜런드도 잊지 않고 어루만졌다. 연두색 잎이 고운 백정화가 서재 창 아래서 자그만 얼굴을 내밀었다. 볼 때마다 두 눈을 시원케 하는 아메리칸 블루도 파란 꽃잎을 반갑게 흔들고 있었다.

휘황은 여사의 많은 짐들을 왕 부장에게 넘겼다. 그리고 커다란 아치형의 저택 출입문 밖에서 여사의 정원 산책이 끝나길 기다렸다.

"지금 몇 시지?"

휘황을 보더니 여사가 활짝 웃었다.

"11시 50분입니다."

휘황이 대답했다. 그는 초조한 듯이 입술을 깨물었다.

"좋아요. 기분이다. 이만 퇴근해! 오후에 나갈 것 같지 않아요."

여사가 싱글거렸다. 그녀는 가뿐히 몸을 돌려 현관홀 안에 발을 디뎠다.

"저, 여사님…… 이거."

휘황이 다급히 건네준 종이를 보고 여사는 멈칫했다. 그것은 손바닥보다 조금 큰 크기의 리플릿이었다.

"이게 뭐야?" 여사는 종이에 두 눈을 가까이 댔다. "〈따뜻한 중고 인간 展〉 갤러리 by 알짜. 백휘황…… 개인전? 세상에! 자기 전시해?"

여사는 반으로 접힌 리플릿을 서둘러 열어 보았다. 그러는 사이 휘황은 머리를 긁적이면서 중얼중얼 설명을 했다.

"여사님의 거래들에서 영감을 받았어요. 미리…… 허락을 못 구해 죄송합니다. 처음엔 그냥 가볍게, SNS에 계정 만들어 그림을 올렸어요. 팔로워가 막 늘어났는데…… 그림을 구매하고 싶다는 DM이 종종 왔고, 어느 날 여기 갤러리에서 개인전 해보지 않겠느냐고 제안이 와서……. 언제쯤 말씀드릴까 고민했는데, 여러 가지 일이 있어서 늦어졌습니다."

"그래? 잘됐네."

여사는 두 손을 늘어뜨렸다. 그녀는 말없이 저택 안으로 들어갔다. 휘황은 굳건히 닫힌 문 밖에 멀뚱히 서 있었다. 곤란하고 열뜬 마음에 마른손으로 세수를 했다.

"세상에! 어쩜 이럴 수가 있어?"

습관처럼 용재의 방문을 열고 여사는 침대에 몸을 던졌다. 어깨를 떨며 흐느끼다가 벌떡 일어나 리플릿 내용을 다시 살폈다. 전시될 그림이 줄줄이 인쇄돼 있었다. 어두운 밤, 허름한 안평역 앞에서 헤드라이트를 빛내는 롤스로이스, ATM 부스 안에서 종이 가방을 들고 선 아버지와 아들, 비를 맞아 뒤집힌 작약 꽃송이를 돌보는 노인, 네온사인이 군데군데 꺼진 DVD 감상실 간판, 장대높이뛰기를 하는 신이와 그를 보는 관중들 모습이 자그맣게 이어졌다. 그리고 마지막 페이지…… 거기에 그 그림이 있었다. 여사는 병실 침상에 기대앉은 용재의 모습을 보고 소리 내 엉엉 울었다. 세미 리프컷으로 머리를 다듬은 용재가 베르사체의 블랙 실크 셔츠를 입고 있었다. 가슴에 붙인 심전도 체크 패치의 전선이 각종 기기에 연결된 것을 보자 또 다시 가슴이 무너져 내렸다.

"누구 허락을 받고 내 아들을! 남의 고통을……!"

선여휘 여사는 울먹였다. 그러면서도 그녀의 눈은 그림을 보고 있었다. 그림 밑에 〈왕자의 여름〉이라는 제목이 금빛 잉크로 박혀 빛났다. 선여휘 여사가 이름을 모르는 신진 비평가의 몇 마디 글이 그 아래 적혀 있었다. '뛰어난 능력을 지녔음에도 불구하고, 취업 전선과 결혼 시장에서 어려움을 겪는 이 시대 청춘의 자화상' 어쩌고저쩌고…….

선여휘 여사는 화가 나 리플릿을 찢으려다가 멈칫했다. 그녀는 아들의 얼굴이 그려진 종이를 가슴에 끌어안았다. 한참을 엎드려 울다, 또다시 그 예쁜 얼굴을 들여다보았다.

추석 연휴를 하루 앞두고, 선여휘 여사는 김 비서에게 한 가지 부탁을 했다. 한남동 저택 앞으로 콜택시 한 대를 불러달라는 것이었다. 백 기사가 차고에서 대기 중이었으나, 그녀는 아직 그 젊은 화백과 한 공간 안에 머무를 준비가 되지 않았다. 검은색 제네시스 택시는 앞좌석과 뒷좌석 간의 거리가 좁았으나 그만저만 안락했다. 쿨 스킨 향을 풍기는 중년의 운전사를 보자, 여사의 머릿속에서 차 실장 얼굴이 불현듯 떠올랐다.

'잘 지내고 있을까? 그간 참 무심했네. 용재 장례식에도 와주었는데, 얼굴 살이 쑥 내렸었지. 좋아하는 장어라도 좀 챙겨주어

야겠다.'

여사가 그런 생각을 하고 있는데 택시 기사가 기침을 험험 뱉었다. 심기가 불편한지 눈썹을 꿈틀대면서 사이드미러를 흘긋거렸다.

"거참, 좀 떨어질 것이지!"

"왜요, 무슨 일 있어요?"

여사가 관심을 보이자 택시 기사는 기다렸다는 듯 큰소리 쳤다.

"아 글쎄, 뒤차가 너무 붙어서 달리는 겁니다. 아까부터요!"

선여휘 여사는 무심코 뒤를 보았다. 마치 제네시스에 견인이라도 되는 양, 자신의 롤스로이스 팬텀 EWB가 뒤따라오고 있었다.

"어머, 어머!"

"그렇다니까요." 택시 기사가 험궂게 인상을 썼다. "거, 젊은 사람이 급하면 먼저 갈 것이지. 거머리처럼 들러붙어. 신경 쓰이게. 꼭 저런 치들이 접촉 사고 내고는 우김질을 한단 말이죠."

선여휘 여사는 플라노 피사의 토트백에서 휴대폰을 꺼내 전화를 걸었다. 상대가 받자마자 매섭게 쏘아붙였다.

"아니, 백 기사. 왜 따라오는 거야?"

"혹시나 무슨 일 생길까 봐요. 여사님 걱정이 돼서……."

휘황이 웅얼거렸다. 잔뜩 졸아든 목소리였다.

"나 괜찮아요. 신경 쓰지 말고 돌아가."

여사는 전화를 끊고 씩씩거렸다. 택시 기사는 땡그란 눈으로 룸미러를 힐끔 보더니 입을 꾹 다물었다.

서울 서남부의 한 동네. 신 상권에서 구 시장으로 이어지는 야트막한 언덕에 택시는 멈춰 섰다. 여사는 내려서 뒤를 보았다. 새하얀 롤스로이스가 애교를 부리듯 전조등을 깜빡거렸다. 흥, 콧방귀를 뀌고 여사는 〈명복네〉 문을 열었다. 낡고 가벼운 구릿빛 새시가 드르륵 소리를 냈다.

"선녀님, 여기예요!"

신이는 예전 그 자리에서 두 손을 흔들었다. 여사는 반색을 하며 다가갔다.

"그동안 잘 지내셨어요?"

신이는 여사가 사준 박요린의 투피스 아래 로저 비비에사의 검은색 플랫 슈즈를 신고 있었다.

"별로야. 몸도 아팠고."

걱정스럽게 자신을 살피는 신이를 보며 여사는 콧등을 찡긋했다.

"이젠 괜찮아. 배고프지? 뭐 먹고 싶어?"

여사는 가게 벽 위에 나붙은 메뉴를 살펴보았다.

"여사님이 고르세요. 전 아무거나 잘 먹어요."

신이가 대답했다. 하지만 여사는 좀처럼 주문을 하지 못했다. 그녀는 카운터 안에서 일하는 주인을 자꾸만 흘끔거렸다.

"뭐 필요한 것 있으셔요?"

순무를 닮은 여주인 하나가 가까이 다가왔다. 여사는 두 뺨에 미소를 얹고 어렵게 입을 열었다.

"저기…… 메뉴에 없는 음식도 가능하다고 들었는데요."

"네, 그럼요. 말씀하세요."

주인 여자는 가스불 앞으로 가서 끓는 솥을 잡고 개수대 바구니 위에 확 뒤집었다. 투명한 당면 덩이가 쏟아지면서 흰 김이 솟아올랐다.

"비프스테이크…… 구워줄 수 있어요?" 여사가 물어보았다. "3cm로 두툼히 썰어서 겉은 바삭하고 속에는 육즙이 조금 남게요. 콜리플라워와 아스파라거스를 곁들여 굽고, 스페인산 바질과 타임으로……."

거기까지 말하고 여사는 손으로 입을 가렸다. 〈명복네〉의 가게 안이 조용해졌기 때문이었다. 근처의 손님들이 대화를 멈추고 그녀를 바라보았다.

"아니, 그냥 소고기 안심구이요."

여사가 얼버무렸다. 목부터 얼굴까지가 뜨듯해졌다.

"네. 곧 해드릴게요."

순무를 닮은 여자가 빙긋 웃었다. 그녀는 당면 손질을 갈무리하고 냉장고에서 커다란 고깃덩이를 꺼내 들었다. 선홍빛이 도는 게 한눈에 봐도 신선한 것이었다. 주인 여자는 벼린 칼로 고기를 썰어 달궈진 철판에 얹어놓았다. 치익 소리가 나며 연기가 피어났다. 주인 여자는 천일염 한 꼬집과 뭔지 모를 가루 한 꼬집을 고기 위에다 뿌렸다. 납작한 도기엔 콜리플라워와 아스파라거스 대신 고사리와 도라지들이 구워져 올라갔다. 주인 여자는 철판

위에서 스테이크를 썰어 접시에 쌓아 올렸다. 간장과 조청, 청주 등을 섞어 소스를 만들고 종지에 담아 손님 앞에다 놓았다. 선여휘 여사는 군침을 꿀꺽 삼켰다. 그녀는 포크로 고기를 찍어 입에 넣었다. 정체불명의 가루는 말린 미나리 분말이었다. 고소하면서 상쾌한 향이 입안에 감돌았다.

"훌륭해! 우리 용재도 좋아했을걸."

여사는 싸구려 냅킨을 뽑아 흐르는 눈물을 찍어 눌렀다. 무심코 고개를 드니 구리색 현관 위에 액자 하나가 보였다. 힘차고 굵은 필체로 '극락왕생'이라는 네 글자가 적혀 있었다.

"정말 특별한 맛이네요!"

자기 몫으로 나온 음식을 연신 맛보며 신이도 고개를 끄덕거렸다.

"그렇지? 그나저나…… 회사는 어떻게 하기로 했어? 어느 부서로 옮길 건지 결정을 했어?"

여사가 묻자, 신이는 포크에 찍힌 고사리를 입안에 넣고 씹었다. 손으로 입을 가리고 그녀는 웅얼거렸다.

"실은…… 저, 사표 냈어요."

"뭐어? 왜! 백화점의 요정이랑 약속했던 거 잊었어?"

음식을 꿀꺽 삼키고, 신이는 푸훗 웃었다. 그녀는 장난기 어린 눈으로 여사를 마주 보았다.

"그날, 백화점 명품 매장에서 거울을 봤을 때요…… 정말로 신났어요. 가슴이 막 두근대고, 뭐든지 할 수 있을 것 같더라고요.

완전히 다른 분야에서 전문가로 거듭난 미래의 제 모습을 상상해 봤죠. 하지만 여사님 앞에서 마지막 훈련을 하고…… 조금씩 깨달았어요. 제가 이 운동을 얼마나 사랑하는지요. 실은 얼마 전에, 장대높이뛰기부가 있는 중학교에서 코치직 제안을 받았어요. 고민하다가 거절했죠. 가치 있는 일이지만 심장이 뛰진 않더라고요. 다른 사람을 가르친다는 거……."

"세상에, 그런 제안을 거절했단 말이야? 앞으로 어떻게 하게?"

걱정과 불만이 섞인 눈으로 여사는 신이를 마주 보았다. 그런 속내를 아는지 모르는지 신이는 씽긋 웃었다.

"전 아무래도…… 폴을 놓고는 못 살 것 같아요."

"그럼? 어떻게, 폴 제작 회사라도 들어가게?"

여사의 말을 듣고 신이는 으하하 웃어버렸다. 〈명복네〉의 점잖은 손님들이 일제히 돌아보았다. 손으로 낯을 가리고 신이는 여사의 귓가에 속닥거렸다.

"선녀님, 폴 댄스라고 아세요?"

"폴 댄스? 그 야한 춤 말이야?"

두 손으로 봉 쥐는 시늉을 하며 여사가 두 눈을 게슴츠레 떴다. 신이는 또 한 번 웃어댔다.

"네, 그거요. 하지만 요새 폴 댄스는 그런 이미지가 아니에요. 예술로 인정받지요. 폴 댄스는요, 폴에 의지해 몸을 날린다는 점에서 높이뛰기랑 비슷해요. 나이가 들어도 할 수 있고요. 생활 스포츠거든요. 메달리스트가 아니라도 고유의 스타일과 가치를 인정받죠. 전······ 그동안 올라가고 떨어지는 일을 지겹게 반복했어요."

신이는 젓가락 하나를 세워 테이블 위에 쿡 찍었다.

"앞으론, 중심축을 단단히 꽂은 채 세상을 돌고 싶어요. 다양한 사람들과도 어울리고요."

"어머, 멋진 말이네."

선여휘 여사는 손뼉을 쳤다. 그녀는 황홀한 듯이 신이를 마주 보았다.

"그렇죠?"

"응. 잘됐어!"

여사가 신이의 다부진 손을 잡았다.

"요정님이 노하지 않으실까요?"

"전혀! 분명히 축복할 거야."

신이는 쿡쿡 웃었다. 그리고 또다시 장난기 어린 눈으로 여사를 바라보았다.

"이제 와 여쭙는데요. 천주교 신자 아니시죠?"

"뭐어? 아니, 그걸 어떻게 알았어?"

여사는 둥근 어깨를 뒤로 젖혔다.

"저한테 점을 쳐주셨잖아요. 요술봉 들고. 교인이라면 그러지 않죠."

"호호, 맞아. 그치만 미션스쿨을 졸업했다고. 채플 수업을 빠지지 않고 들었어. 그 기도는 진짜란 말야."

여사가 변명했다. 사춘기 소녀들처럼 눈을 맞추고 두 사람은 키득거렸다. 그들은 식은 음식을 나눠 먹으며 대화를 이어갔다.

"장대높이뛰기 말이야. 그거 참 철학적인 스포츠더라."

여사가 이야기했다.

"네? 어떤 면에서요?"

신이가 고개를 갸웃했다.

"올라갔다가…… 바를 넘어서 떨어지잖아. 삶과 죽음을 은유하는 것 같았어. 자본주의를 은유하는 것 같기도 하고. 그런 생각, 안 해봤어?"

"가끔요. 그런데 생각 안 하려 애썼어요."

신이는 밑반찬으로 나온 무초절임을 오도독 씹어 먹었다.

"왜?"

"딴생각하면 기록이 떨어지거든요. 아무 생각 없이 몰입하는 게 스포츠에선 미덕이에요. 전략을 세울 땐 여러 가지로 연구하지만, 경기 중에는 그러면 안 되니까."

"으음. 그렇구나."

선여휘 여사는 고추 초절임을 한입에 베어 물었다. 매콤한 맛이 정신을 맑게 해줬다.

"장대라는 게 되게 이중적이란 생각은 가끔 했어요."

신이가 불쑥 말했다.

"어떻게?"

"음…… 크로스바를 넘기 위해선 반드시 장대가 필요하잖아요? 그러니까 아무리 무거워도 들고서 뛰어야 하죠. 박스에 꽂아 장력을 이용해 점프를 해야 하니까. 하지만 끝까지 가지고 갈 순 없어요. 어떤 선수도 그럴 순 없죠. 크로스바 앞에 두고 오는 게 중요합니다. 그래야 건드리지 않고 바를 넘을 수 있어요. 기본 룰 이죠. 그다음 할 일은 떨어지는 것뿐인데…… 그때 기분이 참 묘 해요. 마치 다른 차원으로 넘어가는 것 같달까요? 일단 넘고 나 면 어떤 의무도 나를 괴롭히지 않아요. 관중도 숨죽여 정적이 이 어지고…… 잠깐이지만 황홀한 맘으로 쉴 수 있어요. 그 순간이 너무 행복해 힘들어도 훈련을 계속해 온 것 같아요."

"꼭 필요하지만 가지고 갈 수는 없다……."

"네. 바닥을 힘껏 찍어 추동력을 얻은 후에는 손에서 놓아야 해 요. 그게 룰이니까요."

신이의 말을 들으며, 여사는 힘차게 고개를 끄덕였다.

선여휘 여사는 긴 추석 연휴를 홀로 보냈다. 딸 선정은 친구들 과 파리 여행을 떠났고, 남편 부혁진 씨는 자신의 빌라에서 혼자 쉬겠단 뜻을 전했다. 왕 부장과 양 과장을 비롯한 직원들도 명절 을 쇠러 갔기에 여사는 오롯이 혼자 있었다. 그녀는 작은 노트와 만년필을 들고 모처럼 깊은 사색에 잠겼다. 〈명복네〉에서 포장해 온 음식들—끼니마다 데워 먹을 수 있게 양 과장이 준비해 둔— 을 먹으며 이따금 정원을 거닐었다.

그녀는 이제껏 그룹 창립자의 자손으로서, 또 대주주로서 일성그룹을 대해왔다. 경영 일선에 나서본 적은 없으나 비서들에게 매 분기 경영 상황을 보고받았다. 임 비서의 스크랩을 통해 세계정세를 파악하고 각 계열사의 시장성과 사업 방향이 합당한지를 숙고해 보기도 했다. 이따금 작은 문제가 보이면 비서를 통해 어필했고, 그러면 대부분 해결이 됐다. 그래서 그녀는 자신이 일성그룹에 대해 무척 잘 안다 느꼈다. 하지만 몇 달 전 중고 마켓에 발을 담그고 그녀는 보고되지 않는 회사의 이면을 엿보게 됐다. 물론, 자랑스러운 점도 있었다. 예를 들어 일성전자는 누군가가 동경해 마지않는 건실한 직장이었다. 일성바이오는 어떤 지역의 집값 호재로 작용할 만큼 전망이 밝은 회사였다. 그러나 일성물산은 영세 업체의 밥줄을 하루아침에 끊어놓는 냉혹한 곳이었고, 일성생명은 장대높이뛰기라는 비인기종목을 후원하면서도 전성기 지난 선수의 미래는 돌보아 주지 않았다. 물론 이제 그 문제들은 해결됐지만, 그래도 어떤 면에선 보완이 필요했다. 그녀는 전사적 차원에서 회사의 존재 가치를 일신할 만한 그 무엇을 찾고 있었다.

연휴가 끝난 수요일 오전. 여사는 두 비서를 불러들였다. 임 비서는 근무시간이었으므로 자택에 대기 중이었으나, 김 비서는 특별히 일찍 출근한 셈이 되었다. 선여휘 여사는 자신의 서재 소파에 나란히 앉은 두 사람에게 커피를 대접했다. 에르메스 찻잔에 담긴 특A급 예멘 모카 마타리였다.

"자기들, 항상 고마워. 특히 김 비서. 내가 오전에 불러냈으니 얼마나 귀찮을 거야?"

여사의 미소를 보고 두 비서도 싱긋 웃었다.

"아닙니다."

김 비서가 대답했다. 지난밤 늦도록 무엇을 먹었는지 얼굴이 부어 있었다. 하지만 두 눈은 초롱초롱했고 피부가 매끄러웠다. 보기만 해도 기분이 좋아지는 젊은이의 얼굴이었다.

"아니긴." 선여휘 여사가 고개를 흔들었다. "나이 든 할머니랑 앞으로 얼마나 오래 일할지…… 자기들도 한 번씩 미래를 생각하지? 좋은 일 생기거든 주저 말고 얘기해. 도와줄 일이 생기더라도 그렇고."

"감사합니다."

임 비서가 말했다.

"저도요."

김 비서가 대답했다. 목소리가 졸아들더니 두 뺨이 상기됐다.

'얘는 20대 중반인데도 가끔씩 어린 태가 나. 특히 속내를 들켰을 때에 그렇지. 얼마나 귀여운지!'

선여휘 여사의 두 뺨에 미소가 번져갔다.

"고마워요. 내가 오늘 자기들을 부른 건, 새로운 일을 부탁하고 싶어서야."

선여휘 여사는 재단을 하나 만들고 싶다고, 그러니 제반 준비를 해달라고 두 비서에게 부탁했다. 그것은 일성미술관 등을 운영하는 일성예술재단이나 교육을 담당하는 일성학원과 다른 새로운 종류의 재단이었다. 여사가 원하는 것은 음주 운전 피해자에 대한 법리 및 생활 지원과 식물인간 가족을 위한 간병비 지원을 하는 거였다. 장기적으로는 간병인을 육성하는 일도 해보고 싶다고 했다. 그녀는 새 재단 이름을 적은 노트를 비서들에게 보여주었다.

"부용재 높이뛰기재단……."

임 비서가 자그맣게 소리를 내어 읽었다.

"지속적 식물인간 환자의 회복을 돕는 의학 연구도 지원을 하고 싶어요. 이제까지는 개인적으로 해왔는데, 재단을 통해서 본격적으로 하려고 해. 그건 '부용재 연구 기금'이라고 따로 이름을 붙여줘요. 우수한 학자들한테 연구 계획서를 받아 심사를 거친 뒤 후원할 거야. 모든 재원은 우리 용재가 남긴 일성그룹 주식을 팔아서 댈 거고요."

선여휘 여사의 말을 듣고 두 비서는 깜짝 놀랐다. 그녀들은 여사가 그 주식을 상속받고, 딸 선정에게 물려주리라 예상해 왔던 것이다.

정원의 나뭇잎이 붉게 물들고, 이따금 가지에서 떨어져 내리는 10월. 여사의 저택 입구에 또 다시 콜택시 한 대가 섰다. 한참을 달려 남영역 근처에 다다랐을 때, 택시는 신이를 태우고 종로로 갔다.

"오늘은 롤스로이스 안 타셨네요?"

뒷좌석에 나란히 앉아 신이가 물어보았다. 지방질 없는 얼굴에 연한 화장이 곱고 환했다.

"응. 기사가 바빠졌거든."

괘씸하다는 투로 여사는 대답했다.

"네에? 무슨 일을 하는데요?"

신이가 물어도 여사는 구체적으로 답을 안 했다. 그저 가보면 안다고 말했을 뿐이었다. 두 사람은 안국역 앞에서 내려 북촌의 오래된 길을 걸었다. 소박하지만 예스런 기와집과 현대적 상가가 섞인 골목을 돌아 예각의 모퉁이를 지나니 〈갤러리 by 알짜〉 간판이 눈에 띄었다. 건물 입구에는 1층에 위치한 한복 대여소 홍보 간판과, 전시회를 홍보하는 입간판이 나란히 서 있었다. 두리번 대는 신이의 손을 잡고 여사는 지하로 가는 계단에 발을 디뎠다. 무거운 유리문을 열자 펼쳐진 갤러리는 스무 평 남짓한 공간으로, 손님이 거의 없었다.

'가을은 전시의 계절인데, 이렇게 횡해서야!'

여사는 혀를 찼다.

휘황은 허리를 꼿꼿이 하고 섰다가 문 쪽을 돌아보았다. 그는 검은색 면 재킷 차림이었는데 가슴 안쪽에 현란한 토끼들이 보였다. 순간, 용재가 눈앞에 서 있는 듯해 여사는 발이 묶였다.

"아니, 이게 누구세요? 일성미술관의 선 이사장님 아니십니까?"

이마가 혜싱혜싱한 남자가 두 팔을 벌리며 다가왔다. 그는 재킷 안주머니에서 명함을 꺼내 선여휘 여사를 향해 건넸다.

"저는 〈갤러리 by 알짜〉 관장 겸 큐레이터 김출중입니다. 날 출에 무리 중 자. 여러 사람 가운데 특별히 두드러진다는 뜻의, 그 출중이 맞습니다. 기억하기에 좋은 이름이죠."

"아아, 그러네요."

떠벌이는 남자를 보며 선여휘 여사는 싱긋 웃었다. 그녀는 작은 명함을 토트백 안에 집어 넣었다.

"안 오시는 줄 알았는데……."

휘황이 쭈뼛거렸다.

'아냐, 용재하고는 달라. 얘가 더 날카롭게 생겼잖아? 그래…… 이제 보니까 딱 예술가 상이네.'

휘황을 힐끗 보고 여사는 앞서 걸었다.

"이런 계절에 반팔을 받쳐 입다니. 무슨 생각이야? 행여 재킷을 벗어달라는 사진기자 요청이라도 받으면 어쩌려고."

구찌 셔츠의 단추를 만지작거리며 휘황은 웃음 지었다.

"이 옷이 좋아서요. 누군가…… 저만을 생각해 골라준 옷이니까."

세상에, 그 다정한 말투라니! 사고 이전 용재의 해맑은 미소가 눈에 선해 여사의 마음은 미어졌다. 그녀는 걸음을 멈추고 뒤를 보았다.

"여기는 신이 씨야. 누군지 알지?"

"네. 알고말고요."

젊은 남녀가 인사를 나누었다.

"그럼, 그림 좀 볼까? 신이 씨도 자유롭게 구경해요."

관람 방향을 따라 여사는 갤러리 내부를 거닐었다. 깊은 밤, 안평역 앞의 롤스로이스가 그녀의 시선을 잡아끌었다. 더러운 방음벽을 배경으로 어둠에 휩싸인 자동차는 그야말로 유령 같았다. 일반 주차 구역을 세 개나 잡아먹고 전조등을 켠 풍경은 그녀로 하여금 많은 생각을 하게끔 했다. 여사는 작은 아기 신발을 지나 ATM 부스에 있는 두 남자 앞에 섰다. 예리한 눈으로 그림을 훑어보다가 고개를 끄덕거렸다.

"이건 꽤 오래 걸렸는데?"

휘황은 깜짝 놀랐다.

"어떻게 그걸 아세요?"

눈썹을 으쓱이며 여사는 휘황을 힐끔 보았다.

"'어떻게'라니. 내가 이 분야 전문가야. 일성미술관 재단 이사라고. 잊었어?"

"아, 그렇죠." 낯을 붉히며 휘황은 이마를 긁적였다. "그림이 풀리기 시작한 건…… 세 사람이어야 한다는 걸 깨닫고부터예요."

더듬거리며 휘황은 설명을 시작했다. 그는 처음 캔버스에 두 남자만을 그렸다. 늙은 아버지와 젊고 냉정한 아들. 하지만 이상하게도 그림이 성에 안 찼다. 처음엔 하룻밤이면 완성되리라 자신했는데 시간이 자꾸 흘렀다. 왜 그럴까. 무엇 때문에 머릿속에 보이는 것을 눈앞에 꺼낼 수 없나 수없이 고민했다.

"아주 깊은 밤이었어요. 답답한 마음에 편의점에 가 맥주 한 캔을 사 왔죠. 근데 엄마가, 분명히 잠들어 있던 엄마가 깨어나 서 있는 거예요. 캔버스 앞에 딱.”

휘황이 소곤거렸다.

“엄마? 자기 엄마 말이야?”

여사가 되물었다. 휘황은 고개를 끄덕거렸다.

“네. 주무시다가 일어났는지 부스스한 모습으로 그림을 보고 계셨어요. 갑자기 절 돌아보더니 화난 얼굴로 물으셨죠. ‘이거, 너랑 네 아버지니? 나 몰래 언제 만났어?’”

“아이쿠, 저런.”

선여휘 여사는 찡그린 채로 웃고 말았다.

“얼마나 당황스러운지, 허둥지둥 설명했어요. 이건 중고 거래고, 내가 모시는 여사님이 거래하시는 걸 그린 거라고요. 그러니까 엄마가 문득 그러는 거예요. ‘그게 정말이라면, 그 사모님도 그리지그래?’ 순간이었어요. ‘아! 그거다’ 싶더라고요. 생각이 미처 정리되지도 않았는데, 손이 홀린 듯 연필을 쥐었어요. 네, 맞아요. 여기 두 사람 앞에 여사님 모습을 그린 뒤에야 비로소 완전하다는 확신이 생겼어요. 그 사람들이 왜 거기에 있는지, 왜 그런 표정을 짓고 있는지 그제야 답을 얻어낸 기분이랄까요? 진짜 막, 신나더라고요.” 휘황이 큰 눈을 질끈 감았다 떴다. “그림을 그리면서 그렇게 땀 흘려본 건 처음이에요. 공모전에 당선되려고, 좀 팔아보려고 그릴 땐 내내 추웠던 기억이 나요. 피부가 말라서 건선을 앓기도 했죠. 하지만 이 그림 그리는 동안, 그러니까 여사님 따라다니며 마음 끌리는 대로 그리는 동안은 늘 덥고 땀이 났어요.”

"호호, 지금도 그런 것 같네."

선여휘 여사는 토트백에서 에르메스 손수건을 꺼내 휘황의 땀 젖은 귀 뒤를 닦아주었다. 문득, 그녀의 눈앞이 흐려졌다. 어린 용재의 얼굴, 아이스하키를 하던 시절의 모습, 사고 당시의 광경, 그리고 중고 거래 이야기를 들려주었던 무수한 날들이 눈앞을 스쳐갔다. 고개를 돌려 여사는 눈물을 겨우 참았다.

"손님이 없네. 그림은 좀 팔렸어?"

여사가 묻자 휘황은 고개를 끄덕였다. 수줍은 얼굴에 자신감이 번져갔다.

"두 개요. 롤스로이스 그림하고…… 저기 아기 신발 그림이요."

"제법이네. 저건?"

여사가 팔을 뻗어 반대쪽 벽을 가리켰다. 커다란 벽에 용재의 초상이 걸려 있었다.

"그건……."

휘황이 입술을 깨물었다.

"아무래도 좀 무거운 작품이죠." 관장 겸 큐레이터 출중이 재빨리 끼어들었다. "참 안타까워요. 훌륭한 그림인데. 특히 이 인물 보십쇼. 너무나도 대단한 미남이지 않습니까? 이 그림은 빛 표현도 좋지만 특시 시선 처리가 일품입니다. 갤러리를 찌르듯 바로 보는 눈! 마주 선 사람으로 하여금 위압감을 느끼게 하는……."

"좋아요. 이것은 내가 사지. 2000만 원쯤 내면은 될까?"

여사가 물어왔다. 그녀는 턱을 쳐들고 가볍게 심호흡했다.

"네에? 그렇게까지……."

휘황은 말을 흐렸다. 낯빛이 하얗게 질려 있었다.

김출중은 입이 찢어질 듯 벌어지는 걸 숨기지도 않고 여사를 보며 웃었다.

"과연! 안목이 대단하십니다!"

선여휘 여사는 고개를 끄덕였다.

"인물이 좋아서 사는 거예요. 주제도 나쁘지 않고. 작가의 화풍은 아직 발전의 여지가 있어 보여. 하지만 제법 긍정적인 예감이 드는군요. 일성미술관으로 보내줘요. 우선은 메인 로비에 걸 거야. 그다음 새 재단 건물이 지어지면 그곳 로비로 옮겨야지."

휘황은 놀라서 입을 벌렸다.

"정말 탁월한 선택이십니다."

김출중은 재킷 안주머니에서 붉은 스티커를 꺼내 그림 옆에다 붙였다. 팔렸다는 뜻이었다.

휘황은 헛바닥으로 마른 입술을 적셨다.

"하지만…… 잘 모르겠어요. 물론 전 이 그림이 좋습니다. 그리고 싶은 걸 행복하게 잘 그렸고…… 또 말하고자 하는 많은 걸 담았지만, 여사님이 동정심으로 그림을 사주신다면 그건,"

"아이코, 휘황 씨! 그게 무슨 말이야."

김출중이 휘황의 등을 갤러리 구석에 떠밀었다. 그는 부리부리한 눈으로 상대를 훑어보았다.

"이봐, 휘황 씨. 좀 겸손해야겠네. 미술시장에서 시세는 전적으로 구매자의 평가에 따라 형성되는 거야. 동정으로 그림을 사다니. 자네는 지금 우리 미술시장의 큰손이 지닌 안목과 판단력을 폄훼하고 있어. 그런 태도는 갤러리스트로서 용납 못 하네. 자네는 이 그림들이 뭐 평생 자네 거라고 생각하나? 시장에 나온 이상, 예술가란 자기 재능을 사회와 공유하는 거야. 작가는 자네지만 그림이 사장님 손에 들어가면 사장님의 것, 사모님 손에 들어가면 사모님의 것이지. 그리고 그들의 판단력은 그들 고유의 것이야. 자네가 아무리 그림의 원작자라도 거기 개입할 자격은 없네. 그러니 교만한 소리 말아. 2000을 준다고 하면 고맙게 받아두라고."

김출중은 돌아섰다가 되돌아왔다. 그는 휘황의 귓가에 빠르게 소곤거렸다.

"자네는 오랫동안 그림을 그렸어. 대학을 졸업하고, 프로로서는 7년 일했지. 그리고 방금 200만 원짜리 작가에서 2000만 원짜리 작가가 됐네. 동정심 때문에 그렇게 됐다고 보나?"

김출중은 횡하니 사무실로 가 거래 서류를 만지작거렸다. 휘황은 구석 자리에서 심호흡하며 생각을 가다듬었다. 마음이 가라앉자 그는 선여휘 여사를 향해서 갔다. 그녀는 장대높이뛰기 그림 앞에 선 신이의 모습을 보고 있었다.

"저 이제 짤리나요? 롤스로이스 기사."

휘황이 물어보았다.

"그만두면, 갈 데는 있어? 2000만 원 떨어지면 다시 또 배달 일

411

알아보게?"

여사가 되물었다.

"갈 데는 없어요. 돈 떨어지면…… 뭐, 그래야죠."

"나 지인짜 서운했어! 어떻게 우리 아들을, 그렇게 약한 모습을!"

울분을 터뜨리면서 여사가 속닥거렸다. 커다란 두 눈에 핏발이 서 있었다.

"죄송합니다. 마음 아프게 해드리려던 건 아니에요. 물론, 마음 아프실 순 있다고 생각했지만…… 잊히지 않더라고요. 용재 씨…… 약하다고 생각한 적 없어요. 아름다웠고…… 생각하면 자꾸 슬퍼서 왜 그런가 알아보려고 그리기 시작했어요. 그러다 보니 홀려들어서, 멈출 수 없더라고요."

휘황은 고개 숙였다.

"됐어. 그만둬요."

선여휘 여사가 손사래쳤다.

신이는 커다란 캔버스를 이쪽저쪽에서 보고 있었다. 그녀는 허리를 숙이기도 하고 까치발을 들기도 하며 허공에 뜬 자기 모습을 살펴보았다. 휴대폰을 꺼내서 그림 사진을 찍기도 했다.

"씩씩한 아가씨야. 우리 용재가 쾌차하면 며느리 삼으려 했는데 아깝게 됐지."

여사가 이야기했다.

"네에……."

휘황은 고개를 주억거렸다. 그는 주먹을 입에 대고 자그맣게 헛기침했다.

"나 여기 있을게. 가서 말 걸어봐."

여사는 턱짓으로 신이를 가리켰다.

"네? 왜요?"

휘황이 허둥거렸다. 선여휘 여사는 다소 진저리가 난다는 듯 머리를 흔들었다.

"이봐, 백 작가. 내가 그림 전문가야. 장대높이뛰기를 하는 저 그림 속 여자를 보라고. 저 허벅지와 장딴지 근육을 좀 보란 말이야. 네 뜨거운 정열이 그대로 보이지 않니? 가봐. 시치미 떼지 말고."

여사는 휘황의 등을 떠밀었다. 못 이긴 체하며, 휘황은 신이에 게로 갔다. 그 모습을 물끄러미 보다 여사는 돌아섰다. 그녀는 용재의 그림 앞에서 두 팔을 펴 보았다. 끝과 끝이 닿지 않을 만큼 커다란 캔버스였다.

'이 그림은 더 높은 곳에 걸려야만 해.'

여사는 생각했다. 그녀는 많은 사람들, 예술에 식견을 가진 이들이 용재의 얼굴을 올려다보는 상상을 했다. 신문사 기자들이 몰려와 플래시를 터뜨리는 화려한 장면도 상상했다. 여사의 두 뺨에 미소가 피어났다. 때로는 속상한 어떤 일도, 모든 면에서 반드시 나쁜 것만은 아니었다.

짧은 가을이 바람에 날려가자 긴 겨울이 밀려왔다. 선여휘 여사는 여러 계절 중 오직 겨울만이 해로 나뉘는 것을 감사히 여기곤 했다. 비록 12월의 겨울이 우울할지라도 그것이 겨울의 전부는 아니니까. 겨울은 언제나 2막 구조고 1월은 언제나 사람들 가슴에 희망을 흩뿌렸다.

으리으리한 저택들이 모여 있는 한남동 언덕, 이태원로 55마길 첫 번째 집에도 새해 첫날이 밝아왔다. 대보름이면 예순 네 살을 맞는 선여휘 여사는 2층 침실의 창문을 활짝 열었다. 그녀는 커다란 눈을 부비고 자신의 정원을 내려다봤다. 밤사이 내린 눈이 황금소나무 가지마다 소복이 쌓여 있었다. 황 선생은 털옷에 털신을 신은 채 말라붙은 꽃나무의 묵은 가지를 자르고 있었다. 그는 장갑 낀 손으로 떨어진 잎들을 주워 자루에 집어넣었다. 둥글게 굽은 등이 며칠 밤사이 더 노쇠해진 것 같았다. 남들 눈에는 자신의 모습도 그렇게 느껴질는지 모르겠다고 선여휘 여사는 생각했다.

'뭐, 순리대로 가는 거지!'

선여휘 여사는 창밖으로 가슴을 한껏 내밀었다. 아랫배에 힘을 주고는 호탕한 소리로 웃음을 터뜨렸다.

플라노 피사의 노란색 니트 드레스를 몸에 걸치고 그녀는 아침을 먹으러 식당에 갔다. 18세기 영국풍 앤티크 식탁 위에는 백자 수저받침이 있고, 그 위에 금수저 한 벌이 놓여 있었다. 역시 깨끗한 백자기 안에 새하얀 떡국이 담겨 나왔다. 어슷하게 썬 떡은 적당히 익어 말랑했고, 막 자른 대파는 아삭했다. 한우 안심 조각이 부드럽게 이에 씹혔다. 곁들여 나온 동치미도 맞춤하게 익어 달았다. 백자에서 떡국이 절반쯤 사라질 무렵, 선여휘 여사는 주머니에서 휴대폰을 꺼내 식탁에 올려놓았다. 심장이 쿵쿵 뛰었다.

'아니야. 좋은 일이 더 많았잖아?'

여사는 냅킨을 집어 이마의 땀을 닦았다. 그 땀이 두려움 탓에 솟은 것인지 뜨끈한 국물로 인해 솟은 것인지 아리송했다.

'괜찮아. 여기서 포기하면 나쁜 선례에 지는 거라고. 앞으로 조심하면 돼.'

떨리는 손으로 그녀는 중고 마켓 어플을 열어보았다.

'그나저나 식사 중에 딴짓을 하다니 나도 참 교양 없네.'

그녀는 스스로에게 핀잔을 주면서도 화면을 계속 보았다.

"어머! 웬 웨딩 밴드?"

동그랗고 반짝이는 반지 사진을 선여휘 여사는 바라보았다.

"88개의 다이아몬드가 박혀 있습니다. 24캐럿 백금에…… 어머 어머, 파혼? 세상에!"

금수저를 손에 쥔 채 여사는 사연을 읽어나갔다.

"무슨 일인데 그렇게 인상을 써요?"

기지개를 켜며 선정이 식당 안으로 들어섰다. 선여휘 여사는 판매자의 홍보성 고백과 딸의 얼굴을 번갈아 보며 큰 눈을 희번덕였다.

"너 어떻게 일어났니? 이 시간에. 휴일인데."

선정은 질문에 답하지 않고 엄마 어깨에 손을 얹었다. 등을 굽히고 휴대폰 화면을 빠르게 훑어보았다.

"뭐야? 순진도 하다. 파혼당한 웨딩 밴드를 대체 누가 사?"

"너무 그렇게 흠잡지 마라."

선여휘 여사는 휴대폰을 보호하듯 가슴에 끌어안았다. 그녀는 딸이 자리에 앉기를 기다렸다가 또 다른 상품을 살펴보았다. 그 사이 선정은 양 과장으로부터 자기 몫의 떡국을 받아들었다.

"고맙습니다. 새해 복 많이 받으세요."

선정이 인사를 하자 양 과장은 움찔했다. 자기 말고 인사를 받을 다른 누가 있나 보려고 그녀는 뒤돌아봤다. 그러나 식당 안에 다른 이의 모습은 보이지 않았다.

"네. 이사님도 새해 복 많이 받으세요."

입 근육만 겨우 당겨서 양 과장은 웃어보였다.

호로록호로록 소리를 내고 쭈압쭈압 떡을 씹으며 선정은 떡국을 훌훌 먹었다. 그 모습을 보자 선여휘 여사도 입맛이 돌아 남은 떡국을 마저 먹었다.

"어머, 누가 진세황 작가 판화를 중고 마켓에 내놨네?" 선여휘 여사는 식탁에 놓은 휴대폰을 또 한 번 집어 들었다. "아무리 급해도 그렇지, 300이라니. 너무 헐값에 냈다. 최소한 500은 받아야지!"

식사를 마친 선정이 냅킨을 집어 입을 닦았다.

"500에 안 팔리니까 300에 내놨겠죠. 이게 다 시장 논린데. 중고니까 뭐 어쩔 수 없잖아요?"

"얘. 무식한 소리!"

선여휘 여사가 선정을 흘겨보았다. 행여 누가 들을까 창피하다는 식이었다.

"중고라고 다 같은 중고니? 고흐 그림을 중고라고 안 사는 사람이 있어?"

"아이, 뭘 또 고흐에다가 대요? 나는 진세황 금시초문인데, 오버하신다."

선정은 두 손으로 짧은 머리를 쓸어 넘기고, 코 밑에 솟은 땀을 닦았다.

"어머머, 얘 봐? 잘 보면 진짜 대단한 물건도 있단 말이야!"

여사가 성화를 했다.

"아이, 알았어요."

선정은 장난스럽게 대꾸하고는 자리에서 일어났다.

"얘, 큰 강아지야. 엄마가 너 걱정돼 하는 말인데." 여사가 딸의 얼굴을 가만히 들여다봤다. "항상 겸손한 마음을 가져야 된다. 태어나 살아가는 동안, 너도 나도 다 중고가 돼가는 거야. 항상 지금 자리에서 우리가 쓸모 있으리란 생각은 위험한 거야. 우리의 어떤 쓰임이 다하더라도, 다른 시절에, 다른 곳에서, 누군가에겐 쓸모 있는 사람이 될 수 있게끔, 그런 마음을 가져야지. 그러니까 엄마 말은, 우리가 다른 사람들을 볼 때에도……."

"아이, 알았다니까. 나 일하러 가요. 엄마, 새해 복 많이!"

여사의 목을 당겨 안고 선정은 통통한 뺨에다 입을 맞췄다.

"뭐? 새해 첫날에 무슨 일을 하니? 직원들 힘들게."

"직원들 안 불렀어. 열심히 하는데 초 치지 좀 마요." 선정이 받아쳤다. "남들도 다 이렇게 치열하다고요. 휴일 다 지켜가면서, 재계 서열 9위가 거저 되는 줄 알아요? 그러는 엄마도 휴일에 비서들 불러내면서."

"……."

선여휘 여사는 큰 눈을 끔뻑거렸다. 얼굴이 뜨듯이 달아올랐다.

"뭐, 올해부터는 안 그럴 거야."

"좋아요. 하지만 당장 오늘도 휴일 아닌가? 백 기사가아 나와 있던데에." 선정은 말끝에 멜로디를 얹어서 비꼬았다. 식당을 나갔다 돌아와서는 미간을 찡그렸다. "아참. 아빠는요?"

"저녁에 오실 거야. 밥 같이 먹게, 너도 늦지 마."

선여휘 여사는 휴대폰을 집어서 원피스 주머니 안에 넣었다.

"알았어요. 그럼 이제, 두 분이 살림을 합치는 거야?"

엄마를 놀려대고 선정은 식당 밖으로 나갔다. 기분 좋은 웃음소리가 문가에 남아 있었다.

"합치긴……."

어깨를 움츠리고 선여휘 여사는 손톱을 깎작거렸다.

'그러고 보니, 그날도 휴일이었네. 백 기사를 불러냈었지.'

여사의 눈앞에 지나간 크리스마스의 정경이 떠올랐다. 그날, 부부는 함께 용재의 묘를 찾았다. 묘지기들이 가져다 둔 두 그루의 전나무에다 갖가지 장식을 달고 캐럴을 두 곡 틀었다. 묘소에

418

샴페인을 뿌려주고, 부부는 아들에게 안부를 물어보았다. 용재는 답이 없었다. 부부는 바싹 마른 봉분의 잔디를 아들의 머리칼인 양 쓰다듬었다. 집으로 가는 길에 두 사람은 롤스로이스의 뒷좌석에 나란히 함께 앉았다.

"후회하죠? 나랑 결혼한 거."

여사가 물어보았다. 남편 부혁진 씨는 대답 전에 운전석을 힐끔 보았다. 그는 뭉툭한 손가락으로 단추를 눌러 프라이버시 스크린을 올렸다. 운전석과 뒷좌석이 완전히 분리되었다.

"그렇게 가까워요? 운전사하고?"

남편이 물어보았다.

"가깝죠. 착하고 예쁜 애예요."

여사가 대답했다. 남편은 말이 없었다. 그는 멍하니 창밖을 보다가 조금 갈라진 소리를 냈다.

"왜. 용재하고 닮아서?"

여사는 잠깐 숨이 막혔다. 무슨 말을 하고 싶은데, 가슴이 무지근해서 입술만 오물거렸다. 멀리 작은 산 너머에서 하얗게 번개가 쳤다.

"없어. 후회해 본 적." 남편이 대답했다. 그는 마른기침을 조금 뱉었다. "후회라니. 부유한 집에 장가들어…… 자식들 꿈 주저앉히려 상처 한번 준 적이 없고…… 오히려 버릇 나빠질까 봐 걱정을 했지. 그뿐인가? 분에 넘치는 직위에 올라……."

"하지만……" 여사는 말끝을 늘어뜨렸다. "나랑 결혼 안 했으면 이런 일, 가슴 아픈 일, 없었을 텐데."

"그건 당신도 마찬가지야."

부혁진 씨가 말했다. 그는 여전히 창밖을 보고 있었다. 난데없이 굵은 우박이 떨어져 롤스로이스의 지붕을 빡빡 때렸다.

"당신과 결혼을 안 했으면,"

남편이 목소리를 조금 키웠다. 그리고 고개를 돌려 우박 내리는 풍경을 두리번거렸다.

"용재도 이 세상에 없었을 거 아니야? 그건 안 되지."

"그래도…… 그러면 잃어버리지 않았을걸."

선여휘 여사는 치솟는 눈물을 참지 못했다. 손수건을 꺼내기도 전에 콧물이 입술을 타고 흘렀다.

"운이 나빴어." 부혁진 씨가 아내를 위해 손수건을 건넸다. "하지만…… 좋았잖아? 우리 아들과 함께한 시간. 난 후회 안 해. 세상 태어난 보람을 느꼈고. 큰…… 여기, 가슴이 아주 뻐근한……"

우박이 거세져 선여휘 여사는 뒷말을 듣지 못했다. 미간을 찌푸려가며, 열심히 입술을 벙싯거리는 남편의 얼굴을 바라볼 뿐이었다. 변덕스러운 적란운 떼가 지나고 남편이 한 말은 아주 짧았다.

"선정이도 그래."

드르르르륵. 원피스 주머니 안에서 휴대폰이 진동했다. 선여휘 여사는 식당 안이 빈 것을 확인한 뒤에 화면을 살펴보았다. '급매

몰'을 알리는 아이콘 하나가 빨갛게 깜빡거렸다.

[지구본 팝니다. 각 나라 수도마다 불도 들어와요. 구입하시면 20가지 광석 표본도 무료로 드립니다. 중딩 때 생선으로 받은 건데, 엄마가 새로 이사가는 집 좁다고 해서 팔아요. 교환X, 환불X, 예민하신 분 피해주세요.]

'지구본? 오호라…… 이따 저녁 때 가족들이랑 보면 좋겠다. 모처럼 셋이서 여행을 가자고 할까?'

선여휘 여사는 콩닥대는 가슴을 안고 작성자 별명을 살펴보았다. 무슨 생각을 하기도 전에 입가에 미소가 번져나갔다. 휴대폰을 들고 여사는 그 즉시 구입 의사를 밝혔다.

[작은강아지2 님, 오늘 거래도 가능한가요?]

[가능합니다, 선녀님. 날개옷 입고 오세요?]

이런 대답이 돌아왔다.

그리하여 새해 첫날. 선여휘 여사는 왕 부장의 도움을 받아서 외출할 준비를 했다.

"부탁해요. 최대한 선녀처럼 보였으면 해."

뜻밖의 주문을 듣고 왕 부장은 우스꽝스런 표정을 지어 보였다. 치솟는 웃음을 꾹 참는 모양이었다. 뒤뚱뒤뚱 돌아서 네댓 개 옷장을 뒤지더니 소매와 목둘레가 훤히 비치는 플라노 피사의 백색 원피스를 찾아주었다. 그 위에 파워숄더의 캐시미어 랩 코트를 입혀주고, 선녀의 날개옷처럼 보일 거라며 풍성한 퍼 숄을 둘러주었다. 단장을 마친 여사가 차고지로 내려갔을 때는 롤스로이스도 외출할 채비를 끝마친 참이었다. 휘황은 내비게이션에다가 새 목적지를 입력했다.

"오늘도 멀리 가시네요."

휘황이 말을 붙이자 여사는 가볍게 고개를 끄덕였다.

"응. 좋은 차에, 좋은 운전기사가 있으니까."

여사가 대답했다.

룸미러 속에서 휘황은 조용히 미소 지었다.

"자…… 그럼 출발합니다."

으리으리한 저택들이 모여 있는 한남동 언덕. 이태원로 55마길 첫 번째 집의 차고 철문이 서서히 벌어졌다. 길이 6m, 무게 2.6t에 달하는 롤스로이스 팬텀 EWB의 육중한 차체가 언덕을 내려갈 때, 선여휘 여사의 가슴은 두근댔다.

'아아. 오늘은 어떤 사람을 만나게 될까? 중고로 얻은 지구본으로 또 어떤 재밌는 일을 겪게 될는지?'

여사는 부푼 가슴을 안고 창밖을 내다보았다. 언덕 위 빽빽한 저택 너머로 화려한 도시 풍경이 펼쳐졌다. 그 위를 축복하듯이 목화솜 같은 눈송이들이 하나둘 떨어졌다. 룸미러를 조정하는 척하며, 휘황은 여사의 얼굴을 힐끔 보았다. 복스러운 얼굴에 도도록한 뺨이 복숭앗빛으로 물들어 있었다.

작가의 말

이 험한 세상에서, 무엇이 우리를 견디게 해주는 것일까요?

때로 어떤 고난은 사람을 쓰러뜨리고 단지 시간의 흐름에 의지
하도록 만듭니다. 우리는 사건의 세부를 잊으려 애쓰면서 힘겹
게 살아가지요. 그러다 어느 날 뜻밖의 사람을 만나 동그란 선의
와 부딪힙니다.

모든 날 모든 순간이 행복한 사람은 없을 겁니다. 그러나 운이
좋게도 한동안 행복한 상황에 놓이는 사람은 있지요. 그러다 보면
마음에 여유가 생기고, 때로는 그 여유가 흘러넘쳐 아무런 목적
없이도 타인의 마음을 도닥여줍니다. 살다 보면, 때로는 그렇게
도움을 받고 때로는 다른 이에게 도움을 주기도 하는 것이지요.

이 소설을 쓰면서 우리 모두가 '중고 인간'이 되어간다고 생각했습니다. 중고 물건을 거래하는 마켓에서는 누군가에게 필요 없어진 물건, 처치 곤란인 물건도 다른 이에게 쓰임을 받지요. 기억 속 과거를 떠올려 보면 저 역시 누군가에겐 처치 곤란이던 시절이 있었습니다. 그러나 또 어떤 상황에서는 다른 이에게 필요한 존재가 되기도 하였어요. 그런 경험은 사람을 조금 더 긍정적으로 만들어줍니다.

저는 이 소설을 구상하면서 중고 거래를 시작했어요. 이제 두 돌을 넘긴 딸아이 물건을 주로 내놓고, 또 구입해 보았지요. 소설 속 선여휘 여사처럼 싹싹한 질문을 건네진 못했으나 많은 분을 만나서 다양한 체험을 했습니다. 여러 가지 모양으로 생긴 마음을 만나며, 저 자신의 마음도 여러 가지 색으로 변하는 것을 느꼈어요. 이제는 딸에게 작아진 신발을 깨끗이 빨며, 그 신발을 신어줄 아기가 내내 건강하기를 바랐습니다. 제가 구입한 아기 신발을 세탁해 내놓은 분도 비슷한 마음이지 않았을까요? 아마도 이것이 중고 거래에 임하는 평범한 이들의 진심일 겁니다. 이러한 마음들이 모여서 건강하고 따뜻한 사회를 이루는 것이겠지요. 이 책을 읽는 모든 분께 그러한 선의가 가닿길 바랐습니다.

이 계절, 『중고나라 선녀님』과 함께 따뜻한 사랑 나누세요.

◆◆◆

2021년 제11회 혼불문학상 수상을 시작으로, 다산북스와 세 번째 인연을 맺었습니다. 소중한 출간 기회를 주신 김선식 대표님과 임경섭 팀장님께 다시 한번 감사드려요. 『중고나라 선녀님』을 통해 처음 만난 임고운 편집자님께도 감사의 인사를 드립니다. 상냥한 마음이 담긴 메일을 받을 때마다 지친 심신에 위로가 되었어요. 꼭 필요하고 적절한 조언들도 많은 도움이 되었습니다.

다산북스의 마케팅팀과 크로스교정팀, 트렌디한 표지 회화를 그려주신 권서영 작가님, 감각적인 북 디자인으로 첫 인연을 맺은 정명희 디자이너님, 그리고 이 책의 존재와 관련해 도움을 주신 다산북스의 모든 분께 감사드립니다.

아울러 『중고나라 선녀님』이란 제목을 주고, 제가 이 책을 쓰는 동안 꾸준히 지원해 준 남편에게도 고맙다는 말을 전합니다.

2024년 1월
허태연

중고나라 선녀님

초판 1쇄 인쇄 2024년 1월 8일
초판 1쇄 발행 2024년 1월 17일

지은이 허태연
펴낸이 김선식

부사장 김은영
콘텐츠사업2본부장 박현미
책임편집 임고운 **디자인** 정명희 **책임마케터** 최혜령
콘텐츠사업6팀장 임경섭 **콘텐츠사업6팀** 한나래, 임고운, 정명희
편집관리팀 조세현, 백설희 **저작권팀** 한승빈, 이슬, 윤제희
마케팅본부장 권장규 **마케팅1팀** 최혜령, 오서영, 문서희 **채널1팀** 박태준
미디어홍보본부장 정명찬 **브랜드관리팀** 안지혜, 오수미, 김은지, 이소영
뉴미디어팀 김민정, 이지은, 홍수경, 서가을, 문윤정, 이예주
크리에이티브팀 임유나, 박지수, 변승주, 김화정, 장세진, 박장미, 박주현
지식교양팀 이수인, 염아라, 석찬미, 김혜원, 백지은
재무관리팀 하미선, 윤이경, 김재경, 이보람, 임혜정
인사총무팀 강미숙, 지석배, 김혜진, 황종원
제작관리팀 이소현, 김소영, 김진경, 최완규, 이지우, 박예찬
물류관리팀 김형기, 김선민, 주정훈, 김선진, 한유현, 전태연, 양문현, 이민운

펴낸곳 다산북스 **출판등록** 2005년 12월 23일 제313-2005-00277호
주소 경기도 파주시 회동길 490
전화 02-704-1724 **팩스** 02-703-2219
이메일 dasanbooks@dasanbooks.com
홈페이지 www.dasan.group **블로그** blog.naver.com/dasan_books
용지 스마일몬스터 **인쇄 및 제본** 한영문화사 **코팅 및 후가공** 제이오엘앤피

ISBN 979-11-306-4859-0 (03810)